深重《じんじゅう》の海

津本　陽

集英社文庫

深重《じんじゅう》の海

たとい罪業は深重《じんじゅう》なりとも必ず弥陀如来《みだにょらい》はすくいましますべし——蓮如上人《れんにょしょうにん》

紀伊半島熊野灘付近

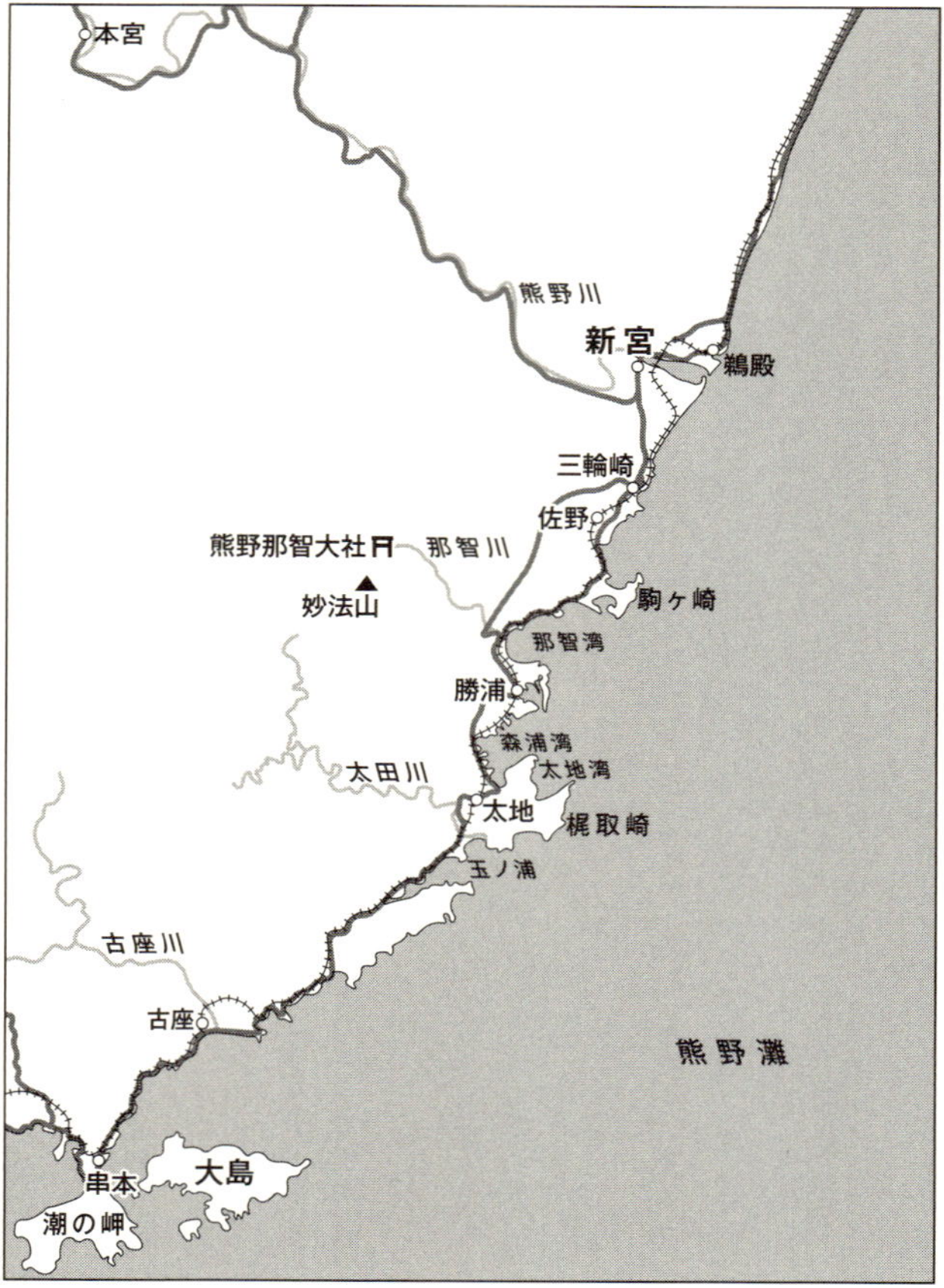
本宮
熊野川
新宮
鵜殿
三輪崎
佐野
熊野那智大社
那智川
妙法山
駒ヶ崎
那智湾
勝浦
森浦湾
太地湾
太田川
太地
梶取崎
玉ノ浦
古座川
古座
熊野灘
大島
串本
潮の岬

太地町向島付近　和歌山県太地湾付近

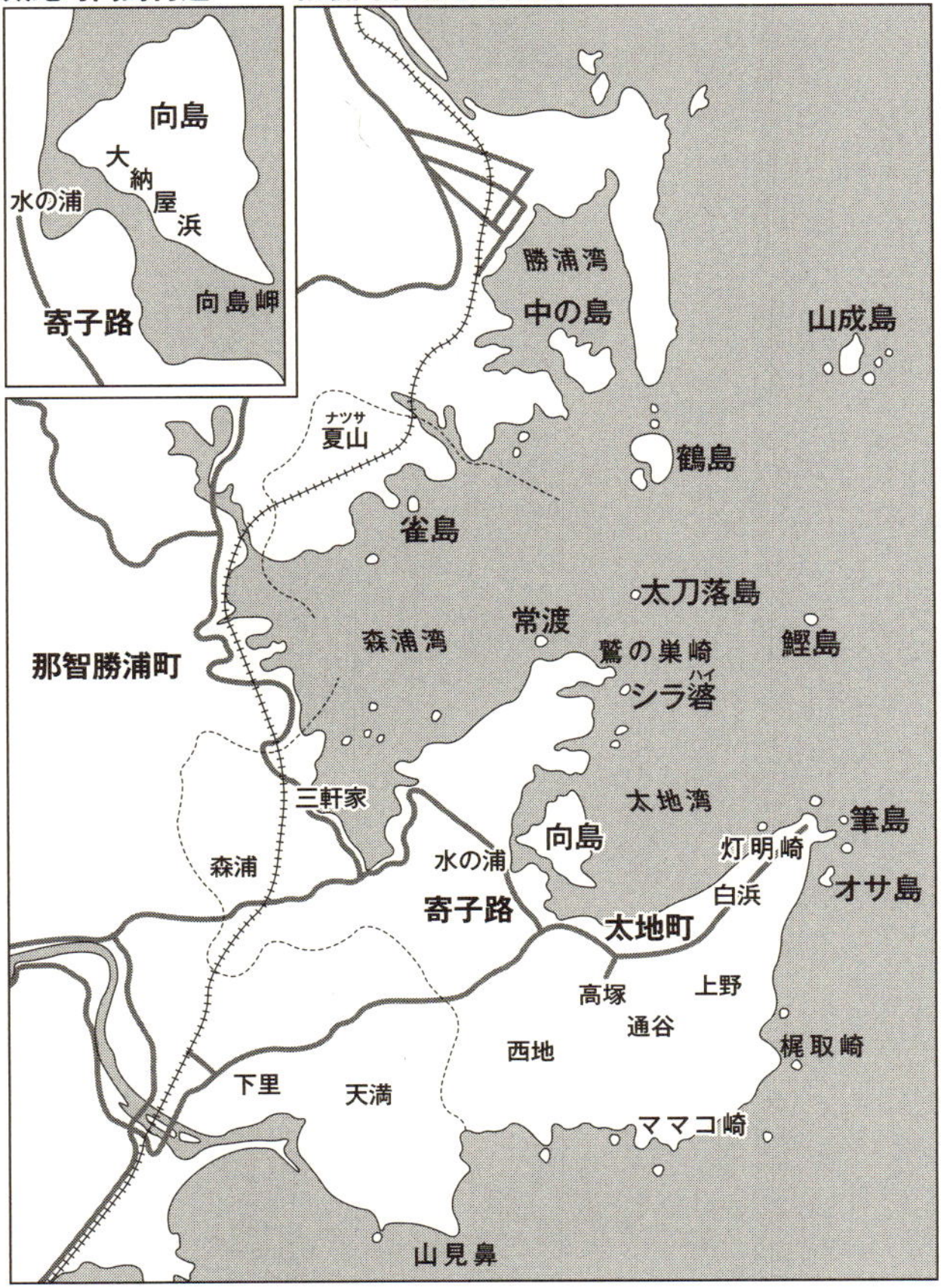

一章

孫才次《まごさいじ》は二番鶏《どり》が鳴いたあと母のぶんに揺りおこされ、灯芯のゆらめく明りのなかで朝食のうけじゃ（おかゆの一種）と、前日の夕食の残りものであるうでた克鯨《こくくじら》の腸《ひやくひろ》を手早く喉へ流しこんだ。

口を動かしながら、彼は肌に触れる空気が温かく和んでいるのに気づいていた。今日は荒れるかも分らんと、横目で明けはなした入口のほうを見た。入口のくつぬぎの上に、祖父の近太夫《ちかだゆう》が腰をおろしていた。分厚い厚司《あつし》を着た背中がこゆるぎもせず、凪の落ちた闇を眺めている。

近太夫が息をひそめ、天候を計っているのは家族の誰もが知っており、邪魔をしないように物音を盗んで立居をした。

闇を低く劃《くぎ》って灌木《かんぼく》の密生した向島《むかいしま》岬が南北に伸びており、その上の空にまいたような星屑《ほしくず》の輝やきが、ふだんより強いことに近太夫は気づいていた。朝星が輝やいた日は、やがて西風が荒れてくる。

近太夫は、皺《しわ》の深い赭顔《あからがお》をわずかにしかめ、胸のうちに焦慮のあつい流れが湧きおこるのに堪《た》えた。

今日は明治十一年（一八七八年）も押し詰った十二月《せっき》の二十四日、今年もあますところ七日しかない。今日も不漁なら、もうどうにもなるまい。太地《たいじ》村三千の住人は、一文の金も持たずに節季を越さな仕方ない。来年になれば、鯨方の舟の半数以上は借金の抵当にとられ、娘たちが身売りをして村から消えてゆく……。

近太夫は獅子《しし》のように魁偉《かいい》な体軀《たいく》が、痺《しび》れる疲労に浸されているのを感じていた。彼は近頃しつこい不眠に悩まされていた。年初から九月までに十九頭の鯨がとれたが、そのあと一頭の獲物もなかった。

気を静めな悪行《わるい》きやぞ、と近太夫は頭をふった。日をはねかえす波頭にまで腹のたつとき、ろくな漁のあったためしがない。

飯を終えた孫才次は、いつもの朝と変らず、今日こそはと意気ごみに燃える。今日こそは、紫紺の海をかきわけて鯨がやってくる、と彼は理由のない期待に胸をふくらます。なにしろ、いわし鯨一頭で千円、抹香《まっこう》で二千円、背美《せみ》の大物なら三千円じゃ。米なら一升二銭五厘《りん》やさか、何俵買えるか見当もつかん。麦買や一銭五厘じよ。一頭でええ、とれたら太地じゅうの人間がたすかる。いまは貧乏でも、鯨さえ湧いてきたらわいらはお大尽《だいじん》や。北東風《わいた》が吹こうと南風《まぜ》が吹こうと怖いものはない、俺《おんだ》は命も惜しないんじゃ、と孫才次は目を光らす。

彼がはじめて鯨を目《ま》のあたりにしたのは八歳の春であった。樽《たる》舟で綱《かがす》を運んでいた彼は、いきなり目のまえに湧きあがった十五間（約二十七・三メートル）の抹香鯨に仰天した。黒い巨大なものは、不気味にすばやく動くことで動物であることを示していた。八幡《はちまん》神社の大屋根のような尾羽が、轟音《ごうおん》をたて海面をうった。百数十本の綱《かがす》の尾を引いた銛《もり》を背負いこんだ背の皮膚は、ぬれているのに光沢がなく、黒ずんだ樹皮のようで、無数の傷痕が白い線を引いている。ふじつぼの類《たぐい》が盛りあがるようについている部分がある。息づまる潮煙のなかで、彼は胴体のなかに、せわしくまたたいている目を見つけた。それは巨軀《きょく》には不似合いに小さく、丘に寝ころんでいる小人の目のように見えたが、孫才次の体をしびれさす光りを放っていた。

突進してくる鯨に舟を破られるまえに樽舟の大人たちは海へ飛びこみ、孫才次も誰かに抱えられて続いたが、そのまえの瞬《まばた》きするほどの間に見た鯨に、彼はその後長く脅やかされた。

夜眠るまえ、瞼《まぶた》を閉じると玩具のように小さな鯨が浮かぶ。孫才次はそれを一本の箸で支え、皿まわしのように回さねばならない。回すうちに鯨の丈が伸びてくる。家よりも大きくなり、際限もない雲の塊のようになる。それでも孫才次は細い箸で鯨を支えていなくてはならぬ。目がくらみ、押しつぶされると彼は悲鳴をあげた。

「鯨は神さんかい、幽霊《もよろ》かい、婆《ば》あよ」

孫才次はいよにたずねた。

「神さんでも、もよろでもない。ただの生物《いきもの》や。お前《は》んのおやじもそのまえのおやじも、そのまたまえのおやじも、ずうっと昔から、鯨を取って生きてきた。それは親様《おやさま》がそうせえと教《お》せてくれなはったからじゃ。鯨は、わしにくわれて成仏せえちゅうて、取ったらなんまんだぶと拝んだら、それでええんじゃ。殺生の罪は、それで親様がゆるしてくれる」

いよは事もなげにいったが、孫才次にとりついた恐れは消えなかった。それいらい、恐怖に立ちむかうことが孫才次の生きがいになった。彼は穏和な性格の青年に成長したが、仲間のあいだでは、名うての乱暴者にも一目おかれていた。孫才次は怯《おび》えやすい自分の性質を恥じ、脅やかしにくるものから逃れる屈辱に堪えられなかったので、それに全力で立ちむかわねばならなかった。

「孫、支度《まわり》はできたか」

近太夫が、白木綿袖長の厚司に着がえ土間に立った。孫才次は赤褌《あかふんどし》を締めこんだ裸体に紺刺子《こんさしこ》の半纏《はんてん》を羽織り、白木綿の帯を締め、腰に刃渡り二尺に余る手形庖丁《ぼうちょう》を差し、祖父の使う朱と青の彩色あざやかなささやき筒をかついだ。

「息災で、ばっとばいた（うんと良い）初鯨をとって帰って下さいませ」

いよとぶんが、祈禱《きとう》のような口調をそろえていい、切火《きりび》を打った。

新屋敷横の坂を下りながら近太夫は、

「孫、庖丁は磨《と》いであるか」

と聞く。孫才次は、「うん、磨ぎ立てた」と答える。しばらく歩くと、

「孫、庖丁の柄はかたいか。弛《ゆる》んだら命取りやぞ」

と聞かれる。「牛の角より固いわ」と孫才次は答えた。近太夫は孫才次を刺水主《さしかこ》として鯨漁に伴うとき、この問いを欠かしたことはなかった。

三軒家《さんげんや》の和田《わだ》の岩屋を抜けると、音を立て燃えはじける幾百の鯨松明《まつび》のかがやきが目をうち、舳《みよし》を並べた三十艘《そう》の鯨舟の間を忙《せわ》しく駆け、荷を積む男たちの呼びかわす声が騒がしくきこえた。

近太夫は孫才次を引きはなし、足早に歩みだす。彼は船団の安危を司《つかさど》る「沖合い」の厳しい顔つきになっていた。

「ご苦労でございます」という水主たちの挨拶にうなずきながら、近太夫は水《み》の浦《うら》浜の中央に焚《た》かれている篝火《かがりび》の傍《そば》へ歩み寄った。

白厚司を着て下駄《げた》をはいた十六人の刃刺《はざし》が床几《しょうぎ》にまたがり、炊夫《かしき》からうけとった湯気の立つ汁椀《しるわん》を手にしていたが、近太夫をみると座を立って挨拶をした。

殺舟執当《ころしぶねしつとう》の玉太夫《たまだゆう》が、近太夫に近づきささやくようにいった。

「潮が高いようでよし」

潮位は数日まえから不気味に高まっていた。潮位の上昇は黒潮が沿岸に接近しているしるしで、やがてくる時化《しけ》の予兆であった。

「無理せまいぞ。一番潮を計ろらよ」

近太夫は鷹《たか》のような目を据え、わずかに吹いてきた風を嗅ぎわけるようにした。

四艘の網舟が縦横四十間の苧網《あさあみ》を十五反ずつ積み終ると「沖出やぞお」と艫押《ともお》したちが声をそろえて叫んだ。刃刺たちは厚司をぬぎすて、白黒だんだらの大形縫合せの平襦袢《じゆばん》をあらわした。

水主たちが十六艘の勢子《せこ》舟をコロ台から担《かつ》ぎあげ、飛沫《しぶき》をあげて海面にならべた。勢子舟の船体は刀身に似た細身で、刃刺以下十五人が乗り組む。八挺櫓《ちようろ》仕立てで、高浪《たかなみ》を突切るときも櫓が波を押さえるので、転覆のおそれはすくなかった。舟底は波浪の抵抗を減らすため平滑な漆塗である。網舟、持双舟《もつそう》各四艘、樽舟五艘、山見舟一艘はいずれも六挺櫓で十三人が乗り組んでいた。

近太夫は勢子一番舟の舳に、刃刺の佐一郎《さいちろう》と並んで座を占めた。彼は纜《ともづな》が解かれ、櫓が水に入ったのを見て、低く通る声音で、「よおよい」と音頭をとった。三百人の漁夫が、「えーい」と囃《はや》した。一番舟の艫押しが、「よいよかんとい」と甲高い声をはりあげると、「えーい」と囃しがどよめく。「もう一声じゃ」と艫押しが喚《わめ》きたてる。「えーいよーおよーお、よーお」

切れめのなくなった櫓声が、湾内を圧してどよもすうちを、勢子舟が動きはじめた。船体は藍地に白と赤の菱形《ひしがた》の地合いにいろどられ、絵模様は一番は桐《きり》に鳳凰《ほうおう》、二番割菊、三番松竹梅、四番菊流し、五番蔦《つた》模様と極彩色に描かれていた。

灯明崎《とうみょうざき》沖合いの網代《あじろ》（漁場）に、勢子舟が地番、中番、東番、南番、端番、張出しと陣形を張り、網舟、持双舟がその内側に配置を終えると、空の曖昧な斑点《はんてん》がしだいに雲の形をとりはじめ、しらじら明けの海岸線が浮かびあがってくる。山も海も、穏かで明朗な色彩を帯びていた。紀南《きなん》の山野は厳冬にもつややかな緑を失わない。真珠色のかがやきを増してくる空の下で、そそり立つ岩礁の群れが、青絵具を溶いたような潮にとりまかれている。飛び交うかもめたちの外に動く物影はなかった。

海上に立ちこめる水蒸気を紅色に染め、陽《ひ》が姿をあらわした。執当玉太夫の指揮する勢子二番舟に乗り組んだ孫才次は、遠眼鏡で水平線のあたりを見渡していた。風がなく、勢子舟の艫に立つ白い采旗《さいき》もはためいていない。

半纏の背が日ざしのぬくもりを微《かす》かに伝えてきた。かもめが乾いた声で啼《な》き、孫才次は不意に前夜寄子路《よろこじ》の松林のなかで抱きあったゆきの柔らかい体のにおいを思いうかべ、頬に血をのぼせた。

前夜は二十三夜様を祀《まつ》る晩であった。二十三夜様とは、不漁を解き、遭難から守護してくれる「じんぐうさま」のことであった。

孫才次はゆきと待ちあわせ、米の粉を練りかためた「おしらもち」と線香を檜《ひのき》のつけらきにのせ海に流し、墨汁のように暗い海にゆっくりのぼってくる月に手をあわせた。

ゆきは孫才次の妹きみの親友であった。彼女の父である玉太夫が孫才次の父弥《や》太夫《だゆう》とは兄弟の誼《よしみ》をかわす仲であったので、孫才次は二歳年下の彼女が前髪をあげない幼女の頃からかわいがり、面倒をみてやってきた。

ゆきに恋情を覚えたのは、いつの頃からであったのか、孫才次は覚えていない。彼女の顎から喉へかけての彎曲《わんきょく》がけざやかに白さを増し、胸と腰の隆起が着物を通してうかがえるようになると、孫才次は身内にたちふさがるどよめきで口が重くなり、気やすく話しかけられなくなった。

「兄《あん》ま、ゆきやんがなあ、お前《は》んが何か怒ってるんとちがうかて、聞いてたでやあ」

きみがおかしげな顔でいうのに、「何も怒ってない」と腹を立てた口調でいい、頬に血がのぼるのにとまどった。

ゆきと再び言葉を交すようになったのは、五月の溢《あふ》れる日ざしに樹脂のにおいが立ちこめる、梶取崎《かんどりざき》のビロウ林のなかであった。

裾みじかな単衣《ひとえ》を着たゆきは、丈なすリュウビンタイの葉叢《はむら》を分け、グミの籠《かご》を抱えてきた。遠くから目を見あわせ、孫才次は眩暈《めまい》を覚えた。

ゆきは恥じらいの色を頬に散らし、かたい笑みを湛《たた》えて近づいてきた。孫才次は度を失い、わざと大股に歩み寄った。彼はいきなりゆきの籠のなかに盛りあがっている朱色のものをつかみとり口にいれる、自分でも思いがけない動作をし、その不様さを恥じ、芋酒を呑《の》んだときのようにこめかみを脈うたせた。

ゆきはふくみ笑いをもらし、孫才次も赤く染めた口もとを弛めた。

そのあと間もなく、彼らは人目を避けてあいびきをするようになった。

前夜、ゆきは波に揺られながら遠ざかるつけらきにむかい、長いあいだ手をあわせていた。

「何を拝んだや」

「ええこと。明日は大漁で、正月にうけじゃを食べんでもええようになってほしいて」

正月にうけじゃかと、孫才次は遠眼鏡を膝におろし、思わず眉をひそめた。さつま芋と少量の米を水が蒸発してしまうまで炊《た》きつめ、芋の表面に飯粒がはりついた食物は、貧苦のなかからうまれた太地の住民たちの常食であった。

「何じゃ、腹でもいたいか」

刺水主の相番《あいばん》である従兄《いとこ》の清七《せいしち》が、けげんそうに見た。

「いや、何でもない。清やん、俺《おんだ》やなぜかしらんが、今日は鯨とれるよな気いするんじゃ」

「そうならええがのう。俺《おんだ》はあかんと思うぞ。太地の網代にゃ、もう昔のようには鯨が来んようになったんじゃ。潮が変ったのにちがいないぞ。昔はあの森浦《もりうら》の沖でさえ、竪羽《たてば》立てが見られたというにのう」

孫才次も近太夫から鯨の雌雄が腹をあわせて海面に横たわるように浮かび、互いの手羽を高々と空中に立てる交尾の有様を聞いたことがあった。

「そうときまったわけやなし、今日はひさしぶりに鯨尾《あおち》に網かけて、持双の先漕《こ》いで沖帰りできるか分らんぞ。きばろらよ」

「いや、あかん。村のお婆《ば》まらは師走《しわす》に子供の着物一枚も買えんちゅうて、泣き泣き炊桶《かつしよけ》洗《あろ》うとる。こんな物いりな網代張るより、沖ゴンドやカジキを追うたほうがええのじゃ」

小鼻の張った分厚い鼻梁《びりよう》に脂をためた従兄は、命知らずといっていいほど物おじしない楽天的な性質であったが、片沖合いをつとめていた父親が座頭鯨の手羽にはねられ命を落してから、鯨方の前途を暗くみている内心をかくさないようになっていた。

しかし、数すくないゴンドウ鯨や鮪《しび》を取ったところで、食料にするだけで、大鯨のように全村をうるおす現金収入をもたらしてくれるものではない。太地の産米はわずか百石であった。三千人の村民が百石の籾《もみ》で生きてゆけるわけはない。鯨はたったひとつの救いの神じゃと孫才次は思った。

不意に舷《げん》が揺れ、孫才次は沖をふりかえった。艫の玉太夫が丁髷《ちよんまげ》の刷毛《はけ》先をいつか吹きはじめたゆるやかな西北風《やまぎた》になびかせ、険しい目つきで同じ方向を睨《にら》んでいた。

左右に帯のように長い波が数本、沖から近づき、二里（約八キロ）の幅で展開している鯨舟をゆらめかせ、陸のほうへ消え去った。海面は陽がかげるように明るい表情を消し、さざなみを立てはじめた。

「昼の満潮《こみしお》から物いうてくる（荒れてくる）かもわからんな」

玉太夫は流れの早まった海を見渡した。

「山立てよお（方角を決めよ）」

一番舟から指令がきこえ、流されはじめた船団は灯明崎を対象にきめた位置を動かないよう、櫓《ろ》を使いはじめた。

網一番舟が「ひい、やあ」と櫓声をたて、網代の中央に滑るように出てゆき、静止した。刃刺が舷に身を乗り出し、垂縄を海中に下すのを、近太夫は注視していた。老練な刃刺は錘《おもり》をつけた二十間の垂縄を海に入れ、指先に感じる圧迫で、正確に潮流の速度を計れた。

網舟は二ケ所で潮を計ったあと、もとの位置へ漕ぎもどった。しばらくして、一番と二番の網舟の艫に、灯明崎山見に潮流の速度を知らす黒い小幡《こばた》がひるがえった。

「二本潮の上《のぼ》り潮じゃ」

水主たちの間に失望のざわめきが流れた。網張りの作業は、潮流がすこしも動かないときに行うのが上々吉、北に流れる下りの一本潮が次善の状況で二本潮では潮に流される網を押さえる苦労がふえてくる。三本潮になると殆《ほとん》どの場合、断念しなければならない。上り潮ではすべての場合作業に困難がつきまとう。

潮流は午後になって弱まることは稀《まれ》であった。朝から二番潮では漁はたぶん見込みがないと近太夫は思った。おだやかに吹いている西北風《やまぎた》に東南風《いなさ》がまじりはじめ、時々突風《たまかぜ》がどっと吹きつのって顔に飛沫をあびせた。

「佐一郎、突風《たまかぜ》の吹く日いはの、連れ鯨がくるんやぞ」

「じゃあい（そうですか）。何でよし」

「お前らの爺《じい》まなら知ってたことじゃ。昔はそがなことが、ようあったんじゃ」

近太夫は、皺ひだのような目を更に細め、笑っていた。六十五歳の彼にとって、失望をかくすのは容易な業であった。

「おい炊夫《かしき》、いまのうちに料理《じょうる》して皆に飯食《ごし》わしとけ。荒れてきたら食えんど。空腹で鯨追うても、置いていかれるわい」

「おい旅水主《たびがこ》の衆、ひとつええ喉聞かしちゃってよ。東南風《いなさ》に吹かれて揺れてても仕様ないわい」

近太夫は口早に水主たちに話しかけた。

喉自慢の他郷出稼ぎの水主が、甲高い声でうたいだし、聞き手は声をそろえて囃しをいれた。

〽明日は吉日砧打《きぬたうち》、明日は吉日砧打、おかた姫子も出てみやれ、何とさしたる枕やら、宵《よい》と夜中に目を覚ます、きぬた踊りはおもしろや、きぬた踊りはおもしろや

正月二日出初《でぞ》めの式に歌う綾《あや》踊り唄の節を、近太夫は覚えず追っている。先代鯨方棟梁《とうりよう》和田覚右衛門《かくえもん》の本方《ほんかた》（本部）屋敷の広間で、和田一類、番所出役、刃刺、勘定方、大納屋《おおなや》、山見の主役が居流れ、金高蒔絵《きんたかまきえ》一升入の鯨盃《げいはい》を前後不覚に酔いしれるまで傾ける宴《うたげ》の光景が、彼の内部にひろがっていた。

師走ひとつきの間に、二十五頭の鯨を仕留めたこともあった。庭に鯨の頭《かばち》を置き並べ、皆は狂ったように舞い踊った。潮を浴びても忽《たちま》ち水玉を弾《はじ》くつややかな肌の

若い近太夫が刺水主たちの綾踊りの列に入り、紅白の綾に塗りわけた小石入りの竹筒を振り、急調子の手さばきに息をきらせている。

近太夫は夢想から覚め、歌いおさめた水主を、「妙《みょう》、妙」と手を打ってほめそやす。彼は漁を半ば投げかけていた。百日も不漁が続くことは稀であった。ここまで運に見放されていて、年内に鯨がくるとは思えない。

和田家の経済が、村の衆に渡す越年の「つかわしもの」の米穀、金子の調達に困惑するほど窮迫している内状は知りつくしている。大阪の高利貸しから借りうけた金の利息払いさえ滞りがちであった。

蝦夷《えぞ》地での捕鯨が実現しておれば、わしもいまは楽隠居の身分でいられたかも知れないと、近太夫はぐちめいて過去をたぐってゆく。

嘉永《かえい》年間、蝦夷地に鯨が甚《はなは》だ多いという報《しら》せが、鯨肉出荷に大阪へ出向いた五十集《いさ》舟の者からとどいた。太地鯨方では新宮《しんぐう》藩と協議のうえ、棟梁和田伊織《いおり》の叔父《おじ》、太地伴十郎《ばんじゅうろう》を長《おさ》とし、六名の見届役を蝦夷に派した。不惑をひかえた男盛りの近太夫も一行に加わっていた。

彼らは、鯨方の休漁期にあたる四月より九月までの間、北海道西沿岸の雲霧を分け視察した。実状は伝聞を遥《はる》かに上回っていた。ヤマコシナイ、モロラン、ホロベツ、タルナイ、ユウベブツ、その他名も知れぬ湾内には、太地、土佐《とさ》の南海には姿を見せたこともない長大な克鯨が群游《ぐんゆう》し、食に飽いてその処《ところ》を去らず、夥《おびただ》しい数は弁別することもできない有様であった。休漁期に大挙渡道すれば、巨利を博することはたやすいと、近太夫たちははやりたった。

だが、新宮藩の協力を俟《ま》っても、蝦夷捕鯨を実現しうる巨費を調達することは不可能であった。井原西鶴《いはらさいかく》の「日本永代蔵《にっぽんえいたいぐら》」に日本十大分限者の一として描かれ、また厖大《ぼうだい》な富を擁する熊野《くまの》別当家と姻戚《いんせき》を組み、紀南に君臨した和田棟梁の曾《かっ》ての栄光は既に色あせていた。

その後、年毎《ごと》に大震災、大津波、三日ころり（コレラ）の流行病などの災厄が太地を襲い、やがて幕府の長州《ちょうしゅう》征伐がはじまり、鯨舟が動員される騒ぎがあり、維新となった。

明治七年（一八七四年）、怱忙《そうぼう》のうちに忘れ去られていた蝦夷漁場開拓を再度企てたのは、三十三歳の男盛りとなり覚吾《かくご》と改名した和田伊織であった。彼は和歌山県令に蝦夷捕鯨の利を説き、賛同を得て、準備が整った上は政治面の便宜を得る口約を得た。

巨額の資金調達は、当時三井《みつい》組と共に全国に覇を唱えていた大阪の金融業者小野《おの》組に仰ぐことにした。覚吾は金融ブローカーの知己を通じ、小野家主人の善助《ぜんすけ》に会い、一万五千円の融資をとりつけることに成功した。条件は、捕鯨用具を一切抵当とし、捕鯨収入によって借入金を三ケ年間に返済するというものであった。漁獲さえ順調であれば、借金の返済はたやすい。背美《せみ》成鯨一頭より採れる肉の量は、牛二百頭分に及ぶこともあり、価格は二千円を越す。

鯨は、捨てるところのない動物といわれていた。肉質の部分はすべて食用になり、腸《ひやくひろ》に至るまで美味である。鯨油は灯火の用にする外、食用、薬用に広く使われ、稲虫の駆除にも卓効をもてはやされた。筋、骨、鬚《ひげ》、歯牙は細工物の材料として珍重される。

太地鯨方が長い忍苦のトンネルを漸《ようや》く抜け、再び繁栄のどよめきをとりもどすことができると、誰もが待望し、覚吾を神仏であるかのように合掌して迎える老人さえいた。

ところが、融資金の受渡しを行う寸前に、小野組は降ってわいたように財政恐慌を来し、休業倒産の羽目に追いこまれた。

大蔵省が小野組に預託していた公金を取り立てた処、小野組が急に応じきれず、信用不安が生じ他の預金者からの取り立てが殺到したのであった。

覚吾は融資をとりつけるため多額の運動費を使い、北海道への出漁間近しと信じこんでいたため、大阪で調達できる漁具はすべて購入し、現地へ送りだしていた。その費用を捻出《ねんしゅつ》する目途《めど》はなく、やむなく鯨方の経営権を新宮の金融業者に移譲した。

新しい棟梁を迎えても、事業の経営は不振を極めた。浦人たちは宰領として頼ってきた和田家棟梁を失い、働く意欲を失っていた。

闇の底をあてもなく這《は》ってゆくような、貧苦の三年が過ぎ、鯨方の人々はかすかな光明を得た。新たな金主を得た覚吾が経営権を取り戻し、太地に帰郷してくることになったからである。

あのときは嬉《うれ》しかったわいと、近太夫は記憶を辿《たど》る。大阪東横堀《ひがしよこぼり》にある覚吾の仮り住いへ迎えの使者に立ったのは、太地の城山に紙細工のように白っぽい山桜がいまを盛りとはなびらをひらいていた三月であった。

「爺ま、よう来てくれたのう」

寓居の手狭な玄関に立った覚吾は、近太夫を見ると童子のように湧き出る泪《なみだ》を袖で拭い、近太夫もむつきの上から慈《いつく》しんできた年少の主人のやつれた顔に、「若旦那、早よ帰って呉《く》らよ」というなり声を詰らせた。

そのとき、近太夫はよろこびながら、なぜか前途の暗さを予感していた。天保山《てんぽうざん》から汽船に乗り、紀淡《きたん》海峡を南へ下る間も、海波の重畳に目をやりながら心が弾まず、うつろな思いを味わいつづけた。

近太夫は北海道操業の挫折で、太地鯨方の命脈は、ほぼ確実に絶たれたと考えていた。いまさら覚悟が棟梁の座に戻っても、冬場に南方を目ざす鯨の回游《かいゆう》する数が激減したいま、多額の借財を抱えて鯨方が生きぬけるわけがない。慶長《けいちょう》以来連綿と伝えられた太地捕鯨法も、終焉《しゅうえん》は近いと彼は読んだ。

太地村は険しい山地を背に負い、他所《よそ》へ行くには舟を使うほかには杣道《そまみち》さえない陸の孤島であった。いままで村民の命を支えてきた鯨方が消滅すれば、そのあとどのような生計《たつき》の道が残されているか、近太夫には見当もつかない。一村の者がすべて他郷へ離散する運命が待っているのかも知れなかった。

その夏は不漁に加え旱魃《かんばつ》が浦人を苦しめた。戸毎に養蜂《ようほう》を営んでいるのに、採取した糖蜜《とうみつ》はすべて仲買人に売払い、子供に与える余裕のある家はなかった。井戸水が涸《か》れ、売水を買入れねばならなくなると、生計に事欠く祖母や母は、かわきを訴える小児にせがまれ自分の唾液《だえき》を飲ませた。

皆が貧乏になり、餓《かつ》え死にしても、祖先の墳墓を見捨てて逃散《ちょうさん》しても、すべて

「おやさま」のお心にあることだからやむを得ないと、近太夫はあきらめていた。

十七歳で刺水主《さしかこ》になって以来、近太夫は数えきれないほどの鯨を仕留めてきた。

「生物は何でも死ぬんじゃもの、この世に未練を残して何すら」と彼は思う。血潮を中天に吹きあげ狂いたつ巨鯨の死を見届ける経験を重ねる長い年月のうち、彼のうちに命に対する執着が徐々にうすれてきていた。

物心つく頃から海に出て波のきらめきにかこまれ、動揺する舟板のうえを住いとしてきた近太夫には、海ときりはなされた生活は想像できなかった。天渡船《てんと》という鯨舟の通称が、彼は気にいっていた。陸から眺めていると、遥かな沖へ出て海と空のあやちも分らない辺りで姿を消してゆく鯨舟が、天に渡るようにみえるところからつけられた名であった。

「沖合い、下り潮やよし」

佐一郎は、網舟にひるがえる白二本の吹き流しを指さした。東南風《いなさ》は先刻より力を増し、梶取崎の沖から那智《なち》山の方角へ吹きぬける烈風は空の大半を覆った雨雲の形を忙《せわ》しく変えていた。

近太夫は薄雲に包まれた陽の位置を眺め、時を計った。四つ半刻《どき》（午前十一時）と思われた。東北に流れる下り潮のときは、潮流が三本潮の強さでも、網が張りやすい。それに三輪崎《みわざき》の網代《あじろ》には、昼間の下り潮のとき、鯨が姿を現す可能性が多い。三輪崎赤島《あかしま》の網代は、太地の東北四里のところにあった。

「赤島番へ行くか」

佐一郎はうなずいた。

近太夫は、艫《みよし》に立ちあがり、白晒《しろさらし》の指図幡を頭上にさしあげては三輪崎の方角へ倒す仕草をくりかえした。

「赤島へ行くぞおう」

佐一郎はささやき筒を口にあて、大音声《だいおんじょう》を海面に走らせた。灯明崎山見で了解の法螺《ほら》貝が微かに鳴った。

近太夫の胸に、今日は鯨が来るという希望が、不意に稲妻のようにするどく流れた。彼は息子の弥太夫が傍にいてほしいと、心もとなさを瞬間にあじわった。ふだん勢子《せこ》一番舟刃刺を務めている弥太夫は、いま和田家の使者として大阪へ越年の金策に出向いていた。

「よおい、よおい、よおいとかんと。よおいよおい、よおい」

雨脚が繁《しげ》く、水主《かこ》たちは蓑笠《みのかさ》から雨滴を垂らしながら櫓を漕いでいた。時刻は八つ半（午後三時）を過ぎている。船団は、鯨の片影さえ現れない三輪崎の赤島網代をあとに、灯明崎を目指して戻っていた。海面は日暮れどきのように黒ずんだ波頭を刻み、灯明崎が墨痕《ぼっこん》のように前途ににじんでみえた。

孫才次は、櫓を押す手の甲がかゆく、腕をあげるたびに、顎にこすりつけた。舟を漕ぐうち体があたたまると、しもやけにふくれあがった部分が、雨にうたれ寒風に吹かれ、血管が脈うっている。かゆみは徐々に増し、彼は身震いをしてこらえ沖に目をむけた。

騒ぎたつ波の重なりの彼方《かなた》に水平線がみえ、そのうえに古綿のようにわだかまる厚い雲の層が、鯨の下腹に似た畝《うね》をつけ垂れ下っていた。

相番の清七は、孫才次の隣で顎から滴をしたたらせて漕いでいる。彼の険しい横顔を見ると、孫才次は自分の落胆をたしかめているような気になった。掛声のあいまにとっさの冗談を交すのが好きな水主たちの間にも、笑声は絶えていた。

那智の高峯《たかみね》が右手前に近づいてきた。

「待てやあ。おもかじ」

玉太夫が背後でするどく叫び、水主たちは櫓を前につきだした姿勢で静止した。

「執当、何よし」

艫押《ともお》しがたずね、玉太夫は前方を指さした。一番舟が二丁（約二百十八メートル）ほど前方で停止し、波に揺られていた。艫に近太夫が立ち遠眼鏡で沖の方向を眺めているのがみえると、玉太夫も素早く眼鏡をその方向にむけた。

風が空のどこかで笛のように鳴り、岩燕《はいろ》の群れが頭上を飛び去った。孫才次は「鯨じゃろか」と低声《こごえ》で清七にいい、相手は無言でうなずいた。雨にうたれる檜笠《ひがさ》の下から、光る目が沖を見つめていた。

孫才次は息をつめて沖を見た。かなりの時間が流れ、何もいないのではないかと疑いがかすめたとき、遥かの波間に高く太い水柱が上った。「おう」というどよめきが孫才次をとりまいた。

水柱は間を置いて、また上った。途中から二股に分れていた。

「二股の潮吹きやぞ。背美や、孫やん」

清七が激しく歯をうちあわせながら、昂《たかぶ》った声できれぎれにいった。孫才次は、ふるえだした足を踏んばり、うなずいた。

勢子一番舟に鯨発見を示す白幡《しろはた》が立ち、艫が沖に向った。

「ひー、やー、ひー、やー」

甲高い急調子の掛声が海上を伝わってきた。十五人の水主が櫓を手前に引くトリカジのとき、姿が一斉に船上から隠れる。後頭部が敷板に着くまでのけぞる全力漕法《そうほう》である。

一番舟は飛ぶように波を切り、注進舟が紅白縦割りの印をはためかせ、灯明崎めがけて走りだした。

「ほれっ、さっさい押しじゃあ」

血相の変った玉太夫の号令で、二番舟も風を捲《ま》いて舟足を早めた。

蓑を脱ぎすて晒《さらし》褌《ふんどし》と平袖半襦袢《じゆばん》をつけた孫才次は、夢中で櫓を引いてはのけぞり、「ひー、やー」と掛声をかける。舟が動揺するたびに底板《かわら》の狭い舟底で、共櫓を押している清七にいやというほど足の甲を踏まれ、反射的に踏みかえす。

今日は、俺《おんだ》の初陣《ういじん》や。かならず鯨の鼻切って誉れをたて、ゆきをあっと驚かひちゃるぞ。こんな時化《しけ》に鯨を取るのは男冥利《みようり》じゃ、度胸を見せて気ばらな、懸思《けんし》（恋人）に会わす顔ないど。

孫才次は息を切らせ、猿のような叫びをあげながら疎《まば》らな考えをつなぎ、昂奮《こうふん》した。彼の脳裡《のうり》には、捕獲した巨鯨を両側から挟んだ二艘の持双舟《もつそう》を先頭に、意気揚々と松明《まつび》をかかげて帰港する船団の光景が鮮かに描かれていた。

岸には出迎えの老若がざわめき、轆轤《ろくろ》場の前では女たちが扇子を手に踊っている。鯨の返り血を浴び、頭から蘇芳《すおう》をかぶったようになっている刃刺《はざし》たちを従えた近太夫が、群衆をかきわけ和田覚吾の前に出て膝まずき、「そもそも本日の鯨は」と古式に従った捕獲経過の報告をする。群衆のなかから、ゆきの熱い視線が血に濡《ぬ》れほとびた俺の姿をとらえている。

十七で鯨の鼻を切れば、俺は立派な男じゃ、と孫才次は自分を励ますように考え、不意に恐怖が胸を締めつけにくるのを感じる。

瀕死《ひんし》の鯨の鼻に綱《かがす》を通す穴を明ける「手形切り」の作業は、ひとつ手順を誤れば刺水主《さしかこ》の落命につながる危険極りないものであった。それは刃刺の予備軍である刺水主が、かならず通過しなければならない関門である。

数百の水主たちを、思うがままに使役する権限を持つ刃刺職は世襲制で、和田宗家と共に数百年の盛衰を重ねてきた。刃刺の長男だけが十三歳から十数年間、刺水主の資格を与えられ、刃刺になる修業を積む。「手形切り」はその間に必ず体験しなければならなかった。

孫才次を含めた四人の若い刺水主に、「手形切り」の順番がいま回ってきていた。鯨をとりかこむ四艘の殺舟《ころしぶね》から、四人の刺水主が手形庖丁をくわえて海に飛びこむ。最初に鯨にとりついた者が、「手形切り」の権利を得る。

「俺《おんだ》はどんなことがあっても遅れをとってはならん」と孫才次は考え、全身をおこりのように震わす武者震いを止めることができない。

　みぞおちにだるい疼《うず》きを与えにくる恐怖は、死をいとうために湧きおこるものではなく、他人に遅れをとる羽目に陥るのではなかろうかという危惧に発していた。

　父《とう》まがいててくれたらよかったのに、と孫才次は思った。清七兄《あん》まもいるし、爺《じい》まも一番舟で見ててくれると、彼は自分を勇気づけた。爺まの物事に動じない皺面《しわづら》の幻が、彼の気をいくらか静めてくれた。

「おもかじい」

　玉太夫が叫び、舟を停《と》めた。一番舟が鯨の種類をたしかめ行方を見定める間、船団は灯明崎山見の指図に従い敏速に行動できるよう、布陣しておかねばならなかった。

　近太夫は両手に白晒《しろさらし》の小幡を持ち、海面をのぞきこんでいた。潜水した鯨の動きを示すもおじの丸いなめらかな渦が、波間につぎつぎとひろがってゆく。

　しばらく方向を探っていた近太夫は、舳に立ちあがり白黒だんだらの刃刺襦袢の袖を振って「進め」の合図をした。

舟は櫓音を盗み、近太夫の示した方角へ静かに動いてゆく。背美《せみ》鯨の追手に気づかないときの潜水距離は半里前後で、速力は勢子舟の全速にひとしい。いったん浮上するとつぎの潜水までに長い間を置いた。

もおじの形が曖昧になり、まったく見分けがつかなくなったが、近太夫は潮の色彩のかすかなかげりを見失わなかった。

もう半刻早ければ、せめて雨が降っていなければ、と近太夫はくりかえし考えていた。

彼はさっきの潮吹きを見て、追っている鯨が背美の劫《こう》を経た大物であると推測していた。海上二間ほどのところから二股にひらき、十数間の高さに吹きあげた見事な水柱は、瞼にあざやかな残像を残している。

背美の肉は鯨中の白眉といわれる美味で、鯨油の質も抹香鯨についで良質であった。長く広い漆黒の鬚は、拾貫匁《もんめ》（約三十七・五キロ）の値が百円の貴重品である。一頭を屠《ほふ》れば、浦人のすべてが狂喜するであろう金銭が得られる。

しかし、天候、時刻、潮流の三条件はいずれも最悪に近いものであった。近太夫の体験は、この鯨を見逃せと警告していた。

無理を押せば、道具類を流失し数多い死者を出す事故を招くおそれは多い。

「じゃけど、もしええぐあいにゼビに銛《どうぐ》を抱《おら》かしたら、獲れるろ」

背美鯨の腰の上方にゼビという急所がある。そこに銛《もり》を一本入れると、どのような巨鯨でも倒《こ》けるという失神状態になり、進退の自由を失い一ケ所でばたばた暴れる。その機会に乗じ銛を突くと捕獲はたやすかった。

近太夫は獲物のゼビを突いて倒《こ》かしたい欲望と、好んで危険に陥る愚かさをいましめる自制との間で思い乱れた。

前方にまたもおじがあらわれ、徐々に輪が大きくなり、海面が丘のように丸く盛りあがってくる。

「沖合い、出るろお」

佐一郎が濡れた頭をもたげた。近太夫は遠眼鏡を頬骨におしつけた。艶を帯びた黒色の背が波を割ってあらわれ、それはみるみる高まり前後に伸びた。勢子舟が二艘もその上に乗るかと思われる銀杏葉《いちょう》の形をした尾羽が海上に逆立ち、砲撃のような轟音をたてて落下した。肥満した頭部に、背美の特徴である三つの瘤《こぶ》が隆起していた。それは、近太夫が見たこともない巨大な鯨であった。

後方に控えている船団に、背美を確認した信号を送ろうと遠眼鏡をおろしかけて、近太夫は胃袋を殴りつけられたような驚きに目をみはった。背美の黒い胴体の右手に密着している白色の細長いものが目についたからである。

近太夫は濡れたレンズを急いで袖で拭き、あらためて見なおした。白いものは体長三、四間の仔鯨《こくじら》で、母親の手羽に乗せられ自らの尾羽で水を打っている。電流が近太夫の背筋から足の爪先までつらぬいた。

「背美の子持ちじゃ」

近太夫は悪魔を目にした怯えをむきだして佐一郎をふりかえり、遠眼鏡を渡した。

背美の子持ちは夢にも見るな、という云《い》い伝えは、近太夫が小童《こわっぱ》の頃から聞き馴《な》れてきたものであった。

宝暦《ほうれき》八年（一七五八年）極月《ごくげつ》も押しつまったある夜、太地に近い白浦常林寺《しらうらじょうりんじ》の住職の夢枕に美女が立ち、私は懐妊している鯨で、明日この沖を通り南海へ行くが、無事出産をすませた後、春になれば必ずこの浦に来て捕獲されるから、このたびは見逃してもらうよう鯨方に頼んでほしいと告げた。

住職は翌朝その由《よし》を鯨方棟梁に伝えに出向いたが、船出のあとで間にあわなかった。この日の獲物は、三十尋《ひろ》（約五十四メートル）に及ぶ背美の大孕《おおはら》み鯨であった。浦人は歓喜したが、和尚《おしょう》は昨夜の夢が正夢であったと知り、棟梁を呼び祟《たた》りを防ぐため孕み子をねんごろに葬わせた。

しかし、祟りは日を置かずあらわれはじめた。浦人を恐怖の淵《ふち》におとしいれる妖怪変化に類する出来事がいくつかあらわれ、漁に参加した刃刺、水主の間に死人が続いて出てきた。いずれも突然高熱を発し、器物を抛《な》げ戸外を駆け走り、狂い死にを遂げた。死者が二十八人に及んだとき、腹子持ち鯨供養の大施餓鬼《だいせがき》が行われ、「魚鱗鯨亡各々霊位」の位牌《いはい》が寺に祀られた。

その事件はながく子孫にいい伝えられ、子供たちの遊びにさえ、布団を頭からかぶり「子持ちの背美じゃ」と叫びながら逃げる者を追う習わしが残っていた。

鯨は悠々と潮を吹き、滝のように海になだれ落ちる水音は近太夫たちの足もとにひびいた。

「えらい乱暴者《やんが》じゃろうが、攻めないかんのう、沖合い」

佐一郎の声にも、おびえがこもっていた。

「この日和《ひより》では、むつかしいろ。山見の思案《しわい》を待たないかん。とにかく、このまま尾《つ》けていこら」

近太夫は水主をふりかえり「大印じゃ」と命じた。黒地に白一本縞《じま》の小幡三枚をつらねた背美子持ちを知らせる印が、風をはためかせて立てられた。近太夫は幡を見た漁夫たちのどよめきが聞えたような気がした。

灯明崎突端の山見番所にも、間を置かず同じ大印が立ち、濃い黒煙が立ちのぼり、風に吹き散らされて低く流れた。

「南の窯《かま》じゃ」

南窯の狼火《のろし》は、灯明崎網代《あじろ》に網を張れという指令であった。もう一筋南窯の右手に狼火があがると煙はたちまちうすれ、代って南窯になお近い位置から勢いのよい狼火があがりはじめた。それは北張りだしの勢子《せこ》舟に、沖へ回れという合図である。勢子舟網舟四艘は舳《みよし》を立てなおし、さっさい押しで水を蹴立て灯明崎に向った。勢子舟は五丁ずつの間を置き、鯨を尾行する尾尻《おじり》役についた一番舟に続くために南西の沖へ櫓足を早めた。

近太夫は狼火によって、灯明崎山見を指揮する山旦那の意中を読みとっていた。やはり天候、時刻を判断し、殊《こと》のほか巨大な鯨を仕留めるのは無理と考えているにちがいなかった。もし、是が非でも鯨を仕留めるつもりであれば、那智前の網代に網を置かせ、獲物を強引に追いこませるはずであった。

遥か遠方の灯明崎網代に鯨を追いこめる可能性は、まず乏しかった。行手には数ケ所に暗礁《はい》があり、鯨はそこで急に方向を転じるのが通例である。灯明崎網代はたしかに潮通しのぐあいがよく、鯨を湾内に追いこむ絶好の場所ではあったが、慎重な山旦那和田金右衛門《きんえもん》は、体《てい》よく見逃せと近太夫に合図しているわけであった。

雨は小止《こや》みになったかと思うと、また強く顔にたたきつけてきた。近太夫の厚い皮膚に、濡れた襦袢を通して寒気が伝わってきた。

鯨が高く潮を吹き、風波のざわめきを圧して咆哮《ほうこう》し、近太夫の腹にびりびりと余韻を伝えた。

孫才次の舟は、風向きがめまぐるしくかわるセラエに吹きまくられ、屏風《びょうぶ》を寝かせたようなうねりを突っきって、一番舟のあとを追った。

「なんで灯明へ追いこむんじゃい。ここからあそこへ入れよいうたら、いかな手練《てだ》れでもごいされませ（お許し下さい）ちゅうぞ」

「ほんまじゃ、どうにも得心いかんぞ。鯨逃がせちゅうのか」

孫才次は清七とささやきあった。水主たちも口々に不審をもらしたが、玉太夫は沈黙したままであった。

近太夫の指揮で鯨の沖手に一列に並んだ勢子舟は、中央の舟を基点に内側に折れ、大きなV字形をつくった。その隊形のなかに鯨をとりこめ、網代へ追ってゆくのである。

近太夫が、「貫抜《かんぬ》き打ち」の幡を振った。孫才次はあわてて足もとから木槌《きづち》をとりだし、舳の玉太夫に渡した。

「トン、トン、トン。トントントン」

玉太夫は舳に腹ばいになり、舟の先端の張木《はりぎ》を緩急いりまぜて叩《たた》きはじめた。どの舟からも忍びやかな木槌の音がきこえてきた。

いよいよ追いはじめた、と孫才次は不気味なほど艶めいて黒い鯨の背に目をこらした。

鯨はまた、大気を震わせて咆哮した。それは海中を伝わってくる貫抜き打ちの音に警戒を示しているしるしであった。

おれはどんなことがあっても、あいつの手形を切ってやる。死んでもやってやると孫才次はくりかえし、全身を熱病やみのように震わせた。彼の視野は薄闇がおりたようにくらく、白泡を立てて泳ぐ肥え太った鯨の背中だけが鮮明に見えていた。子持ち鯨の伝説など、彼は頓着《とんじやく》していない。彼を浜に迎えにくるゆきの笑顔が、胸のうちで妙《たえ》なる音楽のように揺れつづけ、彼は楽しい期待のかぐわしい匂いに酔っていた。

もうじき太平石《たへいいし》の暗礁《はい》じゃ。もうちょっと右へ行け、沖へくるな、よし。鯨は悠然と頭を陸に向ける。暗礁《はい》を過ぎ、浜と並行になる。

「妙に陸向《たか》きよるの。ふつうならあの暗礁《はい》に当って沖へ逃げよるが」

「ほんまじゃ、子をかぼうて気ないぼう（気がつかない）になってるんやろ」

孫才次の後ろで、水主がささやきあっていた。

「筆《ふで》島の暗礁《はい》は、よう越さんやろ。あんな心《こ》ら悪《わ》り鯨は、逃げたほうがええんじゃ。今朝うちの嬶《かか》が縁起ようないことに、空つるべ汲《く》みくさっての」

「あと一刻もしたら、手元見えんど。あの大物を、松明《まつび》立てて追われんど」

筆島の手前で、鯨が沖に体を振った。貫抜き打ちが乱調子に変った。玉太夫は力まかせに横木を打ちすえる。

鯨は船団の前を横切って沖へ行く。勢子舟はいまはあたりはばからぬ櫓《ろ》声を立て、さっさい押しで、櫛《くし》の歯を引くように沖手にまわって行く。

「皆、カリ棒打てえ」

玉太夫が絶叫し、孫才次たちも貫抜きを乱打しはじめる。鯨が波を割ってまっすぐ向ってきた。頭部の三の山の盛上りがはっきり見え、母体によりそっている仔鯨の白い頭部がわずかに見分けられる。

「こっちへ来《き》いやるぞお」

鯨の進路にあたる勢子舟がうろたえ、道をあけようと逃げまどった。

鯨は勢子舟の鼻先で、なぜか急転回し、ふたたび灯明崎を目ざす姿勢にもどった。あおりで転覆しそうになる舟を、水主たちは櫓を張っておさえた。

孫才次は青黒い海水をうねらせ眼前に聳《そび》えたった鯨の、手向いようもなく思える山のような重量感に押しひしがれた。力に満ちあふれたなめらかな胴の斜面に、さざえのような鯨虱《くじらしらみ》が群がりついた有様は、そのまま彼の命を脅やかす死神の化身であると思われた。

孫才次の視野は暗さを増し、鯨だけが先刻よりも鮮明に光芒《こうぼう》を放っている。俺《おんだ》はおとろし、鯨がおとろし、よう獲らん、と悲鳴をあげる内心を懸命に押し静める孫才次をゆさぶるように、鯨は口をあけ、耳を聾《ろう》する叫びをくりかえす。

近太夫は、速度を増した鯨の後を追いながら、遠眼鏡で山見の合図を見守っていた。番屋の外に立っている人影が、小采《しょうさい》を両手に持ち左右へ開き上げた。網を置けの下知《げち》である。山旦那金右衛門も、まっすぐ灯明崎に向ってくる鯨を、坐視《ざし》するわけにいかなくなったのであろう。しかし勢子舟を指揮する一丈（約三メートル）余の大采は、まだ見えない。

鯨はしきりに潮を吹き、沖から斜めに灯明崎へつっこんで行く。波浪の騒《ざわ》めきをついて、山見親爺《おやじ》の吹きならす法螺貝の音がかすかにきこえてきた。狼火場を行き来する人影が肉眼で見分けられるまでに、岬が近づいた。

後に続く勢子舟が、貫抜き打ちの手をとめ間隔をつめてきた。二番舟の玉太夫が、ささやき筒を口にあて叫んだ。

「沖合いは獲るかのう。私《おんだ》や危いと思うがのう。あんなはしかい（鋭い）鯨の頭《すかつぱち》に、三本潮で網置いても満足にかからんぞ。それに、もうじきてぐすも見えんようになら」

近太夫はうなずき、「思案役《しわい》はどうじゃ」と三番舟に叫んだ。三番舟の刃刺は身を乗りだした。

「わしもへぼくた（臆病）でいうとるやないけど、これだけ物云う（天気が悪くなる）てきたらのう。むつかしいろ。真西吹いてきたさかえのう。沖合いはどうや」

ずぶ濡れの頭をすえ、近太夫はしばらく考えこんだ。ひょっとすると、思いがけない好都合で事が運び、背美を手中にできるかも知れないという考えが、再び近太夫のうちに湧いていた。網をかぶったところをすかさず湾内へ追いこめば、たやすく獲れる。

彼は、うけじゃさえ満足には口に入れられない暮らしをしている、村の女たちを頭に浮かべていた。年中ぼろを下げ、夕方になると鳥目で身動きもできなくなる子供たちをよろこばせてやりたい。病人がいたり、働き手の乏しい家族は、娘を勝浦《かつうら》の遊郭に売らねば節季の坂を越せなかった。色づきかけたゆすら梅のように清々《すがすが》しい肌の娘が、地獄へ売られてゆく。

灯明崎の真下に半月形の陣を張った網舟は、二本の白幡を雨中にはためかせていた。網もあい、網をやれと合図する法螺貝が、山見番所で鳴りつづけているであろう。

下り二本潮なら網はどうにか張れる。灯明崎までの距離は、一里を割っていた。ここまでくれば、鯨をめったに逃がすものではない。近太夫は迷いながら、獲物へ執着をつよめていた。

「わいらの働きは、せつろい（せわしい）思案《しわい》はやめて、勢子采《せごさい》に任そら。己れの墓切る（墓に名を刻む）覚悟なら、捕れん鯨はないろお」

近太夫はささやき筒を口にあて、しわがれ声を振りしぼって下知した。

「また潜るろお。しっかりびり切れ（走れ）」

鯨の半身が天をついて逆立ち、白泡を坩堝《るつぼ》のように湧きたたせ海中に沈んでゆく。近太夫は、獰猛《どうもう》に開いた尾羽が左右に均《ひと》しく揺らぎながら消えてゆくのを見とどけ、安堵《あんど》した。

尾羽が前後左右に傾いていない時は、鯨が潜ったあとも進路を変えないと考えて、ほぼ誤算はない。

「灯明に山立てて（舳を向けて）びり切れ」

近太夫は叫んだ。櫓頭が「それ行け」と喚き、舟は狂ったように波を切りはじめた。「ひー、やー、ひー、やー」と湧き立つ櫓声のなかで、近太夫は舳に身を乗りだし、水深が減って徐々に見分けやすくなってきたもおじの漣《さざなみ》に一心に目をこらした。西風が唸《うな》りをたてて吹きつけ、雨滴がつぶてのように頬をうちつづける。湧きかえる波のうえを、風に押されたちりめん皺のような小波《こなみ》が影のように走り過ぎるが、近太夫の目はもおじを放さない。

後続の舟が、貫抜き打ちの音を忙しく立てながら間隔を縮めてきた。佐一郎は打っていた木槌を付人に渡し、鉢巻を締め直したあと、早銛《はやもり》の覆いを解きはじめた。

灯明崎では、網舟が持双舟《もつそう》の先導で左右にひろく展開し、しぶきを立てて網を投げこむ作業にかかった。

近太夫は頭に血をのぼらせ、夢中でもおじを睨んでいる。ここまで来れば、金右衛門旦那も勢子釆を振らずに居れなかろうと、彼は推量していた。獲物を手際ようおらし（気絶させて捕える）てしまえばよし、もし手強《てごわ》く抵抗され船団に被害が出るような場合は、自分の判断で漁を中止させようと、彼は決心した。

「弥太さえ、いてくさったら」と、彼は焦りたつ胸のうちで、ぐちをくりかえした。近太夫は孫の初陣が、このような嵐の日に、不吉な鯨を相手に行われねばならないことを呪《のろ》った。できれば孫才次の仕事をやめさせてやりたい。彼を戦いの陶酔から覚めさせるこの不安を、分ち持つべき弥太夫がいないことに無性に腹が立つ。

前方の海面が盛りあがってきた。青黒い潮の底から、白い気泡の柱が湧きあがる。

「出るろお」

ごおうっ、と耳朶《じだ》を震わす響きとともに、純白の太い水柱が空に噴きあがり、二股に分れてもなお高く昇った。

馬の尾を乱すように飛沫《しぶき》をあげる波頭を分け、鯨が背をあらわした。仔鯨は母の脇腹によりそって尾羽をはねている。網までは、あと半里もない。

「沖合い、采《さい》やよし」

佐一郎が灯明崎を指さした。白天目《しろてんもく》吹き流しをつけた丈余の勢子采が、番所の前で左右に振られている。勢子舟かかれの合図である。近太夫の脹脛《ふくらはぎ》に戦慄《せんりつ》が走った。彼は「勝負じゃ」と口走って激しく揺れる舟板に仁王立ちになり、采配で四番舟を指すと勢いよく右へ振った。

四番以下の勢子舟は舳《みよし》を大きく南へ回し、間隔を詰めた縦列で網の後方に回るために、するどい矢声《やごえ》を立てて離れて行く。

「ほれっ、追いこめ。カリ棒打てえ」

二番舟の舳先《へさき》に立ちはだかった玉太夫が声のかぎりに叫び、孫才次は貫抜きも折れよとばかり槌を打った。矢を射るように走る舟の甚だしい動揺をものともせず、玉太夫は狭い踏板に釘《くぎ》付けにされたように立っている。羽織を脱ぎすて二重回しに締めこんだ赤褌《あかふんどし》と鉢巻のほかに身につけるものはない。どの舟の舟首にも、赤裸の刃刺が微動もしない立ち姿をみせていた。

見わたすかぎりの波頭が、たがいに生物の呼応しあうようにつき立っては沈み、絶え間なく泣きわめく風音と相まって、あわただしく賑《にぎ》やかな気分に水主《かこ》たちを誘い、性急に櫓を漕ぐ動きに明るい弾みを与えていた。

鯨との距離が縮まってきた。網を前にした鯨はたじろぎ、勢子舟と網の間を大きな円弧を描いて泳ぎはじめた。

灯明崎は目のまえである。山見番所の脇にも、三軒家の坂道にも、夥《おびただ》しい人影が群れているのを孫才次は見分けた。あのなかに、お母《か》んも、お婆《ば》まも、ゆきもいるに違いない。ゆきよ、ええ正月さひちゃるぞ、と孫才次は全身に鳥肌を立てた。

山見の人影が、手にした小采を幾度も振りおろす仕草をした。銛をうての指示である。動きをためらう鯨に一本銛を打ちこむと、痛みに狂って網に突掛けるのである。

三艘の勢子舟は貫抜き打ちをやめ、走りながら縦列をつくった。一番舟の佐一郎が力士のような裸体を濡れ光らせ、十三尋《ひろ》の矢縄をつけた一丈二尺（約三・六メートル）の早銛を左脇にかかえた。

一番舟は鯨に直進していた。佐一郎の足もとに羽織の背をみせている近太夫は、頭部《かばち》から攻めかける最も危険な正攻法をとったようであった。

鯨は忙しく沈んでは浮かび、陸に反響して轟《とどろ》きわたる咆哮をくりかえす。佐一郎は銛を左手に持ち直し、右手で悠然と鯨を三度招いた。

海面下を暗礁のように黒く動いていた鯨が、頭を水面にあげてきた。佐一郎は銛先を高く空に向け腰をおとした。背があらわれ、ごおうっと潮吹きが昇ると同時に、佐一郎は体をひねって銛を投げた。

空を指して飛んだ銛は、鯨の頭上で見事に反転し垂直に落ち、背筋に突き立った。

孫才次は、突然数百頭の馬のいななきのような、天地をゆるがす音響に耳朶を煽《あお》られた。鯨は紫色の口腔《こうこう》をひらき、絶叫しつつ頭を擡《もた》げてきた。頭はみるうちに高まり、千石回船の船腹のような胴がつったち、尾羽があらわれ、白い腹が宙に浮かんだと思うと鯉《こい》のように跳躍したのを、孫才次は見た。あまりの巨大さに圧倒された彼の頭はしびれ、夢にうなされるときとおなじ気分に陥った。

鯨は飛沫の壁を空たかく立てつらねて落下し、高波に逆立った舟は、水主たちの懸命に押さえる櫓の支えで、からくも転覆を免れた。

「網に当ったろお」と、後続の舟から聞えてくる喚声を、孫才次は茫然《ぼうぜん》と聞いた。

ゆきは母のさだと共に灯明崎へ向う三軒家の坂を駆けのぼったが、途中ではぐれた。ゆとう紙の合羽を羽織ったゆきは、足袋《たび》はだしで泥をはねて走った。

鯨の叫喚が風雨を圧して聞えるたびに、彼女はいまにも孫才次が死ぬような恐怖におそわれ、心臓に痛みを走らせた。

崖際に出ると、人垣をかきわけ海を見下した。意外に近い位置に勢子《せこ》舟が走っていた。ゆきは濡れた顔をこすり、二番舟を探したが、見当らない。水主《かこ》の顔も見分けられない。「どうひたんよう」とゆきは泣声を立て、木につかまって身を乗りだした。

岬の飛び岩のかげから、一番銛を入れたことを示す白幡《しろはた》を船尾に立てた尾尻《おじり》舟と並んで、二番舟の割菊模様があらわれたのを見て、ゆきはほっとした。法螺貝の音の絶えまに、勢い立った櫓声が聞えた。波を蹴たてる舳《みよし》に、赤褌を締めた玉太夫が、銛を抱えて立っている。

見物の群衆は口々に叫んでいた。

「お爺《じい》やん、鯨は網持ったんかえ」

ゆきは傍の老爺《ろうや》にたずねた。

「持ったけど潮が早いんで切られたんじょ。このはっさい（おてんば）は恐《おと》ろしも、さ（あばれ者）よぞ。日没《まじみ》までに手え引かな、舟子の命をまやかすろ（失うぞ）」

「恐《おと》ろし鯨かえ」

ゆきの膝が、震えてきた。彼女は玉太夫の背後で、前後に忙《せわ》しく体を倒して櫓を漕いでいる孫才次らしい人影を、乳房のいたむ昂《たかぶ》りを湧きたたせ注視していた。

「ほれ、あれ見よ。子がついちゃろうが。背美《せみ》の子持ちじゃ」

「どこにいてるんよ」

ゆきは二番舟のすぐ前の海面下を、しゃもじ形の黒い影が、潮に流されるようにゆっくり動いているのをようやく見つけた。その横に小型の曖昧な影らしいものがつきそっているのも見た。祟り鯨や、とゆきは背に悪寒《おかん》を走らせた。お父はんと孫やんが無事で帰れますように、と彼女は横なぐりの雨に打たれながら、寄子路《よろこじ》の宮に手をあわせて祈った。

「内海《うちうみ》へ行くろ。浅場にかかったら沖へ戻るろ。ほれ、網舟の法螺じゃ。逃さんように港口に張るんじゃ」

網を満載した舟が二艘、筆島の前に漕ぎだしてゆく。立ちはだかった刃刺《はざし》が、躍るような身ぶりで指揮していた。

孫才次の祖母と母は、大納屋浜《おおなやはま》にいた。勢子舟の動きから、鯨が陸を向いていることが分っていた。

「南無八幡大菩薩《なむはちまんだいぼさつ》、なにとぞ無事息災に戻らせて下さいませ」という台詞《せりふ》を、ぶんは豆をいるような早口で唱えつづけていた。いよは、「ほれ行けっ。いまじゃあ。もうじき頭《かばち》出すろお。旦那はん、功名していたあかひてよお」と曲がりかけた腰をのばし、緊張しきって喚きちらしていた。

風をついて、沿岸にどよめきが走った。湾の中央に、島が湧きでたかと思われる頭《かばち》が見えたからである。

「いまじゃあ、しっかり行けえ」

いよの叫び声で、ぶんはしっかりつむっていた瞼をひらいた。

「ひー、やー、ひー、やー」と甲高い声をつらね、二番舟を先頭に勢子舟が一列になってつっこんできた。

二番舟の舳に立つ玉太夫の銛先には、大漁を招くまじないである葬式の天蓋《てんがい》幟《のぼり》の布がくくりつけられている。鯨は頭を沖に振り、背をあらわして潮を吹いた。

「いよおっ」

玉太夫は右足を深く曲げ体をのけぞらせると、掛声とともに銛を投げた。矢縄の尾を引いた銛はまっすぐ空を指して飛び、反転したとき、飛び過ぎたかといよは拳をにぎりしめたが、銛は見事に一番銛と並んで背に立った。「ほれっ、どんと行けえ」といよは地だんだを踏んで昂奮し、泪《なみだ》をこぼした。いよは、自分たちを貧窮に落しこみ苦しめている敵を目のあたりにしているような気分になっていた。彼女は濡れそぼった姿で一番舟の舳にしゃがんでいる老いた夫の仕事を早く終らせ、休ませてやりたい。

勢子舟は順番に銛を入れては舳をめぐらせて戻ってくる。早銛、差添《さしぞえ》銛、下屋《げや》銛をまたたくうちに投げ終えた。五十本近い銛を簪《かんざし》のように負った鯨はようやく浅場を脱し、尾羽を昏《く》れかけた空に立てて潜水して行った。

「ひゃあ、逃げらひてよし」と悲鳴をあげるぶんを、いよは「気遣いない。きっと網にかけて、いそしい（無事に）帰ってきいやるえ」となだめた。

勢子舟はいっせいに沖へ出てゆく。山見は大采を吊《つ》って崖際に立てていた。網にかまわず鯨を追いかけて突けという、危険を覚悟の指示である。

雨は小止みになったが、空はくろずんだ海と見分けがつかないほど暮れかけていた。

ゆきは舟を追って灯明崎へ走った。「孫、孫才次」と彼女は口走りながら背丈にあまる熊笹《くまざさ》をかきわけ、あえいだ。いま、孫才次の舟を見送らなければ、孫才次は永久に彼女のもとへ帰ってこない気がする。孫が死ねば私も死ぬと、湯のような泪を湧かせた。

岬の突端に出ると、ゆきは唸りをたてる烈風にとりまかれ、よろけた。山見番所の周囲には篝火《かがりび》が幾ケ所にも火の粉を吹いて燃えさかり、着物の裾をからげた男たちが、忙しげに動いていた。海はもはや闇の色をたたえ、紫紺の空に薄鼠《うすねずみ》の縞模様が流れていた。

ゆきの頭上で、鯨引寄せ印の二間むしろ幡が重苦しい音を立ててひるがえり、支え杭《ぐい》を激しく軋《きし》ませていた。篝火の明るみのなかに、山旦那の金右衛門が床几に掛けているのが見え、従弟《いとこ》の覚悟が着物の片袖を脱いで何事か叫んでいる。

「孫やん、あちゃ（あなた）はどこにいてるんや。きっと戻ってきてよ。戻って私《あたえ》をよろこばひて。どの舟が二番舟よ。もう暗《くろ》うて分らんよ」

ゆきは沖に向っている黒い舟影の列を見渡し、かきくどいた。

望楼のうえで、沖見張りの男が法螺貝を長く尾をひいて吹きならし、ゆきの切なさをかきたてた。

突然海上に火影《ほかげ》がみえ、その数はたちまちひろがり金粉を撒いたように輝やきあった。勢子舟が松明《まつび》を燃やしている。波間を照らすガンドウの長い光の縞も交錯しあっていた。あんなに皆は元気に舟を漕いでいる。ゆきは目を見張り胸を高鳴らせて、「父《とう》ま、孫才次」と声のかれるまで連呼しつづけた。

あちゃの火いは、私が明日の朝まで見守ってる。灯明で見えんようになったら高《たか》山《やま》へ登ってみる。高山で見えんようになったら、次郎平樫《じろべいがし》の上へ登ってやると、ゆきは胸のうちでさけんでいた。

いよとぶんは帰宅して蓑笠をつけると、ゆきにはぐれたさだを伴い、高山への道を急いだ。ぶんは、物に動じない姑《しゅうとめ》が一言も喋《しゃべ》らなくなり、歩きながら正信偈《しょうしんげ》を低声《こごえ》で唱えつづけているのに不安をかきたてられ、話しかける。

「お姑《か》はん。お舅《と》はんら、気遣いないかのし」

いよは夢から覚めたように、「きつかいない」と答え、また読経の声を低くうねらせる。

「ほんまに、家《うち》のひと居ててくれたら、どんかえ（どれだけ）助かるか分らんのに。常《じょう》や（いつも）居てるのに、こんな時に。お舅《と》はんは年やし、孫才次は刺水主の初仕事やし。おまけに相手は子持ちの背美や。玉さんがいててくれるのだけが頼りやよ」

ぶんは泣声で、さだに話しかけた。いよはつぶやきをやめ、前をむいたままぶんに優しくいいきかせた。

「女子《おなご》は高山の鼻に坐《すわ》って、朝まで沖のだいな（ただなか）の火い見てたらええのえ。心配ひても、いまはもう親様の思案《しわい》通りにしかならなえ」

二　章

鯨は子《はさみこ》にはぐれ、東南の沖を指して逃走していた。二反の網を銛《もり》で体に縫いつけられ、速力を落していたが、まだ充分な精気をたくわえていた。半刻《はんとき》（一時間）近く潜水して浮かびでてこない、「大底摺り《おおつこすり》」の芸当をしたとき、近太夫《ちかだゆう》はもうだめだと捕獲をあきらめかけた。劫《こう》たけた背美《せみ》鯨が大底を摺ったあと意外の場所へ浮かび出ると、全身に突き立った銛をふるい落している前例はめずらしくない。背美の一尺を越す厚みの皮下脂肪を貫き、肉に達している銛の数は少ないと見ねばならない。

近太夫たちはそのあいだ、冥府《めいふ》のように暗く騒《ざわ》めきたつ海上を、鯨を求めて走った。鯨の背に打ちこんだ早銛に十三尋《ひろ》の矢縄がついており、その末端に「かずら」と呼ぶ鉋屑《かんなくず》を縄にして作った太さ五寸（約十五センチ）、直径一尺の丸い輪がつらなっている。矢縄は鯨が深場に達するにつれ、つぎたしつぎたし、数百尋にも及ぶ。

かずらは浮力がつよく、幾筋となく流れる海中の輪は鯨の位置を漁師に知らせている。間を置いて海面近く浮いてくるかずらの白さを、水主《かこ》の鋭い視力は松明《まつび》のほの明りで見分けることができた。

空と海が声をあわせて叫びたて、松明のあかりが及ばないあたりは、目かくしをされたように感じる漆黒の海面に盛りあがる高波が、砕ける。

風向きはいつからか西北風《やまぎた》に変っていた。近太夫は追風に乗って飛ぶような舟足に、不安を覚えていた。不安は臍《へそ》の奥で絶え間なくうねっていた。かずらを追いつづける彼の舟の背後には、松明の火の粉を散らす船団がつらなっている。近太夫は見つめていると、夢でうなされているときのようなおびえを誘いだす、まっくらな海のうねりに、危険な手応えを感じた。

この時化《しけ》で親潮の本流に引きこまれたら大事《おおごと》になると、近太夫は沖を睨《にら》んだ。墨を流したような空は、その暗さで暁の近いことを示していた。彼の舟は、四刻（八時間）あまりの間鯨を追っていた。浮きあがる度に銛を入れられる鯨の速度は鈍っているが、船団が太地《たいじ》沖一里に接近している黒潮に深く乗りいれていることはたしかであった。

鯨がこんど浮上したとき捕獲できなければ、漁を断念したほうがいいと、近太夫は判断した。鯨と共に失う二百本近い銛と二反の網の価格は二千円を越し、損失は一村の恐慌を招くほどのものであるが、遭難の危険を敢《あえ》て冒すことはできない。

雨のやんだ海上を、生あたたかい西風が甲高い叫喚をあげて吹きあれていた。宵《よい》から櫓《ろ》を押しつづけてきた孫才次《まごさいじ》の衣類は生乾きになり、肌につけた防寒用のゆとう紙の内を、汗がたえまなく流れ落ちた。

眼瞼《まぶた》のふくらみが消えた孫才次の顔は、獲物を追う獣の殺気を放っている。新屋敷のほのぐらい家にいるときと、静かな陸《たか》を歩いているときの彼とは別人のようになっている。彼はしわがれ声をはりあげ櫓を漕《こ》ぎ、しぶきの目つぶしをしのいで、尾尻《おじり》舟（一番舟）の火明りを追っていた。

「もうひときばりやのう。錨銛《いかりもり》負うたさか、もうじきどぐそう（のろく）なってくるろ。ほれ、持双《もっそう》行こがよ。先駆けや」

清七が、二番舟を追い越してゆく持双舟の集団を目で示した。

「あのじゃったんけ（りっぱ）な奴《やつ》がとれるんか」

「おう、朝にはかたいろ」

鉛色の夜明けが牙をむく波頭のひろがりを浮かびあがらせたとき、三十五貫の錨銛のうえに手形銛、万銛《まんもり》の重量の大きい銛を打たれた鯨は足どりをようやく止めていた。沈むかと思うと僅《わず》かの間を置いて黒い血液の輪のなかに背をあげてくる鯨を、二艘《そう》の持双舟が挟み、胴に食いこむ万銛についた七十尋の矢縄をたぐって、締めつける作業をはじめていた。

夜来の強風はしだいに納まり、頭上を覆う雲塊は水平線から晴れあがり、沈鬱《ちんうつ》な海原に棒のように長い光りがやにわにさしこむと、朝日がのぼりはじめた。孫才次は海水の色がどすぐろいのを見た。はげしい下り潮で、海に沈む矢縄が、すべて大きく弧をえがいて東にたわんでいる。ときおり夥《おびただ》しい数の流木が波を割ってあらわれ、たちまち流れ去った。

「ろんぶ（非常に）強い潮やのう」

視野がひろがるにつれ、淡い不安に胸を覆われた孫才次は、清七に声をかけた。清七は目を光らせたが黙っていた。孫才次は遠眼鏡で陸のほうを眺めたが、那智《なち》妙法山《みようほうざん》らしい山影をとらえられただけであった。十里のうえも出ていることにちがいない。

「剣出せ」と、舳《みよし》の玉太夫が喚《わめ》いた。乱髪を額にはりつかせ、白く吹いた塩で目鼻を隈《くま》どった彼の顔は、ひと晩でそげ立っていた。

「えんや、えんや、えんや、えんや」

強弱をつけた掛声をあわせ、並行する持双舟が、径二尺にあまる檜《ひのき》の大木をたがいの舷《げん》にかけわたし、棕梠《しゅろ》綱で固定する作業をはじめている。孫才次は舟底から刃渡り五尺七寸の大剣《だんす》をつかみだしながら、えんや、えんや、えんやという喚声が、みぞおちのあたりを揺さぶりにくるのに耐えようとした。

孫才次は、大剣《だんす》の柄《つか》の褪《あ》せた朱の色にも、おびやかされるような気分になった。周囲の仲間の動作が、ひと調子早くなっているように思える。彼は深い呼吸をして心臓の高鳴りをおさえる。

玉太夫は掌にたっぷり唾を吐き、大剣《だんす》の柄をしごくと、「ほれっ、取りかじや」と嗄《しわが》れ声を張りあげた。

一番舟の法螺《ほら》の合図で、勢子《せこ》舟は鯨の周囲に円陣を張った。

舳に立つ刃刺《はざし》の手に、大、中、小の剣が朝日をはねている。

持双舟の水主たちは、樽《たる》舟から乗り移った加勢の手をまじえ、鯨にからみついた綱や浮樽の随所にのびる矢縄をひろいあげ、轆轤《ろくろ》で締めつづける。

「はずさき（表の櫓）押さえよ。これから剣じゃ。もよあい舟（並みいる舟）は執当の采配で動け」

近太夫がささやき筒を口にあて、疲労に沈む声音をはりあげた。玉太夫は手を振って答え、

「こんだ鯨の頭《かばち》動《いの》いたらのう。四番から行け。俺《おんだ》や六番の前に割りこんで、大剣《だんす》切るろお」

殺舟《ころしぶね》は、四番から七番までの四艘の勢子舟がこれに当り、乗り組む水主は屈強の者を揃《そろ》えている。執当の玉太夫は鯨の生命を断つ前に、その腋壺《わきつぼ》（肺）の血液を抜かねばならない責任を負っている。もし、出血を終えずに鯨が落命すればその肉は食用になり難いまでになまぐさく、売価は仲買人のいうがままの捨値になる。困難な手さばきを要する大剣《だんす》の技にかけては玉太夫の右に出る者はない。

柄のへし折れた銛、樽、浮木《うきぎ》を全面に負い、蜘蛛《くも》の巣のような網をまといつかせた鯨の背が、殆《ほとん》ど動きを止め浮きあがってくる。血液の虹が波間にひろがってくる。頭《かばち》の三の山をあらわすと、二間ばかりの潮を吹いた。

「辰《たつ》、行けえ」

玉太夫が叫び、四番舟が波を切って鯨と持双舟の間に割りこみ、鯨にむけ静かに近づいてゆく。背美の巨大な頭と尾羽に触れれば、ひとたまりもなく撥《は》ね殺される。

刃刺の辰太夫は桿《かん》長八尺、刃渡り三尺の小剣を脇に構え、黒血の染みこんだ下緒を上膊部《じょうはく》から肩へ巻きつけていた。

舟を鯨の胴に添わせると、水主たちが手鉤《てかぎ》を網の目に打ちこむ。辰太夫は耳殻のななめ下腋壺の急所へ掛声とともに小剣を打ちこみ、力まかせに捻《ね》じりまわす。

噴きだす血潮の棒が、身をかわす辰太夫の片頬をなぐりつけ、があっと宙を走った。胴体にうねりが走り、手鉤がはじきとばされる。中天をどよめかす轟音《ごうおん》とともに、潮吹きから血潮の噴水が吹きあがり、腸《はらわた》をふるわせる人間の頭上に雨とふりそそぐ。

血達磨《ちだるま》の辰太夫は舳に足をふんばり、夢中で剣を刺し、捻じりまわし、はねとばされては網にしがみつく。

近太夫は舷をつかみ、膝頭をおこり病みのように震わせていた。ここまで深追いした鯨がようやく取れると、彼はよろこびに湧きたつ胸を押さえきれない。親潮にふかく乗りいれている危険を気づかい、足もとからあぶられるいらだちに苦しんでいた彼は、一時それを忘れていた。剣光のきらめきが老いた筋骨を力ませ、えんや、えんや、の絶えまない喚声が彼を酔わせた。

四艘の殺舟がかわるがわる剣を切り、海面が朱に色づいてきた。玉太夫が大剣《だんす》をふるい、ひとしきり血を奔騰《ほんとう》させたあと、最後の知らせ銛を打った。

ひっそりと静まった海上に、日が照り渡る。潮流は気味わるい速力を弱めないが、凪はまったく納まっていた。今日いっぱい日和《ひより》が保てれば、獲物を港に曳《ひ》いて帰れると、近太夫は空を睨む。彼は雲の影さえなく晴れ渡っているのが気になってしかたがない。船尾の垂れさがった幡《はた》が東へはためきだすような気がしてならない。冬場の熊野灘《なだ》に、西風の吹かない日は数えるほどしかない。大西風さえ吹かなければと、近太夫は祈っている。晴天のあとに踵《くびす》を接して時化が迫っているのを彼は知っていた。今日いっぱい吹かずにいてほしいと、祈りつづける。

老人小児の多く乗りくんでいる持双舟が、殺舟と乗り組みの交替をはじめた。玉太夫はじめ刃刺、四人の刺水主《さしかこ》が持双に乗り移る。玉太夫は知らせ銛の付け縄を持ち、鯨の潜る深さを計っていた。鯨が弱ってくると、なぜか自分の身長と同じ深度まで沈むと静止する。幾度沈んでも一定の位置で止るようになるのが、臨終の近い証拠である。

また執当は自分の呼吸で鯨の潜水の間合いを計る。七息の間沈んでいた鯨が、やがて六息で浮かびあがってくる。三息の間しか潜らなくなったとき、刺水主が鼻を切りに飛びこむ。

「孫、気張れよ」と近太夫は覚えず唇を動かす。褌《ふんどし》の後腰に磨ぎすました手形庖《ぼう》丁《ちょう》を差した四人の刺水主が、足を踏んばって鯨の浮き沈みをみつめている。怒り肩でガニ股の清七と並んで、細高い孫才次の後姿が見えた。

儂《わし》の孫じゃもの、めったに事をうちゃがす（めちゃくちゃにする）ようなまねはすまい。爺《じい》まも父《とう》まも皆やってきたことじゃ。しかし、お前は大《おお》どな（おうような）性質《たち》じゃから、手早《てばよ》うできるかのう。

　近太夫は孫才次の初仕事を前に、動悸《どうき》が早くなった。いつくしんできた孫の、血を浴びた影絵のような姿を見ていると、胸がしぼられてくる。鯨は並みのはっさい（おてんば）ではなかった。夜のうちに三艘の勢子舟が頭突きで割られ、二人の水主が手羽に打たれて命を落としていた。いまは衰えきった姿に見えても、庖丁をつけられれば、どのような死狂いをするか知れたものではない。

「五つ息、もうじきじゃ、孫、俺《おんだ》や道明けちゃるさか、まっすぐ走れ。矢縄狙《ねろ》うて、つかんだらいだてんで手繰れ。網にとりついたら、名乗り忘れんなよ」

　鼻切りの経験をもつ清七が、孫才次の耳にささやきかける。

「早まんなよ。鼻刺すとき、刃先にピリピリと来たら、すぐ庖丁を放《ほう》って浮いてくるんやぞ」

孫才次は顔に血の色を失い、くいしばってもカチカチと音をたててくる歯のふるえをもてあましていた。他の二人の刺水主も初陣《ういじん》なので、目がつりあがっている。乾きかけてきた肌の血潮が、むせる潮の香とまじって嘔気《はきけ》を誘う。

彼は木偶《でく》のような角《かど》のついた動作で、首を一番舟のほうにふりむけた。舳にうずくまる近太夫が目にはいった。

近太夫は僅かに手をあげてみせ、孫才次もうなずきかえした。

「四息、庖丁落すなよ」

初陣をしとげるためには、他の刺水主より早く鯨に泳ぎつかねばならない。

玉太夫は血餅《けっぺい》のはりついた鬼のような顔で「刺水主ええか、こんど出たら鼻じゃ」と喚いた。

孫才次たちは舷に足をかけ、低く身構える。

「それ行けっ」

孫才次は声と共に飛びこんだ。意外にあたたかい海水の気泡が白く湧いたなかで、彼はやみくもに手足を動かした。

潮に押され横転した形で浮きあがると、目前に清七の獅子《しし》鼻が見えた。清七はいちはやくつかんだ矢縄を孫才次に握らせ、力まかせに尻を押した。

孫才次は海に沈み矢縄を必死にたぐった。折れた銛の柄らしいもので頭をつき、のばした手がざらついた岩のようなものに触れ、固く張った網をさぐりあてた。

孫才次は飛びあがる勢いで頭をあげた。仲間が抜手を切って近づいてくる。

「孫、一番乗り」と叫ぶ間もなく、彼は鯨と共に海中に沈んだ。吹きだす血糊《ちのり》で粘つく網や銛の柄を手がかりに、彼は巨大な手羽を避け、頭の瘤《こぶ》を目あてに進んだ。

耳目が陥没するような水圧がかかり、背中から力まかせに引きはがされるような渦巻きの勢いに耐えて、おぼろに見える潮吹き孔《あな》の横を過ぎ、一の山を越えて鼻先にとりついた。手足がふじつぼの殻で切れ、しきりに痛む。鼻は厚い肉の層である。その丸みの尖端《せんたん》を孫才次はじりじりと降りた。

鯨は、十五、六尋《ひろ》と思われる深みで止るとまた浮きあがってくる。孫才次は鼻先の深い傷口にくいこんでいる浮木にしがみつき海面に姿をみせると、ふたたび潜水の渦にひきこまれようとする体を辛うじて支えた。

孫才次は目鼻を刺す潮の泡だちのなかで、自分の動きをほとんど覚えていなかった。鯨がしずかに沈下をやめると、彼はほのぐらい海中に真綿をひろげるように流れる血をはらいのけ、鼻の分厚い丸みをなでると、手形庖丁の刃先を二寸ばかりゆっくりとさし、手応えをたしかめた。刃にピリピリと反応がくれば、直ちに逃げねば荒れくるう鯨にはね殺される。

刃先が動いたように感じ、背筋を疼《うず》きが走ったが、腕がふるえているのであった。ええい、と力をこめ、目先がまっくらになる恐怖に抗《あらが》い歯をむきながら、刃を握りしめてくるような肉の層に深く庖丁を差しこむ。切先が丸みの向う側に四寸ほど突き出たのをたしかめると、すばやく引きぬき、ためた息を吐きながら一気に浮きあがる。

孫才次は日ざしをはねる波に目を射られ、執当の姿も見分けられないまま、胸のわれるようなよろこびにつきうごかされ、「切った、切った」と甲高くわめき、片手をあげた。

「よっしゃ。ようした」

ささやき筒で叫ぶ玉太夫の声が耳もとでのようにきこえ、つづいて方々の舟からカリ棒で舷を叩《たた》く音と、わあっという喚声がきこえてきた。

孫才次は庖丁をくわえ抜手を切りながら、(ゆき、俺《おんだ》や一人前の刺水主《さしかこ》になったろ、俺《おんだ》ややったろ)と幻にむかって笑いかける。

棒を持った刺水主が海に飛びこみ、すれちがいざま、「ようした」と叫んで鯨のほうへ泳いでいった。

潮流は目路《めじ》の及ぶ限り、小渦を巻いて東北へ流れていた。時刻はまもなく四つ（午前十時）になる。近太夫は孫才次が鼻切りの名乗りをあげ海に沈んでいる間、呼吸ができないような気分に陥り、口をあけてあえいだ。もうたまらんと音をあげるほど長い時が経《た》った気がしたあと、海面にさんばら髪の頭が浮き右手の庖丁をさしあげるのが見えた。

「ようした、ようした」

佐一郎が胴間声を張りあげ、「沖合い、よかったのし。見事やったぞい」と近太夫の背を力まかせに叩いた。近太夫は意に反して熱くなる目頭をかくそうと顔をそむけ、そっけなくうなずいた。

刺水主《さしかこ》と刃刺《はざし》が敏捷《びんしよう》に動き、作業は順調に進んでいた。鼻を切った孔に樫《かし》棒を差しこんだ刺水主が戻ると、待っていた若刃刺が輪綱を持って飛びこみ、棒に掛けワサに結び、それを持双《もつそう》舟の大綱につなぐ。

鼻切りに劣らず危険な業である背中の手形切りは、清七の役目である。清七は浮上してくる鯨の背に猿のようによじのぼり、手羽のつけねの真上の背すじにまたがると、手早く左右へ庖丁を差し通し、恐れ気なく綱をかけ下に投げる。下に待ちかまえていた刺水主が綱先を持つと鯨の中どな（中央部）を反対側へくぐり抜け、持双舟の棒に結びつける。

鯨をはさむ二艘の持双舟は、掛け渡した持双棒の下に、鯨を吊《つる》した形になる。鯨の下どな（腰）にも綱をくぐらせ、すべての綱を持双棒に緊縛する。

濃紺の波間に、なめらかに光る鯨の背が浮かび、綱をしめつけるにつれ、血を流す分厚い手羽、うなだれた頭と瞑《つむ》った眼があらわれてくる。

鯨を取り巻く勢子《せこ》舟は一斉に遠ざかる。鯨を殺《おら》す時が来た。玉太夫は熊野鍛冶《かじ》の業物《わざもの》である大剣《だんす》の七尺に余る柄を頭上にかまえ、海上にはじける掛声もろともたがわず心臓《まめ》を深く差し、体重をかけてえぐった。

その途端、死相をあらわしていた鯨は潮吹きから血潮の円柱を吹きあげ、裂けんばかりにひらいた口腔《こうこう》から三百枚といわれる一丈余の鬚《ひげ》をむきだし、雷のように吼《ほ》えたける。左右の持双舟は宙に持ちあげられては海面に叩きつけられ、たちまち粉砕されるのではないかと思うばかりにふりまわされる。刃刺たちは豆をまくように海に飛びこみ、待機する勢子舟に泳ぎつく。

荒れ狂う鯨の勢いは長くは続かない。まもなく往生のときがくる。近太夫は徐々に動きを納めてゆく鯨にむかい、数珠《じゅず》をつまぐり称名をとなえた。

ゆきたちは、海と分ちがたく黒ずんでいた水平線の空が徐々に白みはじめ、猛々《たけだけ》しく波頭を打ちつけあう海原が闇の底から銀の光りを反射してくるのを、高山の崖から眺めていた。馬目樫《うまめがし》の枝を鳴らす風は、一刻《ひととき》ばかり前から音をひそめていた。やがて空に紅がさしそめ、それは見るまにはなやかに色づき、海上に立ちこめる水蒸気を染めあげて、いきなり太陽が頭を出した。

掛け布団を頭からかぶり岩にもたれているいよが軽いいびきをもらしているのを、ゆきは気づいていた。崖上の処々《ところどころ》に風を避けてうずくまった女と子供の群れは、明けがたの堪《た》えがたい睡気《ねむけ》に誘われ、石像のような寝姿を見せていた。ゆきは掻巻《かいま》きに顎をうずめたきみの肩を抱き、水平線に目をこらした。金の延べ板を刻んだようにまばゆい波の重なりをわけて、岸をめざしてくる舟影はなかった。

鯨を前夜のうちに仕留めておれば、注進舟がホーランソーランと威勢のいい櫓声《ろ》をひびかせ、矢のように漕ぎ戻ってくるはずであった。

目の下の湾内を伊豆《いず》から出稼ぎの鮪《しび》舟の一団が横切り、沖へ出てゆく。波止の切石に翼を休めた鷗《かもめ》の騒がしく啼《な》きかわす声が、かすかに聞えてくる。

「何も見えんなあ」

きみは眉をひそめていた。

「姉《ねえ》ま、次郎平樫へ行こか」

ゆきは血走った目を見張るきみの髪をなで「お婆《ば》まが目え覚まひてからにしょ」と答えた。

「私《あたえ》らが見えんでも、山見から遠眼鏡で見てるさか、気遣いないえ。きっと間なしに山見に幡立つえ」

風音がひそまり、海は牙をむくのをやめている。父《とう》まと孫才次、近太夫爺《じい》ま、清七兄《あん》ま、皆はいまごろきっと元気で日の出を迎えているにちがいない。今日じゅうには元気で帰ってくるにきまっている。

ゆきは水色に明けはなれてゆく空を見るうち、ふしぎに心が静まってきた。

「孫やん、私がこんなに気いもんでんのに、早よ帰ってほっとり（ほっと）させてよ」

ゆきは眉尻をはねた孫才次の顔を中空にえがき、固い筋肉の触感とにおいをわれしらず追っている。「あちゃは私《あたえ》の物《もん》」と彼女は小さくつぶやく。

前夜、雨がやんで間もなく、一番鶏《どり》が長いあいだ啼きかわした。乾いた啼声が尾を引いては絶え、また刻を告げるのを聞くうち、寒気を避け合羽の下で抱きあっていたきみが、肩をふるわせ嗚咽《おえつ》した。

「私《あたえ》は気掛かりでならん。夜中まで帰ってこんよな漁ないもんな。爺まも兄まも達者やろか」

きみは泣きむせんだ。ゆきも誘われ、たがいにぬれた頰をよせあい、声をしのんで泣いた。

「清七、まめでいててよう」

きみが背をふるわせ口走った。清七、あんと（あの人）がこの子の懸思《けんし》やったんか、とゆきは覚《さと》ると、なぜか孫才次への思いがうねるように高まり、泪《なみだ》を流しつづけた。

「昨夜《よんべ》は、よう泣いたのい」

ゆきはきみに笑ってみせ、きみもはにかみ頰をくずした。彼女たちは一人前の女房を気どって、ませた表情をつくった。

「お姑《か》はん、お姑はん、起きていたあかひてよし」

ぶんはいよを揺りおこした。いよはすぐ目覚めた。

「帰ってきたかえ」

「まだやよし」

手拭いで目をこすったいよは、崖縁《ぞれこみ》で膝をかかえている老爺《ろうや》に声をかけた。

「力《りき》やん。幡見えるかえ」

力やんは目やにのこびりついた細目でふりかえり、「まだやのう。昨夜《よんべ》の筵《むしろ》だけやのう」と答えた。

「番納屋《ばんなや》の眼鏡で見えん所《とこ》まで行ちゃるか。よっぽどの沖出やのう」

いよは顔をひきしめた。

「旦那はんに懐炉灰《かいろばい》四つ持たしたらよかった。いまごろ寒かろかえな」

平静をよそおっているが、ふだんと口調の違ういよに、ぶんは不安をかきたてられた。

「皆、気遣いなかろかのし」

風は落ちてる、といよは耳をすます。

「小西や、いまのとこは心配ない。灯明山見で見えなんだら、間なしに眼鏡役がここへ来らえ。ほいたら委細分るつろ」

今夜《こいや》まで帰らなんだら、くたぶれてくるれ、とぶんはさだと不安げに目を見かわす。

　いよの言葉どおり、杣道《そまみち》に人声がして、男たちが登ってきた。

「誰な、小文次《こぶんじ》と林《りん》さんか」

　へえ、と二人はいよに腰をかがめた。

「魚《いお》はどうな、見えんかえ」

「灯明からは見えまへん。ここなら十里見通しやさか、何とか」

　小文次たちは女子供にとりまかれ、崖縁に立って漆の剝げた遠眼鏡の筒を構えた。

　眼鏡が水平線をなめるように往復するのを、皆は声を呑《の》んで見つめていた。

「わりゃ、何どあったかえ」

「何にも見えんよし」

　いよはきびしい顔つきになった。親潮に引きいれられたら、帰りはむさくらに（非常に）手間かかるぞ。

「まあ、夜嵐は止《や》んだけどのし。どこたりまで出やったんやら」

「ここで見えな、次郎平樫《は》か」

　いよはうなずき、「お前んら、ついて行きなあ。見えたらすぐどやゝ、ごゝ（柴《しば》）焚《た》きよし」とゆきたちにいった。

ゆきは不安に胸をはずませ、きみと手をとりあい次郎平樫へ登った。坂を駆けあがった小文次がせきこんで眼鏡をのぞき、「いてたろう」と叫んだとき、彼女は膝の力が抜け、草原に腰をおとした。「見てみよし」と小文次に渡された眼鏡をのぞくと、輝やきわたる水平線の手前に、胡麻《ごま》をまいたような舟影が見えた。

「早よ、どやご焚こらい」

きみが促し、二人ははねるように駆けまわり、枯柴を盛りあげ火をつけた。ゆきは海風に吹かれている孫才次と顔を見あわせたような感動が尾をひき、泪が湧きあがるのを、懸命にこらえていた。

半刻も経たないうちに、次郎平樫の崖上は人で埋まった。鯨方棟梁《とうりよう》の覚吾と山旦那の金右衛門も来ていた。

「あの陣形では、鯨はもう殺《おら》したのう」と覚吾がいうと、「いや分らんわ」と金右衛門が否定する。

「なんでじゃ。舟がひと所に寄っちゃるやろが」

「この遠目で、よう分るのう。儂《わし》は魚《いお》のことより、皆がしやせに（運よく）帰れるかどうか、気掛かりでならん。さっきから舟はいっこうに陸《たか》に寄らん。むしろ、だんだん沖へ引けてるのと違うか」

たしかに引けとる、と小文次と林蔵《りんぞう》が目を見あわせた。胡麻粒はわずかずつ水平線に寄ってゆくように思えてならない。

「かりに引けておっても、仕事すんだらこっち向くわい。親潮ぐらい、八丁切りで走りゃ、軽いもんじょ」

「西風吹かなんだらのう。妙法に雲かかってるし、いつおとし（吹きおろし）がくるか分らんど」

慎重な金右衛門と、豪気な覚吾の意見は、平生から対立しがちであった。前夜も金右衛門が時刻、天候ともに条件が悪く、ことのほかの巨鯨を仕留めるのは危険な賭けであると判断し、漁を中止する指図を出そうと支度《まわり》するところへ、覚吾が来てその采配を激しく詰《なじ》った。鯨が近づいて来ても金右衛門が勢子采《せごさい》をあげないため、覚吾が決断を下した経緯は、既に浦人の間に知れわたっている。覚吾は年末の支払い算段もつかぬ内状に追われ、危険をおもんぱかる余裕を失っているようであった。

九つ（正午）を過ぎる頃、金右衛門の言葉通り船影は水平線に接近し、見分けるのに難渋する状態となり、八つ（午後二時）にはまったく姿を消した。

「消えたぞ。アンチカ、キンチャカ、八郎《はちろう》ケ峯《みね》へ行くぞ」

金右衛門は、小文次たちを渾名《あだな》で呼び、次郎平樫の背後にそびえる高所へ向った。

ゆきときみは、八郎ケ峯で日没《まじみ》をむかえた。遠眼鏡は、十五、六里彼方《かなた》と覚しい海上に船団をとらえていたが、葡萄《ぶどう》色に暮れなずむ海はやがて光彩を消す。

アンチカの小文次が、陸へ向ってくる一艘の勢子舟を発見したのは、金右衛門たちが山を下りようと腰をあげたときであった。

「勢子方の舟じゃ、さっさい押しで来るろお」という叫び声が、ゆきの体をつらぬいて走った。間を置いて群衆のなかに、わあっとどよめきが湧いた。

闇にとざされた海上にカンテラの灯をにじませ、水の浦浜に近づいてくる舟を、ゆきは人垣のあいだから爪立ちして見守っていた。

それは鯨を仕留めたという注進舟に違いなかったが、もしかすると悪い知らせも持ち帰ってくるかも知れない。誰ぞが命まやかひて（失って）るかも、孫才次は危い仕事をしてる、とゆきは切れぎれに思いを走らせ、不安に胸を押しひしがれる。

篝火《かがりび》があかあかと焚かれた浜辺から迎えの舟が我れがちに漕ぎだされ、注進舟をとりかこみ、松明《まつび》で照らしだした。

「あら蔦《つた》模様や。五番の殺舟《ころしぶね》じゃ」

甲高い声があがり、ほんまじゃ、直太夫《なおだゆう》はんの舟じゃ、と重なりあう人影がざわめく。

「長右衛門《ちょうえもん》の嬶《かか》いてるか。お父《と》帰ってくるろ」

「ひゃあ、ほんまにうれしよお」

「留楠《とめぐす》、早よおいなあ」

乗り組みの男たちの家族が、呼びあいながら襤褸《ぼろ》の裾をひるがえし、走り出た。

迎え舟の舳《みよし》に立った覚悟が、ささやき筒を口にあて叫んだ。

「背美《せみ》は首尾よう仕留めたぞい」

ぎゃあっ、と悲鳴のような喚声がゆきの鼓膜をうち、躍りあがり金切り声をたてるきみに手を引かれてよろける。

五番舟が波止のうちへゆっくり入ってきた。直太夫の白厚司《あつし》が斑々《はんぱん》と血痕をとどめている。血がこびりつき逆立った頭髪を、真黒に血の染みた鉢巻で締めこんだ男たちは、目を光らせ、顔つきがみちがえるほど険しかった。

「屍体乗《ろくじ》っちゃあるろ」というささやきに、ゆきは胸をこおらせた。「誰やろ、見に行こ」ときみは走りだした。

艫《とも》の火床《ひどこ》に寝かされている屍体《したい》は額を覆う手拭いに朱を滲《にじ》ませている。むしろから出ている逞《たくま》しい肩は、玉太夫とも孫才次とも見分けがつかない。息をつめているゆきの耳に、「水主《かこ》の大熊《おおくま》じゃ」というささやきが風のように流れてきた。

覚吾は浜に下りると、金右衛門と並んで床几《しょうぎ》に腰かけた。直太夫はその前に出て砂に膝をつき、報告をはじめた。

鯨は四つ（午前十時）過ぎに仕留めたが、場所は十里沖を流れる一番潮に近く、潮流にせかれ帰途の足どりがままならない。食料も米水共に残り少なくなったため、直太夫が受取ってくるよう沖合いから指図され戻ってきた。

「二番潮にかかったら大事じゃ。よし、直太夫、食扶持《くいぶち》積んですぐ引き返せ。水主《まわり》も替えてやるし、伊豆鮪《しび》舟の衆にも頼んで、二、三艘同道してもろてやる。支度の間、一服せい」

報告が済み、立ちあがった直太夫に、いよが声をかけた。

「直やん、魚《いお》の鼻は誰が切ったんよ」

直太夫はふりむき、むらがった顔のうえをねめまわした。

「私《わたえ》や、新屋敷のおいよや」

あ、沖合いのおばま、と直太夫は表情をゆるめ、答えた。

「魚の鼻は孫才次がきれいに切った。見事な初陣《ういじん》じゃったわえ」

ゆきときみは声を放って泣いた。ええい、見苦しい、泣きよすなといよが叱りつけ、ぶんはふるえ声で、「南無八幡大菩薩《なむはちまんだいぼさつ》様、なにとぞわが眷属《けんぞく》を息災にお返し下さいませ」と口走りつづけていた。

三　章

午後の日ざしが、薄青く煙った空に満ちていた。海上は黄緑の色を反射し、柔和な高低をえがいているが、寒風が吹き過ぎるとき、たちまち青ぐろく皺《しわ》ばむ。潮流の変るあたりは、三角の小波《こなみ》が群れだち押しあっていた。

近太夫《ちかだゆう》は、五番舟が注進に戻るのを見送ったあと、鯨の鼻、中どな、下どなに通した綱《かがす》を、左右の持双《もっそう》舟の頑丈な船体と二本の持双棒にくくりつける作業を指図した。

いたるところに傷口をあけた鯨の胴に、大勢の水主《かこ》がよじのぼり、鼻をつく血のにおいに酔いながら、夥《おびただ》しい数の銛《もり》を抜き、樽《たる》や浮子《あば》のからみついた綱を外してゆく。「沖合い、がい（大層）な体《から》やのし。背美《せみ》の主やよし」

持双舟の舳《みよし》に立つ刃刺《はざし》が、近太夫にむかって喚《わめ》いた。近太夫は表情を変えずにうなずき、水主たちの動きを見渡している。

佐一郎が、ささやき筒で作業を督励する。

「汝《われ》ら、てんば（いたずら）ひてるんか。ちゃっと気ばらんかれ。早よ支度《まわり》せなんだら、流木《つまぜ》みたいに沖へ持って行かれるろ」

近太夫は、獲《え》がたい幸運を手中にした喜悦に、唇をかすかに震わせていた。「なんの祟《たた》り鯨じゃ」と、彼は鯨のたくましい頭部の茶臼山《ちゃうすやま》からなめらかな背の隆起を目で追う。海面にひろがる尾羽が、流れをせいて白波を立てている。全長は二十間と、近太夫は目測した。

儂《わし》は数千円の大金を、いま目前にしている。太地《たいじ》の浦人たちは、渇いた者が水を望むように、その金子を歓喜して迎えるに違いない。ここまで鯨を追うてきた甲斐《かい》があったわい。このうえは、一刻《ひととき》も早く陸《たか》を向きたい。

水主たちは、今夜は祝い酒じゃと勇みたち、気合いのこもった掛声を放ち、ときおり笑声が湧いた。

潮流は寅卯《とらう》（東北東）の方角を指して動いている。近太夫は網舟の刃刺に流速を計らせていた。垂網を海中に下している刃刺の背が、四半刻（三十分）も動かない。四艘《そう》の網舟の艫《とも》に、急流を知らす白吹き流しが、揃《そろ》って立てられていた。

近太夫は、船団が親潮に乗って東北に十里は流されていると推測していた。もしかすると、なお二、三里を加えねばならないかも知れない。佐一郎の遠眼鏡がとらえつづけている妙法山を中心とする那智の高峯《たかみね》は、遥《はる》か西北の海上にあった。周囲にうねる海水は、近太夫に落着きを与えない。潮流の動きに、まったく馴染《なじ》みがないためであった。

捕鯨の網代《あじろ》は、最も遠隔の沖山（沖の漁場）でも、沿岸より三里とへだたることはなかった。その沖には黒潮が、さえぎるものもなく流れているからである。潮《しお》の岬《みさき》を起点として志摩《しま》の大王崎《だいおうざき》までの熊野灘《なだ》沿岸は、象限儀《しょうげんぎ》によれば五十度の急角度で、東北に退いている。黒潮はこの沿岸に大きく沿いながらも、急に方向を転換できないため、どうしても沖を通過することになる。

潮の岬より東北へ六里離れた太地では、黒潮は、接近した時は一里、沖に離れた場合は三里の距離を、陸との間に保っていた。

黒潮の流速は、年により強弱の差はあったが、激湍《げきたん》をもって鳴る潮の岬の突角《とっかく》をかすめるとき、一刻に六十里といわれる、奔馬の勢いである。

そのような急流が通過する場合、灯明崎のような急三角の突角があると、黒潮の沿岸寄りの海水は、主流の進行方向とは逆流し、岬の内懐《うちぶところ》である太地湾に入りこんでくる。このため沿岸寄りを南下してくる鯨は、たやすく湾内にみちびかれた。

網代が沿岸に置かれたのは、そのためであった。

近太夫の記憶のうちにも、黒潮の奥深くまで鯨を追いこんだ前例はなかった。獲物とともに流される危険を冒さねばならないからである。近太夫は、舟を沿岸からできるだけ離さないように舵《かじ》を操っているが、熊野あたりと覚しい北方につらなる陸地からも、すでに四、五里は離れていた。

太地へ注進に出発した直太夫の舟は、舳を真北に向けると十四人の壮丁がさかんな掛声をあげ、左舷《さげん》に激しく白波を砕きながら遠ざかり、半刻も経《た》たないうちに視界から消えた。

近太夫たちの帰路も、やはり黒潮を真北に横断し、岸伝いに西方を指してゆくのである。五番舟の舟足から推して、一万貫（約三十七・五トン）を越すと思われる巨鯨を伴っても、すべての舟が先漕《さきこ》ぎの役につけば、黒潮を乗り切るのは至難の業ではなかろうと、近太夫は判断した。

近太夫は、自分を安堵《あんど》させようと努力していた。「佐一郎よ、直《なお》の舟足見てみよ。軽いのう」「佐一郎よ、ほとばかす（ほとばしる）真潮《ましお》（下り潮）でも軽《か》るに越えつろ。おかめたもんじゃ（しめたものだ）」と間を置かず話しかけ、水主の指揮をする佐一郎は、そのたびに上の空の返事をした。

一刻のうちに、銛や網を外す道具さばきを終え、曳航《えいこう》の支度《まわり》は整った。持双舟《もつそう》に挟まれた鯨は、命を絶たれたあとも、しぶとく手羽で潮をかいている。動きを止めた体は、気味わるいほど巨大である。乾きはじめた背筋のあたりに海雀《しゅうりき》が群がり、脂肪が白くはじけた傷口をつついていた。

持双舟の先漕ぎをするために、すべての舟が二列に分れ、たがいの舳《みよし》と艫《とも》を苧縄《おなわ》で連結した。

「ええいよお、のほほいほい。えんやこーら、のほほいほい」

遠方に声がとどかなくなった近太夫に代り、佐一郎が急流を乗りきる掛声を、おらびあげた。

鯨舟の列は、いっせいに左舷に白泡を嚙《か》んで、真北を指して動きはじめた。先頭の近太夫は、立ちあがって、持双の舟足を注視していた。鯨の左手の胴に、激しくしぶきがあがっている。持双舟は重量に押され、たちまち東方へ流されてゆく。

「持双よお、山じゃあ。山たてよお」

思案役《しわい》の三番舟刃刺《はざし》が、ささやき筒で叫んでいる。持双舟が、東へ向いてきた鯨の頭《かばち》を、辛うじて立てなおす。

近太夫は注意深い目で、櫓押《ろお》したちの動作を見渡している。赤黒く日焼けた水主《かこ》たちの双腕《もろうで》が、櫓を引きよせるとき、筋肉の陰影をくっきりとあらわし、引きしぼった弓弦《ゆづる》のように、小刻みに震えた。

ええいよお、のほほいほい。

近太夫は、鯨の負担が船団の舟足に、予想外に重くのしかかってきているのに気づいた。真北へ乗り切ってみて、困難が増すばかりであれば、東へ流されながら沿岸へ接近する手段をとらねばならないと、近太夫は考える。しかし、新鹿《あたしか》か遠くとも英虞《あご》、五ケ所《ごかしょ》の浜までに到着できず、志摩大王崎の難所から東南に押し流されれば、生還の希望は絶たれる。

水主たちは、鯨を殺《おら》いさるまでは感じる余裕のなかった不安のかたいしこりを、胃袋のあたりに抱きはじめていた。左舷を押し、舟を震動させつづける潮のうねりが、右舷ではういろうの肌のようになめらかである。潮の音が気になってならない。漕ぎなれた灯明沖の潮流とははっきりと違う、球のように丸い潮の塊が、切れめなく舟に打ちあたってくる。

「心《こ》ら悪《わ》り潮向きやのう。何どに足引っぱられてるよなじょ」

一人が胸騒ぎを思わず口にし、耳にした水主たちは、低声《こごえ》で、なんまんだぶ、と唱える。彼らは黒い背に鈍く日をはじき、背後についてくる鯨が、祟りはじめたのではなかろうかという考えを、せきこんでうち消そうとする。

半刻のうちに、綾《あや》踊り唄を鼻先で口ずさんでいた彼らの表情は、厳しく変っていた。櫓先にかかる水圧の重みが、ただごとではない。三百人を越える人数が、小《こ》童《わっぱ》にいたるまで声を揃えて漕ぐのに、鯨に引きもどされんばかりである。この有様では、陸《たか》に辿《たど》りつくまでに体力が尽きるかも知れないという危惧が、頭に靄《もや》のように立ちこめてくる。

「われら、のう。もうひと気張りじゃ。去《い》んだら（帰ったら）大名じょよ。いまごろへたるあっぽけん（ばか者）いてるかれ、のう。四番舟の舟足見たろが。大勢かかって何ちゅうへげたれ（すたり者）じゃ。皆、飯食《ごし》たろうが。食うたなら、びり切らんかれ」

佐一郎が、波を蹴立てる鯨舟の列を、くりかえし励ます。

孫才次たちは、帰路につく前に、最後に残った稗飯《ひえめし》の弁当を食いつくした。前夜から一睡もせずに過ごし、手形切りを終えたあと、僅《わず》かな仮眠をむさぼっただけであったが、気を張っているためか、頭は冴《さ》えきっていた。孫才次は、渾身《こんしん》の力をふりしぼって漕ぐ。ときたまてのひらを、櫓からはなそうとするが、握りしめた指は曲がったまま、どうしても伸びない。筋びいてきしみいたむ上膊《じょうはく》の力こぶは、トガの木肌のように硬《こわ》ばっていた。

二艘の持双舟《もっそう》の先に、並行して伸びている鯨舟の列が、潮に押され、左右の間隔を狭めてきた。北方の陸《たか》に向けている艫《みよし》が、東北に振れてくる。ころり病みのよろけじゃ、と近太夫は思わず口走り、焦燥のいばらに胸を刺された。

いつからともなく、戌亥《いぬい》（北西）の方角から風が吹きはじめ、時おり唸《うな》りをたてて艫の幡《はた》をはためかせた。あきらかに西北風《やまぎた》であった。進路の左正面から押してくる風が、近太夫たちにとってもっとも危険であるのはいうまでもない。

いくらかうねりを増してきた海の遠近《おちこち》で、風音とも海鳴りともしれない、カラカラという音響がきこえはじめた。

「沖合い、どうにも下げてるのし」

遠眼鏡で陸地を探っている佐一郎の言葉に、近太夫は喉もとがひきつるような衝撃をおさえかねた。これだけの人数で漕いで、乗りきれない潮流があるのか。

「山、だんだん消えてくるか」

近太夫は、かすれ声でき返した。危険な兆候は、眼のまえに明らかな姿を見せはじめていた。巨鯨は、潮流の勢いに押され海中で動揺し、自重に数倍する負担を曳舟《ひきぶね》に荷していると考えられた。持双に乗り組む屈強の若者たちが、東に頭《かばち》を向けてくる鯨を、長い時間をかけて北へ立てなおすと、その努力を嘲けるかのように、頭はふたたび簡単に東へ振られた。

舟の横揺れが激しくなり、海面に揺りあげられた舟底が波をうけ、太鼓のように鳴る。風の勢いは急速に強まってきた。近太夫の耳朶《じだ》で風が鳴りつづけ、しぶきが頭上までふりかかってくる。

「佐一郎、あら何じゃ」

近太夫は、水主《かこ》たちに気づかれないよう、かすかな動作で水平線の方角を示した。かがやく海面を目で追うと、東南遥かの沖に数えきれない黒点とも、奇妙な凹凸ともつかないものが見える。潮流の変るあたりは輝やきの密度がこまかく眩《まば》ゆいので、黒い形が際立ってあざやかである。舟影かと目をこらすが、いつまでも同じ場所を動かない。

佐一郎は、遠眼鏡を向けしばらく眺め渡した。

「沖合い、大波やよし。山みたいな波が、打ち合《お》うてるよし」

佐一郎が、頬をひきつらせ、ささやいた。

「あら、何《なん》なのし」

問われても、近太夫には答えられない。親潮のただなかに、波頭のたぎり立つ滝のような奔流があるといういい伝えを、近太夫は思いだしていた。近太夫の目測では、その場所まで三里は離れている。いつの間に、目路《めじ》に入ってきたのか。近太夫は追いつめられた獣のように、歯をむきだした。

「おもかじ」

近太夫は叫んだ。一番舟は停止し、後続の舟が追いついてきた。近太夫は晒幡《さらしばた》を振り、船団の舟足を停《と》めた。

「谷《たに》太夫よ、潮きついのう。こえだけ流されたら、子《ね》の方角へなんぼ漕いでもどうにもならんろ。わいつ（君）の思案《しわい》はどうじゃい」

思案《しわい》役の三番舟刃刺《はざし》は、上下する舳にしゃがみ、吹きつけるしぶきの滴《しずく》を鬢《びん》にしたたらせ、叫び返してきた。

「私《おんだ》や、おんなし（同じ）思案《しわい》じょのう。思いきって、東北《しもすじ》へ山立てもって、陸《たか》へ押しあがる潮時計ろらいよ」

二番舟の玉太夫が、立ちあがって叫んだ。

「私《おんだ》やのう。思案役《しわい》の指図に任すろ。並刃刺（四番舟以下の刃刺）はどうなら。思案あったら、ししれ（叫べ）」

東北《しもすじ》へ舟を流せば、陸に寄せる舵が利かなくなった場合、漂流の危険は避けられない。刃刺たちは、水主の顔色を読み、疲労の度合いを察している。鯨を捨《ふ》てよという意見が出るかも知れないと、玉太夫は予期した。

しばらくの間、刃刺たちは沈黙していた。

西に傾き、赤みを増してきた日ざしが、男たちの濡《ぬ》れた半顔を照らす。皆が腹の底で、懸念をうねらせているのを、近太夫は察していた。できることならば鯨を捨て、皆をいち早く逃げ帰らせてやりたい。孫才次《まごさいじ》のような若者たちや、樽舟に乗り組む年端も行かない幼童たちを、遭難の危険にさらすわけにはゆかない。しかし、折角ここまで曳《ひ》いてきた獲物を、どうして捨てる気になれよう。

「俺《おんだ》や任すろ」「そうじゃい」「行ける所《どこ》まで行こらいよ。見すみす宝捨《ふ》てられるかえ。水主衆もしこって（力んで）びり切っちゃるげ」

舳を集めた鯨舟から、刃刺たちが口ぐちに喚いた。

「よし、相談は決まったろ。あと一息じゃ。むさくらに（非常に）気張って行こら」

思案役が叫び、鯨舟はふたたび列を整えた。

日が西海に落ちていった。時化《しけ》の前ぶれである枇杷《びわ》色の光耀《こうよう》が空にひろがり、漁夫たちの顔を黄疸《おうだん》病みの色に染めあげたが、やがて蒼白《そうはく》な宵暗《よいやみ》が降りてきた。西北風《やまぎた》は、もはや疾風《はやて》の勢いであった。

布を裂くような風音が、光りを失った空中を駆けめぐっていた。鯨舟は波に舳《みよし》から持ちあげられたかと思うと、いきなりうねりの谷間に引き落されてゆく。左舷から休む間なしに押してくる高波は、必死に櫓を張って押さえる船体を大きく揺り動かしつづけ、水主《かこ》のうちには嘔吐《おうと》する者もいた。

孫才次の潮にぬれた腕は風に吹きさらされ氷ったように感覚を失い、手拭いを巻きつけた血まみれの掌に痛みはなかった。腹筋が板のように突っぱり、しびれる。

「櫓頭《ろがしら》よ、ここは何処《どこ》たりな。こえだけ物いうて（荒れて）きたら、鯨放《ほ》って逃げな去《い》ねんぞ」

水主のひとりが檜笠《ひがさ》の下から目をつりあげ、寒気にもつれた舌で叫んだ。

「何い、泑《わり》やそれでも太地の漁師《てんとのり》か。ごてごて吐かしたら、海へ叩《たた》きこむろ。櫓お張った鯨舟は、いかな吹き落しでも、よう倒《こ》かさんわい。倒《こ》けたら起こひてまた漕いだらええんじゃ。気張って漕ぎくされ」

櫓頭は、潮錆《しおさ》びた声で喚き返した。

「糞《くそ》たれやあ、鯨は死んでも離すかれ」

清七が、孫才次の耳もとで、突然叫んだ。

俺《おんだ》もじゃ、と孫才次は覚悟を決める。どれだけ疲労しても、掌の皮がぜんぶ破れても、太地まで漕ぎつづけてやる。

このまま沖へ流され、無事に太地へ戻れないかも知れないと、孫才次は感じはじめていた。その考えは、なぜか何の恐怖も呼び起さなかった。彼は自分の体を、死神がつかまえにくるとはどうしても思えない。もし死ぬとしても、気楽に、一息の間に死ねそうである。

食物は尽き、喉をうるおす水が、わずかに残っているだけであった。日がな激しく働いた体に余力は乏しく、櫓さばきは耐えがたく重い。舟が波の頂に乗りあげ、櫓が空を切ると、激痛が全身に走り気が遠くなる。火種のつきるように力が消えうせるときが近いのを、絶えない胸騒ぎが知らせているが、身内にわだかまる脅えは、事態が悪化するほど薄らいでゆく。

孫才次も清七も、あまりの運の悪さへの憤懣《ふんまん》のあまり、恐怖を忘れていた。矢でも鉄砲でも持ってこいと、彼らは怒りくるって漕ぐ。

「よおい、よおい、よおいとかんと」

水主たちは低い掛声をあわせ、漕ぎつづけた。疲労にうちひしがれていても、練りあげた体軀《たいく》は、機械のように櫓を押しつづける。海の形相は冴えわたる月光をくだき、怒りたけっていた。海水は数珠玉《じゅずだま》をつらねたように天をついてはね飛び、鯨の化け物のようなまっくろな大波が、背をまるめうねりに乗って押し寄せてくると、迎えうつ三角波に打ちあたり、片端から飛沫《しぶき》を轟然《ごうぜん》とあげてゆく。波の中腹に引きよせられ、転覆せんばかりに傾く舟は、つぎの瞬間潮煙を割って、震動しながら態勢を立て直す。

舟のなかは水浸しであった。垢《あか》すりやテッポウで、掻《か》きだしても、たちまち充満する。孫才次たちは、腰まで水に漬っていた。

「鯨放せ、殺す気いか」「すぐ逃げよ、皆流されるろ」

五つ（午後八時）を過ぎた頃旅水主たちが、ガチガチと歯を鳴らし泣き喚きはじめた。小童《こわっぱ》たちも泣声をたて、つきそいの老爺《ろうや》たちが、「もう最後じゃあ、鯨放《ほ》かせ」と絶叫しつづける。

一番舟がガンドウの火明りを空に走らせ、近太夫がとりかじの幡を振り、舟足を止めた。二番舟の舷《げん》に玉太夫が身を乗りだし、「沖合い、何事よ。まさか鯨放《ほ》かすんでなかろの」と叫んだ。

近太夫は答えず、後続の舟が追ってくるのを待ち、ささやき筒を三番舟にむけた。

「谷太夫、わいつの磁石はどの方角指してるなら」

谷太夫は、冷えきり動かなくなった指先で、危うく磁石をとりあげ、すかしみて「卯辰《うたつ》（東南東）やよし」と叫び返した。

近太夫の声が、ふたたび闇を切り裂いた。

「谷太夫、それはのう。どんかえこぜおうてみても、潮先きに押されてることやろがい」

そうじゃい、と思案役《しわい》が答えた。

「卯辰へ流されたら、大王崎はかすめもできんぞ。もよあい舟は鯨抱いたまま、一艘残らず心中じゃ。どうすりゃ。思案役の思い切り、ここで決めよ」

沖合いは、荷い放《ほ》かすつもりかい、と谷太夫は反問した。むかでの足のように櫓を張って動揺をこらえている船影の群れから、喚き声が起った。

「放《ほ》かさな、どうするんじゃい。汝《わり》あ人殺しする積りか」「おのれは、土左衛門《どざえもん》になりたいか」「ぐずぐずさらすな、さっさと綱切《かがす》れ」

　玉太夫が立ちあがり、声の湧くほうを睨《ね》めすえ、罵《ののし》った。

「へげたれやあ、鯨放って去んだら、汝《われ》らの飯櫃《げびつ》干《ひ》あがるろ。妻《おか》も子も、鼻の下乾《ほ》あがるんじゃい。汝《われ》ら、陸《たか》へ上げたて何の値打《ねぶ》ちもないんやろ。借銭《しゃくせん》の淵《ふち》で、舟虫にも劣る暮らしじょ。男やったらのう、ここで死ね」

　殺舟《ころしぶね》の若者たちの間に、呼応する声が、風に吹きちぎられながら、湧いた。

「どこまえ流さえても曳いて行け」「わいが鯨の頭《かばち》にくらいついて、人柱に立っちゃるろ」「行け。どこまえでも行かんかれ」

のう、沖合い、頼むさか放《ほ》かさんといてくれ。放かすくらいなら死んだほうがましじゃ、と佐一郎が近太夫の滴の垂れる厚司の袖を引いた。

「儂《わし》に桟うつ（抗《あらが》う）奴《やつ》は、遠慮なしに仕置するろ」

　近太夫は、孫才次がそれまで耳にしたこともない大声で叫んだ。

「谷よ、しゃっきりせえ。儂やわいつの思案《しわい》を聞いてるんじゃ。西北風《やまぎた》は朝まで盛《さか》るろ。その間《ま》あ保《も》つか。舟覆《かや》さんとすむか。わいつの返事に、皆の命かかってるんやろが。了簡決めて返事せえ」

　近太夫は、それまでの長い時間、「ここまで来て放《ほ》れるか。無理は承知じょ」ときれぎれのひとりごとを呟《つぶや》きつづけてきた。しかし、彼は執念の淵に引きこまれる寸前に、辛うじて沖合いの冷静な判断を取りもどした。このまま行けば、全員遭難は免れない。彼は助かるためのただ一つの手段を思いついていた。

思案役は返事を渋っていた。

「どうじゃい、早よ吐かせ。停ってたら、舟覆《かや》すろ」

近太夫に促され、谷太夫の声が聞えた。

「皆よう、よう働いたろう。私《おんだ》の力が足らんばっかりに、むたいなこと（とりかえしのつかないこと）にひてしもた。こらえてくれ。鯨放《はな》ひて、陸向《たか》こらい」

よし、思案は決った、持双綱《もっそう》ほどけ、と近太夫は喚いた。沖合いと思案役の決定に抗う者は、鯨方を追放される。

玉太夫が、声をあげて泣いた。騒ぎたつ声のなかで、孫才次は一番舟の舷に立つ祖父の黒い影に、じっと目をすえた。「爺《じい》ま、何ちゅうこっちゃ」と彼はつぶやく。彼には、鯨を捨てる覚悟をきめた祖父の気持が、いたましくてならなかった。

「お爺《じ》やん、くたぶれちゃろがの。かわいそにの」

清七の声が耳もとで聞え、疾風《はやて》に吹きさらされる孫才次の目頭に、泪《なみだ》が湧きあがってきた。

狂いたつ波濤《はとう》のなかで、持双舟の周囲にすべての鯨舟があつまり、鯨を引きはなす作業が行われた。月下に、山なりの背をおぼろにそびえたたせている鯨は、波につきまろばされ頭《かばち》を上下に振りたて、尾羽に浪《なみ》を割り、甦《よみがえ》ったかと、近づいた水主たちの怖気《おぞけ》を震わせた。波濤のとどろきも、祟り鯨の咆哮《ほうこう》と聞える。

命綱を胴に巻いた若者たちは、激しく揺れる持双棒にしがみつき、鋸《のこぎり》で鯨をつなぎとめている棕梠《しゅろ》綱を切りはらってゆく。孫才次は、鯨の鼻に通した輪綱が切られるのを、櫓をにぎりしめて見ていた。

「白皮《しらかわ》をのう、むけるだけ剝《む》いて、大魚籠《ばんりゅう》へ入れよ」

玉太夫がささやき筒で、幾度も水主たちに呼びかけている。漂流した場合の食料にするためである。

若者たちは鯨を離れはじめた。ひとりが間近の舟に、「離れよ」と叫び、最後の綱を外した。

鯨の体当りをくらった持双舟が、弾《はじ》かれたように左右に動揺した。鯨は渦を巻いて沈んだと思うと浮かびあがり、ゆっくりと横倒しになると、船団の方へ流れてくる。持双舟は、必死に櫓を操って衝突を避けた。棒を負った背をわずかにあらわしたまま、黒暗のなかへ遠ざかってゆく鯨を見送る者の内部に、悪寒《おかん》が走った。

近太夫の叫び声が、ふたたび空を走った。

「このうえは、一艘《そう》たりとも割らんと去《い》なひちゃるぞ。皆、ひと所《とこ》へ寄りおうて、綱でも綱でも、ありたけ出ひて、ごたがいの艑《みよし》と艫《とも》を結いあえ。こえで一蓮托生《いちれんたくしよう》じゃ、めったなことでは覆《かや》らんろ。安心せえ」

孫才次は、すべての舟を綱で横一文字に連結しあうのが、大時化に遭遇した船団の転覆を免れる最後の手だてとして、古くから口伝されていると近太夫に教わったのを覚えていた。

「いよいよじゃ」と孫才次は、綱を一番舟にかけ渡しながら、自分にいう。ここが命の瀬戸際じゃ、こえだけ結えおうたら死なばもろともじゃ。淋《さむ》しい思いすることないろ。彼は股のあたりが妙にだるく、足を踏んばる。それが死への怯《おび》えからくるものであるのに気づかず、鯨を捨てた気落ちだと思っている。

寄子路《よろこじ》の松林と、ゆきの笑みを含んだ白いおとがいが心をかすめるが、孫才次はそれを思い浮かべると苦痛の針先に刺され、あわててふりきる。新屋敷横の暗い家の寝部屋など、かけらも思いだすわけにはいかない。はりつめた心がゆるむと、たちまち恐怖のとりこにされる。

すべての舟が、たがいの櫓幅よりわずかにひろい間隔をとり、横列につなぎあった。その隊形をとれば、櫓を張っているかぎり、どのような高波を食らっても、転覆のおそれはすくない。西北風《やまぎた》の尾を引く叫びが喚声になり、ひときわ高くおらびあげると、また金切り声が走りはじめる。風音に谷がなくなり、顔もむけがたい烈風が吹きすさむ。ごおごお、かおかおとはらわたにこたえる重い波音が、男たちの勇気を奪いとりにくる。

孫才次たちは、風に向ってゆっくりと漕いだ。どれほど力んでも、櫓は緩慢にしか動かないが、押さねば僚船と激突し、転覆する。

舟の動揺はますます烈《はげ》しく、内臓をかきまわされているような苦しさであったが、近太夫は、このまま天明を待てば嵐を凌《しの》げると見通しをつけた。舵《かじ》の安定度は、各個に漕いでいたときより、遥かに増してきている。

「おいよ、この坂越えさひてくれるよに、祈ってくれ。八幡《はちまん》はんから、那智権現《なちごんげん》はんから、どこでもええさか手え合わひて拝んでくれ」

近太夫は、胸のうちで老妻に懸命に呼びかけていた。

不意に中櫓のあたりで、ぱりぱり、と烈しい音がした。中ほどから先の消えうせた櫓をかかえた水主《かこ》が、「折れた」とうわずった叫び声をたてた。舟が何者かの手で揺さぶられるように、尻を振りはじめた。

「舵笑《わ》ろてきたろ（利かなくなってきた）」

艫押しの声が聞えた。近太夫は目を見張り、海面をすかし見た。舟はいつのまにか、渦波のなかに捕えられていた。舳を揺りあげ、引きおとす波の壁に、さしわたし一間もある渦の穴が、いくつも口をあけている。

こりゃ何でじゃ、なんでこんなとこで潮がよれるんじゃ、と近太夫は度を失った。渦潮が湧くのは、直進する潮流に他の潮流が直角に衝突する場合か、海底に海山《うみやま》（山脈のように巨大な暗礁）がある場合に限られる。熊野灘のただなかに、このようなことが起るわけがない。

「櫓をあげて、つっぱれ」

佐一郎が叫んだ。二番舟との間隔がたちまち狭まってくる。舷と舷がたがいに吸いよせられるように近づく。たがいの水主たちが歯をむいて支える櫓に激突していったん止ったが、ふたたび波に乗った一番舟が、遮りがたい勢いでうちあたってゆく。

櫓が舷からはねとばされる。二艘の舟は、船腹を打ちあてては離れ、また打ちあたる。孫才次たちは、カンヌキにしがみついて衝撃をこらえる。誰かが海に落ちた。船団のすべての舟が、おなじ状況に陥っていた。

「舟割れるろお、綱切れ」

「ヨキ（おの）出せ。ヨキじゃあ」

二番舟は、一番舟と舷を接したまま波に持ちあげられ、三番舟へ引き寄せられてゆく。

「綱切るな。切ったら皆死ぬろお」

近太夫が絶叫した。艫の綱を切りかかった水主を留めようとする佐一郎が、つきのけられる。

舳と艫の棕梠綱を絶ち切った舟は、激しく震動し、たちまち伴舟《ともぶね》と引き離されてゆく。

「平作《へいさく》、浅松《あさまつ》」

「お父やん、お父やん」

おーい、おーいと他の舟に乗った肉親を呼ぶ叫びが走り、風に消される。一番舟が、急に二番舟と離れ、闇のなかへ走りだした。

「爺《じい》まあ、爺まよお。爺まあ」

孫才次は姿をかくしてゆく一番舟に、声をふりしぼって叫ぶ。

樽舟らしい舟影がすれちがい、後方へ流れ去る一瞬、湧きたつ子供たちの泣声がきこえた。

「さあ漕げ、こうなりゃ死んでも地方《じかた》（陸地）へ押しあがるんじゃ」

玉太夫が喚いたとき、舟はいきなり艫から押しあげられ、櫓を張る間もなく竿《さお》立ちになり、頭上から鉛のように重い海水がかぶさってきた。

弥太夫《やだゆう》は、太地伴十郎とともに大阪での金策を済ませ、二十四日の夕刻、天保山桟橋から和歌山へ通う便船に乗った。

淡輪《たんのわ》沖から小島の鼻へ向う頃から、うねりがしだいに強まり、横なぐりの雨が、間を置いて船窓に降りかかった。

和歌山寄合橋《よりあいばし》の汽船会所で新宮行きの外輪船に乗りかえ、二十五日朝六つ刻《どき》（六時）に出帆した。百屯《トン》の蒸気船は追風に乗り、舟足早く地の島を右手に大崎の鼻を越える。大崎から日御崎《ひのみさき》まで、遮るものもない九里の海上は、見渡すかぎり白波が立っていた。

うみねこの群れが舞い飛ぶ白崎《しらさき》海岸の、石灰岩の断崖を左手に見る頃から、船の横揺れが強くなってきた。

「北西風《ならえ》が強《き》つなるのし」

弥太夫は船窓に吹きつける水滴に目をやり、つぶやいた。

やに光りのする桑の煙草盆《たばこ》を手元に据え、煙管《きせる》を吹かしては火種をてのひらに受ける動作を、半刻もくりかえしている伴十郎がうなずいた。

「枯木灘《かれきなだ》、渡れるかの」

眉間の広い、柔和な赭顔《あからがお》が弥太夫を見る。

「さあのし、辰巳《たつみ》あがりに行かんなんさか、どうかのし」

「どこぞで船止め食ろたら、山越えせんならんかの。まあ、夜道に日は暮れなよ」

近太夫と乳《ち》兄弟である伴十郎は、丸い目をほそめた。鯨方随一の大音声《だいおんじょう》で鳴る猛者《もさ》の伴十郎も、十日間の大阪での交渉で、頰が落ちていた。

北海道操業の目論見《もくろみ》が進捗《しんちょく》していた頃、大阪の金融業者の門口に立てば、主人番頭が競い出迎え、世辞追従《ついしょう》を並べたてたものであった。小野組のような大どころだけではなく、当方へも儲《もう》けさせて頂きたいと頼みこまれた同じ店先に、借受元金返済繰延べを願いに行けば、仮りにも金利を支払う客に対して丁稚《でっち》、下女さえ犬猫を見るように蔑む。

弥太夫たちは恥をこらえ、ねばり続けて金策の目途《めど》をつけた。越年の資金として、乏しいながら三百円を新規に借り出すことさえできたのである。

このうえは一刻も早く太地に戻り、皆の安堵する顔が見たい。祝餅《いわいもち》の一臼《うす》もつかせてやりたいと、弥太夫の心は弾んだ。

汽船は四つ（午前十時）あがりに田辺《たなべ》港に入った。雨は止《や》んだが、海岸の松林が吹きつける疾風に忙《せわ》しく梢《こずえ》をざわめかせている。瓦屋根の連なりの上に矢倉の白壁が見えた。

半数の客が下船したあと、出港の銅鑼《どら》が一向に鳴らなかった。ダンブクロに兵児《へこ》帯を締めこんだ船員が、慌《あわただ》しげに甲板を駆けている。船止めかえ、と客が問い、まだ分らんよし、と答えている。

「ここたりは（この辺は）めっころぼし（目まぐるしい）流れの所《とこ》やさか、船長も思案《しわい》に余らよ」

伴十郎は、早よ去にたいときに船止めか、と舌うちをした。

汽船は半刻近く港に留《とどま》ったあとようやく出帆し、弥太夫をよろこばせた。速力を落し、大きく縦揺れしながら沿岸伝いに走ってゆく。船室の壁や天井が軋《きし》み声をあげ、瀬戸引の金だらいをかかえ嘔《は》いている客も目についた。まもなく枯木灘にさしかかる。

枯木灘は、江住《えすみ》から潮の岬に至る海上の呼称である。土佐の足摺《あしずり》、室戸《むろと》岬の沖から延々と流れてきた黒潮が、瀬戸内から紀淡海峡を通ってきた落潮と打ちあたり、巨大な渦をつくる難所である。

正午を過ぎて、汽船は枯木灘の手前にある見老津《みろつ》という漁港に避難した。船止めである。

「やっぱり、あかなんだ。旦那、どうすらのし」

「そうやのう。いまから山越えひたら、夜中にゃ去《い》ねるのう」

冬期の西風は、荒れはじめると幾日も続くことが多い。見老津から太地までは、熊野街道大辺路《おおへじ》を伝い十三里の道のりである。

心急《せ》く二人は腹ごしらえをしたあと船を下り、陸路をとることに決めた。

晴れあがった青磁色の空を、ちぎれ雲が東南の方角へ足早に動いてゆく。弥太夫たちは、夜来の雨で滑る土を踏みしめて歩いた。松、椿《つばき》、馬目樫《うまめがし》などが道沿いに密生している辺りは、ひっそりと風がさえぎられ山鳩《やまばと》の声を耳にするが、開豁《かいかつ》地にさしかかると、眼下の海を鳴りどよもして吹きつのる風が、体を押し転ばさんばかりである。

八つ（午後二時）に、田子《たご》の峠で一服した。風を避けた日溜《ひだま》りに腰をおろした弥太夫たちは、割籠《わりご》（弁当）から取り出した梅干を含み、茶を飲んだ。

樹間に光る海面に目を遊ばせていた弥太夫は、何かが眼前をかすめた気配を感じ、手もとを見た。山蟻《やまあり》の頭ほどの真紅の液体が数滴、茶筒と、それを握っている手首についている。袂《たもと》にも、おなじものが滲《にじ》んでいた。

鼻血か、と鼻をこすってみたが何も手につかない。手洟《てばな》をかんでみたが、鼻を鳴らしただけであった。急いで手拭いをとりだし、顔と首すじ、頭を拭いてみたが、何もつかない。

弥太夫は立ちあがり、用心深い目で前後を見あげた。獣の血か、と睨《にら》みまわしたが、周囲には草原がひろがり、木立ちは遠い。何やろのし、と弥太夫は手首をつき出した。

「血いらしいのう」と伴十郎が眉をひそめた。手拭いで吸いとると、まぎれもなく血の色がにじむ。

「血いかのう。どこから飛んで来たんかのう」

表情をひきしめた伴十郎は、傍《そば》に置いた仕込杖《しこみづえ》を引き寄せ、油断なく四方を見まわしたが、異変はあらわれなかった。

「鳥が、月のものでも落しくさったんじょ」と伴十郎は笑ったが、弥太夫は鳥影を目にした覚えはなかった。不吉の知らせかも知れないと、弥太夫は胸を刺された。太地で何事か起ったのかも知れない。孫才次に、手形切りの順番がきている。もしかすると鯨があらわれ、漁に手違いが起きたのか。彼の不安をかきたてるように、日ざしがかげってきた。

ゆきは寝汗にまみれて目覚めた。おそろしい夢にうなされていたようであった。風や、とゆきは暗闇のなかで目を見はった。他郷の者が土砂降りの雨音と聞き違える、太地名物の石割り風が吹き募っている。

直太夫舟の沖出を見送ったあと、新屋敷の家へ戻り、さだとともに、仏壇に向い、玉太夫たちの無事を祈る読経をつとめた。いつ眠ったのか、ゆきは覚えていなかった。布団をはねのけ、納戸の戸をあけると、仏壇に灯明がゆらめき、一心に経文を誦《ず》しているさだの背が浮かんでいた。

「母《かあ》ま、いつから荒吹《あらぶ》いてきたんよ」

ゆきはせきこんで尋ね、読経の声をとめたさだは、「大分まえからよ」と答えた。

「ほいたら、父《とう》まら、どうなるんよう。沖上り《おきあが》り（帰港）ひてきてるときに、どうなるんよう」

ゆきは拳をふり、顔をゆがめ泣声で叫んだ。

「落着きよし。落着いて、神仏《かみほとけ》にお縋《すが》りしようらい。お前《は》んにも、私《あたえ》にも、そうする外にお父はんの手助けできることないんやろい」

さだはゆきを引き寄せ、膝のうえに抱きかかえて、いい聞かせた。戸障子が隙間風に煽《あお》られ騒がしく軋んだ。

孫やん、あちゃはどうひてるんよ。いまごろ舟覆《かや》ってるんと違うやろか。鯨の祟《たた》りで、風吹いてきたんやろか。ゆきの胸はひきしぼられ、するどい痛みにつらぬかれた。ゆきは猛《たけ》りたつ風音を聞くまいと耳を覆うが、なお増す不安に駆られてすぐ手を離した。

外の道を、数人の女の泣き叫ぶ声がもつれあいながら近づき、通り過ぎた。ゆきたちは目を見あわせた。何事か起ったのだろうか。

「母《かあ》ま、私《あたえ》は気掛かりで胸張りさけそうになってくるさか、浜見に行かひて」

さだはゆきの頭髪を撫で、行ちょいな、とうなずいた。

道に出ると、砂埃《すなぼこり》がつむじを巻いて吹き寄せてきた。鈍い月光の下を着脹《きぶく》れた小童《こわっぱ》が走り、犬が追って行く。ゆきは、高張提灯《たかはりぢょうちん》を立て開門した新屋敷の前を過ぎ、暗い四つ角を曲って孫才次の家の戸を叩いた。

応答が聞え、ゆきは戸を開けた。室内の闇に灯明が光りの輪をひろげ、誰かが坐《すわ》っていた。

「婆《ば》あか、小母《おば》んか」

私《わた》よ、と黒い影は答えた。「婆あかえ、えらい落し（西風の吹きおろし）になったひて。何ど知らせあったかえ」

いよは首を振った。

「こんな荒吹《あらぶ》いて、皆沖上りしやるか。のう、教《お》せてくらよ。お婆《ば》まやったら分ろがえ。のう、皆いそしい（元気で）帰ってきやれるかえ」

ゆきは土間で足踏みしながら尋ねた。いよはしばらく黙っていたが、「きつかいない」と、強い声音で答えた。

「気遣いないかえ、お婆ま、ほんまかえ。瞞着《まんちゃく》するんでなかろの。のう、なんで分るんよ。こんなきつい風のときでも、沖上りしやれたことあるんかえ」

「あらいでかえ。ここのお爺《じ》やんの宰領で、舟沈めたことはただのいっぺんもない。安心しなあ。明日《あひた》の朝になったら、きっとこの沖にもよあい舟の姿見えてくるえ」

いよは男のように野太い声であった。心をはげますためにそうしていることに、ゆきは気づかなかった。

ゆきは、寄子路《よろこじ》の八幡神社へ出かけているというきみに会うために、来た道を引きかえした。裏通りを伝い、水の浦浜に出た。宵に直太夫舟の沖出を見送ったときとは、海の様相が一変していた。深く入りこんだ湾の内も、潮が月光をはねて突立ち、沸くようである。吹きすさぶ風足に乗ったしぶきが、雨のように降りかかる。家並みの暗い物かげに、頬かむりをした女や子供が大勢佇《たたず》んでいた。

鳴りどよもす風のなか、南に延びている波止の石積みに、沖から押してくる波が打ちあたり、二階家の屋根より高い白波を片端から盛りあげてゆく。

寒気が厳しさを増してきていた。海水に濡れほとびて、暗い海上のはるかにいる孫才次たちの姿が明瞭に頭に浮かび、ゆきの胸はまた息苦しくしぼられる。いよいよに与えられたかすかな安堵は、かききえていた。

四章

弥太夫《やだゆう》たちが、下里《しもさと》から太地浦《たいじ》へ通じる道を辿《たど》りはじめたとき、時刻は八つ（午前二時）下りになっていた。爪先あがりの道は、木下闇《このしたやみ》に濃くぬりつぶされ、海際から西北風《やまぎた》に吹きあげられてくる樹林の揺れ騒ぐ物音が、身近に迫るとき土用波の砕けるような轟《とどろ》きとなる。

森浦の寝静まった集落を通り過ぎるとき、一番鶏《どり》の乾いた啼声《なきごえ》が切れ切れに聞えた。城山の峠を越えれば、もう目の下に水の浦の入江が見える。弥太夫は、伴十郎の足もとを提灯《ちょうちん》で照らしつつ、覚えず足早になった。吹き荒れる嵐が、彼の不安を掻《か》きたてる。それは、太地に育った彼の本能であった。太地浦の伝承のなかに、嵐の夜に起った大火、水害がおびただしく語られている。海上での遭難は、枚挙にいとまなしである。

西北風《やまぎた》は、昨日から吹きつづけているはずである。とすれば、慎重な近《ちか》太夫の指揮する鯨方が、沖出を強行していることは万一にもないと、弥太夫は気掛かりをおさえつける。あんまりえらい貧乏したさか、俺《おんだ》やいらくり（いらいらする）性になったよなじょ、と彼は無理に自分を笑おうとする。旅から戻ってくるとき、無事に黒ずんだ甍《いらか》を寄せあっている太地村を見るまで、きりない不安に胸が苦しく脹《ふく》らむのが、いつからか彼の習性となっていた。

椎《しい》林が切れ、峠にさしかかると海嘯《かいしょう》が全身をつつんで鳴りどよもし、弥太夫は風圧を、足を踏んばってこらえた。えらい吹きあげてくるのう、と立ちどまった伴十郎が、声音を変え、あの焚火《どやご》は何事じゃと南の方角を指さした。

灯明崎山見と覚しい辺りの闇に、赤い火光が二ケ所、滲《にじ》んでいた。

「あれは、狼火《のろし》場の篝《かがり》やのし」

「いん（うん）、まちがいないろ」

弥太夫の胸がいきなりしめつけられ、焼けるようにあつくなってきた。灯明崎に篝火が焚《た》かれているのは、鯨方船団が沖上《おきあが》り（帰港）の途中であることを示している。弥太夫は、走り出て反射的に北部の高地を眺め渡した。高山の上にも、次郎平樫《がし》にも、かすかな火明りが見える。

弥太夫は、敏感に篝火の意味を判断した。鯨を深追いした船団が、嵐にとりこまれた。この荒れようでは、新宮から北の漁港へ避難するより手段はない。しかし、近太夫が沖合いの役につき、用心深い玉太夫が片沖合いをつとめながら、なぜ無理な沖出をしたのか。これは、もしかすると無事には済まないかも知れない。

「いったい何事やろのし。俺《おんだ》やひと足先に新屋敷まで走って行かよし。後から来てくれるかのし」

「いん、早よ行《い》てくれ。提灯さげて行くか」

弥太夫はかぶりを振り、振り分け荷を伴十郎にあずけると、走りはじめた。

弥太夫は宙を飛んで走った。坂道を埋める濡《ぬ》れ落葉に滑り、幾度も転んだが、はね起き速度を緩めない。犬のように口をあけ、羽織の背に風をはらみ、あえぎながら走る。

「はっ、はっ、ああえらい（苦しい）」

弥太夫は、さまざまの懸念に苦しめられ、ひとりごとを吐きちらす。

汗みずくになって水の浦浜につくと、往還を駆ける人影が、いくつも目についた。家並みの軒下にも、ぎっしりと人が立っている。

「おい、何事じゃ、何が起きたんじゃ。教《お》せてくれ。俺《おんだ》や弥太夫じゃ、いま大阪表から帰ったんじゃ」

ひえ、一番舟の太夫《たゆう》じょ、と甲高い叫びが聞え、闇のなかから数人の女が飛び出して来た。

「えらいことになったんやひて。えらいこっちょお」

ひとりが弥太夫の袂《たもと》をしぼり、泣き叫んだ。弥太夫は渚《なぎさ》に割れる波しぶきを浴びながら、「落ちつけ」と叫んだ。

「鯨来たんか」

女たちは泣きむせびながらうなずいた。

「大《お》っきな背美《せみ》の子持ちじょ。祟《たた》り鯨やひてよお」

「網持たひたんか。そら何刻《なんどき》な。追うて行たのは何刻な。知らせ舟は来たんか」

弥太夫は、女たちから事態のあらましを聞きだした。鯨に銛《もり》をつけたあと無理追いをしたと知ると、彼は船団の運命が、危殆《きたい》に瀕《ひん》していることは、ほぼまちがいないと判断した。彼は父親の、感情に流されない洞察のたしかさを信頼していた。その近太夫があえて荒れる夜の海に鯨を追ったのは、捕獲の見通しがついていたためである。

一旦鯨を追いはじめると、漁師は人が変ったように執念をたぎらせる。不利な条件のもとでも、行動をためらわせていたさまざまの抑制がかき消え、獲物の追跡に没頭しはじめる。弥太夫は、その心理の変りようを知りつくしていた。近太夫たちは黒潮のなかへ深追いしたに違いない。

山見の旦那は、親爺《おやじ》役は、なぜ吹き降りの日没時《まじみどき》（日暮れ）に勢子采《せごさい》を振ったのか。何でじゃ。弥太夫は震えてきた太股《ふともも》に力をこめ、埃風《ほこりかぜ》に巻かれて本方《ほんかた》屋敷へ走りだした。

途中でガンドウを振りながら走ってくる男たちと出会った。「誰なら、俺《おんだ》や弥太夫じゃ」と走りながら呼びかけると、おうと立ちどまった男が、「粂八《くめはち》やよし」と答えた。

「魚切《いおき》りの粂八か。どこ行きなら」

「妙法山へ走るんよし。鯨舟や、沖上りできんと流さえてるよなでのし。道具持ち（仕留めた鯨）曳《ひ》いて舟足重いさか、この凪で危いよし。私《わたえ》ら四人《よたり》や今から走って、朝《あさり》の一番から沖見張りするんよし」

「樫の上で、見えんのか」

「昨日《きんの》の日没《まじみ》にゃ、もう見えぬくい所《とこ》まで行てたよし」

遠眼鏡をかついだ粂八と三人の山見下役は、「ほいたら、行てくらよし」と弥太夫に会釈し、掛声を投げあって走り去った。

弥太夫は、高張提灯の火が風に吹きたてられ息づく本方屋敷の門へ駆けこんだ。一万坪を越す宏大な邸内の諸所に風がこいが立てられ、男たちが詰めかけていた。炊《た》きだしの炊煙が立ちこめている内玄関の板敷に、襷《たすき》がけの覚吾の姿が見えた。弥太夫は、前庭にうずくまる男たちをかきわけ、叫んだ。

「若旦那、弥太夫、いま戻ったよし。鯨舟や流さえてるんかのし」

覚吾はこちらを向いた。

「おう、弥太夫、いま帰《い》んだか。北脇《きたわき》の分家は連れてこなんだか」

「城山の坂で、灯明の火い見たんで、先に走って来たんよし。分家の旦那は、後からお出《い》でるよし」

そうか、すぐ玄関へ上ってくれ、と覚吾は早口でいった。襖《ふすま》を明けはなち、燭《しょく》台《だい》を背にした彼の顔は、闇にぬりつぶされ、表情はおぼろであった。

覚吾は、前庭に顔をむけると、いきなり周囲の者が目をそばだてるほどの大音《だいおん》声《じょう》で、喚《わめ》きたてた。

「直《なお》、汝《わり》やここへ何しに来た」

弥太夫は、地面に膝をついている男たちをすかし見た。蓑《みの》をまとい、乱髪に鉢巻を締めこんだ男は、直太夫であった。

「なんで、もよあい舟と連れもて沖上りせなんだんじゃ。鮪舟《しび》までダンペイ（荷運び舟）につけてもらい、なんで逃げて帰ったんじゃ。追風《おいて》、追潮《おいしお》へ乗って走ったら、陸向《たか》いてくるもよあい舟に、二刻あいだに会えるはずじゃ。それをなんでいまごろここに坐《すわ》ってるんなら」

直太夫は、風音に吹き消される低声《こごえ》で、釈明しようとした。

「なに、聞えんわい。怖《お》めて胆すわらんのか。返答できるよに、前の池へぶち込んじゃろか」

直太夫は声をはげまして答えた。

「沖出《おきで》ひて、間なしに西北風荒《やまぎたあらぶ》吹いてきてのし。那智の駒《こま》ケ崎から鵜殿《うどの》沖へ行くあいだに一番潮へ乗ったこた乗ったけど、べっとう（一度に吹く風）にかきまわされて、海や湧きたってのし。舵《かじ》や笑うんよし。伊豆舟の船頭衆も、こらとても行けん、無理ひたら死ぬろちゅて去《い》ぬちゅうしのし。私《わたい》もせんぎり（精根つくして）先行《さきい》ことひたけど、思案《しわい》に詰《つ》って沖上りひたんよし」

「ふん、汝《われ》が読み詰んだよなこと（考え深いようなこと）ぬかひて。汝《われ》が命助かるかわりに、もよあい舟の舟子は昨日《きんの》から飲まず食わずで鯨曳かんならん。汝《わり》や、そえでも殺舟《ころしぶね》の刃刺《はざし》か。はっきりいうちゃるわい。汝《わり》や、へぼくた者《もん》（臆病者）じょ」

直太夫が、弾《はじ》かれたように顔をあげ、闇のなかで目が光った。

「へぼくたち云《ゆ》われて恥ずかしけら、明日《あひた》の朝《あさり》に沖出ひて、死んでももよあい舟に兵糧《ひょうろう》とどけくされ」

覚悟は声を嗄《か》らして喚いたあと、座敷に入った。

弥太夫は、地面に坐りこんで動かない直太夫に近づき、しゃがんだ。直太夫は、恥辱に体を震わせていた。周囲の人影が、すべて直太夫と配下の水主《かこ》たちを眺めている。

「直はん、落ちつけ。旦那にゃ船頭の胸三寸は分らん」

弥太夫を一瞥《いちべつ》した直太夫の眦《まなじり》に、光るものが浮かんだ。

「鯨をのう、殺《おら》いさったんは、どこたりな」

直太夫は、重い口をひらいた。

「あれは熊野の沖、五里のあたりじょ。太地から丑寅《うしとら》（北東）へ十里は流されてたろの」

「わいつ（君）が注進に沖上りしかけたのは何刻なら」

「四つ（午前十時）過ぎじゃったのう。丑寅の下り潮を縦《たつ》に切って陸《たか》に上って、岸伝いに来たんでの。灯明の鼻へ着くまで、三刻はたぷりかかったのう」

「下り潮の強さは、どのくらえなら。ろんぶ（非常に）きつかったか」

「はな（最初）は、滅法界《めっぽうかい》じゃった。八挺《ちょう》切り（八挺櫓《ろ》で漕《こ》ぐ）のさっさい押しでさえ、歩《あい》ぶよなもんじょのう。思案《しわい》役は、親潮の二番潮じゃち云《い》うてたけど、がい（大変）なもんやっとよ。戌亥《いぬい》（北西）から押ひてきやれるんで、舳《みよし》の茶筅《ちゃーせん》（へさきの飾り）しぶきで見えんのやもんのう」

直太夫が黒潮の急流を横断したとき、西北風《やまぎた》は殆《ほと》ど吹いていなかった。鯨を曳いた船団は、一刻あとには陸《たか》へ向けて漕ぎだしているはずである。とすれば、いかに重荷を曳くとはいえ、熊野近辺の陸岸に、六つ（午後六時）頃までには到着していなければならない。しかし、屋根瓦をはぎとらんばかりの西北風《やまぎた》は、七つ（四時）頃から吹きはじめた。その風勢から推測して、船団が沖に押し流された可能性はつよい、と弥太夫も考えざるを得なかった。もし沿岸近くに戻っておれば、注進舟が先駆して太地浦に到着しておらねばならない時刻がきていた。

「わいつの思案《しわい》では、どうな。皆息災に戻れると思うか」

弥太夫は声をひそめて尋ねた。

「明日の朝《あさり》が勝負じょのう。山見の狼火上がらなんだら、俺《おんだ》や死んであやまらんなん」

直太夫は自分にいいきかすようにつぶやいた。

闇の濃さがいつとはなくうすらいでゆき、向島岬が黒い山容をあらわしてきた。大西風に揺れたつ樹林の動きが、徐々に浮きあがってくる。

新屋敷裏山の望楼に、和田覚吾をはじめ和田一族、大納屋《おおなや》手代、勘定方親爺や居残っていた刃刺たちが詰めかけていた。鬢髪《びんぱつ》を乱した覚吾の顔は、土色に血の気を失い、充血した眼は、食いいるように向島岬を見つめている。

前夜のうちに、山見役は灯明崎、高山、次郎平樫《がし》、平かし崎、八郎ケ峯《みね》、那智妙法山と、太地浦及びその背後にそびえるいくつかの高所に登っていた。はや遠眼鏡を沖に向けているに違いない。水の浦の入江に砕ける白波が、望楼から見えてきた。水平線の上に、横長の雲が南北にかかっているが、頭上は晴れ渡り、薄青の光りを宿してきた空の下を、風に吹きおとされる鳶《とんび》の群れが、鋭く鳴きかわしている。晴天であれば、山見たちの眼鏡は、潮の岬から志摩大王崎に及ぶ熊野灘の海上を、隈《くま》なくとらえることができる。

船団の姿を発見した山見は、即刻狼火をあげる手筈《てはず》であった。向島岬の突端にいる見張り役が、狼火を発見するとむしろ幡《ばた》を立て法螺《ほら》貝を吹き鳴らし、新屋敷へ通報する。

弥太夫は、山肌をなぐりつけるように襲ってくる突風《たまかぜ》を受けてきしむ望楼の隅で、早く時間が経《た》ってほしいと、焦慮に頬をゆがめた。尻の下の板が割れかかってるような気色じゃと、彼は思った。どうなっても仕方がないと度胸を据えてみるが、父親と息子が帰ってこないかも知れないという考えに、覚えず触れると、胸が海しらみの群れに食いつかれたように、脈をうって痛みだす。

もうじきじゃ、もうちょっと明るなったら岬で法螺が鳴る。ほいたら俺《おんだ》や直の舟へ飛び乗って、沖上り舟を迎えに行ちゃる。

弥太夫は、安堵《あんど》と絶望の空想を交互にえがき、疲れきっていた。望楼の男たちは身じろぎもせず、黙りこんでいた。覚悟は、兵児《へこ》帯に鎖で巻きつけた懐中時計を、幾度も取りあげては、すかし見ていた。

沖のあたりの空に薄紅の色がさし、荒れだつ海面が光ってきた。いましがたまで闇に沈んでいた三軒家から太地浦、水の浦浜にかけての海岸には、黒山の人垣が、龍吐水《りゅうどすい》を吹きかけるような波しぶきを浴びてつらなっている。向島岬の樹林が、枝葉をちぎれんばかりに揺りうごかしている様が、はっきり浮き出てきた。

「まだか、何してるんなら」

覚吾が、たまりかねたように叫んだ。直太夫が、弥太夫の足もとにしゃがみこみ、うつむいて合掌した。

弥太夫は、胸苦しさにあえいだ。今朝、船団の姿が海上に発見されねば、遭難は疑うことのできない事実になる。

白波をつらねた沖に太陽が光芒《こうぼう》をさしそめ、たちまち昇り、宙に浮いた。岩燕《はいろ》の群れが、湾内を飛翔する。まだ見えんか。お父《と》はん、どうぞ見えてくれ。などいせ（なぜ）影出さんのよ。弥太夫は空を睨《にら》み、近太夫の幻に胸のうちでかきくどく。

弥太夫たちは、前夜から徹宵《てつしょう》の相談を行っていたが、山見を走らせて海面を見張らせ、焚火《どやご》を燃やして、帰りつつあるかも知れない船団の目標を、山上にかかげてやるほかに、ほどこす手段が見つからなかった。疱瘡《ほうそう》見殺しじゃ、死にかけてるおこり病みの頭《こべ》を、井戸水で冷すほどの効験《こうけ》もないと、弥太夫は思った。

船団が姿をあらわさない場合、軍艦を派遣して海面を捜索してもらうと、覚吾がいいだしたが、和田一統の旦那衆のうち、何の思案も持ちあわさないように見える数人が、新知識じゃと大仰にうなずき賛成したのみであった。

覚吾のいうように、新宮警察署長を通じ、県令に頼み政府に請願してもらい、軍艦又は外洋汽船を熊野灘へ派遣してもらうまで、どれだけの日数がかかるか想像もつかない。通信の方法は飛脚しかなかった。

背美鯨の捕獲を断念しようとした金右衛門を罵《ののし》り、近太夫たちを危地へ追いやるのを承知で勢子采を振った責任も知らぬ顔で、役にも立たない新知識を持ちだす覚吾を、弥太夫は、ぼやすけめ、と呪《のろ》った。

「まだ見付けやれんのか。何ひてるんなら、あいつらの目は節穴か。甚右衛門《じよもん》、岬まで様子見に走ってこい」

いらだつ覚吾が、水主《かこ》を呼んだ。照りわたってきた日ざしが、男たちの胸にさしこみ、一縷《いちる》の希望をかぼそく萎《な》えさせた。日が昇ってから半刻《はんとき》が過ぎていた。

そのとき、吹きつのる風音をつんざき、向島岬で百匁《もんめ》筒の発射音がはじけ、湾内を走って対岸の三軒家の岸壁にこだました。諸方の山見が海上に船影がないことを確認した幟《のぼり》を立てたのを知らす、号砲である。息を呑《の》んだ弥太夫の耳を、再度の発射音が鞭《むち》のように打った。

弥太夫は顔から血の気が引くように感じ、一瞬視野が暗くなった。覚吾がふりむきかすれ声で叫んだ。

「刃刺と水主は、持双《もっそう》舟出す支度《まわり》せい。他の者はわらじ掛けで、九鬼《くき》、尾鷲《おわせ》の浜まで探しに出よ」

直太夫、沖出の支度じゃ、行こら、と声をかけた弥太夫の顔は、形相が変っていた。彼は体内に、近太夫と孫才次の幻をぶらさげ、その重みで足をよろめかせていた。彼は何も考えない。心が空白になった。熱っぽい体の芯のほうから、寒風に吹きまくられる皮膚の表面へ、悲哀が水のように浸《し》み出てくる。

弥太夫は望楼を下り、前庭に待機している水主たちに、一番刃刺の脅しのきいた声音で命令する。

「沖出の支度じゃ。仮り持双（予備の持双舟）出せ。大納屋へ走って俺《おんだ》の装束と手鉤《てかぎ》と苧綱《おづな》を持ってこい」

本方屋敷門前の往還は、かきわけねば歩けないほどの人混みであった。心労に頰をそげだたせた女、子供、年寄が右往左往している。長く尾を引き、高まってはくぐもる泣声が聞えた。

彼らは肉親のうえに降りかかった災厄にうろたえ、何をしていいか迷っているようであった。海上にいる者を探しに海岸へ走りたいが、新屋敷の近傍にいて、あたらしい情報をも知りたいのである。

弥太夫は旅装を解くため、家のほうへ歩きだしたが、「父《とう》ま」と呼びとめられた。

海岸から戻ってくる群衆のなかから、きみが駆けよってきた。きみは父親の逞《たくま》しい胴に抱きつき、こらえていた苦痛を吐きだすいきおいで号泣した。弥太夫はその背をなで、「泣くな、気遣いする事、何にもないろ。父《とう》まが、ちゃんとひちゃる」とあやすようにいった。

雀《すずめ》のように小心なぶんが、丸い目を大きく見張り、乱れもなく白髪頭を結ったいよと共に近づいてくる。さだとゆきの顔も見えた。全身の関節から力が抜け、操り人形のようなあやうい足どりをかくすこともできなかった弥太夫は、瞬間に落胆をかくす表情をつくった。

竹杖《たけづえ》をついたいよは、弥太夫に走り寄ろうとしたぶんを制し、首をまっすぐ立ててたずねた。

「兄《あに》さん、いつ帰ったんえ」

昨夜《よんべ》の八つ（午前二時）頃だと、弥太夫は答えた。

「大阪での用事は、間《ま》あ詰めてきやれたかえ。伴《とも》の役は果せたかの」

「旦那といっしょに、全部済まひた。そのうえ、年越しの借銭もできてよう」

いよはうなずき、「早速《さそく》（敏速）の働き、ご苦労はんやった。今日はこんな騒動やよって、本方《ほんかた》（本部）へ詰めてなあよ。着替えは姉《ねえ》やんに届けさすさか、鯨舟戻るまで帰りよすな。家は私らが、ちゃあんと守りひてる」

いん、分った、と弥太夫は顎をひいた。彼は母親の引きしまった顔つきを見ていると、気持が静まってきた。弥太夫は物心ついた頃から、いよがぐちをこぼしたのを、見聞きした記憶がなかった。

安政《あんせい》元年（一八五四年）の大地震につぐ大津波で太地浦が潰滅したとき、近太夫は家産のすべてを流失し、五歳の長女を海に呑まれたが、いよは一滴の泪《なみだ》も見せなかった。三日ころりの流行《はやり》病いで実家の父母きょうだいを失ったときも、歎《なげ》きかなしむことがなかった。

幼ない頃、弥太夫が夏の暑熱を訴えると、いよは、「暑《あ》つないと思いよし。ほいたら涼しなる」と、黒たまのはっきりした目で彼の目をのぞきこみ、弥太夫はふしぎに涼しさを感じた。その目がいま彼の心をつらぬき、彼の手肢《てあし》に、速かに活力が戻ってきた。彼は絶望の苦痛をこらえ群衆の耳にゆきとどく大声で叫んだ。

「ぶん、おさだはん、ゆきやん。気い病みよすなよ。鯨舟は山見の眼鏡に写らいでも、きっと近間《ちかま》の海にいてる。櫓さばき違《たが》えなんだら、めったに覆《かや》るもんでない。いま、そこたり（そこらじゅう）の浜へ飛脚走らひたさか、間なしにええ知らせ来るろ。ほいたら俺《おんだ》や仮り持双漕いで迎えに行かよ」

その日なか、弥太夫たちは本方屋敷の庭にいて、諸方へ走らせた飛脚の知らせを待った。砂埃を空たかくまきあげる突風《たまかぜ》のひびきにも、彼らは心を氷らせた。誰ともしれない喚声や泣声が耳にはいると、心臓に茨《いばら》で刺されたような痛みが走った。

皆は、間もなく到着すると思われる報告をおそれていた。船団の道具とか、もしかすると転覆した舟、それに誰かの水死体が浜に打ちよせられたという知らせが、くるかも知れない。弥太夫は、背すじにじっとりと汗をかいていた。彼はひきつったように乾いてくる喉をうるおすため、庭先で湯気を吐いている大釜《おおがま》の傍《そば》へ歩みより、煮えたつ飴湯《あめゆ》を幾杯も呑んだ。

昼食《ちゆうじき》に、大阪の旅籠《はたご》で口にしたような、輝やく白さの白米の握り飯が出たが、弥太夫は食欲が消えうせていた。

山旦那の金右衛門は、広間の椽側《えんがわ》に黙然と端坐《たんざ》していたが、黒刺子《くろさしこ》の火事装束をつけた覚吾は、焦慮をあらわにしたせわしい物腰で邸《やしき》の内外を徘徊《はいかい》し、下男女中を声高に叱りつけた。

八つ（午後二時）頃、城山のあたりで甲高い叫び声が聞えた。誰かが喚きちらしながら山を下ってくる。弥太夫たちは総立ちになり、門外へ走り出た。

いったん聞えなくなった声は、寄子路《よろこじ》の家並みの北方から、多数の者のどよめく鬨《とき》の声となって押し寄せてきた。

喚声は急速に近づき、群衆の先頭が水の浦の四つ角に姿をみせた。家並みから人が蝗《いなご》のように飛び出し、群れに加わる。

先頭を走ってくるのは、下半身を泥まみれにした大納屋の若衆であった。彼は両手をふりまわし、「吉報じゃい。吉報じゃい」と声のかぎりに叫んでいた。「早よ来い。早よ来い」と覚吾が道の中央に足を踏んばった。

髱《たぶさ》まで泥をはねあげた若衆は、覚吾の前に膝をつくと報告した。

「わ、私《わたえ》、い、いまし、し、下里から、か、か、か帰ったんやけろのし。し、し、下里のひ、ひっ、人で、くうっ、く、鯨舟、昨夜《よんべ》、みぃー、みた人いてたんよし」

何、と覚吾は目をかがやかせた。

前日、伊勢から勝浦に向う沿岸航路の汽船に乗った下里の人は、時化《しけ》のため英虞《あご》で風待ちし、今朝払暁《ふつぎょう》に出港して帰ってきた。途中、新鹿《あたしか》港の岸を通過して間もなく、船員が沖合い六、七里のあたりに船影を発見し、遠眼鏡で確認すると、赤い帆を引いた二十艘《そう》ばかりの太地鯨舟であったという。

「ほれ見よ、近太夫らは土産《みやげ》曳《ひ》いて今時分《いまじゅう》はどこぞ下筋《しもすじ》の港へ入ってるつろ」と覚吾は緊張した表情をゆるめ手を打ち、弥太夫たちをかえりみて叫んだ。よかった、うれしよお、肩の荷い下りたよお。女たちはよろこびの声をあげこおどりし、安堵の涙をふりこぼす。

弥太夫は、全身を締めつける重圧のたがが一時に外れたようであった。よかった、朝に新鹿の沖へ付けてきたなら、もう流されるおそれはない。しかし、この若衆は、いま何か妙なことを口走ったと、飯に混った砂利を噛《か》んだ気分になる。鯨舟が赤い帆をあげていたと。西北風《やまぎた》をまともにくらって、帆をあげれば、舵をどう操ったところで沖に流される。

彼の疑問を、山旦那が先に口にした。

「あの日和《ひより》で帆をあげたら、舳《みよし》はどっちゃ向くかのう。どうにもあやち分らんのう（事情がのみこめない）」

「どっちゃでもええわい。そんな講釈いうてる時か。弥太夫、ちゃっちゃと迎え舟出せ」

「待ちよし、迎え舟は大事な手駒《てごま》じょ。減《へ》ら減《へ》っとに（使いほうだいに）使えるか。まちごた注進で舟走らひてるうちに、助け求める知らせ入ったら、お前《は》んどうすら。

采配違えた責め負うか」

「何じゃ、棟梁《とうりょう》に向こて無礼なことというな。眼鏡でたしかめた知らせが、違《ちご》てるはずあるか。飲まず食わずで沖漕いでる者、早よ助けよと思わんのか」

平生の確執をあらわにして争論する金右衛門と覚吾の間を、伴十郎が分けて入った。

「せつろい（狭量な）こなしあい（罵りあい）は、ジップ（勝負なし）にせえ。下里までは、行き戻りたったの一里じゃ。も一遍《いっぺ》たしかな者走らひて、たしかめさひたうえで舟出しよし」

伴十郎の穏当な意見が容《い》れられ、仮り持双の櫓頭《ろがしら》を命じられた老練な水主《かこ》が、下里へ確認の使者に立った。

弥太夫たちは浜に出て舟出の用意をととのえ、使者の帰りを待った。午後になって、風足が目にみえて落ちてきていた。海面は疾風《はやて》に吹き分けられる稲田のように、大きく波うち騒いでいるが、雲行きがゆるやかになってきた。水平線の辺り、結び目をいくつかつらねた真田紐《さなだひも》のような細長い白雲が二条、東西に懸ったままである。

「凪や鈍《なま》ってきたのう。間なしに潮がれ（潮がわり）しやるげ」

床几《しょうぎ》に腰かけた弥太夫が、ひとりごとのようにいい、直太夫が、そうやのう、と返事をした。

「潮がれひたら、鯨方は動《いの》きやすなら。いまから沖出《おきで》ひたら、近間の海で迎えられるかも分らん」

直太夫がつぶやき、弥太夫がうなずいた。潮がれとは、潮流の流れる方向が変化することである。黒潮は、数年前から東北へ流れる下り潮の強勢な時期に入っていた。南西へむかう上り潮は勢いが弱く、隔日にしか動かなかった。東北に流された船団は、上り潮に乗れば沖上りはたやすい。しかし、既に、戻れない所まで行ってしまったのではなかろうか。

鯨舟が、どの方角へ待避していたにせよ、無事でさえあれば今日のうちには太地に帰ってくることができるが、弥太夫たちの想像は、楽観を許さない暗い色彩を帯びている。

海上で大事故が起きた場合、明暗さまざまの情報が飛びかい、一喜一憂のうちに時が経つ。消息を絶った者が姿を見せないまま、時間が風のように行き過ぎる。すべての情報をはねのけ、時間の経過が、残酷な事件の全体を、ゆっくりと洗いだしてくる。

午後の日がかげってきたのに、鯨舟から何の便りもないのが、弥太夫たちには不安でならない。白木綿の厚司《あつし》を着て、鉢巻を締めた彼らは、追いこまれた野獣のような、暗くすさんだ顔つきで、眩《まぶ》しい海上を見渡している。水主たちは、持場についた刃刺《はざし》の威風に押され、話しかけるのをはばかっていた。

覚悟をはじめとする旦那衆でさえ、沖出の支度《まわり》を終えた刃刺には、言葉をつつしむ。水の浦浜を遠巻きにした群衆のなかには、ぶんやきみの姿も見えるが、声をかけてはこない。

半刻も経たぬうちに、櫓頭が汗みどろで駆け戻ってきた。鯨舟を見たという人は、下里郵便取扱所の主人であった。帆を張った舟は、まぎれもない鯨舟で、船首の茶筅《ちゃーせん》が、はっきり見えていたということである。

弥太夫は覚悟とうなずきあい、「沖出やぞお」と叫んだ。言葉にならないどよめきが、群衆のあいだに湧きおこった。

海上にうかんだ持双舟の艫に弥太夫が立ちはだかり、櫓頭が、よいやあ、よいやあ、と掛声をかけ、静かな櫓さばきで上下に揺りたてられる舟を湾の中央に進める。東北方にひらけた湾口に舳《みよし》をむけると、白波を蹴立て、櫓声を残し沖へ出てゆく。

「頼むれよう」「気張ってよお」「いそしい帰れよお」

女たちの声が舟を追って海を走った。

仮り持双《もっそう》の舟足は、追風に押されて速い。弥太夫たちは、青黒くうねりを盛りあげ流れる親潮を横切り沖に出ては、反転して陸に接近するジグザグの動きをつづけ、徐々に東北へ進んだ。

弥太夫は舳《みよし》、直太夫は艫《とも》に立ち、遠眼鏡でせわしく海面を眺めまわした。日が傾いてくると、海の色はいちはやく黒ずみ、日光を弾《はじ》きながら上下するうねりの丸い高まりが、移動する無数の生物《いきもの》の背のように見えてくる。

三里見通しといわれる弥太夫の俊敏な視線は、遥《はる》かの波間に出没する黒ずんだ流木の一端さえ見逃さない。充血した眼を眼鏡におしあてているので、水主《かこ》たちに動揺した表情を読まれずにすむ。彼は、胸が息苦しく躍るのを押さえきれない。直太夫も、南北へ涯《は》てもなく延びる水平線のあたりまで眺め渡しては、陸の方向へ眼鏡筒を向ける動作を、無言でくりかえしていた。海上は寂《せき》として船影ひとつなかった。

勝浦駒ケ崎の沖をかすめ、藁灰《わらばい》を溶かしたような不気味な灰白の怒濤《どとう》を巻きあげる、三輪崎の荒磯《あらいそ》を過ぎ、新宮鵜殿《うどの》の沖へさしかかる。時が経つにつれ、弥太夫は先へ進むのがおそろしくなってくる。頭上をかすめ沖へ飛び去る海雀《しゅうりき》の、あわただしく啼き交す声にさえ、胸をえぐられる思いである。

鬼ケ城の鼻が左手にあらわれてきた頃、弥太夫たちは多数の海豚《ほうず》が東を指して行くのを、一里の沖に見た。動くものを見たのはそれだけであった。

「どうなら」と弥太夫は艫へ呼びかける。「鮪《しび》舟も来んのう」と直太夫が首をふる。風が落ち、低い掛声と櫓のきしみが耳についてきた。

鯨舟が大風に吹き散らされたことは、もはやまぎれもない事実であると思われた。新鹿の沖を走っていたという鯨舟は、どこへ行ったのか。弥太夫は、かげりを深めてきた海原が鯨方の血を吸った戦場であるような、痛ましい思いに陥っていた。

七つ（午後四時）まえから、潮が変っていた。弥太夫たちの行手から押してくる上り潮である。鯨舟は、無事であれば上り潮に乗って、弥太夫の視野に点々と姿を現してこなければならなかった。

陽《ひ》が沈もうとしていた。水平線のうえに、朱金の壁が立ち、見る者の心を吸いこむ静謐《せいひつ》な光彩を宿している。持双舟は、新鹿の沖にさしかかった。

「直、あれ見てみよ」

弥太夫がするどく叫び、舟の行手を指さした。「どこなら」直太夫も眼鏡を向けた。十丁ほど離れた波間に、白いものが幾つも浮かんでいる。

「汝《われ》もそう見えるか」

「浮樽《うきたる》とちがうか」

彼らはうなずきあい、さっさい押しじゃ、と喚いた。

舟は揺れ立って走り、目標にたちまち接近した。弥太夫たちは舟足を停《と》め、静かに近づいてゆく。

三個の白いものは、やはり高さ一尺、上径一尺の浮樽であった。径三尺の浮子《あば》が、樽の間に点々と続いている。やっぱりじょ、と弥太夫は首筋をかたくして眺める。

光りを反射しなくなり、透明度を増した日没《まじみ》まえのなめらかな海水のなかに、幅二十五尋《ひろ》、打立《うちたて》（縦長）十八尋、網目七尺の鯨網が黒くひろがっているのが見えた。

あら、何じゃ、と水主が指さす。浮樽の間の海面下に、径二尺ばかりの黒く丸いものがみえた。舟を寄せてゆくと、黒いものは海藻のようにゆらゆらと形を変えた。

弥太夫は、棕梠《しゅろ》の毛のようだと見た。

彼は、手鉤《てかぎ》で突いてみようとして、息をのんだ。海面にわずかにあらわれては沈むものは、人間の頭髪である。目をこらすと、海中からななめに立ちあがっている、ほの白い裸体の形が見えた。

「屍体《ろくじ》じゃ。網に足ひっかけて、立っちゃあるろ」

水主たちは叫びたて立ちあがり、争って海中をのぞきこんだ。

「寄るな、静かにせえ。網に舵《かじ》とられんな」と、弥太夫はかすれ声で下知《げち》した。


灯明沖の空がいっとき金色に燃えたあと、城山の谷から闇が這《は》い出し、浅黄の明るみをしばらく保っていた空が、しだいに熟した葡萄《ぶどう》のいろに変ってゆく。

近太夫の家の、暗い座敷に行灯《あんどん》の灯がともり、詰めかけてきている親類縁者、水主《か》小刃刺《こはざし》の女房子供たちの姿を、おぼろに照らしだした。皆は自宅で時を過ごすことに堪《た》えられず、気丈ないよのもとに集ってくる。

さだとゆきも、台所の手伝いに来ていた。茶釜《かんす》で茶を沸かし、客に茶と茶うけの鯨鬚《えんば》の塩漬を出す。ゆきは、かまどの火明りで、きみと目を見交す。きみは口数が減り、戸外の物音に耳をすましているような、緊張した表情をみせていた。ゆきの喉もとに、体内から押しあげてくる不安が、球のようにつまっているが、立ち働くといくらか苦痛がうすらぐ。

「父《とう》まの帰り、遅いわひて」ときみがささやき、「そがなこと、いいよすな」とぶんがたしなめるのを、さだもゆきも聞いていた。弥太夫の帰着を皆は待ちわびている。仮り持双《もっそう》が舟出したあと、山見、飛脚に出た人数のうち、新規の知らせを持ち帰った者はいない。

情報が皆目ないと、さまざまの想像が際限なく湧きだし、頭が疲れはてても休ませてはくれない。誰も口にはしないが、想像は頭脳のなかに、ふりはらおうとしても、肉親の死という最悪の状態を、くりかえしえがきたがる。

弱《よわ》ん人《ど》（老衰した人）の老爺《ろうや》が、高声で喋《しゃべ》りつづけている。

「熊野から伊勢へ指《さ》ひての陸《たか》まわりにゃのう。ばっとばい（うんと良い）舟《ふな》がかりや（舟泊りが）できる所、並んじゃるげ。吹き落し食ろたら、どの穴へなと、へーハチ（ごきぶり）みたいに這いこんじゃったらええんじょ。ここの親方のような智恵者ついてて、めったな仕損《そこ》ないもなかろよ。まあ、今夜か、明日の朝《あさり》にゃ、はばしい（機敏に）漕いで沖上りしいやるて」

そうかのう、気遣いないかのう、と女たちの黒い頭がうなずきあい、老爺はまちがいないとうけあう。皆は、あてにもならない老人の、おそらくは誇張された体験談を、藁にもすがる思いで聞く。老爺も三人の息子を、鯨舟に乗せていた。彼は沈黙して待つ辛《つら》さに耐えきれず、切れめのない饒舌《じょうぜつ》をまきちらす。

「そうじゃ。鯨舟はどんな嵐でも覆《かや》らん。息災でさえいてたら、どこまで流さえても、きっと帰ってくるえ」

いよが、力をこめて断言し、女たちはまた交互にうなずく。いよは沖合いの妻として、何事が起っても取り乱してはいけないと自分にいいきかせ、豪気な外見をよそおっていたが、内心は危惧の思いに疲れはてていた。

旦那はん、今時分《いまじゆう》まで食べる物もなし、装束も濡れちゃあろし、えらかろのし。そえでもどうぞ、摺《す》ってでもにじってでも、沖上りひていたあかいてよ。いよは、この年になって、情ない目え見るの、もういややよし。どうぞ後生やさか、帰っていたあかひて。

いよは、むしろを着た水死体の幻が眼前にちらつき離れなくなると、たまりかねて胸のなかで近太夫にかきくどく。辛苦を分ちあってきた夫に先立たれては、彼女はもはや、魂のぬけがらでしかない。

きみが低声《こごえ》で、「浜へ出て見やんか」とゆきを誘い、二人は家を抜け出た。月光が家並みの影を濃く道におとし、瓦屋根が昼間のように浮き出ている。海上の澄みわたった空に、月が彫《え》りこまれていた。

ゆきは、月を見ると、父と孫才次の行方を思って、胸がしぼられてくる。三日前の月夜に、ゆきは孫才次とともに、二十三夜様にささげるつけらきを、寄子路《よろこじ》の浜に流した。

きみは綿入れの甚平《じんべい》の袖に両手をさしいれ、うつむいて歩いていた。彼女たちは肩を寄せあっていたが、たがいに自分の考えに沈みこんでいて、言葉を交さない。

行灯の明りが洩《も》れている家のまえを通りすぎるとき、話しあう声が聞えた。浦人たちは、弥太夫の仮り持双が帰ってくるまで、起きている。舟のガンドウが沖で光ると、灯明崎山見と、向島岬山見で法螺貝を吹く手筈になっていた。

水の浦浜から大納屋浜にかけて、幾ケ所にも篝火《かがりび》が焚《た》かれ、波止際の風がこいのなかに、本方《ほんかた》（本部）の旦那衆が集まっていた。

ゆきたちは、轆轤《ろくろ》場の天水桶《てんすいおけ》のかげに腰をおろした。風は弱まり、寄子路の松林が静かな影絵を見せている。ゆきは一瞬、朝からの騒動はすべて夢で、孫才次と待ちあわせているような気がした。間もなく砂を踏む軽い足音と、よう、という呼びかけの声が、背後に聞えるという期待が、心をかすめた。

「遅いなあ、父《とう》ま、何ひてんのやろ」

きみが、鼻のつまった声でつぶやいた。月光に照らされた彼女の鼻梁《びりょう》が、濡れ光っている。きみもゆきも、帰港しない船団のことに話題がふれるのを、つとめて避けていた。少しでも触れると、体内に押さえつけている苦痛が、炎をたてて燃えあがってくる。

　ゆきは、秋のさなかの午後、孫才次と森浦の赤松山《あかまつ》へ、松茸《まつたけ》を拾いに行ったことを思いだしていた。濡れ松葉に足を滑らせながら一刻《ひととき》（二時間）も励むと、松茸は笊《ざる》に入りきらないほどとれた。

　二人は苔《こけ》のにおいのする小暗い斜面で、他愛ない仲間の噂話《うわさ》に笑いころげ、抱きあって口を吸い、時の経つのを忘れた。ゆきは、孫才次の唇の形がかわいらしいとくりかえし眺めては、そのたびに孫才次の堅い胸に顔をうずめた。

　不意に孫才次が立ちあがり、松の幹をてのひらで叩《たた》きながら、「うーしかうーまか、出えてーこい」とうたうようにいいはじめた。赤松の肌を、唱《うた》いながら叩き、うすい樹皮を剥いでは、その形を牛か馬に判じるのは、太地の幼童たちの遊びである。幼ない頃ゆきは、年嵩《としかさ》の孫才次にせがみ、「ほれ、牛や」「こんどは馬や」と、松皮を剝いでもらった。

「私もやるで」とゆきははしゃいで立ちあがり、ふざけた調子で松の幹を叩いては孫才次と剝いだ皮を見せあい、はじけるように笑う。

　秋の日ざしにいろどられた記憶の余韻を追っていたゆきは、突然灘内の闇を蛇のように駆けめぐる、底づよい法螺貝の吹鳴に呼びさまされた。

「あ、向島の法螺やひて。ゆきやん、舟帰ってきたんやの」

きみが、ゆきの手を握りしめた。二人は、砂浜に走り出た。法螺貝は鳴り続けている。男たちは叫びながら、しぶきをあげて浅瀬を走り、われがちにもやい舟に乗ろうとしていた。予備の勢子《せこ》舟がコロ台から外され海へ滑りこみ、覚吾たちが乗りこむ。暗い家並みから浜へ、おびただしい人影が湧きでてくる。

「舟や何艘帰ってきたんなら。沖合い舟やつれもて来たんか。仮り持双だけか」

ゆきの耳もとで、男が喚いた。向島へ見に行こら、と数人の若者が駆け去った。二艘の舟が行手にガンドウの光芒を投げあい、さっさい押しで港を出てゆく。渚は、たちまち群衆で埋めつくされた。小童《こわっぱ》が、頭で人混みを押しわけ、前に出てくる。喚き声が飛びかい、犬が悲鳴をあげる。

「どうなえ、沖合いや皆帰ってきたかえ」

駆けつけた女が息せき切って、手あたりしだいに尋ね、うるさや、と怒声が飛ぶ。ゆきは四半刻も、爪先立って人混みで押しあううち、背筋を汗が伝いはじめた。きみとは手をつなぎあっているが、母やぶんはどこにいるか分らない。

向島山見らしい声が、水の浦対岸の大納屋浜から、ささやき筒で呼びかけてきた。

「舟やのう、鰹《かつお》島の沖へ指《さ》ひて来たろう」

群衆は、声をひそめた。山見は船団が帰ってきたとはいわない。

「舟ちゅうてのう、何艘なら。ぜんぶ帰ってきたんか」

男の声が、皆の気掛かりなことをたずねた。なに、何なら、と問い返したあげく、対岸の声は、「舟はのう、一艘じょ。誰の舟か、分らんのう」と答えた。

え、いっぱいだけやて、鯨舟は、みな帰られんのかえよう。毒性《どくしょ》な（殺生な）のい。

女たちが泣声をたてはじめた。もうあかん、兄やんの舟はもうあかん、と甲高い声で泣きわめく娘を、母親が、この性垂《しょうた》れや、口ふたがんかえ、と罵り、隣の老婆《ろうば》が、悲哀な（哀れな）のう、と涙をさそわれる。

ゆきは、顔じゅうに汗をふきださせて待っていた。長い時間が過ぎたように思った。波止の突端のあたりで、わあっとどよめきが湧き、人波がその方角へなだれよった。ゆきはきみと走りながら、港口の波止にあらわれたガンドウの明りを見た。

五　章

二艘《そう》の出迎えの舟に、左右からガンドウの火明りを投げられ、波止の内に舳《みよし》を寄せてきたのは、弥太夫《やだゆう》たちの乗り組む持双《もつそう》舟であった。三艘は舳をならべ、舟止め杭《くい》の間に漕《こ》ぎ入って停《とま》った。

「ええい、退《ど》かんかえ」

波止の切石のうえに、立錐《りっすい》の余地もなく立ちふさがった女子供を、櫓頭《ろがしら》がいらだった高声で退かせ、纜《ともづな》を投げた。「板じゃ、踏板持ってこい」

声に応じて、浜にいる男衆が踏板をかついで渚《なぎさ》に降り、持双舟と波止の間に掛け渡した。

弥太夫と直太夫が、板を渡って波止におりる。渋面をガンドウに照らされた覚悟が舟をおり、群衆に背をむけて立つ。黙りこんだ男たちの後姿が、捜索の暗い結果を示しており、浦人は怯《おび》えて声をひそめた。子供のみじかい泣声と、母親の叱声が、人混みのどこかで聞えた。

　櫓頭が低声《こごえ》で指図し、水主《かこ》たちが舟底の荷を担ぎだしてくる。「樽《たる》じょ」とゆきの前にいる女が、声をひそめて口走り、人垣のあいだにざわめきがひろがった。

　浮樽をかついだ水主が、たわむ踏板のうえを、膝で調子をとって渡ってくる。三個の樽が、担ぎだされた。

「浮子《あば》じゃ」「あれ見なよ、鯨網やひて」

　浮子の束につづき、水主が総掛かりで黒ずんだ網を持ちあげると、女たちは泪《なみだ》声でささやきあった。

　最後に二人の水主が戸板に細長い菰包《こもづつ》みをのせて担いできた。きみが、ゆきの汗ばんだてのひらを握りしめた。ゆきの喉から、嗚咽《おえつ》のような嘆息がもれた。菰の裾から足が出ている。はだしの足首が、棒のように戸板のはずれにつきだしている。

　菰包みが波止に下されると、弥太夫の声が、「万太夫《まんだゆう》の家の者《もん》出てきてくれ」と呼んだ。

「え、私《わた》しとこかえ。え、え――」

　女の悲鳴が湧き、「退《の》いてよお、退いてくらよお」と甲高い叫び声が人混みを縫い、幾つかの人影が群衆の前に出た。

七番殺舟《ころしぶね》刃刺《はざし》万太夫の妻子は、戸板の前に歩み寄ると、立ったまま見おろした。弥太夫と直《なお》太夫が、低声で話しかけている。万太夫の妻はゆっくりと膝を折り、菰のうえに身を投げかけると、悲嘆をしぼりだすような泣声をたてはじめた。子供たちも母の背にしがみつき、泣いている。

　ゆきは足の力がなえ、よろけてきみにもたれた。きみはゆきの肩に顔をふせてきた。

　旦那、旦那よお、と片目の大女が群れから歩み出て、浜へ戻りかけた覚悟の前に立ちふさがった。

「旦那は、何にもいわんと、どこへ行くんよい。皆は、こうやって沖出ひた者《もん》の動静知りたがって、来ちゃあらひてのい。それやのに、何にも教《お》せてやらんのかのい。さっきからの成行き見てたら、何も聞かいでも凡《およ》その察しやつくれえ。つくけど、何ど一言なというちゃってよお。私《あたえ》かて、連れあいにもしものことあったら、年寄りと四人の子お抱えて、明日の炊桶《かつしよけ》へ入れる物もない身の上になるんや。いまのうちに、かくしのない所《とこ》、いうちゃってよ」

　おもたんという大女は、網舟櫓頭の妻である。さっぱりとした俠気《きようき》の持主である彼女は、日頃から太地の女房たちのあいだで、人気者であった。

覚悟はおもたんの気勢の前に沈黙し、追い払うこともできない。よし、俺《おんだ》や代っていうろ、と弥太夫が声をはりあげた。

「今日は舟出ひてから、陸《たか》から沖へ、沖から山なり（山の方）へと、斜めに走りもて探ひて行たんよ。どえだけ走ったて、何にも無いもせんのよ。鬼《おに》ケ城《じょう》のあたりで潮変りひたんでよ、沖上り舟と逢《あ》うかと思て行たけど、あえなんどよ」

それで、それでのう。弥太夫は肩で息をいれる。唾を呑《の》みこんだので、彼の声音は変る。

新鹿《あたしか》の沖にゃのう、鯨舟や居てなんだんよい。それで、そこたり（その辺り）の海で、網と万太夫を拾《ひ》ろたんよい。万太夫は、網にまるけて（合わして）引っ掛かっちゃっとよい。

弥太夫の語尾がかすれ、彼はうなだれて黙りこみ、また顔をあげる。

お前《は》んらよう。気落ちすなよ。これから先、誰が沖上りひて誰が戻りゃせんか、和尚《ちょろ》さまに聞いても分ろまえ。何事起っても、気いしっかり持てよ。浦方や一個の世帯になって力あわひたら、きっと立て直しやできるさかのう。

「やいや（いいえ）、気にせんといてよ。弥太ん、分ったよ。私《あたえ》ら何起っても、ぴりぴり揺ぎせんさか、安心ひてよ」

おもたんは、大声で答えた。

「皆よう、家去《うちい》んだらあかんれ。女《ねしょ》も子供《ころも》も、皆八幡《はちまん》さんへ行《い》て、明日の朝《あさり》まで、お父《と》帰ひてもらうよに拝もらいえ」

おもたんが声をはりあげて、女たちに指図をした。

八幡神社の常夜灯に火がはいり、境内の各所に大提灯《おおぢょうちん》が立てられた。社前の石畳に、むしろをかぶって夜更けの寒気を凌《しの》ぐ女子供が、ぎっしりと坐《すわ》りこみ、祈念の声が重苦しくどよめいていた。本殿では神主が一心不乱の体《てい》に太鼓を打ちならし、ものに憑《つ》かれたように祭文を誦《ず》している。はらえや、はらえや、とおもたんが声を張りあげる。

ゆきは母とともに、割竹の束を手に、百度詣りの行列に加わっていた。頭髪をふりみだしたはだしの女の列が、本殿裏にある百度石の後ろを回り、鳥居際まで戻ってくると、手中の竹を一本捨てる。列中には、ぶんときみもいた。女たちは白眼を光らせ、めいめい勝手な祈願をつぶやきつづけている。

ゆきの目裏に、仮り持双《もっそう》の水主《かこ》たちが担ぎあげてきた漂流物と、屍体《したい》の菰包みの残像が、あざやかに残っていて、どうしても消えない。その映像のうえに、玉太夫《たま》と孫才次《まごさいじ》の幻が浮き出してくるのを、ゆきは頭を振ってうち消そうとする。

こめかみが、針で刺されるように痛み、嘔気《はきけ》がみぞおちから押しあがってくる。ゆきはいままで味わったことのない、海粘土のように、しつこい胸ぐるしさに取りつかれていた。遠い海上にいる孫才次たちとの心のつながりの糸が、断ち切れたように思えるためである。

父《とう》まと孫やんは、もうどこにいてるか分らんのや、とゆきは心につぶやき、考えの片隅でもやのようにうごめく、金気《かなけ》臭い死のにおいをかぎつけ、ぞっとする。

やいや（いいえ）、みんなはきっとどこぞでいそしいいやる。明日か、あさってか、きっと帰ってきやる、と元気をふるいおこそうと試みるが、その甲斐《かい》はなかった。

僅《わず》か三日前の夜の記憶が、取りもどすことのできない所へ離れ去った宝物のように、くち惜しく思いだされる。孫才次に門口近くまで送られて帰った家では、玉太夫が表の間にあぐらをかき、遊びに来た勢子《せこ》の舟の炊夫《かしき》に肩を揉《も》ませていた。ほのぐらい厨《くりや》で、さだが夫たちの夕食をととのえるささやかな物音をたてていた。

私《あたえ》らばっかり、なんでこんなえらい目えをせんならんのやろ。ゆきは覚えず自分の運命を呪《のろ》う。ゆきの心は、もはや不安を抑える支柱を失い、凶事の妄想ばかりが、頭にはちきれんばかりに立ちこめてきていた。

冷えきって感覚の鈍った足先が石畳につまずき、火がついたように痛むが、ゆきは歩みを止めない。彼女はさだの半纏《はんてん》の背中だけを見つめている。

いよは、ひとり新屋敷の家にいて、仏壇にむかっていた。三日間の心労が、いよの肩に大布団《おおぶとん》をもたせかけたようにのしかかっていた。土間の闇で、死に遅れたこおろぎのかすかな鳴声がしていた。

いよは、数珠《じゆず》を手にしながら、夫の俤《おもかげ》に話しかけている。灯芯のあかりを受けているすすけた阿弥陀如来《あみだにょらい》のお顔が、いつのまにか近太夫の赭顔《あからがお》にかわっていた。

「旦那はん、どうなのし。帰ってきやれるかのし」

いよは低声《こごえ》で話しかけた。近太夫は笑いながら、顔をわずかに左右に振った。いよの眼に泪が溢《あふ》れ、頰を伝って落ちた。

「そうかのし、あかんかのし。もし、旦那はんが帰られいでも、すべて親様のお心任せやさか、あきらめますよ。十四の秋から、長いこといとしんでいただいて、ありがとうございまひた。一足先に、蓮《はす》のうてなへお詣りひといて頂《いた》あかひてよし。私も、じきに参りますよし」

近太夫は、すでに人間の境を離れた者の、不動の笑まいを浮かべていると、いよは眺めた。

二十七日は、雲の片影もない晴天で、風の凪《な》いだ海上は、なめらかに上下していた。太地《たいじ》の風物は、風がおさまると、前日までの険悪な形相が嘘《うそ》のようにかききえ、冬期とも思えない、強い日ざしが輝やき満ちて、目を洗われるさわやかな眺望になる。

湾内の岩壁をかすめて飛ぶ鷗《かもめ》が晴れやかに啼《な》き交し、鵯《ひよどり》が台地の草原で啼きたてる。陽炎《かげろう》の立つ日向《ひなた》では、常の日であれば嬶《かか》まや姉《ねえ》まが洗濯に精を出しながら、口まめに話しあうのであったが、いま日溜《ひだま》りには目脂《めやに》を溜めた弱《よわ》ん人《ど》の老人たちが、群れ集っているだけであった。

本方《ほんかた》（本部）の指図で用を足す者のほか、浦人は前日とかわらず、塩を吹いた襤《ぼ》褸《ろ》に着脹《きぶく》れ、磁石に吸い寄せられる砂鉄ででもあるかのように、海の見える場所へ出ていた。水浅黄の空の下、見はるかす紫紺の荒布《あらめ》をうちのべたような海が、彼らと、帰らない彼らの肉親とをつなぐ、ただひとつの通い路である。浦人たちは、充血した眼をしばたたきながらも、海波の眩《まぶ》しいきらめきのうえに、視線をさまよわせる。海を見るほかに、何をすることも思いつかない。腕白の小童《こわっぱ》どもも、黙然と海を見て立っている。

朝の新鮮な日ざしが正午の豊穣《ほうじょう》な光耀《こうよう》にかわり、しだいに赤味を帯びてかげってくる。諸方へ走った飛脚は、誰も吉報をたずさえて駆け戻ってこず、山見は狼火《のろし》をあげずひっそり静まりかえったままであった。

ゆきはさだとともに、早朝から本方屋敷の手伝いに出かけていた。大勢の女房たちに交って立ち働くと、いくらか体に力が戻ってくるような気がした。さだはゆきと顔が合うたび、「気い、しゃんと持ってるんやろい。ひとが笑わるで」とはげまし、ゆきは自分が苦痛にみちた表情をうかべていることに気づいた。

午後、ゆきは向島岬の山見へ遅い昼食《ちゆうじき》を届けるため、重い飯櫃《げびつ》を背にかついで出かけた。

水の浦浜から通い舟を操り、対岸の大納屋浜に着き、切り立った山肌の、密生した灌木《かんぼく》の間を縫う細い坂道を登ってゆく。

肥え太った大鳶《おおとんび》の群れが、手のとどくほどの頭上をゆっくり旋回し、大納屋浜に胸のふさがる悪臭を放って乾《ほ》されている鯨網に触れんばかりに舞い降りては、入江の小魚を狙う。白い糞《ふん》を垂れるものがいるかと思うと、ゆきの目の前の枝に艶《つや》やかな翼を納め、するどい眼球を光らせるのもいる。

翼がほしいという考えが不意に胸を射し、ゆきの目頭は早くも濡《ぬ》れる。ええい、こんなことでどうすら、とゆきは手荒く涙をぬぐい、苔《こけ》の匂いを胸ふかく吸いこみ石段を踏む足に力をこめた。

山椿《やまつばき》の茂った坂の途中には、朱塗りの小祠《しょうし》がいくつもあり、ゆきはその前を通り過ぎるたび瞼《まぶた》をとじ、なにとぞ皆を息災に沖上りさいて下さいませ、と早口にささやく。

山見番所は風よけ板を物々しく張りめぐらし、大勢の男たちが詰めていた。親爺《おやじ》役が小者を指図して、狼火場の支度《まわり》を整えている。

「ゆきやん、飯《ごし》かえ。おおきによ。今日も本方《ほんかた》は忙《せわ》しかろ。まあ、たんま（ひと休み）ひて行かんかえ」

親爺役の八太夫《はちだゆう》が、ゆきを見て声をかけた。八太夫は昔は腕のいい刃刺で、刺水《さしか》主《こ》であった玉太夫をかわいがった。

「かまんよ（かまわない）、じき帰るよ」

ゆきはかぶりをふり、番所に入ると飯櫃《げびつ》から握り飯を取り出し、手代皿《てしょうざら》に盛りわけた。男たちは重く力のこもった声で話しあっていたが、ゆきがいるあいだ黙っていた。

ゆきは番所を出ると足を止め、海を見渡した。空は澄みわたり、水平線が視界を横に断っている。本方屋敷の嬢《いた》んが祭礼に着る水浅黄縮緬《ちりめん》の衣裳《いしよう》をひろげたような海面に、傾《かし》ぐ日を映す赤い色が、三尺帯を置いたように沖から眼下へとまっすぐ伸びていた。

「爺《じい》ま、沖の舟やいそしい（無事で）いやるかのう」

ゆきは、柴《どやご》を集めている八太夫の広い背に問いかけた。

「儂《わし》の思案《しわい》かえ」

八太夫は、ゆきを見るとすぐ、自分に問いかける目付きになった。

「まあ、今日いちにち、こがいに（このように）和海《わかい》（凪《なぎ》）でいたら、明日《あひた》あたりから、どっちせ（どうせ）何どの便や出てくるれえ。ええ便りか、悪い便りか、流れてくるもの見やな分ろまえ」

「流れてくるて。ほいたら爺まは舟覆《かや》ってしもたと思てるんかいし」

まあ、そう思わな仕方ないのう、と八太夫はひとごとのように冷静な口調であったが、口をつぐむと顎が中風《ちゆうぶ》病みのように震え、男たちは、それを見まいと目を伏せた。八太夫は、息子と幼ない孫を鯨舟に乗せていた。

ゆきは坂を下りながら、いつかの酒宴で酩酊《めいてい》した刃刺が女房たちにむかい、声高にしゃべっていたざれ口を思いだしていた。

「お前《は》んら女《ねしよ》はよう。男と寝て、あっあっあっと思たら子種受けちゃろがい。わしゃらが沖で時化《しけ》くろて死ぬときもよう、あっあっあっと思たらしまいじゃ。生れんのと、死ぬんとは、おんなしことよのう」

せめて孫やんの子種でも受けておればという感傷がゆきを刺し、彼の身の上に不吉な想像をめぐらした自分を、たちまち責める。

眩しさを失った赤い太陽が、糸に引かれるような速さで水平線に沈む。水の浦の入江は夕映えを反射して一枚の金紙となり、波止のうえに逆光を浴びた多くの黒い人影が動かずにいる。


八太夫の推測の通り、その夜更けに便りがあった。九つ（午前零時）を過ぎてまもなく、月光が明るみを増した太地浦の空に男の叫声が走った。

「舟やろおい。皆出てこおい。沖上り舟やろおおい」

ゆきは闇のなかではね起き、さだと肩を寄せあった。

帰ってきたろおおい、出てこいよおおい。野太い男の声は、湾をとりまく山肌に反響し、冷えた大気を騒がしくかきまわす。

表の道で戸の開く音、女子供の短かい叫び、足中《あしなか》のひたひたと地を踏んで走る気配が湧き起った。ゆきたちは手早く胴着を羽織り土間に下りた。表戸が開き、おばん、ゆきやん、ときみの呼び声がした。ぶんも来ていた。

四人は寄子路《よろこじ》の路地伝いに浜へ急いだ。

「お婆《ば》まがのう、行こらえいうても、寝たきりぴりぴり動きせんと（少しも動かないで）行《い》ちょいなち云《い》うだけでよ。爺《じい》ま上《あが》ってくるかも分らんのにの」

きみが走りながら、息をきらして云った。

波止の辺りは、祭礼の晩のように騒めいていた。方々の迫《せこ》（路地）から湧いてくる人影が、前夜と違い活気づいた声音で呼び交す。山見の声が、向島の頂からくり返し降ってくる。

沖上りやろう、勢子方《せこかた》の沖上りじゃ。

迎え舟の歓声をつらぬき、「ひー、やあ」という鯨方の掛声が聞えてきて、ゆきは身震いをした。

直太夫の仮り持双《もっそう》と舳《みよし》をそろえ、さっさい押しで近づいてくるのは、まぎれもない勢子舟である。

「玉椿《たまつばき》じょ、要太夫《ようだゆう》舟よぞ」

迎え舟の火明りに浮き出た舷《げん》の模様を、読みとった誰かが叫んだ。声にならないどよめきが、群衆の間を流れた。

戻ってきた勢子十一番舟は、仮り持双とともに迎え舟を引きはなし、水の浦の汀《みぎわ》にまっすぐ向ってきた。浜に待つ水主《かこ》たちが、しぶきをあげて水に駆けいり、纜《ともづな》を曳《ひ》いてくる。

勢子舟は茶筅《ちゃせん》が根元から折れ、艫のあたりにも亀裂《きれつ》があり、浸水を防ぐさびが幾本も打ちこまれていた。乗り手の姿は十一人しか見えない。

物に驚いたように丸い目を見張った、要太夫の見なれた顔が、松明《まつび》の光りに浮かんだ。片頰に大きな擦り傷があり、梅干を塗りつけたように赤黒い。彼は敏捷《びんしょう》な身ごなしで舟を降り、荒縄で頭髪を束ねた水主たちが続いた。彼らは眼窩《がんか》を凹《くぼ》ませ、そげだった顔つきであったが、足どりはたしかである。

「父《とう》ま、よう帰ってくれたのう」

「くたぶれとろよう。息災でよかったのう」

帰ってきた男たちの家族が、群衆のなかから抜けでて、控えめによろこびの声をあげる。

　要太夫たちは、軽くうなずくだけで、無言のままである。彼らをみつめている群衆も静まり返っていた。突然奇妙な泣声が湧きおこった。

「早よ家《うち》へ去《い》なひてくれよお。もう恐《おと》ろしことは嫌じゃよお。手えも尻もすりむけても、夜がな夜じゅう漕がさえたあ。もう舟へ乗るの、嫌やろお」

　要太夫舟の炊夫《かしき》である ツネという八文《はちもん》（知的障害のある人）の若者が、襤褸を巻いた両手をにぎりしめ、泪《なみだ》と洟《はな》で汚した猿のような顔をあおむけ、白い歯に月光をうけて叫んでいた。

「こらっ、ツネ。親方の口上《こうじょう》（報告）終えたら去なひちゃる。やかましいうな」

　相番の水主が、あわててツネの袖を引く。

「ほっといてくれ。えらそに云うなよう。なんどち云うたらくらし（殴り）くさってからに。お前ら、えらそに云えやんろお。魚《いお》は捨《ふ》てるし、舟や覆《かえ》すし。のう、沖合い衆や、どんかえちんぼ立てて、寝んねひたんよう。云うてみよし」

　ツネは口辺にあぶくを吹き出し、甲高い声で喚《わめ》いた。

　小柄な老爺《ろうや》が近寄り、こらっ、とツネの頭を拳で殴った。痛いよう、おいやん、とツネは辟易《へきえき》し、孤児のツネを養ってきた叔父《おじ》の非人番（鯨肉の番人）は「べっこのかあな（こしゃくな）こと云うな。黙って親方について行け」と、せわしくたしなめた。

無言の動揺が、群衆の間を海風のようにざわめいて通りすぎた。溺死者の屍体が男根を突ったてていることは、誰でも知っている。ツネの言葉が、ゆきの心臓に鏃《やじり》をつきたてた。

鯨を捨て、大勢の遭難者が出たという事実が、臆測の霧を払って眼前につきつけられたことに、ゆきはたじろいだ。浦人たちはとどろく胸をおさえようと、唾を呑む。やっぱり、非常の事が起ってたんや、と人びとは覚えず前に歩み出す。

「親方はん。うちのお父《と》は何で帰ってこんのよう。海へ落ちたんかえ、どうよう。教《お》せてくらよう」

若い女の叫び声が沈黙をやぶり、号泣が尾を引いた。

鯨方棟梁《とうりよう》への口上を終えるまでは、気儘《きまま》な行動を許されない沖上り衆の規律《きまり》をはばかっていた、浦人たちのどよめきがようやく高まった。浜の中央に風がこいを囲《めぐ》らした棟梁の桟敷のほうへ、人垣が動きかけた。

突然、ささやき筒を口にしたらしい弥太夫の大音声《だいおんじよう》が、群衆の頭上を走った。

「皆、聞いてくれ。俺《おんだ》や弥太夫じゃ。要太夫は、まだ務めやあるさか、代って本日の形勢云うちゃる」

　こうなったら、定則《きまり》もへちまもあるかれ、と弥太夫は眼をむいた。彼は胃の腑《ふ》のあたりが空虚になったように思えるけだるさを抑え、声をはげます。

「昨晩に引きつづいて、今日はの便りも、ええないろ（よくない）。性根据えて聞けよ。鯨方はのう、おとついの晩のうちに大西北風《やまぎた》の吹き落し喰ろて、沖へさひて流さえたろ。鯨は荷いになるさか打ち抛《ぶな》げて、皆々舟同士綱入れたれども、渦潮に逢《お》うて散り散りばらばらにさえてもた。要太夫舟はのう、富《とみ》太夫舟と、次郎《じろう》太夫舟と連れもて陸《たか》へさひてどしこむ（押しこむ）了簡やったが、富太夫舟の舵《かじ》や折れて、次郎太夫舟も見えんようになった。要太夫舟は、底板《かわら》に割れ入って水舟になりかけた所を、大引《おおびき》の鮪《しび》舟に助《す》けてもらい、新鹿《あたしか》の泊りに入ったとこを、俺《おんだ》の舟と行き会うたんじゃ。分ったか。仔細《しさい》は要太夫の舟子に聞きよし」

　本方屋敷の会所で、覚悟を中心に寄合い（会議）がひらかれていた。

「台湾よ、綱《かがす》入れてから間なしに舟や打ちおうてきたんか」

　血の気の引いた顔で、海図をのぞきこんでいた覚悟が、要太夫にたずねた。台湾出兵に従軍した要太夫は、簡明な早口で答える。

「そうやのし、しばらく、四半刻《しはんとき》ほどは、按配《あんばい》ようなったのし。縦《たつ》についてたときよりや、揺れも減ったし、舵もしゃんとひたよし。それまでや、舟や番鳥《ばんどり》（むささび）みたいに、波の山飛んでたさかのし」

覚吾は顔をあげず、問いを重ねる。

「ほや、舟ほたえ（騒ぎ）だひてきたんは、そのあとか。たった四半刻で、段取りや悪るなってきたんか」

「さあよし（そうですねえ）、ほっとりする（安堵《あんど》する）間なしに、丁度茶碗《ちゃわん》の麦の粉かきまわすよに、潮は渦巻いてきたんでのし。どがいにごんがらがひても（転がしても）舟やこぜ合《お》うて（すれ合うて）きたさか、万策尽きて舫《もや》い切ったんよし」

覚吾はうなずき、海図に書きこみをする朱筆で軽く畳を叩《たた》き、充血した目を要太夫にむける。要太夫は、赤黒くひびわれかさぶたのようになった唇を、しきりになめまわしていた。片頰に金創膏《きんそうこう》を塗りたくり、極度の疲労を抑えて丸い目をいやがうえにも見ひらいている彼の顔は、無邪気な子供のように見えた。

「沖合いは、なんで目先の思案《しわい》もできなんだんかえのう」覚吾は、ひとりごとのようにつぶやく。「何なのし」と要太夫が意を汲《く》みかねて問う。

「四半刻のうちに、綱切らんならん羽目に、なんでなったんやろのう。玉太夫も、谷も同意のうえで、ひたことかえ」

云わいでものことよのう、と要太夫が口調をあらためた。

「皆の命やかかっちゃるのに、おろそかな決めかた出来るわけなかろがのし」

「鯨放《ほ》かせと采《さい》振ったんは、沖合いやのう。それに口答え（反対）ひた者は、大勢いてたんやろが」

要太夫はうなずいた。

「そこでよ、お前《は》ん、そのほうがよかったと思うかえ。儂《わし》の思案はそうでないのう。背美《せみ》は沈まんさか、荷いにならん。かえってもよあい舟の浮子《あば》になり、要《かなめ》になったんとちがうか。鯨さえ曳いてたら、いったんは沖へ引かれても、舟覆《かや》さいで戻ってきやれたと思わんか」

思わんよし、と要太夫が叫ぶように答えた。

「沖合いを先に立てて、皆の仲はじっちり（しっくり）行てた。いろせと（いろいろと）談合あったんは、鯨惜しさからやひてよし。あのべっとう（一度に吹く風）に押されて、大王の鼻の十何里とも分らん沖を卯辰《うたつ》（東南東）へ持って行かれたくらいなら、万にひとつ舟や覆《かえ》らいでも、どっちせ（どのみち）骸骨にならな、沖上りできなよし」

坊《ぼ》んよ、わいつ（あなた）は何を云いだすんじょ、と伴十郎が覚吾をたしなめようとした。

寄合いがひらかれて二刻《ふたとき》は過ぎ、一番鶏がすでに刻を告げていた。海図を前に要太夫の詳細な口上によって、帰らない船団の運命は、座に詰める誰の心にもたしかに了解できた。鯨方にとって、未曾有《みぞう》の大犠牲が出るという見通しが、皆の腸《はらわた》に氷水のようにしみこんでいる。天明からの船団救済の手筈《てはず》を打ちあわせている最中に、覚吾が近太夫の責任を問いはじめた。

「陸《たか》にいてるわいつに、海のうえの段取りや分るか。近太夫のよな読み詰んだ芸者（熟練者）に、手落ちやあるかえ。わいつの残念も分らんでないが、気い落ちつけて弥太夫にあやまれ」

いや、だんないれえ（構わない）、と弥太夫が昂《たかぶ》りを抑えた声音でこたえた。

「鯨舟は皆木の葉舟じゃさか、嵐に巻かれりゃ、持ち提げならんようになるつろ。親父《おやじ》の采配にゃ手違いあったか分らん。じゃけどのう、なといせ（なぜ）いますったもんだ云わんならんのよ。騒動や落着ひて、親父や帰ろと帰ろまいと、詮議の筋つきとめてから云うちゃってよう。そうでなしに、いかげな（いいかげんな）ごうたく（議論）ならべたら、たとえ坊んでも、胸板へ銛《どうぐ》ぶちこまひてもらうれえ」

覚吾は絶句した。弥太夫にも、彼の胸中は分っている。明治八年（一八七五年）秋、小野組倒産のあと、太地鯨方は金策尽き、捕鯨漁業権を新宮の金融業者細井《ほそい》に三千円で譲渡した。明治十年、太地村民から復業の勧告を受けた覚吾は、細井に権利返還を交渉するが、細井は代償として一万二千円を要求した。和田一族をはじめ、全村の有志者が四方に奔走し、漸《ようや》く代金を調達し鯨方復業を見たのは、まだ一年前のことである。いまを限りに挫折するかと思えば、胸もつぶれんばかりの無念がこみあげてくる。このあと幾艘の舟が沖上りしてくるか、見当もつかない、要太夫は、うねりの峯《みね》に乗りきれず、艫《とも》から押さえこまれるように転覆してゆく舟影を、数多く見ていた。もはや甚大な損害を予期しないでいられない状況である。

「棟梁、こうなら慌てよまえら。しっかり腹据えてかかろらよ。山より大《お》けな猪《しし》や出んぞ」

金右衛門が、沈着な口調で覚吾を励ました。

そうじょ、慌てよまい、と弥太夫は気を静める。力のあらんかぎり、太地の屋台骨支えちゃる。いよいよ突っかえきれんようになった暁にゃ、死んだらい、と腹をきめる。俺《おんだ》にゃいつでも死ねるちゅうこと忘れてた、と弥太夫は肩の重荷を取り外せたような気になる。どんかえ殺生ひてても、念仏さえ唱えたら、親様は極楽へ指《さ》ひて行かひてくれる。お母《か》んもぶんも、きみも、皆連れで極楽詣りひちゃろかえ、と弥太夫は目をすえ甘美な幻想をみつめる。暁明の近い戸外の闇で、山鳩《やまばと》が啼きはじめた。啼声は妙に大きく聞える。

廊下を走ってくる足音がして、襖《ふすま》が明いた。厨《くりや》に詰めている女たちが、板敷に膝をついている。

「お手取らひて（じゃまをして）悪《わ》りけどのし。寺山のてっぺんで、女子《おなご》のししり声（叫び声）ひてるんよし。男衆さんら、見に行くちゅうやけど、一遍聞いてくれるかのし」

一座の者は、廊下に出た。手水鉢《ちょうずばち》を抱える槙《まき》の古木の枝越しに、寺山が暗く空に聳《そび》えている。鳩の声ではなく、若い女のするどい叫び声が弾んでいる。

飛ぼかあ、飛ぼかあ、飛ぼかあ、とくりかえし叫ぶ。

「いつからな」

「ほん、さっきからよし」

「誰でもええ、若い者すぐ走れ。早よ行かな身投げするぞ」

覚吾の指図で、前庭に控えた水主が二人、走りだした。

飛ぼかあ、飛ぼかあ。

伴十郎が跣《はだし》で庭に下り、割れるような声で山にむかって喚く。

「飛ぶなよお、おーい。飛ぶなよお。おおーい」

女の声は途切れ、僅かの間を置き、飛んだれえっ、と高い叫喚が尾を引き、静寂が戻った。いよたちは、あれよう、と胸もとで手をにぎりしめた。

投身した女は、全身を砕いて死んだ。十六歳の彼女の夫は、要太夫の舟に乗り組み、波に払われて海に落ちた水主であった。三軒家に近い蛭子《ひるこ》山裏の住居では、盲目の舅《しゅうと》が縊《くび》れてことされていた。


海鼠《なまこ》の形をした巨大な白雲が、頭上にさしかかっていた。雲の下腹にふくらみがいくつもあり、煙のように形をわずかに変えながら、一部分の色あいが不意に冴《さ》え、筆の刷毛《はけ》先でなぞったような隈《くま》どりが、蛇のようにうねる。日ざしをさえぎられた海面は、気味わるくくろずんでみえる。

「ずつないよう。あーあ、しんどいよう」

孫才次の膝で、清七が小童《こわっぱ》のように呻《うめ》いては吐く。顎の下に寄せた垢《あか》すり桶《おけ》に、血泡《ちあわ》が溜っている。孫才次は、しぶきのかからない舳《みよし》のすぐ下で、立尺《たてじゃく》（波よけ板）にかくれるようにして、清七を抱きかかえていた。清七は、間断なく嘔吐《おうと》し、「殺せえ、殺ひてくれえ」と呻く。前日までは、嘔吐のあいまに周囲の者の目をうかがうように見ることがあったが、いまは青黛《せいたい》を塗ったように黒ずんだ瞼は、ほとんど閉じられたままである。

「傷は浅手じょ。おごたましに、にあうな（おおげさに呻くな）、助け舟や間なしに来るろ」と力づけていた玉太夫も、いまは無言で清七の足を抱いていた。

全長四間半、底板幅《しき》（舟底幅）五尺、十三人乗り組みの持双《もっそう》一番舟は、三十一人の男たちを乗せ、身動きもし難い有様であった。嵐は過ぎ、小西風が吹いているだけであったが、海は荒れている。舟の両 舷《りょうげん》にうちあたる波浪は、網目のような空隙をいちめんにあけてひろがり、頭上に降りかかる。辛うじてしぶきを凌げる舳が巻波に乗りあげ、平屋の屋根ほどの高みに持ちあがると、孫才次は、艫まですきまもなく坐りこんだ濡れ鼠《ねずみ》の男たちを見渡せる。うねりの頂をころげ落ちると、艫が頭上にせりあがって空が見えなくなる。巻波は、爪を立てた猫の手の形をしている。手の甲を登り、爪の先端に達した舟の下は、がらんどうの空間である。

二日前の夜、勢子《せこ》二番舟は舵を折られて転覆した。舷にしがみつき、渦に巻かれるのを免れた者は、月明りを頼りに救いに来た持双舟に引きあげられた。快速と、左右の回転の自由を目的に作られた舟底の狭い勢子舟は、渦波にとらえられると安定度を失い見るうちに転覆する。小型の樽舟、網舟も同様であった。四艘の重心の低い頑丈な持双は、吹き散らされる船団のなかを必死に漕ぎまわり、波間に浮く男たちを救いあげた。

玉太夫舟は、片沖合いを含め、七人が救《たす》けられた。転覆の際、流れ出る帆柱に腹を突かれ、気絶した清七は、孫才次に担ぎあげられた。玉太夫は、頭に重い大魚籠《ばんりゆう》の緒を縛りつけ、持双舟に這《は》いあがった。

頭上に傾く太陽から推して、時刻は八つ（午後二時）を過ぎていると思われた。猛々《たけだけ》しくうねりの谷を深めてくる潮流は、前日から徐々に、辰巳《たつみ》（東南）から丑寅《うしとら》（北東）へと流れの方角を変えてきていた。伴舟《ともぶね》は目路《めじ》の及ぶ限り、一艘も見えなかった。

持双舟刃刺沢太夫《さわだゆう》は、磁石を玉太夫に示し「どうなると思わえ」と低声《こごえ》で聞く。玉太夫にも、いまいる場所がどのあたりか、見当がつかない。水平線が前後左右、円形に彼らをとりかこみ、げらげらと人間のような笑声をたてて、高波が押しよせてくる。

「ここも親潮の中やろうがのう」

沢太夫が重ねて聞く。「そら間違いなかろのう」と玉太夫はうなずくが、自信といえるほどのものはない。もしかすると黒潮の帯をつきぬけ、南に下っているかも知れない。彼は菱垣《ひがき》回船の海図を、おぼろげに思いだす。

「潮がのう、どこたりで丑寅へ回ったんかのう。よけ（多く）南へ出てなけら、陸《たか》へ戻るんは早やなる。よけ出てら、そえだけ東へ引かれよぞ。近けら安乗《あのり》、伊良湖《いらこ》崎。遠けら遠州《えんしゅう》妻良《めら》か下田《しもだ》。それも外ひたら、房州《ぼうしゅう》やのう。いや、房州へ着ける見留《みと》め（見込み）は、めめ糞半糞《くそはんくそ》（ごく少ない）やろのう」

沢太夫は目を据え、「凪いだら陸《たか》へさひて、無理むくたいに漕ぐか」とささやく。

「頭数は揃《そろ》てるさかのう」と玉太夫がうなずく。ふたりは、果てもしれない大洋のただなかへ押し流される危険な状況に、陥ったことを承知していた。彼らは心中の動揺を決してあらわにしてはいけない。刃刺が意気消沈したときは、舟子の統制が乱れるときである。刃刺職の者には、舟子に物事を問われたとき、知らぬと返答してはならないという不文律があった。

玉太夫は全員に、大魚籠《ばんりゅう》の底をはたいて白皮《しらかわ》を分配した。沢太夫は、舟に備えつけの大小の釣針を揃えて、荒れが静まったあとの流し釣りの支度《まわり》を整えていた。何としても、食い物を手に入れなければならない。

皆は、二日のあいだ僅かな白皮をしがんで飢えを凌いできた。飲み水は、瓢《ひさご》に二本残っているが、高熱にあえぐ清七に少量ずつ与えるだけであった。他に欲しがる者はいない。全身を潮に打たれていると、渇きを自覚するのは遅い。もちろんその状態はいつまでも続くものではなかった。飢渇《きかつ》はすぐにおとずれる。櫓《ろ》を押す力を失うときは、目前であった。

「何とかなろかえ」と玉太夫はつぶやき、てのひらの銛《もり》だこを指の腹で撫でる。彼の素足のあかぎれが脈うつように痛み、不意に家に置きわすれてきた麦藁膏薬《むぎわらこうやく》のことを思いだす。とたんに、せきを切ったようにさだとゆきの姿と声が心を占めてきて、彼は歯ぎしりをして、幻をうち消そうとする。

彼は、うなされる夢の中でのような、恐ろしいまでに果てのない空と海のさなかに、けし粒より小さい舟が浮かんでいる様を心にえがき、一枚絵を見るように、眺める。目のくらむ怖れが襲ってきて、目白押しに坐っている舟子が、生きながらの亡者《もうじゃ》に見えてくる。

孫才次は、潮のにおいの生ぐささが、堪えきれないと考えていた。舟酔いが頭蓋《ずがい》をしめつける。陽光を砕いて荒れ立つ海原が急にかかげるように見え、視野が狭まる。

疲労のために、首筋がこわばり、左右に動かない。清七を抱く手先に感覚が乏しく、舳が揺れ立つごとに、はっと力をこめる。「俺《おんだ》にゃ、まだねばりや残ってる。まだ保《も》つれえ」と彼は苦痛をこらえるとき、心でつぶやく。「ゆき、ゆきやん、のう、俺《おんだ》や、さくないろ（もろくない）」とうわごとのようにくりかえす。彼には、近太夫の運命が、気になってならない。「身の皮や剝がれたよに、おちつかな」と小心なぶんが、心配ごとをかかえたときの口癖を、思いだす。

爺《じい》まと、清兄《にい》と、ふたりともえらいことになった、と彼は身内に熱い不安をかかえ、動転していた。鳥影さえどこにも見当らない大洋に流れ出ていることにも、恐怖を感じる余裕がなかった。孫才次は、清七と兄弟のように育てられてきた。いよとぶんが、「行く行くはきみを清やんに妻合《めあ》わそらい」と語りあうのを聞いてから、親しみはなお深まった。つねに孫才次の身辺にこまかく気を配ってくれた清七は、彼の膝で、死にかけた魚のように、口をあけてあえぎ、彼にはその苦痛を和らげてやる手段がない。胴着に覆われた彼の胸と腹は、黒あざに脂汗がにじみ、脹《ふく》れあがってきていた。

日がかげり、黄昏《たそがれ》が来た。潮流の速さは衰えないまま、波浪がしだいに納まってきた。

唸《うな》りつづける清七の傍《そば》に、玉太夫が顔を寄せ、沢太夫をふりかえった。沢太夫がうなずいた。孫よ、と玉太夫が呼んだ。

「かわいそにのう、清七やもう何云《い》うても音（返事）ないろ。はばしい（利発な）男やったが、もうあかん。このうえ、えらい目えさすより、すぐに楽にさひちゃるか」

玉太夫は懐から手形庖丁《ぼうちょう》の柄をみせた。「親方はん、やめといてくれよし」と孫才次は度を失って叫んだ。

「まだ息ある。俺《おんだ》にゃまだまやかす（命を失う）とは思えん。まだまあ、いけるよ。そえだけは、こらえといてよう」

いん、そうかえ、分ったよ、と玉太夫はうなずき体を引いた。

死ぬかれ、清やん、気ばれよう。正月のちんこ餅《もち》も食わんと死んだらあくかえよう（だめだ）。

孫才次は胸を轟《とどろ》かせ、濡手拭いで額《こべ》を冷やす。その夜更け、呻き声はしだいに間遠になり、清七は抱かれていた孫才次にも気づかれずに、静かにことときれた。

しらじら明けに、清七の骸《むくろ》は、孫才次の反対を押しきって、海に葬られることになった。体力の衰えが目に見えて早まっている皆に、いくらかでも寛《くつ》ろげる空間が必要であった。清七の遺髪は、孫才次が腹巻へ納めた。

玉太夫が念仏を唱えながら清七の手の指を揉むと、硬《こわ》ばった関節がやわらぎ、両手が合掌のかたちに組まれた。孫才次は赤黒い屍斑《しはん》が早くも浮きでている太股《ふともも》を抱き、「兄《あん》ま、長いことえらい目えひたのう。お前《は》んひとりで冷《ひ》やこい目えさすの不憫《びん》なやけど、しかたないんじょ。ええとこへ行けよ。極楽へ入《い》ってもらう（入れてもらう）んやど」と語りかけた。

「成仏しよしよう」

「まっすぐ太地へ去《い》ぬんやれえ」

水主《かこ》たちが口ぐちにいうなかを、清七は海に入れられた。いったん沈んだ盲縞《めくらじま》の胴着の背が、波間に浮きあがった。「後追うてくらよう」と誰かの声が聞え、孫才次は目をとじたまま、さえなら、兄《あん》ま、と頬をゆがめた。

孫才次の耳もとで、風が口笛のように鳴っていた。彼は幾度か重い瞼をあけようとしてはやめたあげく、目脂《めやに》のプリズムのかかった視界をわずかに押しひらく。夜来の豪雨が止《や》み、頭上を閉した密雲の遠近《おちこち》に、淡い明るみがほころびている。今日は二十九日じょ、と孫才次は思った。もはや起きあがる気力はなかった。水主たちは、波に払われないように、舟の立木《たつぎ》（横梁《よこはり》）と体を綱で縛りつけたまま、折り重なって眠っていた。孫才次の足もとで、玉太夫がけたたましくいびきをかいている。

六　章

前の日、清七を水葬してから二刻《ふたとき》（四時間）も経《た》つうちに、潮流がしだいに午《うま》（南）へ方向を変えてゆき、風波が急速に納まってきた。

「餌《えそ》や底板《しき》の下へ着いてきちゃろが。鯖《さば》か鯵《あじ》か、銘々《めんめ》に我が前へのぞいてみよ」

藍碧《らんぺき》のうねりの表面が、なめらかになりかけると沢太夫《さわだゆう》が指図した。舟が沖合いへ出ると、かならず小魚の群れがどこからともなくあらわれ、舟底につかず離れず、どこまでも慕ってついてくる。のぞきこむとすばやく死角へかくれるが、じっと待っていると気を許して目の前の波間にまで浮かび出て、手づかみにされたりする。

孫才次《まごさいじ》は、舳《みよし》に腹這《はらば》いになり、目の下を眺めた。油のようにねっとりと上下する海は、気味わるい暗黒をたたえているが、そのなかに棒のようにさしこむ光りが、かなり深いところで虹のように輝やいている。人影におどろきいったん隠れても、間を置けば用心ぶかく舟底から黒い頭をのぞかせ、やがて舟を先導するように舳の真下を泳ぎはじめる小魚たちを、孫才次は待った。

「どうならえ、餌《えそ》あるかえ」

沢太夫の問いに、孫才次はふりかえり首を振った。艫《とも》と胴の間からのぞきこんでいる水主《かこ》たちも首を振った。

「何でよのう」沢太夫は不審げに玉太夫を見た。

「海豚《ぼうず》いてるわけでなしよう、雑魚《じやこ》湧かんわけないがのう」

玉太夫も首をかしげる。舟は魚影の濃い黒潮のただなかにいるのではないのか、という疑念がかすめる。

「まさか、えてもの（あのこと）の祟《たた》りでなかろのし」

水主の一人が、歪《ゆが》んだ笑顔でつぶやき、玉太夫は、「おじくそたれやあ（臆病者め）」と一蹴する。

餌《えそ》がなかったら、あと二日と保《も》つまえ、と玉太夫は目を細めて空を眺める。ちぎれ雲が、頭上にふえはじめていた。視界を円形に劃《くぎ》る水平線にも、蠟《ろう》いろの雲の壁が立っている。雨に降りこめらえて、体《かだら》冷やひたら、今夜《こいや》にでも冷やくい屍体《ろくじ》になる、と玉太夫は考える。

二十五日から四日のあいだ、皆はわずかな白皮《しらかわ》をかみしめただけで、飲まず食わずで過ごしてきた。体力は、気づかぬうちに驚くほど消耗してきていた。中腰に立とうとすれば、足腰が目に見えるほど震え、すこしの揺れにも倒《こ》けるので、這うように移動する。

海が凪《な》いで、食料の魚を得ることを、皆はただひとつの心だのみにしていたが、この辺りには魚の気配もないのか。

「おいやん、俺《おんだ》や潜って見てくらよ」

茫然《ぼうぜん》としていた玉太夫に、孫才次が声をかけた。

「やめよ。このうえ利けたら（疲れたら）ごねるろ（死ぬぞ）」

「かまわんよ。どうせごねるんやさか。腹へ縄《のう》巻くさか、上がりしな、皆でナンバ（滑車）ひておくれ」

孫才次は胴着を脱ぎ捨て、腹に命綱を巻きつけると、舷《げん》から海水に身を沈めてゆく。空虚な胃袋が、強い潮の香に刺戟《しげき》され空鳴りする。水は底つめたく、鳥肌立つほどである。

逃げ散った小魚が戻るほどの間、孫才次は片手を舷から離さず、じっと浮いていた。恐れを知らない魚は、すぐ戻ってきて脇腹や足指の股に身を触れてくるはずである。

小魚を釣りあげ、それを餌にメジロ、鰹《かつお》などの大魚を流し釣りで仕留めねばならない。餌がいなければ、どうすることもできない。孫才次は静かに顔を海に漬け、いつまで経っても肌をくすぐりにこない魚たちを探し、舟底のおぼろな形を目で伝ってゆく。何にもない、と彼はだるい手足で水を掻《か》きながら焦りたつ。

暗い下方に、黒い舟形の影があるのに、孫才次は気づいていた。持双《もっそう》舟の影じゃ、と彼は思っていた。舟と似通った大きさであったためだ。なんとなく気になり、幾度か目をやったあと、あんなところに舟の影が見えるはずはないと思いあたった。海底は十尋《ひろ》や二十尋の浅場《あさば》ではなく、底無しである。

「下に何どいてるろ」

孫才次が頭を出すと、何ならと沢太夫たちが身をのりだした。

「真あ下じょ。この舟ほどの姿《はあ》よな」

なに、と玉太夫が声音を変え、すぐあがれ、と喚《わめ》いた。

「動《いの》いてたか」

水主たちに引きあげられながら孫才次は、首を振った。

「色はえ」

「まっくろけよ。持双の影と思たくらい、動《いの》かんといやるげ」

玉太夫は沢太夫と目を見交し、「鱶《ふか》にあと付けられてるろ」と頬をゆがめた。「こら、滞在《なかじようげ》しくさる（長く付いてくる）のう」と、沢太夫が唇を噛《か》む。

「えっ、あれや鱶かえ。えっぽどがいいなやつやのう。なんでこの舟慕《しと》てくるんかのう」

孫才次の問いに、玉太夫は口重く答えた。

「おおかた、清七の屍体《ろくじ》で味しめたさか、また喰えると思《も》て、つけてくるつろ」

日が中天に昇り、西方に傾きかけるまで、持双舟の男たちはなすすべもなく、飛魚《とびのいお》の跳ねる姿さえない死んだような海上の静寂を、見渡していた。ヒタヒタ、ヒタヒタ、と舷を打つ波音と、気が触れおらびたてるので、猿ぐつわを嚙ませ、底板《かわら》に寝かせている炊夫《かしき》の低い呻《うめ》き声を、皆は黙って聞いていた。潮はあいかわらず真南に流れている。舟を陸岸の方角である北へ、いくらかでも向けようと、舵《かじ》を操っていた屈強な櫓頭《ろがしら》も、疲労をあらわに見せ、膝に頭を伏せている。

孫才次は、暗い海水のなかの、動かない魚影を頭に浮かべていた。俺《おんだ》も間なしにあいつに喰われる、と総身に鳥肌を立てる。

彼は、それまで感じたことのない濃いもやのような怖れに、体の奥ふかくまで浸されていた。目を外《そ》らす余裕はもはやない。暗黒の海の奈落に落ちてゆくであろう自分の手足を、孫才次は喰いいるように見つめる。彼には祖父のことも、太地《たいじ》の家族も頭にうかべることはできない。ゆきさえ忘れていた。彼はただ一人で、死の門をくぐりぬけねばならない。

「ええい、やったれ」と沢太夫が起きあがった。「下《しも》の客、去《い》んじゃろかえ」

玉太夫は答えない。沢太夫は垢《あか》すりを割って得た木片を削り、十文字に組みあわせ、鳥の形をした似せ餌《え》をこしらえた。てぐすの三本撚《よ》りを五尋の長さにむすび、似せ餌と二本の釣針、錘《おもり》をとりつけ、それを五十尋の麻緒につなげば、流し釣りの仕掛けはできあがる。

舷へ直角に差し出した手鉤《てかぎ》棒の先端に、麻緒をくくりつけ、仕掛けを海に投げこむ。それは錘に引かれたちまち遠ざかり、緒はまっすぐに張る。似せ餌は三十尋後方の波上を、水を蹴たてて舟に従ってくる。

「下《しも》に客いてたら、どっちせ（どのみち）何にも食おまいよ」

玉太夫が、あきらめるようにいうが、皆は一縷《いちる》の期待を捨てきれない。生餌を使った手釣りよりも魚を誘う効果は格段に劣るが、瀕死《ひんし》の小魚が海面でばたついているように見える似せ餌には、大形の回游魚《かいゆうぎょ》が喰いつくことがある。それに、鱶はもしかするともう後追いをやめたかも知れない。

日ざしが弱まり、早くも夜の色をたたえてきたうねりを見つめていた孫才次は、あっと声をのんだ。いま走りだしたばかりの似せ餌が、飛沫《しぶき》を消し、波間に沈んだ。舷に縛りつけた手鉤棒が軋《きし》み、麻緒がキリキリと鳴った。「もう掛かった」と誰かが叫ぶ。孫才次は、丸太のように肥えふとった濃藍《のうらん》のメジロの肌を、咄嗟《とっさ》に思いうかべる。

艫の何人かが、麻緒を引きよせにかかった。その途端、棒がひときわ激しくきしみ声をあげ、緒が切れ飛び、引いていた者が転倒した。

「おう、よおいたあ（何とまあ）」

沢太夫が思わず叫ぶ。

「のう、いまの何なら。何や掛かったんなら。人間《にんげ》揚げても切れんてぐすやによう」

「下《しも》の客や、てんごうしに来くさったんじょ」と、玉太夫が声を震わせた。

「玉やん、わいつはどうすら。このまま行たら、餓《かつ》え死にするつろよう」

剛腹な沢太夫の目から泪《なみだ》が溢《あふ》れだし、彼は小児のように甲高い声で、泣きわめく。

「日い暮れたらのう、松明《まつびた》焚け。明り目あてに、飛魚《とびのいお》や飛びこんできてくれるかも分らん」

玉太夫が、言葉を嚙みしめるように、ゆっくりといった。

玉太夫のいびきは、間を置いて苦しげに詰まり、ふるえる吐息がもれる。孫才次は、全身に疼痛《とうつう》を与える寒気に打ちひしがれたように、身動きができない。肩蓑《かたみの》を通した夜来の強い雨は、胴着と肌につけたゆとう紙を濡《ぬ》れほとびさせた。

前夜、日が落ちた六つ（午後六時）頃、二本残っていた松明に火を点じた。闇に白煙が浮きあがり、はじける火の粉の下に、髪をおどろにふりみだした男たちの姿が、幽霊舟の乗り手《もよろ》のように、影濃く見えた。

「まっと（もっと）縁へ出せ」

玉太夫が、低声《こごえ》でいらだっていう。舟の周囲の海面が、おぼろに火光を反射し、いまにも怪性《けしょう》のものが浮き出てくるかのような、陰々とした高下をくりかえす。

皆は耳をすまし、火光をめざし飛魚が跳ねこんでくるのを待つ。半刻も待ったとき、ブルルルという飛魚の飛翔する音を皆は聞いた。それは、ただ一度だけであった。間もなく、海面を叩《たた》く雨音が、皆の心胆をふるえあがらせて繁《しげ》くなり、松明が消えた。「やっぱり、祟りじょのう」と玉太夫が腸《はらわた》からしぼりだすように口走るのを、孫才次は聞いた。

「よう、いよまん、起きよしよう。よう、起きんかえよう。もたれたら重たいちゅうのによう、いよまん、いよまん、しいっ」

折り重なり、身動きもせず死んだように眠りこけている水主《かこ》たちの間から、弱々しい、ゆっくりと尾を引く罵《のの》り声が湧いた。

孫才次は舳《みよし》にあおむけに寝た姿勢をわずかによじり、足もとを見た。乱髪を口にくわえ、半眼をうつろにひらいた蒼白《そうはく》な伊予《いよ》次の頭を、朋輩《ほうばい》の松蔵《まつぞう》がゆりおこしている。

「親方、親はんよう、いよまん、もうお参りひちゃあらひてよう」

松蔵が泣声をあげ、孫才次は乾いた鼾声《かんせい》をたてている玉太夫の肩を押した。

呻吟《しんぎん》をもらし目をあけた玉太夫は、相番衆《あいばん》の伊予次と聞くと、よろけながら立ちあがった。伊予次は、鼻孔の周辺と、頬いちめんに小豆《あずき》色の粘液をこびりつかせ、むくんだ皮膚のいろが、うすみどりの死者のものになっていた。

「伊予次よ、伊予次よ」

玉太夫が声を荒らげ抱きおこしたが、伊予次の手足は、すでにこわばっていた。

「昨夜《よんべ》の降りで、こごえ死んだんじょ。おい、皆起きよ。起きて我がねき（傍《そば》）の者《もん》は死者《ろくじ》でないか、あらためよし」

　玉太夫の喚き声で、舟のうちは騒《ざわ》めき立った。さきほどまでの泥のような眠りは、凍え死にを僅《わず》かにまぬかれた状態であったと、玉太夫は気づいた。

「平《へ》えやん、平《へ》えやん、あかなひてよう」

「おい市《いち》たん、起きよし。お前《は》ん、まさかよう、おい、おーい」

　度を失った叫び声が湧きおこった。こと切れていた者は、水主の伊予次、平作《へいさく》、市兵衛《いちべえ》と、気の触れた炊《かしき》夫の芳平《よしへい》であった。

　四人の屍体《したい》を水葬したあと、頭上を閉ざしていた密雲が切れ、弱い日光が波面に照った。

「夜まけ日和《ひより》（夜あがる天気）じゃ」と沢太夫がいった通り、雲は徐々に隙間をひろげ、強い日ざしが男たちの体を、わずかずつあたためはじめた。

　潮流の勢いが強まってきたようであった。海面に無数の小渦が巻いている。海山《うみやま》でもあるのかと、玉太夫は那智黒石のような色の潮をみつめる。

「おい、潮は子《ね》（真北）に向いてるろ。これ見よ。陸向《たか》いちゃあるろ」

　磁石をのぞきこんでいた沢太夫が叫んだ。

「これ見よ、舟や陸向《たか》いたろう。この潮へ乗ったら帰《い》ねるろ。おい、櫓頭、帆おあげよ。風は南風《ならし》じょ。持てこいやっち」

沢太夫は震える手で、磁石を皆の前にさし出した。

「いつからな」

「昨日の日没《まじみ》から見てないさか、分らん」

柿渋《かきしぶ》塗りの赤帆が立てられた。舟はしばらくとまどうように横揺れしたあと、潮を蹴って走りだした。

孫才次は、湯気を立てている胴着の背を丸め、舷にしがみついて北の方角を見渡していた。頭蓋の内側に鈍痛が絶えず、弱い嘔気《はきけ》が、みぞおちに石のようにわだかまっている。波の照り返しが、目から脳味噌《のうみそ》へ突きささってくる。背美鯨《せみ》の鼻を切ったとき、折れ銛《もり》で突いた頭の裂傷が潮でふやけ、指でさわっても分るほど口を開いているのが、甘い腐臭のようなにおいを、かすかに風に放っている。

彼は、沢太夫たちの喜悦の様をみて、もしかすると、助かるかもしれない好運がめぐってきたことを知った。北へ向かう潮流は、どこまでも北を指し、回船や魚舟の行き交う陸近い辺りまでは、まちがいなく行くと玉太夫はいう。

「去《い》ねる。太地へ去ねるろ」

彼は目をしばたたき、頭痛をこらえ、北方をくいいるように眺める。起きていられる者は皆、北を見ていた。舵を押さえている櫓頭は、「潮満《しおまん》（潮流のぐあい）ええろい」と目を据えている。

日がさらに強く照りつけてきた。舟は舳《みよし》を大きく上下させ、どおん、と打ちつけてくる黒い波頭を割って走る。

「去ねる、去ねる」

孫才次の胸は、高鳴りつづけていた。「いまのうちやろう。潮の気いや変らんうちに、だんだ走りに走ってくれ」と、彼は祈りつづける。するどい喜びが胸のうちで球のように脹《ふく》らんでは弾《はじ》け、またふくらんでくる。喜びのうらに影のようにはりついている危惧が、肛門《こうもん》のあたりを、氷のような感触で撫でにくる。

「あら、何じゃ。山かえ、山やろがのうえ」

水主《かこ》の倉平《そうへい》が、突然かすれ声をふりしぼった。孫才次は、倉平の指さす方向に目をこらした。

戌亥《いぬい》（北西）の方角、水平線に壁のように立つ白雲のなかに、一点うす青い山形がたしかに見える。

「山じゃっ、まちがいなしじゃい。あれ見よ、山やろお」

水主の一人が舷をたたいて叫んだ。

「親方、どうなのし。山に違いないかのし」

判断を求められた玉太夫と沢太夫は、しばらくの間、黙って目をこらしていたが、

「正金《しょうきん》じゃ（まちがいない）」とうなずきあった。

うわあ、山じゃ、助かるろお、うでしい（うれしい）のう、八幡《はちまん》はんから、金比《こんぴ》羅《ら》はんから、ご利益《りやく》あるれえ、おおきによう、カケノイオ（礼物の魚）かついで、お礼参りじゃ。おい、あれ見よ、うつくし山よのう。見とれるつろ。

「玉やん、あら、まさかまぼろしではなかろがのう」

手をうち、叫びたてる水主たちの騒ぎをよそに、沢太夫がささやいた。

「違うよ。まぼろしや、陸《たか》から沖のだいな（ただなか）見たときに、よう出らよ。陸《たか》へさひてのときにゃ、あんまり見なのう」

「そうかえ。山にひたら、えっぽど（よほど）高い山やのう。あの薄い色のう」

「あがな高山は、数ないれ。陸《たか》まで何里あるか、積りもできなのう。十里か、二十里か」

「上《かみ》から下げてこんうちに（風上から吹きおろしてこないうちに）、しこって（力んで）びり切らな（走らねば）」

海面のうねりが、いくらかつよまってきていた。際涯《さいはて》もない海原は、照りつける日に銀色に輝やいて上下し、舟の周囲だけが、深井戸のように暗い色彩を、ねっとりとたたえている。うずたかく盛りあがってきては、なめらかにくぼんでゆく海水のうごめきに、人間の抗《あらが》うことのできない力感がこもっていた。

玉太夫たちは、遥《はる》かな山影を眺めていようとするが、こらえきれず水主たちの背中越しに舩に首をさしのべ、舟足をたしかめようとした。白泡を嚙んでいる舟首の水切りを睨《にら》んでいるうちに、舟が前進を止めたような不安に襲われ、風をはらみ、ばたっ、ばたっと重い音をたてている帆を仰ぎ見た。

舵をかかえこんでいた櫓頭は、玉太夫と目が会うと、青黒い顔を歪めて笑い、帆を指さしてうなずいた。初老の彼は、すでに腰が抜けていて、若い水主に抱かれるようにして、必死に働いていた。

追風は、九つ（正午）と覚しい頃まで盛《さか》った。男たちの間に笑声が湧く。剽軽《ひょうきん》な旅水主《たびがこ》が垢すりで舩を叩き、「突いたや三輪崎組はサ、三輪崎組はサ、前のロクロへ綱《かがす》を付けてサ、かがすを付けてサ」と、かすれ声でロクロ歌を唱《うた》いだしたほど、皆の表情は生気を取りもどしていた。

やがて、風は吐息をつきはじめた。ふくれあがっていた帆が音もなくしぼみ、間を置いて、ゆっくりとふくらむ。

皆は声を呑《の》み、帆をみあげる。不安が胸のうちで早鐘をつくように鳴りたてる。風がふたたびどっと吹きつのって、ほっと安堵《あんど》すると、嘲けるように、またもや勢いが落ちる。

「またお神楽《かぐら》や（時化《しけ》だ）のう」

玉太夫は、孫才次にささやいた。舟は、盛りあがったうねりの背から滑り落ちるとき、震動して激しく左右に揺れる。このうえ荒れ立つようであれば、櫓を張らねばならないが、水主たちにそうする体力はもはや残っていない。

帆柱が軋りごえをあげ、帆がぐらりと回った。

「風や変ったか」

沢太夫が叫び、櫓頭は白泡をためた口もとを曲げ、「北東風《わいた》じょ」と答えた。

「帆お下せえ」

水主の一人が、狂ったように帆柱にとびつき、帆布を畳んだ。

「皆よう、風や変っても、潮は変ってないれえ。北東風《わいた》や吹いても、櫓お押ひて行こら。さっさい押しで、乗り切られいでかえ」

誰かが泣くような声で喚いた。

「あっぽけんよ（ばか者め）、この体で櫓を押ひたら、半刻も生きてられんぞ。間なしに、北東風《わいた》や荒吹《あらぶ》いてくるろ。どこまえ吹き落さえるか、じいっと見てよら。陸《たか》上《あが》りできんとこまで流さえたら、我《わ》がらの定命《じょうみょう》尽きたとあきらめるんやろう」

玉太夫が、静かな声音でさとすように言った。

黙りこんだ男たちの頭上で、風が尾を引いて鳴った。行手から吹きつけてくる突風《たまかぜ》は、海上に霧を吹くように飛沫《しぶき》を立てて止《や》み、間を置いてまた、呼吸もできない強さで顔をおしつけてくる。

水平線に、青い形をくっきりと見せている山が、いつ見分けられなくなるかと、孫才次はしぶきに顔を打たれながら、目を裂けんばかりに見ひらく。息をしているうちに、何としても戻りたい。「風よ、ごいされませ（ご容赦下さりませ）いうて手えあわすさか、どうぞ山消さんといてくれ」と彼は夢中で祈った。

やっぱり去《い》なれんか、もう俺《おんだ》は死ぬんか。孫才次は泣こうとしたが、泪《なみだ》は一滴も出ない。彼は、ひいひいと泣声をたて、その声が耳に入ると、母親のぶんの体臭が不意に鼻先をかすめた。近太夫《ちかだゆう》、弥太夫、いよ、きみ、そしてゆきの影像が、せきを切ったように、いちどきに眼前にあらわれ、彼は身をよじって嗚咽《おえつ》した。

舟は風に押され、逆戻りの方角である未申《ひつじさる》（南西）へ流れているようであった。山影が、白雲のなかに消え失《う》せたのは、予想よりも早い八つ（午後二時）頃である。

神ほとけやないんかよう、むごいのう、と泣きくどく声と、一心不乱に念仏祈禱《きとう》をおらぶ声が交錯するなかで、孫才次は泣くだけ泣いたあと、頭を立木《たつぎ》にもたせ、空を眺めていた。真綿を思いきり引きのばしたような薄雲が、すばやく形を変えながら南を指してゆく。あの雲の上は野原やろ、と孫才次は考える。魂だけになったら、あの雲の上をのぞきにも行けるし、太地へも自由に帰れる。そんな簡単なことに、なぜ気づかなかったのか、と彼はあきれる。魂になれば、生きている誰とも口をきくことはできないが、彼らの生きる様を、手にとるように見て暮らせると、お婆《ばば》はいった。喰物、着物《きりもん》の用意《まわり》もいらん。東明寺の墓から出たり入ったりして、遊んでおればいい。彼は、気分がさわやかに静まりかえっているのを感じた。「俺《おんだ》や、魚《いお》の餌《えそ》にならよ、さえなら」と彼はなつかしい幻影に呼びかけた。山影が消えたときから、彼のうちに熱湯のたぎるようであった恐怖は去っていた。

風が落ちていた。海にはたまに魚の跳ねる響きが遠くきこえるほかは何の物音もなく、舷に当る水音だけが、規則ただしいくり返しを続けていた。今日は三十日、流されてから七日めじゃ、と玉太夫は指折りかぞえた。わいの寿命も、あと幾日も保《も》とまい、ひと雨きたら、まあそのときや最後やろ。雨露凌げる力は、もう誰も持ってなかろ、と彼は考えている。

夜のあいだ、北東風《わいた》はずっと息をひそめていた。玉太夫と沢太夫は、他の者が疲れ果てて寝静まったあとも、起きていて天候と潮流の方向を測っていた。

空気に湿ったにおいはなかった。流れ星が幾度か北を指して飛び、それは翌日南風が吹くことを示す、良い兆候であった。時化るかと思われた海は、沼のように静まった。

未申（南西）へ退いていた舟は、夜更けにまた方向を変えた。どうやら東方へ進んでいるようであった。水切りの際の水面に竹竿《たけざお》を入れると、重みがぐっと手もとにかかり、舟が相当な速度で前進していることを示した。

どこを指して走っているのか。たぶん沖のだいな（ただなか）であろうと、玉太夫たちは推測した。陸へ向う昼間の潮流は、とっくに乗り外している。

異人の乗る蒸気船にでも出会わない限りは、このまま干乾《ひぼ》しになるか、舟が転覆するか、いずれ死ぬしかない。

暁の寒気のなかで、沢太夫が眠りにおちた。玉太夫は、ひとり起きている。いつのまにか、手先が見分けられるように明るんできていた。海面が、暗いなめらかな上下を見せはじめた。頭上が徐《おもむ》ろに黒一色からはだらな鼠《ねずみ》色に変り、濃い青味を帯びてくる。

空の半ばを覆っている斑紋《はんもん》が、雲であることに玉太夫は気づいていた。もっと明るくなれば、雲の色あいが分る。白雲であれば天候は晴れ、黒雲であれば雨がやってくる。

どこかで、鳥が啼いたと玉太夫は思った。それは空耳ではなかった。乾いた啼声が、ふたたび離れた海面で響いた。

鷗《かもめ》じゃ、と玉太夫は目を光らせ、声のした辺りをすかし見た。声はかまびすしくなり、多数が啼き交す。頭上を、けたたましい羽音を立て、飛び過ぎるものがある。

「おい、起きよ。鳥じょ、鷗やろう」

玉太夫は、周囲の者を揺り起こした。闇が急速に薄らいでゆき、一丁ほど離れた所に浮いた流木《つまぜ》の上に、所狭しと留っている鷗の一群の白い羽毛が、見分けられる。

「鳥じょ、おい、鳥じょ。岸や近いろ」

起きあがる力の残っている者は、舷にとりすがって流木を見た。

薄紅に染《し》んだ沖合いの空に、朝日の朱が頭を出し、見るうちにするすると登り、光りの箭《や》を雲に放射した。海波が黒燿石《こくようせき》の輝やきを刻む。水平線の空が、鮮やかな浅黄に晴れあがった。

「あれ見よ、あそこじゃ、山じゃ、山見えちゃあるろ。昨日《きんの》より大っきいろ」

一人がおこり病みのように震えながら指さした。前日消えさった山影が、遥かの雲上に姿をみせている。

玉太夫の双眼から、泪《なみだ》がこぼれ落ちた。

「おおきに、おおきによし。寄子路《よろこじ》の八幡はん。わいらをまだ見捨ててへんのかのし」

彼は、すり傷が血をにじませた手を合掌した。

「おい、山近《ちこ》なったろい。見やひちゃるろ」

元気な者が、身動きの叶《かな》わない者を抱きおこし、山影を見せてやっている。

沢太夫が、衰えきった櫓頭にかわって舵を取った。弱い南風《まぜ》が吹きはじめた。帆を掛け、舟足は更に早まる。

二刻も進んだと思われる頃、右手の水平線に黒点が見えてきた。いちはやく発見した一人が、「ありゃ、舟か、島かえ」と叫び、足の利く者は総立ちとなった。点は徐々に塊に形を変え、やがて断崖の屹立《きつりつ》した小島の全容が、真昼の青ずんだ穹《きゅう》窿《りゅう》を背景に、くっきりとあらわれてきた。

船中に、歓喜の声が満ちていた。足の萎《な》えた者も、舷ににじり寄り、不意におとずれてきた二重の好運に、唾を飛ばして喚き、よろこんでいる。

「陸《たか》じゃ、陸《たか》や目の前にあるろ」幻ではないかと、孫才次は島の中央にそそり立つ山の隆起を見つめ、のどもとに押しあがってくる歓喜に、口をあけてあえぐ。

「ほんまかよお、しっ。へっからかひといて（みせびらかしておいて）、またまやかる（消える）んと違うんかえ」

眉間の黒子《ほくろ》に生えた長い毛をそよがし、玉太夫が笑っている。仏像に似た、豊かな彼の頬はこけてしわばみ、黒髯《くろひげ》に覆われていた。

「ええ事は二度あるんじょ」と沢太夫が答え、どうすら、と聞いてくる。玉太夫は首を傾《かし》げた。

沢太夫も、降って湧いた二つの好運のいずれをとるか、迷っていた。島は、右前方海上四、五里の距離にあった。追風に乗った舟足は早く、三角波の牙を剝《む》く海上を、せきこむように北方へ向っている。島へ進路を転じるとすれば、あと半刻のうちに舳《みよし》を向けねば行き過ぎてしまう。

「さあのう。どうするかのう。舟やはっきり下り潮に乗ったさか、なんとか陸《たか》にゃ着けると思うがの。あの山の薄さで、道中何里あるか見当もつかなのう。そのうえ昨日《きんの》のよなべっとう（吹きおろし）に押し戻さえたら、日にちや、どえだけかかるかのう。かというてよ。あの島に行てみて、人住んでなかったら、どうすら。浜へ着けるときや、十のうち九つまで磯《いそ》で舟割ると算用《さんにょう》（推測）ひとかんならん。人の無い島に放《ほう》りあげられて、どうすらのう。舟主《ふなもち》の思案《しわい》はどうなら」

玉太夫の意見に、沢太夫は、「そこよう」とうなずいた。

「俺《おんだ》も、わいつの思う通りのこと、迷てんのよう。山立てて走ったら、いずれ陸上《たかあが》りしようかえ。しかしのう、我がらの体はのい、潮水呑んでもちこたえても、もうじき舵も押さえられんよになるろ。玉やん、我が顔は分らんけど、わいつも、どいつもこいつも、面の皮も口の皮も剝《む》けて、潮吹いて、どっから見ても土左衛門《どざえもん》じょ。俺やのう、あの島は、命助けてくれるトマリ采《さい》（最後の知らせ）やと思わよう」

分った、と玉太夫は顔をあげ、二人をとりかこむ水主《かこ》たちに告げた。

「皆よう、命助かるかどうかの瀬戸際じょ。きまりも遠慮もいらな。銘々《めんめ》に了簡あるとこ、いうてみよし」

櫓頭が、「島へ行きたいやよう」と叫んだ。

「体や情ないほど弱りきっちゃあらのう。まああと一日も走るうちにゃ、死ぬろ。島へ上って、ひと口でも水飲んで死にたいやのう」

そうじょ、俺ら《おんだ》もそう思うよし。島へ行かひてよし。頼むさか、そうひてよし。

水主たちは口ぐちに同調した。

「孫はどうすら」

玉太夫は、舳に黙然と坐《すわ》っている孫才次に尋ねた。玉太夫は、自分も含めてのことであるが、妻子のある世帯持ちは皆、一刻も早く陸地に足を着けたさに、判断を誤っているような気がした。生還を急ぐあまり、窮地に陥るかも知れない。彼は、孫才次の一言に前途を賭けようという気になっていた。恐れを知らないように黒目を光らせている孫才次の姿は、総身胆玉《きもったま》とたたえられてきた、沖合い近太夫を思いださせる。

孫才次は歯を見せて笑い、「おいやん、やっぱり島じょのう」と答えた。

空は、星の輝やきが繁くなりはじめていた。日は暮れはて、島山の斜面が暗く視界をさえぎってそびえている。風に身をもむ樹林の幹をこすりあわす動きが、闇になれた目にかすかに見分けられる。

持双舟《もっそう》は、昼間のあいだ島の周囲をとりまく乱れた潮流にもてあそばれ、暗礁《はい》にうちあたる危険を逃れるために、長い時間を費やした。沢太夫は、慎重に舵《かじ》を操って、平坦《へいたん》な浜辺のつらなる西海岸へ、しだいに舟を接近させてゆく。

「ろんぶ（非常に）強《きつ》いのう。こら、舟覆《かえ》らなええがのう」

沢太夫が叫んだ。浜へは、あと十丁余の距離である。水深が浅くなるにつれ、岸に打ち寄せる波は、海底で回転して勢いを増し、山のような波濤《はとう》を、頭上たかく盛りあげてくる。岩山の頂のように鋭角の突起を立ててくる波の峯《みね》が、押してくる他の峯と打ちあい、まっしろに割れて、潮の斜面をなだれ落ちてくる。海岸に割れる巻波の轟《とどろ》きが、前方の闇で間を置いて雷鳴のように聞えていた。

水主《かこ》たちは最後の力をふりしぼり、櫓を海面に張っていた。玉太夫は、波の山に乗りあげたかと思うと、まっさかさまに引き落されてゆく舟の舳《みよし》に、命綱を巻いてしがみついていた。沢太夫の喚き声が、かすかに聞え、彼は聞きとれないまま、ずぶ濡れの頭を振りたて、「まっすぐじゃあ、まっすぐ行けよお」と怒鳴った。

ここまで来れば、戻るに戻れない。予想を遥かに上まわる寄せ波の強さであるが、その勢いに乗って、海岸まで突っ走るほかに活路はない。舟は右方へ流されながら、浜へ近づいてゆく。

もし舟が転覆して、海に投げ出されたとき、近い場所に岩礁があれば、人間は剃《かみ》刀《そり》の刃のように鋭利にそげ立った海蝕岩《かいしょくがん》の凹《くぼ》みに吸いこまれ、体が三枚おろしに掛けられることになる。

玉太夫は、間もなく、おそらくあと四、五丁も浜に近づけば、舟はまちがいなく転覆すると推量していた。その辺りまで行けば、空が崩れたかと思うような大波の群れが、白泡を嚙んで打ちあっているであろう。そこで勢揃《せいぞろ》いした波濤は、海岸線に等しい長さの、横幅里余《りよ》に及ぶ巻波となって、浜辺に押しあがってゆく。

転覆しても、運がよければ波に運ばれて陸にたどりつける。それは、あくまで舟から離れず、舷をつかまえていてのことである。泳ぐことは、ほとんど不可能である。巻波の下で泳げば、海底ふかく叩《たた》きこまれ、方向感覚を失って溺れ死ぬだけである。

舟は、横に傾《かし》いだまま、暗い波の斜面を引きあげられてゆく。男たちは立木《たつぎ》の下に、膝を思いきりさしこみ、櫓を全身の力で押さえて、もうじきや、と目をつぶる。ど、どどおん、頭上で爆発した海水が、なだれかかってくる。棍棒《こんぼう》で撲《なぐ》られるような衝撃を背でうけとめ、潮にむせびながら、皆は舟とともに海中から浮きあがってくる。持双舟は、水浸しになっても、浮力は強い。

「ちっこべ、おい、ちっこべ」

舳から這いもどってきた玉太夫が、櫓をかかえている孫才次の首を抱きしめ、彼を幼ない頃の愛称で呼んだ。玉太夫は、ぜいぜいと息をはずませながら、「まわしじゃ、どこな、おい」と孫才次の腰をさぐり、褌《ふんどし》に命綱をくりつけると、その一端を立木に丁寧にむすんだ。

「舟離すなよ。離ひたら死ぬろ。舟」

舟がまた横に引かれ、思いきり横ざまになり、誰かの悲鳴が走り、があんと海水がかぶさってきて、孫才次は瞬間、櫓から手を離し、四幅布団《よのぶとん》に包みこまれるように波に巻きこまれた。

七　章

昼すぎ、いよは厠《かわや》から出てきて、手水《ちょうず》を使いながら、「姉《ねえ》ま、昨日の雨や入ったかひて、ちとだびつくのう。肥汲《こえく》まんならんのい」と、のどかに話しかけ、椽側《えんがわ》に出て、「日いや暖《ぬく》い。南風日和《まぜびより》で、今年や梅咲くんも早いかのう」と、狭い裏庭を見渡し、目を細めた。

いよは、厠で泣いていた顔を、ぶんや客に気《け》どられまいとして、しばらく頬を風にさらしていたが、まだようやく立ち初めたばかりの、当歳の孫娘に、おう、おう、と呼ばれ、何くわぬ振りで、あいよう、と振りむいた。

明治十二年（一八七九年）と年があらたまり、はや七日であった。師走《しわす》二十七日夜、要太夫舟が生還者の先頭を切って沖上り（帰港）したあと、二十八日夜四つ（十時）頃、三重県阿田和《あたわ》より早飛脚が到着。当日、次郎太夫舟が無事阿田和に近い二木島《にぎ》に着いたと知らせた。次郎太夫舟は、翌晩五つ（八時）に、殺舟《ころしぶね》の激しい櫓《ろ》声と共に、十三人が無事太地《たいじ》に帰着した。海に落ちたという次郎太夫にかわり、水主《かこ》たちが揃《そろ》って沖上り口上をした。彼らのいうには、他に三艘《そう》が同行して陸に押しあがったとのことであった。

問いただすうち、四つ（十時）に阿田和よりふたたび早飛脚が駆け来って、富《とみ》太夫舟、延《えん》太夫舟の二艘の勢子《せこ》舟が沈没し、乗り組みの一部が、益《ます》太夫の指揮する持《もっ》双《そう》舟に扶《たす》けあげられ、持双舟も浸水甚《はなは》だしい処《ところ》を、紀伊浦神《きいうらかみ》から出漁していた孫《まご》市《いち》舟（鮪《しび》舟）に助けられた、と告げた。

孫市舟は、太地から捜索に東上していた弥太夫の乗る五十集《いさば》舟に出会い、助かった一行は、五十集に乗りかえ、すでに太地に向っているという。本方《ほんかた》屋敷は喜びに湧きたち、浜に出て待つうち、九つ（午前零時）には、鯨肉出荷用の俊足を誇る四十石積みの五十集舟が、二十人の生還者と五人の死者を乗せて帰港した。

三十日、阿田和村より三度めの飛脚が到着、持双舟一艘へ刃刺《はざし》国《くに》太夫外《ほか》二十七人乗り組み、三木崎下《みきざきくだ》り松《まつ》という所へ到着したと知らせた。

翌三十一日、夜九つ国太夫舟は、太地に戻った。国太夫の口上によれば、漂流者を救いあげ、乗り組みの人数は一時三十一人に及んだが、そのうち三人は波に払われ、夜暗のなかに姿を消したということであった。

年がかわると、踵《くびす》を接して生還してくるかと思われた遭難者の消息は、ふっつりと途絶えた。弥太夫は、連日海上の捜索に出てゆき、戻ってくると本方屋敷での評定に出て、新屋敷裏路地の家へはめったに帰ってこない。

本方には、早くも借銭取り立ての高利貸しが掛けあいに来ているということであった。残存の鯨舟をはじめ、大納屋《おおなや》、舟大工、櫓大工、鍛冶《かじ》、桶《おけ》屋の諸設備の使用も、いつ差押さえ封印されるか分らないという噂《うわさ》が、立ちはじめていた。

弥太夫は、僅《わず》かの時をさいて帰宅したとき、いよに捜索の模様を詳細に話したがった。そのあげく、母の推測を聞こうとする。

「お母《か》ん、日にちや経《た》つのに、なんで何にも流れてこんのかのう」

さあよ、といよは考えてみる。

「どころ（どこぞ）でまだかなりの人数は生きてんのに違いないよ。ほなけら、今《いま》時分《じゆう》知らせのないちゅうはずないれ。のう、お母ん、どう思わえ」

いよは、息子の日焼けた逞《たくま》しい顔に、おだやかに目をやる。弥太夫は、父親と息子の安否を気遣うことで、頭がいっぱいになっているようであった。

のい、といよは襟もとに顎をうずめる。

「どうよ、お母ん。鷲《わし》の巣の十松《じゆうまつ》や流さえたときも、大分長かったんじょのう」

「ほに、十やんのう、あれもいったんは、墓まで建てたがのう」

「あら、どこぞの島へ流さえてたんよのう。どこなえ」

さあ、私《あたえ》ら娘の時分やったさか、といよはふるい記憶を辿《たど》る。十松が死んでから、もう三十年にもなる。

「なんせ、皆びっくらひたさかのう。下り潮へ乗ってたのに、北東風《わいた》に押されて西へ流さえちゃってたてのう。南のほうの、シュリノ島たらちゅうとこへ着いて、そこでひと月もいてたち云《い》うとのう」

「シュリノて、潮の岬のシュリ岩のことかえ」

さあのう。いよは朧《おぼろ》な記憶をたぐるが、長い年月に色抜きされた過去の淀《よど》みが、ほの白くあらわれてくるばかりである。

いよは、息子を落胆させないためにあいづちをうち、懸命に昔を思いだそうと努力しながら、こんどはどっちみちあかん、と胸のうちに柱のように突き立っている直覚を、ゆるがせない。

いつか知らんが、旦那はんから私《あたえ》にきっと知らせや来る、といよは思いこんでいた。その知らせは、ついいましがた来たばかりであった。

いよは、奥の間で孫娘のこはると二人でいた。こはるは、古座《こざ》川上流の月野瀬《つきのせ》の在所に嫁《とつ》いでいる長女のしかとともに、数日前から太地へ来ていた。しかは、近太夫《ちかだゆう》たちの安否が判明するまで、逗留《とうりゅう》する心組みでいる。

みじかい時間、家の者が出はらって、いよはこはると二人でいた。強い日ざしが庭面に照りわたり、西と東に開いた椽《えん》の障子は明け放たれていた。

いよは座敷のまんなかに坐《すわ》り、小ぶりなでんでん太鼓を振って、こはると遊んでいた。こはるは、あう、あう、と機嫌のよい声をあげ、太鼓をつかまえようとゆっくり手を動かす。

涎《よだれ》を垂らし興じていたこはるが、不意に東の庭を見た。「何え、お前《は》ん」と頰をつつくと、きょとんといよを見るが、また横をむく。遊んでやっているとき、気を散らすことのない温和なこはるであるのに。

「何よ」誰か庭にいるのかと、いよは手をついて、庭をのぞくが、人影はない。

「何見てんのよ、この子」

こはるは、でんでん太鼓を見るが、落着きがなく、しきりに東を見る。

いよは、また庭をのぞいてみる。

「これ、こはる。これ、何ひてんのよ」

こはるは知らぬ顔で横に向き直り、誰か大人を見上げているように、あおむいたまま、体の向きを右に動かしてゆく。誰かが部屋をゆっくり横切るのに、あわせているような動作である。

いよに背を向け、西の椽側まで向きをかえたこはるは、いきなり右手をあげ、人差指で斜め上の空間を指さした。その動作は、こはるが母親や、親しい大人たちを見たときにする、よろこびの仕草であった。

こはるが向き直るまで、いよはぼんやりしていた。そのあと、「誰なあ」と立ちあがって、西の庭を眺めわたした。

庭には、近太夫の愛した侘助《わびすけ》が、蕾《つぼみ》に薄く朱を刷《は》いていた。いよは、抱きあげたこはるの乳くさい頬に顔を寄せ、「何なあ」とつぶやき、椿《つばき》に目をやると、電流に打たれたように思いあたった。

いま、誰《だえ》ど来たんや。旦那はんにきまってる。この子の目えに姿見せて、私《あたえ》に知らひてくれた。

いよは、激しく肩をふるわせ、障子にもたれかかっていた。

正月八日の朝、弥太夫は直太夫とともに、五十集《いさば》舟を、未申《ひつじさる》（南西）に向け走らすことにした。前夜は、本方屋敷で鯨方の金主である三重県鈴木弥平《すずきやへい》を囲み、徹《てつ》宵《しょう》の寄合いが開かれた。降って湧いた大事件に、鈴木はうろたえていたが、和田覚吾、金右衛門をはじめ、鯨方の主だった者の意見を、目先の利いた商人らしいすばやい判断で、聞きわけたようであった。

弥平は、いまさら鯨方から手を引き、残存の諸道具を売払っても、僅《きん》少《しょう》な金額しか戻ってこないことを、理解していた。

生還してきた漁夫は七十五人、このあと誰も帰らないとしても、出漁しなかった者を加えれば、百人を越す水主《かこ》を確保できる。漁夫たちは、今後は死物狂いに働くであろうし、そうなれば、利益もあがる。何も急いで決着をつけることはない。

金主は、二、三日考慮したいと、今後の方針について確答を避けたが、弥太夫は、その胸のうちに揺れる算盤《そろばん》の動きを、およそ察していた。

帆が風をはらみ、五十集舟が身軽に波を蹴って走りだすと、艫《みよし》で指図していた直太夫が、胴の間にあぐらを組んでいる弥太夫の傍へ来た。

「今日は、何処《どこ》たりまで行くかえ」

直太夫は、頰髯《ほおひげ》を伸ばしほうだいにした、弥太夫の顔色をうかがった。弥太夫は病みあがりのように、やせ窶《やつ》れていた。そばに近よると、熟柿《じゆくし》くさい酒の匂いが濃くただよった。

「そうよのう、石切岩から橋杭《はしくい》と伝《つと》て、出雲崎《いずもざき》で潮待ちせんで行けら、潮の岬クルッと回りこんでよう、和深《わぶか》から安宅崎《あたぎざき》辺りまで行てみよらえ」

「枯木の上《かみ》まで行くんかえ」

「うん、一遍《いつぺ》行てみよら」

弥太夫は、直太夫の目を、からみつくような、するどい視線で射すくめた。新鹿《あたしか》の沖を東に流された船団が、枯木灘《なだ》の上手の海岸に漂着することなどあるだろうか、と口にのぼりかけた疑問を、直太夫は呑《の》みこんだ。

弥太夫は、いらだっていた。連日の捜索で、彼の神経は疲れきっている。遥《はる》かの波間に流木の一端《つまぜ》を発見すると、その正体を見届けるまで、彼は歯を剝《む》き狂人のような目付きで、舳に仁王立ちになっている。水主たちは、彼に口をきくのも憚《はばか》っていた。

「どっちどに（どちらかに）、早よ決着つけてくれ」と、弥太夫は焦燥の炎にあぶられながら、胸のうちで喚《わめ》きつづけていた。彼は、近太夫と孫才次の生死を気遣う苦痛に、堪《た》えきれなくなってきていた。

鯨方の仲間の死を見届けることに、裸の背を冷えた夕風に吹かれるような寂寞《せきばく》とした感慨がある。苦痛に満ちた生活を共に支えてきた手が、抜けおちる淋《さび》しさである。

その反面に、解放感ともいえるふしぎな明るさが潜んでいた。自らが彼らより生きのびたという、勝者の優越感ではない。彼らは不意に現世の重荷を肩から下して行ってしまった、という事実に、弥太夫はさわやかさを感じた。こういう、けりのつけかたもあると。

他人の死は、幾何《いくばく》の慰安を含んでいたが、近太夫と孫才次のうえにふりかかる死は、そうはいかない。早く決着をつけてくれ、というが、もし二人の死が確認されれば、弥太夫は、生きながら死んだのも同然の衝撃に、うちのめされねばならない。

欠乏と危険にさらされて長年月を同じ仕事にたずさわってきた、男の肉親の絆《きずな》の強固さは、一心同体としかいいようのないものであった。二人が死ねば、弥太夫は働く気力を取りもどす自信はない。

「弥太ん、昨夜《よんべ》の鈴木の旦那のう。先行き合力《こうりよく》ひてくれる気いあるよなのう」

直太夫が、弥太夫の機嫌をうかがいながら話しかけた。「そうやのう」と、案外柔和な声が戻ってきた。

「鈴木の旦那は、あっぽけんでないれ。すすどい（頭のいい）お人やのう。わいら太夫《たゆう》（刃刺）連《れん》にまで、敬《うやも》うて物いうてくれる。この鯨方の難儀を救《すく》て、立てがやり（生き返り）さひてやらちゅうてくれる、情のある旦那やもんのう」

「とろくさや、直太夫」と、弥太夫が吐きすてるようにさえぎった。

「女のよに、めめしいよろこぶな。旦那は銭勘定だけじょ。儲《もう》かるか儲からんかで、進退決めくさる。あいつら賭けるんは金で、わいつ（君）や賭けるのは命じょ。貧乏人は命しか賭ける物あないさかのう。ひとつまちごたら、大つごもりの晩のよに、寺山の焼場で、ええ匂いさひて焼いてもらわんならなひてのう」

弥太夫は、唇に冷たい笑みを浮かべた。

直太夫は、五人の水主の屍体《したい》が焼かれた、大晦日《おおみそか》の午後を思いうかべた。野天の焼場に、井桁《いげた》に組んだ薪が並べられ、その上に死者を坐らせた早桶《はやおけ》が、五個置かれた。遺族の読経と泣声の沸きたつなか、隠亡の手で薪に鯨油が注がれ、火が点じられる。

「なまんだぶ、なまんだぶ」

「ええとこへ、行てよう」

「お前《は》んよう、私《あたえ》も連れて行てくらよう」

泣き叫ぶ声のなかで、早桶が燃えあがる。

酒にくらい酔っては、出《で》っ尻《ちり》にからませた褌《ふんどし》のゆるみ目から睾丸《こうがん》をのぞかせて浜を歩いていた、五人の子持ちの平次《へいじ》も、左右の眉尻をはねあげ、口辺に泡をため、いつも笑っていた吃《ども》りの、笑顔よしの八助《はちすけ》も、鰤《ぶり》の脂身《あぶらみ》を焼くような、香ばしい匂いをたてはじめる。

炎にからまれ、黒い輪郭だけがみえていた早桶が、太鼓を打ち叩《たた》く音を立ててはじける。ふくれあがり、逞しくなった平次や八助の手足が、生きている者のように勢いよく伸び、早桶を内側から蹴破り、突きやぶる。

「おう、あれよう」

泣声が、潮騒《しおさい》のように高まってくる。頭髪をふり乱した女が、跣《はだし》で火に飛びこもうと駆け寄り、男たちが抱きとめて揉《も》みあう。

「ちっと、座敷（沖）へ出るかえ」弥太夫が気をとり直したように、眼鏡筒をつかみ、腰をあげた。

「わいつは、艫《みよし》のヤグラへ行てくれるかえ」

直太夫はうなずき、艫の見張りをしに行く。

帆が向きを変え、船は艫を沖に向けた。海はゆるい南西風《まにし》が、小止《こや》みなく唱声《うたごえ》を流していたが、低い波立ちが一面に皺《しわ》ばんでいるだけで、穏やかな眺望であった。眼鏡筒に目をあてると、遥かな海面が、いきなり弥太夫の視界に引きよせられ、弥太夫は、いまにも土左衛門《どざえもん》の姿を発見するような気がして、胸が引きしぼられる。彼は気を静めようと頭を振り、凝りきった首筋を鳴らす。連日の不眠と疲労が、彼のうちで、あてのない憤怒の青い炎をたてていた。

何もかも、放りだしてしまいたい、と弥太夫はいらだつ。「お前《は》んら、えかげに（いい加減に）出てきてくらよ」と、彼は自らの分身に、低声《こごえ》でかきくどく。

配下の者が、彼の意に沿わない迂遠《うえん》な動作をしたりすると、脳天を打ちすえ、蹴倒してやりたいと、手足にうねりが走った。六尺豊かな弥太夫の手荒い仕草に水主《かこ》たちは辟易《へきえき》し、近寄るのをはばかった。

いらだっているのは、弥太夫だけではなかった。いまだに戻ってこない遭難者の家族たちは、すべてたやすく怒りに身を任せるようになっていた。彼らと、すでに本方《ほんかた》の日誌に、大背美《せみ》流れと命名された、今度の事件に関係のなかった浦人たちとの感情の交流に、はっきりと亀裂《きれつ》が入りはじめていた。

遭難者の家族たちは、しんしん針のように神経をとがらせ、悲運が訪れなかった幸福な浦人の、笑声ひとつにも、向っ腹をたてる。

それまでに沖上りできた七十数人の漁夫たちと、その家族も、男手の戻らない家とのつきあいが、日が経つにつれ円滑に行かなくなってきていた。

快活で、気性のさっぱりしていた櫓頭《ろがしら》の妻おもたんでさえ、遭難者と縁のない者から見舞いをいわれると、

「気い遣《つこ》てもうて、おおきによ。お前《は》んとこらと違《ちご》て、私《わ》っとこら業《ごう》深いんやろかえ。なかなか上《あが》らひてくれへなねえ。常の心掛け、ええ人のよなわけにゃ行かなのう。まあ万一のときにゃ、子供《ころも》かかえたこの女《あま》に、酒手皮《さかてがわ》（酒代としてやる鯨皮）の一枚なと恵んじゃってよ」と、皮肉に片眼を光らせる。

本方に対する反感も、日に増して強まってきていた。あの日の覚吾の指揮が、海上の鯨方を死地に追いやったと、声高に罵《ののし》る声が、村内に聞かれた。二年前、浦人がこぞって再起を懇願し、鯨方棟梁《とうりょう》に復帰させた覚吾に、不幸を招いた圧制者として、指弾が集中している。

鯨方には、元禄《げんろく》年間に取り決められた、「死米定《しにまいさだめ》」というものがあった。捕鯨に従事する者の、業務のために死に至ったときの、遺族救済法である。

定《さだめ》は、地水主《じがこ》相果候《そうろう》節遣す、として、銭三百七十二文、米一斗、と記載されていた。屍体で戻った五人の漁夫の遺族に、役向きによって多寡《たか》の別はあったが、古

例に従って僅少《きんしょう》な見舞いの金穀が届けられていた。

働き手を失った家族の不安は、そのような形ばかりの救済で、納まるわけはなかった。往時のように、巨鯨が陸続と水揚げされ、その都度、女子供にいたるまで、気前のいい賃金のもらえる轆轤《ろくろ》回しなどの雑用にありつけ、チギリ（半ば公然と認められている鯨肉の盗み）がたやすく行える時代ではない。

水田は、和田一族が、その大半を占有していた。水主たちの妻子は、灯明崎周辺の、乾ききった台地で、牛馬のようにカラスキを腰で曳《ひ》き、畑小屋に寝泊りして、唯一の産物である甘藷《かんしょ》を栽培しなければならない。甘藷と浜の小魚だけで、乞食《こじき》のような暮らしを堪えてゆくほかに、道はなかった。


遠眼鏡を目にあてた弥太夫は、日焼けて皮の剝けた鼻梁《びりょう》を、陸と沖へ、交互に忙《せわ》しく振りむけていた。飲食も、そのままの姿勢でする。

古座川口の沖を通り、橋杭岩を右手に見て、大島《おおしま》と潮の岬の間の水道を抜け、出雲崎で潮待ちしたあと、岬を西に回りこむ。

枯木灘の荒れ立つ渦波を磯《いそ》伝いに避け、弥太夫たちは、田ノ崎《たのさき》、三崎《みさき》、江須崎《えすざき》と、徐《おもむ》ろに北上していった。

南西風《まにし》は凪《な》ぎ、鋸歯状《きよし》の凹凸を連ねる海岸線の断崖が、日に映え、あざやかな代赭《たいしゃ》の色が目に染《し》む。

弥太夫は、白波の立っている波打際のあたりを、入念に眺めまわした。無人の小さな入江に、漁師が残したらしい焚火《たきび》の跡をみつけても胸をとどろかす。

幽霊舟《もよろ》でもええさか、出てくれ、と弥太夫は心に念じる。弥太夫は、幽霊舟を見たことがない。幽霊舟は、闇夜に松明《まつび》をさかんに焚いて出てきて、舟の行手に立ちふさがるようにする。艑《みよし》をかわすと、また行手に回ってきて邪魔をし、幾度かわしても、舟は直進できず、遂に暗礁か岩壁に突き当り沈没する。幽霊舟の誘導を避けるためには、狙われた舟のほうから、相手のほうへ突きかけるしかない。思いきって直進してゆくと、松明の輝きはパッと消え、幽霊舟の舟影も闇に溶けてしまうという。近太夫の指図する幽霊舟にならば、舟割られてもええ、と弥太夫は考える。

見老津《みろつ》を過ぎ、沖の黒《くろ》島の脇を通過してまもなく、「弥太はん」と直太夫が艑で叫んだ。弥太夫は猿のように胴の間を走り抜け、艑のヤグラに駆けあがった。

「これじょ、これや皆、わしゃらの道具じょ」

行手の澄んだ海水を指さす直太夫の舌がもつれた。

弥太夫は舷《げん》に腹ばいになり、無言で海面を見渡した。

「樽《たる》じょ。指図幡じょ」

「あら杓《しやく》じゃ。小樽にヤメワ（銛縄《もりなわ》）じゃ」

「あそこに勢子《せこ》舟のハナギレ（端木）浮いちゃあるろ」

水主《かこ》たちが騒ぎ立った。弥太夫は、海岸の方角へ眼鏡を向けた。漂流物は、波間に点々と続いている。弥太夫は一目で、それが勢子一番舟の道具であると分った。

「あそこじゃ」と弥太夫が指さした。海際までせりだした岩山の裾に、小さな入江が砂浜の弧をえがき、小舟が二艘《そう》、波打際に引きあげられ、焚火の煙が上っている。

五十集《いさば》舟は船体を傾け、進路を岸に向けた。直太夫は、犬の唸《うな》るような声を傍に聞き、弥太夫を見た。弥太夫の心臓の鼓動は割れるように激しく、彼は堪えようと唇を捲《ま》きあげて唸る。一番刃刺は、突然臆病者になった。何も見ず、聞かず、このまま踵《くびす》を返して戻りたい。

海岸が、だんだん接近してきた。海岸に数個の人影が立ち、こちらを見ている。黒ずんだ裾長の厚司《あつし》を着た漁師たちである。

知らん顔じゃ、と直太夫は眼鏡を置き、ささやき筒を口にあてた。

「浜の人よーい。わしゃらはのう、太地ののう、鯨方よーい。浜にあがっちゃある物は、何ならよう」

人影は、何事か叫び返し、焚火のほうを指さしたあと、磯舟を海に押し入れた。

五十集舟は、岸近い砂地に錨《いかり》を下した。大きく横揺れしながら漕《こ》ぎ寄ってくる磯舟のなかに、白髪頭の老人が立っている。

「おーい、お前《ま》んらよう、太地の人かえ」

「そうよう」

「そうかえ、私《わえ》らは地いの者やがのう。朝《あさり》のうちに、流れ物に気いついてのう。仏や五人、いま浜へ揚げたとこやさかえ、早よ行《い》ちゃりよし。お前《ま》んらの手えの人やろかえ」

老人は、片手の五指を立てて見せた。

「伝馬《てんま》下ろせ」

弥太夫は、脛《すね》から力が失《う》せ、空を踏む思いである。海草の匂いの高い浜に伝馬舟から下りるとき、彼は目の前が暗闇になり、直太夫に支えられた。

生白くふやけた、巨大な素裸の人体が五個、砂や若布《わかめ》をこびりつかせ、焚火の傍に横たわっていた。弥太夫は、思わず砂に膝をついた。指先、陰茎、喉、が魚に喰いきられ、傷口はなめらかに締り、血の色はなかった。

直太夫たちは、乱髪をかきあげ、人相をたしかめる。乾きかけた屍体から、すかし屁《べ》のような腐臭がただよってくる。

「こら、中櫓の仙蔵《せんぞう》じょ。一番舟の中櫓じょ」

直太夫が、呻《うめ》くようにいった。水主たちは合掌した。やっぱり一番舟じゃった。

弥太夫は這って行き、ひときわ大柄の、老人らしい屍体をあおむける。

屍体の眼球は流れ出て、両眼は空洞になっていた。

「お、お父《と》はん」

弥太夫が、屍体に抱きついた。

「な、長いこと、さ、さ、寒かっとろのう」

彼は、傍の者の腸《はらわた》に響く、大音で叫んだ。


一月の太地浦は、気象の変化が激しい。浄玻璃《じょうはり》を見るような冴《さ》え渡った空に、眩《まぶ》しい日光が満ちていても、海風は頭髪を吹きあげるほど強く吹いている。

気温の高い日は、陽春の心地よさであるが、空がかげると西風は肌に剃刀《かみそり》を当てるように冷たく、西北風《やまぎた》を伴う吹き降りがくれば、山椿《やまつばき》の蕾《つぼみ》も萎《な》える真冬の寒気が、村の家並みを暗くする。

近太夫たちの遺骸が太地に戻ってから数日、海は荒れ続けた。近太夫の葬儀は、雨風の猛《たけ》りたつなか、夜のように暗い順心寺《じゅんしんじ》の本堂で、燭台《しょくだい》を立てつらねて行われた。

堂の片隅で、ゆきは饐《す》えくさい人いきれを呼吸し、女たちの頭ごしに、ゆらめきつづける蠟燭《ろうそく》の火明りをみつめ、きしみ動く戸障子の音を縫ってうねり流れる読経の声音に、心を浸されていた。

ゆきにとって、近太夫は幼時から親しんできた、なつかしい老人である。五升樽と覚吾がたわむれに名付けた魁偉《かいい》な大顔《おおがお》が、幼ないゆきを見ると目を細め、「こっちいおいな」と女言葉で手招きする。枯草のような体臭がにおい、ぶあつい手が袂《たもと》から出て、ゆきのてのひらに、袂ぐそのついた氷砂糖や、珍らしい羊羹《ようかん》のひと切れを置いてくれた。

和田家法要のとき、近太夫は柿《かき》色の裃《かみしも》をつけ、宰領の役を務めた。本方屋敷の大廊下に仏事のときに敷かれる薄縁《うすべり》のうえを、心細く歩いているとき、「おう、ゆきやん。よう来てくれたのい」と頭上でなつかしい声が聞え、見あげると、壁のように高く柿色の裃が突ったっていたものだ。

祭礼のとき、刃刺が着る紺染め抜きに金の背紋入り、萌黄《もえぎ》の総裏つき平袖仕立の晴着を、ゆきは思いだしていた。怒り肩の父玉太夫が着る晴着の、ごつい手触りとカビの臭い。ゆきの想像のなかで、玉太夫がこちらを向いてうなずき、ゆきの胸は針が立ったように痛む。

刺水主の晴着の総裏はモミだ、と不意に頭にひらめき、ゆきは眼をかたくとじる。彼女は孫才次の声や体の感触を、思いださないように抵抗する。

「私《あたえ》は、不自由や」とゆきは低声《こごえ》で呻いた。彼女は全身を、がんじがらめに縛られているような、やりきれない思いに、身ぶるいをした。

近太夫は、死んで帰ってきた。腐ったうちむらさきの顔は、もう人間ではない。彼の死顔を拝んだあと、絶望が色濃くゆきを浸した。

「私《あたえ》は動けやん。蟻《あり》どんほどにも動けやん」

ゆきの周囲を、不透明な壁が取りかこんでいた。人間が、なぜこれほど無力で愚かなものであるのか、ゆきには分らない。

浦人の心を陰気に冷えこませた雨風が去り、空気から湿気が抜けていったあと、熊野灘に沿う各地の漁村から、申しあわせたかのように、鯨方遺体漂着の知らせが、踵《くびす》を接して届いてきた。

土埃《つちぼこり》を捲きあげて唸る西風のなか、女子供が髪ふりみだし、号泣の尾を引いて右往左往する。連日不眠の弥太夫たちは、目に血を走らせ、水ぶくれの屍体《ろくじ》を運んでくる。

ゆきときみは、たすき掛けで、取りこみに見舞われた家の手伝いに走った。手伝いの女たちは、皆顔色が蒼《あお》ざめ、歯をくいしばって働いていた。誰もが、往還を走る足音や叫び声に、耳をそばだてていた。いつ、自分の家族が土左衛門になって運ばれてくるか分らない。

ある朝、ゆきは手伝いに行った家で、たちくらみに襲われた。よろめいたゆきを、きみが支えた。

「お前《は》ん、額火《こべ》いみたいや」

きみはゆきを抱きかかえ、寄子路《よろこじ》の家へ連れ帰った。

ゆきの発熱は、十日あまり続いた。水の浦の漢方医の診察を受け、煎薬《せんやく》を飲むが、熱が低いのは早朝の一時だけで、昼前から体が燃えるようにあつくなってくる。熱があがると、関節がだるいが、そのほかには、何の苦痛も感じない。ゆきは、身体《からだ》の器官が病んでいるのではなかった。

ゆきは、父と孫才次が、自分の眼で見ることができ、指先で触れることができる場所へ、もう帰ってはこないという判断に、ようやくとらえられていた。

その考えは、ゆきを引きつけて離さない。彼女は片時の間も、自由に呼吸することができない。わきすぎた風呂の湯気を吸いこんでいるかのように、胸が塞がってくる。

人声も、鶏鳴も、風音も、日の照り渡る凪《なぎ》の日の浜辺の光景さえ、ゆきにはわずらわしかった。「私《あたえ》は、何もかもから突きはなされてるみたいや」と、彼女は外界を眺めながら、見ることをやめていた。

ゆきは、ひとつの考えに集中する時間が長すぎたので、疲労しきって発熱した。彼女は、看病してくれるさだに話しかけることもなく、目覚めている間、目の前の剝げた砂壁をじっと見つめている。「あかん、もう逢《あ》われやん。あかん、もう逢われやん」と、胸のうちで小止《こや》みなくくりかえしながら、苦痛にみちた想像から、心を外らさないでいた。

ときどき深い眠りに落ち、滴の汗をしたたらせて目覚める。起きているときの感覚と、切れぎれな夢をつなぐ眠りのときが、はっきり区別できなくなっていた。

ゆきが、壁をみつめていると、壁土が青白く光りはじめ、小さな一人の刃刺の姿が浮かんでくる。刃刺は銛を構え、のけぞり、一気に矢縄の尾を引いて投げる。幾度もくりかえし投げる。誰かが気合いをかけている。銛が飛ぶたびに、ゆきの胸は疼《うず》き、それはさし迫った現実の重圧から、解放されるこころよさであった。

「投げよっ、それ、投げよっ」

気合いをかけているのは、ゆき自身であった。

ゆきは、痩《や》せおとろえて恢復《かいふく》した。戸口に立ち、春の気配を宿す日ざしに照らされると、体がゆらめくかと思えた。古あわせの裾が、風にもつれても足どりは危うい。

悲嘆の塊が、足もとへ抜け落ち、体の内側が空洞になったようであった。

「ゆきやん、家へ遊びにおいなよ」

きみが、ゆきをいたわる目で誘った。ふたりは、道端に散らばる巻貝の殻を、草履の先で蹴りながら、ゆっくり歩いた。

弔いの支度に、忙しく男女が出入りする家の前を通るとき、ふたりは立ちどまり、手をあわす。

「昨夜《よんべ》、網舟艫《とも》押《お》しのよいやんと、すがり（幼水主《かこ》）の音ぼん、下《しも》刃刺の角《かく》太夫はんの仏や帰ってきと」

きみが、言葉すくなに告げた。ゆきは、黙ってうなずく。玉太夫や孫才次、清七のことを、彼女たちは口にしなかった。きみは、目を落ちくぼませていたが、顔つきに、以前のような頼りない動揺の色はなかった。「皆、覚悟ひてるんや」と、ゆきは覚《さと》った。

「蜂蜜《はちみつ》、湯うに溶いて飲まひちゃげら。玉子お粥《かゆ》、食べさひちゃげら。甘鯛《あまだい》も焼いちゃげら」

きみは唱うようにいい、ゆきの肩を抱きしめにきた。

「ごたがいに、ええ物《もん》ちっと食べて精《せえ》つけやな、九《ここの》つ病い（死病）になるれえ」

きみがゆきをのぞきこんで笑顔になると、日焼けた頬に皺《しわ》が寄った。

八章

家の前に、女房たちが群れていた。「何よう」と、きみが厳しい目になった。女たちの頭越しに、酒に酔っているらしい男の、みだらな笑声が聞えた。

また来てる、ときみとゆきは胸もとに水をかけられたような気持になる。彼女たちは、おなじ光景を、幼ない頃からくりかえし見てきた。

男手を失い、借銭の淵《ふち》に沈んだ家の娘を、人買いが大勢で連れにくる。派手な絵模様のついた着物の裾をまくり、褌《ふんどし》もあらわな百日かずらの無頼漢たちが、肩をゆすって笑いながら立ち去るとき、人垣のなかから、連れてゆかれる娘の、肩のあたりや裾が、ちらりと見える。それだけで、見送る浦人たちの心はうちひしがれ、子供たちは、物々しい気配に怯《おび》えて泣きだす。

「どこへ来てるんよう」

きみが駆けだした。ゆきも胸を弾ませて続いた。

女たちの肩越しにのぞくと、きみの家の障子が開け放たれ、土間の敷居に、黒地に朱色の達磨《だるま》の大模様を散らせた丹前を着た蓬髪《ほうはつ》の男が、腰を下していた。強《したた》かに酩酊《めいてい》しているらしく、土色の顔に表情が失《う》せ、血走った目が、間を置いて人だかりを睨《ね》めすえる。

黒ずんだ袷《あわせ》の男が四人、懐手《ふところで》で道に立っていた。髭面《ひげづら》を赤黒く染めた一人が、褌を外し、あらわにした股間を見せつけに来て、女たちが後じさると、締りのない笑声をたてる。

「よう、姉《ねえ》まらよう。目の法楽よがえ、嬉《うで》しかえ。ようけ寄ってきてからに。陰茎《たけり》も陰嚢《きんつう》も上物じゃろがえ。もっと寄って来おいよお、餅抛《もちほ》るれえ」

頓狂な歓声をあげる男を、仲間は薄笑いを浮かべて見ている。

きみやん、と隣家の女房が袖を引いた。

「出よすなよ。いま顔出ひたら、あかんれえ」

「何事起ったんよう」きみはせきこんで聞いた。

「三軒家の平太《へいた》んとこの玉《たま》やんのう。新宮の遊郭から連れに来たんやけど、行く道で、そこの迫《せこ》（路地）からこっちゃへ走りこんできてのう。追われてお前《は》んとこへ逃げこんだんやひてよい。沖合いのごっさん（奥さん）気い勝っちゃあるさか、白刃喉へつきつけらえたけど、知らんちゅうて云《い》いつっぱったよ。そやけどいま家へどしこまれて、家探しやれてんのじょ」

三軒家の平太は、遭難した勢子《せこ》舟の水主《かこ》であった。長女の玉枝《たまえ》は十四歳であったが、病弱な母を扶《たす》け、六人の弟妹の面倒を見てきた温和な娘である。

「男衆はいてへんのか」

「皆沖出ひて、弱《よわ》ん人《ど》しかないんじょよう。本方《ほんかた》と浜へ、いま知らせに走ったけど、誰《だえ》ど来てくれらええがのう」

「そこで何どいうてるの、誰なえ」

酔漢が、こちらを向いた。

「よっ、まあ別嬪《べっぴん》の女《ねしょ》や二人もかえ。ちょっとよう、こっちゃへ来よし」

男は刺青《いれずみ》の目立つ股間をひろげ、迫ってきた。

家内から、いよらしい鋭い叫び声と、女の泣声が聞え、家具を投げるような物音が、騒がしく起った。

「家へ入るで。ここは私《あたえ》の家じょ」

きみは立ちふさがった酔漢の脇をすりぬけ、足早に戸口へ近寄った。

「何じゃい、このあまは」

懐手の一人が、きみの襟元を鷲《わし》づかみにした。

「放ひてよ。我が家へ入んのに、誰に止めらえることあら」

きみが叫んだ。ゆきが進み出てきみの肩を抱いた。

「放ひちゃれ。もうじき済む」

土間の框《かまち》に腰かけている男が声をかけ、手下はきみを放した。きみとゆきは、暗い土間に入った。

うけじゃの入った土鍋が割れて足もとに転がっていた。戸障子、鼠《ねずみ》いらず、漬物甕《がめ》、夜具などが散乱したなかに、双肌《もろはだ》脱ぎになった男が、背中一面の滝夜叉《たきやしゃ》の刺青を見せて立ち、抜き放った白鞘《しらさや》の長脇差を、いよの鼻先に突きつけている。いよの後ろにぶんと、細い泣声をたてている玉やんの母親の姿が見えた。

「ひひひ、居てた、居てたれえ。こら、早よ来んかえ」

仏間の暗がりで、濁った笑声が湧き、玉やんが、せきを切ったような泣声をあげ、ごろつきに引き出されてきた。

「おのれ、仏壇を土足でけがしくさって。このままで済むと思うなよ」

喉のかすり傷に血をにじませたいよが、男のような声で叫んだ。

「ふん、鯨方沖合いのごっさん（奥様）かえ。鯨方ちゅうても、もう首吊《つ》りといっしょやろが」

滝夜叉が肩を揺すって嘲《あざけ》った。

「なに、人を嘲弄《ちょうろう》しくさって。許さんぞ、待ちよし」

いよが滝夜叉の袖をつかむと、相手は笑いながらいよの腰を蹴った。土間に泳いだいよを、きみが「お婆《ば》ま」と抱きとめた。

入口にいる男が立ちあがり、顎をしゃくって仲間を促し、道に出た。彼も前をはだけた丹前の胸もとに、脇差を抱いていた。

腑甲斐《ふがい》ない虱《しらみ》たかりの玉やんの母親が、水洟《みずばな》を垂らして娘に泣きすがり、男に突き放される。

先に立った丹前の男が、突然足を止め、皆はいっせいに路地の入口を見た。白黒だんだらの刃刺襦袢《はざしじゅばん》の袖を垂らした弥太夫が、つむじ風に頭髪を吹きなびかせ、立っていた。左手に、八百匁万銛《もんめまんもり》の九尺に及ぶ柄を握っている。

「おのれや何じゃい。人をまぶり（じろじろ見）くさってよう」

滝夜叉が進み出て、身構えた。

「青蠅《あおばえ》や六匹か。お母《か》はん、こいつらやにくい（大変な）ことひたかえ」

弥太夫は、路地に響きわたる声で、たずねた。

「人の家へ無体に入りこんで、仏壇までこぼっとよう（こわした）」

いよが、声をふるわせて叫んだ。

「おんしゃ、誰《だえ》なよ」

丹前の男が、着物の前をぐっとはだけ、脇差のこじりを地に突いて聞く。

「わしゃ弥太夫じょ。誰に断ってわしゃの家へ入ったんなら」

「わしゃらは、新宮の荒駒《あらこま》から来た者《もん》でのう。さっきこの前へさひて来たら、連れて去《い》ぬ女《ねしょ》や、この路地へ走りこんでのう。おんしゃの門《かど》へ入るわ、お婆んは知らんちゅうてとぼけるわで、ちと家探しひたんじょ。文句あるか」

「あるのう」

弥太夫は、言下に答えた。

彼はその日、朝からいらだっていた。連日の捜索に出かける五十集《いさば》舟の帆柱のかげで、水主が二人、漁獲の楽しみのない日夜の激務をかこつのを聞き、払暁《ふつぎょう》の暗がりで顔も見分けられないまま、彼らを蹴倒した。弥太夫も、連日の疲労と焦慮に、自制心をたやすく失うようになっていた。

いままでは、海上の捜索を続けているのは、弥太夫の五十集舟一艘だけである。鯨方の漁夫たちは、急場の糊口《ここう》を凌《しの》ぐため、小童《こわっぱ》まで駆りだして、ゴンド漁と鮪《しび》釣りに沖出している。

　一月に入ってから、鯨漁の道具が整わない鯨方を嘲るかのように、連日ナカニシ(西からの微風)の吹く上天気で、巨鯨の群れが頻繁に沖を通った。

　弥太夫の胸に、やり場のない憤懣《ふんまん》が鬱積《うつせき》していた。水主に怒りをぶちまけたあと間もなく、舵《かじ》が弛《ゆる》んだ纜《ともづな》にからまれ、故障した。止《や》むなく引き返し、浜に上ると女たちが待っていた。

　こいつら、皆殺しにひちゃる。弥太夫の内部で、凶暴な気分がナグラ(うねり)のように高まってくる。叩《たた》っ殺ひて、沖へ抛《ほう》りこんじゃれ。

「四十九日も済まん親父《おやじ》の仏壇、よう土足にかけたなあ。おのれら、観念せえよ。親父の伴《とも》に、三途《さんず》の川へ送っちゃるろ」

「何い、荒駒一家相手にする気いか」

　弥太夫は、赤樫《あかがし》の銛の柄を斜に構えた。彼は、本気で人殺しをする気になっていた。玉やんが、いちま人形のように幼なかったのは、まだこのあいだのようだ。弥太夫は、彼女の脛《すね》の擦り傷に、唾をつけてやったことがある。青蠅どもを殺して海に沈めても、浦人のなかに、邏卒《らそつ》に告げる者が出ないのは分りきっている。

　弥太夫の目が青光りした。

「死ねっ」

滝夜叉が、長脇差の柄《つか》を腹に据えて飛びこんできた。弥太夫の樫柄が唸《うな》って脇差をはねあげ、逆回転すると鉄銛が滝夜叉の胴を横なぎに打った。滝夜叉は声もなく倒れた。

丹前を着た男が双肌ぬぎになり、てのひらに唾を吐いて長脇差の柄を握った。

「お前ら、この場あ抜けて、さき舟へ行け」

彼は弥太夫から目を離さずに、背後の男たちに指図した。

「そは行かんろ」と喚《わめ》き声がした。いつのまにか、鋭利な手銛を携えた数人の水主が、ごろつき共の後ろに回りこんでいた。

「殺《おら》いされ」

「柱抱かひて、底潮へほりこんじゃれ」

いきりたった叫び声が湧き、いくつかのつぶてが、ごろつきの顔を襲った。

脇差に手をかけていた男が、いきなり鞘ごと腰から引き抜き、路上に投げだした。

「親方はん、悪りかった。わいや悪りかった。こらえてくれよう」

朱彫りの昇竜を背負った男は、弥太夫の前に土下座し、砂利をつかんで蓬髪を土にすりつける。

「おのれや沖合いの仏壇うちゃがひて、すんなり去《い》ねると思《も》てんのか」

「早よやれ、俺《おんだ》や先銛つけちゃろか」

水主たちの昂《たかぶ》った声を背に、万銛を構えた弥太夫は、萎縮しきった相手を見下しながら、急速に冷静な判断をとりもどした。

こいつら叩っ殺ひたら、新宮から警察や調べにくる。浦方にゃほんまのことという者はないさか、分らんちゅうよなもんやけど、なんせ六匹やさか、万に一つの災厄招くことになるかも分らん。それより、恐《おと》ろしがってるこいつら締めあげてみた方が、おもしゃいろ。

「おい、だらくさ（だらしない奴《やつ》）。頭《こべ》あげよ」

弥太夫が、破《わ》れ鐘のような大音声《だいおんじょう》で叫んだ。土下座した男が、はじかれたように首をもたげる。

「聞いての通り、おのれらはこれから錨《いかり》つけて、沖へ放《ほう》りこまれるんじゃ。警察や調べに来て、覆《かや》った空舟拾たら、おのれらどこぞで土左《どざ》になって、上り潮へ乗って行たと思わよ。そえで終《しま》いじょ。そんな死にかたひたいか」

「ひたないよ。親方はん、どうろ助けちゃってよう」

男は、身を揉《も》んで哀訴した。

「早よ殺《おら》いされ」

「ぐずぐずせんと、どしまわせ」

殺気立った水主たちが歩み出た。「口ぬけ（えらそうな口）たたくな」と弥太夫が一喝した。

「おい、荒駒の名代《みようだい》。おのれや借銭の証文、懐中にひちゃろが」

男が上目遣いに弥太夫を見上げ、「持ってるよし」とうなずいた。

「そえここへ出せ。俺《おんだ》や見ちゃる。何ひてんのなら、殺されたいかっ」

男は胴巻を探り、書付けを取りだした。弥太夫は、受けとった証文を日にかざし、読んだ。

「借受けの金子、元利三十三円四十銭。おおかた利子やろが」

彼は証文を無雑作に引き裂き、わらじで踏みにじった。

「だらくさよ。こえで借銭は消えたろ。玉やん置いて、ちゃっちゃと去ね。命と引きかえなら、安いもんじょ」

女たちの間から、どよめきが湧いた。

「仕返しひたけら、いつなと来い。鯨方や総出で相手になっちゃるろ」

騒動が納まると、弥太夫は人が変ったように沈鬱《ちんうつ》な顔つきにもどる。彼には、晴れた日ざしも黄ばみかげっているように見える。近太夫《ちかだゆう》を失った打撃から覚めていない彼は、ひたすら自分の内にとじこもろうとした。近太夫が幼なかった孫才次《まごさいじ》をあやすとき唱《うた》っていた、ふるい子守唄の節を、心で辿《たど》るうち、覚えず唇を動かしている。山椿《やまつばき》の薄赤い蕾《つぼみ》を見ても、弥太夫は宙に父と孫才次の像をえがいていた。

「お父はん、孫も、もうあこまえかのう（駄目だろうか）。俺《おんだ》や切のうてのう、もう辛抱ようせなよう」

傍《そば》に人気のないとき、弥太夫は父に向って弱音を吐く。彼は、なにもかも投げだしたい弱気に、しばしば襲われていた。鯨方の前途は、どう考えてみても暗闇であると、彼は見通していた。剛気な太地伴十郎も、「成行きに任さな、仕方なかろのう」と、同じ意見である。

鯨方の統制は、一戸当り一日八合の玄米の報酬が続く間は、辛うじて保たれている。それが途絶えれば、数個の集団に分裂するおそれが兆《きざ》していた。漁夫たちは、こんどの傷手《いたで》は、これまでに経験したものとは違うことを、敏感に察していた。漁獲が減る一方のときに起った大災害を、受けて立つ本方の旦那衆は、首まで借財に漬っている。これは間なしにえらいことになる、と彼らはささやきあう。

覚吾の行動も、皆の不満を買っていた。彼は、私財をすべて抵当に差し出し、金繰りに奔走してはいたが、その性格に、愛すべき点が片鱗《へんりん》もなくなった。

彼は以前に増して傲慢になり、些細《ささい》な過ちをも見逃さず、口を極めて部下を罵《ののし》る。本方の談合に際しても、目上の金右衛門にさえ、「そがな迂遠《うえん》な考えひてるさか、何事も旨《うま》いこと行かんのじょ」と、ことごとにきめつける。彼は自分のことを、鯨方の悲運を一身に負う受難者であると、考えている。反面、彼の本能は、自らの一家だけが生きのびることを、念願しているようである。仲間を犠牲にしても、自分だけは生き残りたいという欲望が、棟梁《とうりょう》としての彼の判断力を減退させているのにちがいなかった。

遭難者の家族に手渡す死米《しにまい》の金穀を、「算用《さんにょう》や窮屈でのう」と情容赦なく削るかと思えば、さしあたって必要とも思えない鰤《ぶり》の大敷網を、突然買入れたりする。本方の運営に精通している手代、親爺《おやじ》役をいきなり罷《や》めさせ、茶坊主のように口上手な、新宮の金貸しの手代をやとい入れて重用する。

浦人はいま、背美《せみ》流れという大事件の渦中にいて、変化に満ちた毎日を送っているため、わが身のうえにふりかかっている運命の暗さを、気に留め考える余裕を持っていない。

「毎日なに一個、おもしゃいこととてないやのう」と炊桶《かっしょけ》を洗う女房たちのかこちあう、よどんだ日常が戻ってきたとき、彼らはあらためて前途の不安に駆られ、棟梁家への四百年に及ぶ依存を棄てる行動に出るかもしれない。それまで浦人のなかで、ひとりとして経験した者のいない、異国への移民を説く声さえ、ひそかにささやかれていた。

「回り舞台や、動《いの》いてるよなじょ」と弥太夫は感じている。

ある夜、沖上りしたばかりの弥太夫を、本方屋敷の男衆が迎えに来た。覚吾が折りいって相談があるとのことである。

ハイカラなランプを眩《まぶ》しく点じた広間脇の小座敷で、覚吾はひとり盃《さかずき》を傾けて弥太夫を待っていた。

「おう、くたぶれちゃろにご苦労やのう。まあ一杯行かんかえ」

覚吾は盃を差しだした。

「近太夫や亡《な》いよになって、おいよはんも力落ひちゃろのう。わしも、老爺《おやじ》に行かれてもたら、我が親亡くひたときのよに、後引いてさぶしてのう。こんながいいしきわるい（調子のわるい）ときに、老爺やいててくれたらと、夜中に目え覚めたら考えてるんじょ」

弥太夫は、黙ってうなずいた。

「毎日の沖出《おきで》で、芯やくたぶれよが」

「おかげで、カラツキ（湿気のない微風）しか吹かんので、海や荒れんと楽やよし」

ふうん、と覚吾はうなずき、弥太夫を上目づかいに見て、盃をあける。彼は、話題を変えようと、考えているようであった。孫才次の行方が分らないとき、二人きりで海上のことを話題にするのは気詰りと考えているのか。前日までに、三十を越す遺体が、太地に戻っていた。

「あと何人、生きて帰れよかのし」

弥太夫が顔を伏せてつぶやき、覚吾は言葉に詰った。

「えらかろけどのう、まあしばらく気張っててよう。お前《は》んに頼らな、肩入れ頼む者はないさかのう」

覚吾は、慌てたように手を打ち、弥太夫の膳を運ばせた。

「どうな、明けてよ」

弥太夫は、盃を受けながら、何か落着かない気配を感じた。

「今夜《こいや》のう、お前《は》んに了簡聞きたいことあってのう」

脇息《きょうそく》に凭《もた》れ反り身になった覚吾は、黒目が上り下三白《しもさんぱく》の妙な目つきで、弥太夫をうかがうように見た。

「何の了簡なのし」

覚吾は、目を据えたまま顎を引き、思慮深げな表情をつくって答えた。

「わしゃのう、弥太。また蝦夷《えぞ》の漁やってみよと、ひとりで絵え描きかけたんじょ。誰《だえ》にもいうなよ。まだ内証やろ。それについてのう、お前《は》んにわしの片腕になってもらいたいのよう」

「蝦夷へかに。何とまた、足もとから鳥立つよな話やのし」

「うん、わしゃのう、ほんまいうたらのう、十年も前から太地《たいじ》の通鯨《つうげい》は減るばっかりじゃと、見限っちゃったんよ。前のときは、小野組の思いもかけん分散（破産）のとばしり喰ろて、潰れたけど、こんどは太地浦方を生きがやらすために、いやが応でも成功さひたいんじょ。何ちゅうても北海道でなけら、あかんよ」

弥太夫は、覚吾の真意を計りかね、しばらく黙りこんだ。

「わしゃのう、新宮署の署長の岡崎邦輔《おかざきくにすけ》のう、あれから親分の陸奥《むつ》はんに、内々で頼んでもうてるんよ。鈴木も、いつまで助勢ひてくれるか、心底《しんてい》は分らんしのう。いまから根え回ひて、東京で金主探そと思うんじゃ」

「東京なら、そら金持《だんよし》や多かろがのし。潮任せの博打《ばくち》仕事に、元金《もときん》預けてくれよかのし」

「そら、わしゃ舟割らんよに、うまいこと持って行くれえ。七年前にも、小野組に約束取りつけたんやものよ。掛けひきは、お手のもんよ。ただのう」

弥太夫は、口ごもった覚吾を見た。奇妙に黒目を吊りあげた覚吾の澱《よど》んだ眼差《まなざ》しは、まともに見つめるとうわずり、弥太夫の頭上を通りこした。

「何よし」と、弥太夫はうながした。

「ここが、お前《は》んの思案聞《しわい》きたいとこじょ。わしゃ、東京で雇い金（借金）の目鼻やついた暁に、いとこ（親類）の荷いになる面々と、手え切りたい。鯨方をば、一遍割っちゃりたいんじょ。いまのままやったら、本方も、大納屋《おおなや》も、旅水主《たびがこ》、地水主も、無駄飯食いや多いさかのう。こんだの事で、働き手の数やごっそり減ろけど、気ないぼう（気のきかない者）に弱《よわ》ん人《ど》（老耄《ろうもう》した者）は、大方沖に出なんだささかのう。蝦夷行きや決ったら、沖合い役勤めてもらうお前《は》んに、はしかい手え揃《そろ》えて五十人ほど撰《よ》ってもうて、足らん者は、あとで、あっちゃで旅水主雇おうと思てよ。どうなえ、そのときになって、異存ないかえ」

弥太夫は、考えに迷った。このまま日を過ごせば、鯨方の組織は早晩下部から解体することになる。覚吾の考えが、生き残るための、窮余の策であることがよく分る。

「やめた者らの、生計《たつき》や立って行こかのし。浦方の五百軒は、皆いとこ（親類）同士よのし。そのなかで、辞めさひたり、雇たりひたら、ごたがいに、赤目吊《つ》り合《お》うて争いすらのし。それに、本方の日々の遣《つかわ》し物《もん》で息つないでる家ばっかりやに、成行きや気にかからよし」

もっともじゃ、と覚吾はうなずいた。

「太地に残る者にはのう。大敷網も貸ひちゃるし、夏漕《こ》ぎ（夏季の小規模な鯨漁）ぐらいはできる道具も置いて行ちゃる。ただのう、いったんは銘々《めんめ》凌《しの》ぎで生計《たつき》ひてもらわな、とても月に二百俵からの遣《つかわ》し物《もん》もて、新規の仕事はできやんろ」

どうな、わしの考えに賛成するか、と覚吾は迫った。鯨方船団を構成する漁夫は、沖合いの指図ひとつで自在に動くが、棟梁の指図では動かない。覚吾が新規の企てを立てるには、どうしても弥太夫の協力が必要であった。

「まあ、しばらく考えさひてよし。まだ気いや落ちつかんさか」

酔った弥太夫の全身の毛孔《けあな》から、疲労が吹き出ている。彼は答えると、石のように黙りこんだ。覚吾の声が、遠くなっては戻ってくる。

坊《ぼ》ん、俺《おんだ》やわいつ（あなた）の目付きや気に喰わん。なんど腹のなかへ隠ひてるよな、こすそな目えじゃ。前は、そんなへこいった（陰にこもった）目えやなかったけどのう。人間《にんげ》や苦《く》うひたら、ろくなことならんのう――弥太夫は胸のうちでつぶやく。地酒のしつこい酔いが、日夜の心労をぼやけさせ、弥太夫はこころよい。

覚吾の饒舌《じょうぜつ》に、でたらめにうなずきながら、弥太夫は瞬間の眠りのなかで近太夫に話しかけ、目ざめてのひらでよだれを拭く。

「おい、弥太夫。お前《は》ん、こないだ新宮の女衒撲《ぜげんは》りまわひたらしのう。阿漕《あこ》ぎな真似《ね》ばっかりひてる奴らやさか、たまにゆわひちゃったら（やっつけてやれば）ええんじょ。お前《は》んのはばい（きつい）とこ、見たかったたれえ」

覚吾は、語りかけながら、弥太夫が居眠っているのに気づいた。弥太夫は眠りながら、調子外れの歌らしいものを口ずさんでおり、覚吾には、それが子守唄であるとは分らない。

一月二十二日は、北東風《わいた》が激しく吹き、朝から吹き降りの雨であった。弥太夫は、暁明から浜に出て空模様を計っていたが、四つ（十時）頃、小降りになった雨足を見て、危険を覚悟で五十集《いさば》舟を出した。前日鵜殿《うどの》の浜に、水主《かこ》の骸《むくろ》が一体揚っていたからである。屍体《したい》はふやけ崩れて、人相を判別することもできない有様であった。遺骸の収容は、一日も急がねばならなかった。孫才次の屍体なら、首がなくても弥太夫には識別できる。

薄墨を溶いたように、濃淡のない雨雲に塗りつぶされた空の下、橙《だいだい》色に濁った波頭を揺りあげる太地浦の入江を、五十集は甲高いきしみ声をあげ、帆柱を激しく振りたて、沖出をした。

「親方よう、こえだけの北東風《わいた》のべっとう（吹きおろし）押し返ひて、丑寅《うしとら》（北東）向くのは、むつかしろ」

櫓頭《ろがしら》が、顎から雨滴をしたたらせ、告げにきた。弥太夫は空を仰ぎ、「太平石《たへいし》の内らへ入って、櫓お差ひて、行けるとこまで行こら」と答えた。舟は横揺れしながら、舳《みよし》を東へ向けた。

魚臭のこもった胴の間を出て持場についた二十人の壮丁が、よおいえなあ、よおいとかんとい、と櫓頭の叫ぶ掛声にあわせ、五十集自慢の早櫓を使いはじめた。

駒ケ崎を過ぎると、赤島の沖を佐野《さの》の松原目がけて回りこむ。半刻《はんとき》のあいだ、一艘《そう》も見かけなかった帆掛舟が、鼠《ねずみ》いろの帆を傾け、白浪《しらなみ》を立てて、行手から近づいてくるのに、弥太夫は気づいた。

遠眼鏡で眺めると、蓑笠《みのかさ》をつけた人影が、いくつか舷《げん》から身を乗りだしているのが見えた。

「鵜殿の舟やのう」とつぶやいていた弥太夫の顔が、不意に緊張した。どの人影も、こちらに向い、懸命に手を振りまわしている。こちらを太地の五十集舟と見分けての合図であれば、あらたな仏が運ばれてきたのではあるまいか。

「あっちゃ、物云《い》うてるろう」

櫓頭が、遠目に見分けて叫んだ。弥太夫は、目をこらす。鵜殿の便船の舷に、人影がふえたが、顔は見分けられない。「おもかじじゃあ」と弥太夫が指図し、五十集は舟足を止めた。鵜殿の舟との間隔は、十丁ほどに狭まってきた。

「よう、がぶっちゃあるのう」

帆をはちきれそうにふくらませ、のめるように波を蹴立ててくる鵜殿舟を見ている櫓頭が喚いた。水主たちは、櫓に手をかけたまま、声をたてないで眺めている。弥太夫は、下腹から力が抜け去ってだるく、しきりに便意を催している。今日は、誰の屍体《ろくじ》や揚ろか、と生唾を切なくのみ下す。

「おおっ」と弥太夫が獣のように叫び、遠眼鏡を取りおとしかけた。人影のひとつが、蓑笠をかなぐりすて、褌《ふんどし》ひとつの裸体になると、鵜殿舟の舳に駆けあがったからである。

裸の人影は、上下する舳に仁王立ちになり、両手をひろげた。

「おうっ、あれようっ」

水主たちが総立ちになった。あのような芸当ができる者は、鯨方の刃刺のほかにはいない。裸の人影は、片膝を深く折ると空を仰ぎ、銛《もり》を投げる仕草をした。

いようっ。ようした、ようした。水主たちが歓声をあげた。弥太夫の胸が、熱い。

「誰な、どの親方なら」「細高いのう、弁太夫《べんだゆう》はんかえ」

弥太夫は、どよめく声を聞きながら、眼鏡に押しあてた目を、せわしく動かす。

彼には裸体の格好が、どう見ても孫才次に思える。

鵜殿の舟は、みる間に近づいてくる。「やっぱり孫じゃっ」と、弥太夫は息子の、まだ大人になりきらないのびやかさの残っている横顔を見た。彼は膝が震え、底板《しき》に坐りこんだ。

「親はん、顔や死んだ色やろ。気遣いないか」

中櫓の若者が起しにきた手を、弥太夫ははねのけ、立ちあがると叫んだ。

「皆よう、相番《あいばん》や五人《ごんに》沖上りじょ。しっかり声出ひて、勢《きお》うちゃれ」

水主たちが、いっせいに舩を叩き、吹きつける烈風に向って、声をからして喚きたてる。

「おう、立っちゃあるんは、孫やんかえ。褌振ってる頓狂者《とんきょもん》は、ヤソ平《へい》か。武助《ぶすけ》に一《いち》太夫に、ま一人誰な、あの小っさいのは、持双《もっそう》の槇平《まきへい》かえ。若い衆や揃ちゃあるろ」

櫓頭が、帆柱をかかえて、手を振りまわす。

鵜殿の舟の舷にしがみついた五人の若者は、泪《なみだ》と洟《はな》で顔を濡《ぬ》らし、拳で瞼《まぶた》をぬぐって泣きわめいている。彼らの目鼻立ちが、もう誰の目にも、はっきり見分けられた。

便船は、船腹を揺りたて五十集の舷側に突っこむように迫ってきた。船頭が笑いながら、海岸のほうを指さす。

「何じゃい」と櫓頭がどなる。

「岸でよう、お前《は》んらの荷いの積み替えじゃい」

五十集は帆をあげ、岸の方角へ向きをかえた。

雁行《がんこう》した二艘は、磯《いそ》に着くと碇《いかり》を投げる。五十集から鵜殿の舟の舷に踏板が掛けられた。膝頭にぼろ布を厚く巻いた水主のヤソ平が、足をひきずりながら先頭に立って踏板を渡ってくる。

「おい、ヤソ。おいよう、どうなよう。達者でよかったひちょう」

捻《ね》じり鉢巻きの、逞しいヤソ平の兄が、五十集に待つ水主の群れから飛びだし、夢中で弟に抱きつく。

檜笠《ひがさ》をうしろにはね、白い歯を剝《む》いて武助が戻ってくる。槇平を背負った一太夫が、後に続いた。

「わあっ、ようした、ようした」五十集の男たちが、狂ったように勢《きお》い声をたてる。白木綿の六尺褌を締めた孫才次が、着物を小脇にかかえ、駆けこんできて、水主たちに抱きつかれている。弥太夫は、「ほんまかえ、夢と違うんかえ」とくりかえしながら、茫然《ぼうぜん》と立ちすくんでいた。

九　章

帆を掛けた五十集《いさば》舟は、追風に乗り、八つ（午後二時）前に、太地《たいじ》に戻りついた。

雨足は午後になって繁《しげ》く、山肌の樹林をゆるがして海風が吹きつのっていたが、眺望は夢のなかで見るもののように、黄ばんだ明るさを宿していた。

孫才次《まごさいじ》は、太平石《たへいいし》の暗礁《はい》を過ぎたあたりから、前方に暗く姿をあらわしてきた灯明崎の細長い隆起を眺めつづけてきた。山成島《やまなり》、鵜《う》島、鰹《かつお》島があらわれては去り、やがて常渡《じょうど》の鼻と灯明崎に抱かれた太地湾が、行手にひらけてくる。

五十集は、筆島の手前で舳《みよし》を北に振り、向島《むかいしま》岬の西側を、水の浦へと入りこむ。

孫才次は、灯明崎の番所前の崖縁《ぞれこみ》に出て、合図幡をちぎれるように振っている山見親爺《おやじ》の顔が、はっきり見分けられるまで近づいてくると、胸の高鳴りをおさえきれず、眉根をしかめた。

彼は、弥太夫から祖父の死を知らされていた。その衝撃は、彼の内部に重いくさ、、びとなって喰いいっている。彼の心には、大勢の死者の姿と声が、ざわめいて座を占めていた。

孫才次は、死人に脅やかされていた。彼をいつくしみ、危難のとき防壁となって支えてくれた、さかまた（しゃち）のように逞《たくま》しい男たちの死を、彼はあまりに間近に見すぎた。彼には、まだ死者を悼む余裕はない。なまぐさい死のにおいが、鼻先から離れず、潮騒《しおさい》のなかで唱《うた》う、死神たちの声が、いつでも聞き分けられる。

灯明崎の断崖は、ひと月経《た》ったいまも、あの日のように雨に濡《ぬ》れ、波しぶきの白いふちどりに取りまかれていた。孫才次は、なつかしいはずの、その光景におびやかされ、胸がしめつけられる。胴の間に立ち、鋭い指図の声を走らせる弥太夫の姿からも、曾《かつ》ての頼もしさを見出《みいだ》すことができない。

帰ってきた若者たちは、皆言葉を呑《の》み、立ちつくしていた。さっきまで陽気な笑声をたてていたヤソ平も、黙って目を光らせている。

灯明山見は、彼らに苛酷《かこく》な労働の日常が戻ってきたことを告げていた。漂流しているとき、あれほど帰ることを夢見ていた故郷が眼前にあらわれると、敵地に乗りこむような恐れが稲妻のように走る。

水の浦から、迎え舟が二艘《そう》、早櫓《はやろ》に揺りたてられて走ってくる。舟のなかに立ちはだかった人影が、手を振り、叫んでいる。

黒ずんだ甍《いらか》のつらなる波止の上は、破れ傘を立てつらね、ぎっしりと浦人たちがつめかけていた。あそこに、お婆《ば》ま、母《かあ》ま、きみ、さだ小母《おば》んとゆきがいる、と孫才次は目をこらす。清七兄《あん》まも、玉太夫《だゆう》親方も死んだ。俺や、その分まで担《かた》いじゃらな、と孫才次は、荒々しく心をふるい立たす。さきほどまでのおびえを抑えつけているため、彼の表情は、ひと月前とは人が変ったようにいかつい。

「よい、ようい。お帰りよう。お帰りやれえ」

さっさい押しで迫ってくる小舟《さっぱ》のなかに、槇平の父が立ち、喚《わめ》き続けている。

「父《とう》ま、父まよう」槇平が帆綱につかまり、舷《げん》に身を乗り出す。

いま一艘の小舟《さっぱ》が、二挺《ちょう》櫓で後を追ってくる。手拭いをかむった女らしい人影が二人、舳《ねしょ》に坐《すわ》っている。

「ちっ、女や、わきまえのない」

弥太夫が舌うちした。お婆《ば》まと母《かあ》まや、と孫才次はすぐ気づいた。

「お帰りい、孫よう。皆も元気で、よかったのい。めでたいれえ」

被《かぶ》りものを取ったいよが、剽軽《ひょうきん》な叫び声をあげ、揺れる舟板に立ちあがろうとして、着物の裾を、ぶんに押さえられている。ぶんは、袖を目にあてたままでいる。

りや」

弥太夫が、いきなり孫才次の腕を鷲《わし》づかみにし、舷に押しだして叫ぶ。

「孫はのう、怪我《けが》一個ないろう。長いこと愁嘆《しゅうたん》さひといてからによう、この罰当りや」

舟子たちが、いっせいに笑いどよめく。

迎え舟に左右から挟まれた五十集は、櫓を差して、滑るように波止際に着いた。孫才次は、波止の亀甲《きつこう》石に足を下すと同時に、ぶんときみに抱きつかれた。「わいにも触らひちょう」と、いよが背を撫でにくる。

よかったのい、よう帰りやったのい。出迎えの女たちが、口ぐちに喚く。「これものい、方便法身《ほうべんほっしん》、阿弥陀《あみだ》はんのお守りあったさかいええ」と、雨で顔を光らした、おもたんが叫ぶ。

孫才次の懐に、肉親の温みが伝わってくる。彼は泪《なみだ》が出ない。目を据えて、母と妹を抱く。人混みをかきわけて、さだとゆきが走ってきた。

孫才次は、ゆきと目が合うと、辺りの物音が遠のいたように感じた。瞬《また》くほどの間、景色が視界から消え、ゆきのまなざしが孫才次に喰いいってきた。孫才次のうちに、抑えていた熱い昂《たかぶ》りが、満潮《こみしお》のように、押しあがってきた。

「清七兄《あん》まはどうひたんよ。のう、小母《おば》やんも、あそこに来ちゃるげ。いっしょでなかったんかえ」

　きみが、せきこむ口調でたずねた。言葉に詰った孫才次を、弥太夫がかばった。

「家内の挨拶や、これぐらいでよかろ。こえから口上じょ。また夜さりに、寝やんと話しせえ」

　きみは、弥太夫の口ぶりを察したのか、見る間に顔を暗くかげらせ、立ちすくんだ。

　五人の若者は、沖上《おきあが》り口上を申しのべるために、本方《ほんかた》屋敷広間の下座に控えていた。覚吾、金右衛門をはじめとする旦那衆一統、親爺役、番頭、刃刺《はざし》衆が、畳にひろげられた海図に頭を集めていた。

　口上役は、孫才次である。彼は、漂流の模様を言葉すくなに語っていた。ひとこという度に、彼の眼前に、なまぐさい潮のにおいを吹いてのしあがってくる巨大な波濤《はとう》の、まっくらな斜面や、飯の吹きこぼれのようなものを頬いちめんにつけた亡《もう》者《じゃ》の顔が、迫ってくるが、彼には、それを告げる言葉がない。

「そうかえ、島に山立てた（舳を向けた）刻限は、いつごろなえ」

　聞き役の親爺が、語気を強めた。

「さあ、九つ（正午）前やったかのう」

「ほなのう、浜へさひてどし込《こ》んだんは、何刻《なんどき》なら」

「さあ、分らなよう。暗がりになって、ろんぶ（大分）経っちゃったよなじょ」

「ほな、何かえ、四刻《よおとき》も食うたんかえ。なんでそがな暇食うたんよ」

「暗礁《はい》や多《おお》て、行く道や分らなんだんじょ。行こと思《も》たら、逆潮《さかしお》でのう」

書役の筆音が、虫の這《は》う音のようにかすかに聞えている。静まりかえった、かび臭い広間に坐っているのに、孫才次は尻の下が揺れているように思えてならない。

「ほて、その島は神津《こうづ》島やったわけじょ」

こうづしま、どんな字いなのし、と書役が伴十郎に尋ねている。一座がざわめき、ようそがな所へ着けらえたのう、大海の粟粒《あわ》じゃがよ、こら舟神はんの加護じょ、などとささやき交す。

「磯《いそ》で舟覆《かや》ひてのう、二十六人のうち八人や浜へ上ったんじゃろ。そこたりの委細、くわしにいうてみよし」

覚吾が脇息《きょうそく》に肱《ひじ》を支え、身を乗りだした。若者たちは神津島に、命をとりとめはしたが、体が衰え、立つこともできない、三人の仲間を残してきていた。

孫才次は、しゃべりかけたが、すぐ口をつぐみ、弥太夫を見た。弥太夫は、息子を見つめていた。覚吾に声をかけられた途端、棟梁《とうりょう》をはじめ、親方衆に笑われんよな口上ちゅうたら、どがなことというたらええのか、と孫才次は不意に気怯《きおく》れに見舞われた。そこたりの委細、といわれても、頭のなかに、いくつもの光景がひしめきあって浮かび出て、どれから先に告げていいのか、見当もつかない。

「孫やん、気い遣いよすな。口上の格式ら気にせんと、思《おも》たように言いよし」

伴十郎の、野太い声が聞えた。孫才次はうなずき、覚悟を睨《にら》むように見た。

「そうじょのう、五つ（午後八時）頃やったかえなあ。滅法界《めっぽかえ》時化《しけ》てたけろ、思いきって岸へ舟向けたんじょ。磯までまあ四、五丁、ちゅうとこで、真《ま》あ上から波喰ろて、舟や覆《かや》っと」

「体《かだら》に綱ひちゃったろが」

「皆、ひちゃったけど、ほどけとよ。閂《かんぬき》結《ゆわ》えでも、ほどけるか、切れるかひとよ」

孫才次は、彼の耳朶《じだ》に口をつけ、ちっこべと呼ぶ玉太夫の声を思い出していた。

「お前や、舟に取りついてたんかえ」

「いん、沈んでから浮きあがったら、何ど固い物《もん》は背中滑《すべ》くるんで、触ってみたら舟やった。こら放そまえと思《も》て、櫓臍《ろべそ》へ手えかけて、いっしょに流されたんよ」

「そのときや、八人舟についてたんか」

「まっくらがりで、人のことは分らなんど」

波浪の力のまえに、人力は無に等しい弱さである。孫才次の舟にとりすがる手は、いつふりほどかれるか知れず、離れればふたたび取りつくことはできない。彼は、潮を立てつづけに飲んでは吐き出し、鼻孔深く吸いこんだ潮の火花の散るような刺《し》戟《げき》をくりかえし味わい、咳《せ》きこんでは海中に沈む。

波の頂きから谷へ引き落されてゆき、僅《わず》かの間、海面が平らに渦巻くとき、体が海底に引きこまれようとする。誰かが足首を引いているようである。盛りあがる海面とともに、押しあがってゆくとき、尻の下から気味わるく生温かい海水が球のように突きあげ、孫才次は両足を蟹《かに》のようにひらかされる。

夜目にも鮮かな白泡を立ててうねり寄ってくる高波の峯《みね》に打ちあたられたとき、孫才次の体は、あらゆる方向へ、引き裂かれんばかりに引っぱられた。

孫才次は、潮に濡れた眼を見ひらき、両腕を徐々に舟の立木《たつぎ》の間に押しいれ、足を斜めに浮かせながら、咳きこみ、あえぎ、泣声をあげ、もう終《しま》いじゃ、もう死ぬ、と思い続けた。

眼を開けても、閉じているのとほとんど変らない闇が、孫才次の恐怖心をそそっていた。叫びたてる自分の声が聞えない波の轟《とどろ》きの奥に、死が大口をあけて待ちかまえているのにちがいない。

覆った舟が、ひときわ激しく震動し、顔のまわりで潮の泡が、パチパチと弾《はじ》ける音を立て、孫才次がむせびながら頭をもたげようとしたとき、背中から急に引かれた。

あっ、あっ、と彼はのけぞり、抗《あらが》う余裕もなく舟から引きはがされ、あおむけに海中に引きこまれた。もう死ぬ、と眼をむき、海面に出ようと、手足の力をふりしぼり、水を掻《か》いた。息を詰め、五、六度もあがいたとき、彼の頭が、があんと固い物に打ちあたった。

孫才次は、咄嗟《とっさ》に手をのばし、頭上の物をつかんだ。砂じょ、と覚《さと》ると彼は身をひるがえした。息の切れる寸前、彼は海面に頭を出した。

そのあとは、波に身を任せるだけであった。海は、浅場に変ってきていた。孫才次は幾度か渦に巻きこまれたが、底の砂地を蹴って浮きあがった。

「俺《おんだ》や、何遍《なんべ》も波に引かれもて、足立つ所《とこ》まえ行《い》と。そこまでやっとのう。もう、気張る（こらえる）力なかったしのう。知らん間あに息や切れて、気ないぼう（気がつかない）で、浜へ打ちゃがったんじょ」

孫才次が気絶したまま、砂浜に打ちあげられているのを発見したのは、神津島の村人であった。灯火のあるのを認め、村へ救助を求めに走ったのは、元気者のヤソ平であった。提灯《ちょうちん》の明りに照らしだされた孫才次は、砂に巻きこまれ完全に埋まり、頭髪だけが見えている状態であった。

甦《よみがえ》ったとき、孫才次は布団が暑くてたまらないと思った。ぶんに声をかけようとしたが、瞼《まぶた》が動かず、誰かの声を耳にしたように思ったが、すぐに眠りに引きこまれた。

ふたたび目覚めるまえ、彼は新屋敷の八郎《はちら》ン風呂の前で、傘をさした近太夫《ちかだゆう》と出会った夢を見ていた。雨が降りしきり、辺りは真暗であるのに、羽織を着た近太夫の姿は、はっきりと見えた。近太夫は彼を見て笑顔になり、「ひさすべよの」と一言冗談をいった。

ひさすべとは、孫才次が幼い頃、「奢《おご》る平家は久すべからず」と、古諺《こげん》を誤って覚えこんで以来、彼をからかう言葉になっていた。

爺《じい》ま、と声をかけようとして、孫才次は目覚めた。暑いが、汗は出ていない。彼は裸でいた。柔らかい、熱い物が、両脇から彼を挟んでいる。太股《ふともも》の上にもやわらかい物が乗っている。

かすかに甘く、酸《す》い匂いがただよっている。母《かあ》まか、いや、たしかに女の体臭だと、孫才次は、重石《おもし》をかけられたような両瞼を、ゆっくりと、僅かに見ひらく。黄色い灯芯の明りが、ぼんやりと天井を照らし、雨戸の外を吹き過ぎる風音が聞えた。

俺《おんだ》や、どこに居てんのなら、と孫才次は手さぐりをしようとするが、力がない。

両脇に人間がひとりずつ、裸で、彼の体に密着して、静かに呼吸をしている。女じや《ねしょ》、と孫才次は気づき、動転した。

「よう肥えた女子《おなご》や二人、丸の裸で、お前《は》んを温めてくれてたんか」

覚悟が身を乗りだし、孫才次は、いんそうよし、と答えた。

神津島の浦人たちは、浜辺に打ちあげられた漂流者を蘇生《そせい》させる方法に熟練していた。古老の指図で、凍《こご》えきっていた孫才次たちは、人肌の温《ぬく》もりにたすけられ、徐々に体温を取りもどした。凍死寸前の者を、急速に火をもって温めると、ショック死する。

意識を取りもどしたあと、孫才次たちは飢渇《きかつ》の感に堪えかね、指先で口唇《こうしん》を叩《たた》き食を求めたが、半日も経て飲ませてくれたものは、少量の土色をした苦味のある湯であった。

赤土を煮出したという湯を、数回飲まされたあと、ようやく重湯をひとくちだけ飲ませてくれる。慎重に慎重を加え、肉親も及ばない手厚い看護のおかげで、助かった八人は、数日のうちに、室内をゆっくり歩けるまでに恢復《かいふく》した。

「そうかえ、その人ら、生仏《いきぼとけ》やのう。ようそれまで手え尽ひてくれたのう。有難いのう、有難いのう」

　伴十郎が、顔を袖で覆いながら、いった。

「こっちも、思いきり礼せないかんのう」と金右衛門もうなずいた。

　漁労と、椎茸《しいたけ》栽培に精を出し、老人をあがめ、東京から持ち帰った新聞紙を、尊んで神棚に祀《まつ》っている、温和な島人の日常を、孫才次はなつかしく思いだしていた。あんな暮らしは、太地にくらべたら極楽じゃ。

「委細は分った。お前ら、よう帰ったのう。今夜《こいや》は、ゆっくりお祝酒《みき》入れちょおくれ。ただ一言いうとくがのう。お前らひ若い者が沖上り（帰港）しやれたんは、死んだ年くろんだ（年上の）者《もん》らにかぼてもうたおかげやちゅうこと忘れんとけよ。儂《わし》ゃには、死んだ者の気いやよう分る。親が慈悲垂れたら、子は糞《くそ》垂れるちゅうが、お前らは死んだ者から受けた恩忘れんと、これからもしっかり気張るんやど」

　覚吾は、孫才次たちを睨みつけてしゃべっていた。声の調子に労をねぎらう優しさがなく、腹を立てているようないらだつ気配がこもっていた。

海に照る日ざしが、日ごとに眩《まぶ》しさを加え、昼間の気温が昇ると、水の浦浜の魚切り場にただよう魚臭が濃くなる。渚《なぎさ》の礫《こいし》が、やわらかく光り、眺める者の視線を吸いこもうとする。城山の斜面には、つつじ、椿《つばき》の蕾《つぼみ》がふくらんでいた。

神津島から戻った五人の若衆《わかいしゅ》は、大納屋《おおなや》、山見、魚切り、筋納屋への挨拶を済ませ、玉太夫をはじめとする遭難者の葬儀に参じたあと、数日の休暇を与えられた。

孫才次は、無口な刺水主《さしかこ》の一太夫と、波止際の砂浜に坐って、海を眺めていた。腰の傷が癒《い》えない槇平をのぞいた他の二人も、追っつけ浜辺に来るに決っている。彼らは暇を過すのに、家のかびくさい納戸《なんど》で寝ころんでいたりはしない。かならず海を見にくる。彼らの仕事場である海波のひろがりに目をやりながら、茫然《ぼうぜん》ととりとめない思いに心を任ねているだけで、沖出の労働をまぬかれている間の何とはないうしろめたさがうすらぐ。

浜の遠近《おちこち》に、目脂《めやに》をためた弱《よわ》ん人《ど》（老人）が、数人ずつ群れ、言葉を交すでもなく化石のようにじっと坐り、海に目をやっていた。

孫才次の内部から、疲労が吹きでていた。若者の迅速な恢復力で、漂流のときの衰弱からは立ち直っていたが、安定を失った気分は、まだ病んだままでいた。

家族の心づくしの馳走《ちそう》を口にしても、平生口にしたことのない鰤《ぶり》や鮪《しび》の新鮮な切身が、渋紙を噛《か》むように味気ない。弥太夫と祝の盃《さかずき》を交したときも、早々に嘔吐《おうと》した。

疲れているのに眠りが浅く、一番鶏《どり》の乾いた啼声《なきごえ》が、闇をジグザグに裂いて走りはじめると、かならず目を覚した。その瞬間、彼は体が怒濤《どとう》のなかに沈んでゆくように思え、背をこわばらせ、布団を鷲づかみにした。

われにかえると、汗が寝間着をしとどに濡らしている。孫才次の閉じた瞼のうらに、キラキラと陽光をはねかえす青黒い海原が、あらわれてくる。

厨《くりや》では、弥太夫の沖出の支度をする微《かす》かな物音がしている。障子の破れめから、仏壇に明るく揺れる灯明が見える。

揺れている炎は、乏しい日暮らしに堪えている家族の、余裕なくささくれた気分をあらわしているように、鋭い白光を放っている。

孫才次の内部に、じわじわと悲哀がこみあげてくる。人間《にんげ》や、何ひてても死んだらしまいや、という呟《つぶや》きが、頭を離れない。俺の死《おんだ》ぬのを、こんだけ頼りおうてる家内でも、誰れも、よう助けやん。父まも、母まも、お婆《ば》まも、きみも、皆死ぬときゃ一人じょ。俺も、誰もよう助けやん。この世で、命の瀬戸際に頼れるものは何もない。

孫才次は、死者の記憶に浸されている。彼には、脆《もろ》い体躯《たいく》と生命を持つ自分が、不安でならない。死は、いつ飛びかかってくるか分らない。何処《どこ》ともしれない海に葬った清七の骨は、どのように深い海底に落ちているのか。

檜笠《ひがさ》から雨滴をふりおとし、さっさい押しで櫓《ろ》を押す清七の激しい息遣いが、耳もとによみがえってくる。近太夫の重々しい咳《しわぶ》きの声も、早銛《はやもり》を空高く投げあげる、玉太夫の裂帛《れっぱく》の掛声も、はっきりと聞える。

「爺《じい》まらのこと、思い出ひてしかたない」と孫才次がいうと、いよは、「そえで、ええんやろい（それでいい）。亡《な》い様《よ》になった人のこと思い出すんは、何より一番の供養になるんええ」と教えたが、孫才次は、死者の記憶におびやかされ、それを忘れたい。彼をいつくしんだ祖父の姿さえ、心を凍らす不気味な燐光《りんこう》を負っている。

「海や、おとなしのう。飴湯《あめゆ》みたいやのう」

一太夫が、不意に話しかけた。孫才次はうなずく。

「そやけどのう、おとなしけらおとなしほど、俺《おんだ》や心《こ》ら悪《わ》りなってくるんじょ。いままで、こんな気色《きしょく》になったことあなかったやがのう。日向《ひなた》で、たんま（ひと休み）ひて長伸《なが》びひちゃある蝮《はみ》見てるよに、心《こ》ら悪《わ》り。俺《おんだ》や、時化食ろてから、へぼくた者《もん》（臆病者）になったんかの」

孫才次が、首を振る。

「お前《は》んだけでないろ。俺《おんだ》かて、だぶつく（ゆれ動く）潮見てるだけで、嘔《あ》げそなじょ」

一太夫の父、勢子《せこ》舟刃刺福《ふく》太夫は、まだ沖上りせず、生還の見込みは、まずなかった。

「ま一遍《いっぺ》、神津《こうづ》へ行きたいやのう」

一太夫が、溜息《ためいき》をついた。彼は、ひえきった彼の体を、裸身の温みでよみがえらせてくれた、神津島の年若い寡婦のことが、忘れられないようであった。生命の不安が、恋情に火をそそぐ。

孫才次も、おなじ思いであった。ただひとつ、ゆきへの思いに沈むとき、彼は死の恐怖を抑えることができた。雪柳《こごめばな》の花弁のように、ほのじろくゆきの顔が浮かぶと、銀の暈《かさ》を宿したように光る目が、彼の心を吸いこむ。

ゆきといっしょなら、死んでも恐《おと》ろしない、と思いこめるまで、恋の陶酔は深い。何ひてても、死んだらしまいや、という空虚なつぶやきが、聞えなくなる。孫才次の周囲から、家族も、友達も、いつのまにか遠ざかり、ゆきだけが、思いのなかに、いっぱいにひろがってくる。

晴れあがった空に軽やかに吸われる、子供たちの歓声が、背後に騒《ざわ》めき、孫才次たちはふりかえった。

人見ず、人見ずようい、と小童《こわっぱ》のはやし声が聞える。手拭いで頰かむりし、ござをかかえた丈高い人影が、子供や犬に追われるように、こちらにむかってくる。肩の張った、いかつい体つきは、まぎれもない男であるが、うつむき、内股に歩を運ぶ姿勢は、女の仕草を真似《まね》ているると、ひとめで分った。

わあい、人見ずよう。子供が棒切れで砂をはねあげて叫び、人影は追われるように歩を早めた。

「定《じょう》あんよのう」

額に手をかざした一太夫が指さした。勢子五番舟の櫓頭を務め、刃刺直太夫の片腕と頼まれた定作《じょうさく》は、沖上りして間もなく、狐《きつね》つきになってしまった。定作の老いた父母は、城山の山神さんに赤飯と神酒《みき》を供え、平癒《へいゆ》を祈ったが、効験はなかった。

数年前の流行《はや》り病いで妻に先立たれた定作の、ひとつぶ種の息子は樽《たる》舟に乗り組んでいて、十歳の命を終えた。

定作は、戻ってきた息子の遺骸を見たあと、おかしくなった。衆にすぐれた膂《りょ》力《りょく》を誇った定作の、筋骨に鎧《よろ》われた体軀《たいく》が、なよなよと、妙なしなをつくる。妻ののこした白粉《おしろい》をつかい、人目をおどろかす厚化粧をした。女の着物を抜衣紋《ぬきえもん》に着て、ござをかかえ、爪先を内に、猫足で歩く。

ひとに見つめられると、紅のにじんだ分厚い唇をすぼめ、はじらって目を伏せるところから、「人見ず」という渾名《あだな》が、誰いうとなくつけられた。

なぜそのようななりをするのかと、問いつめた者がいた。定《じょう》あんは、伏せた瞼をしばたたきながら、「私《あたえ》や、いつのまにやら女《ねしょ》になってしもちゃってよう」と、恥ずかしげに答えたということである。

定作が近づいてきた。からげた裾からみえる素足に、乾いた泥が点々とこびりついている。

孫才次が、「櫓頭はん」と呼んだ。定作は、幅ひろい顔を傾《かし》げるようにして足を止め、孫才次を一瞥《いちべつ》するとすぐ伏目になり、真赤な唇に薄笑いを浮かべると、また歩きだした。はやしたててついてきた子供たちは、孫才次たちに気兼ねしたのか、黙りこんで従った。

「どこへ行くんよのう。悲哀なのう」

一太夫がつぶやいた。周囲の物音が遠ざかったような、森閑とした気分が、孫才次をとらえた。

孫才次は、神津島から塩樽に詰めて持ち帰った、溺死者の首を思いだしていた。

孫才次たちが救助されたあと、数人の水主の遺骸が浜に打ちあげられた。島人たちは、屍《しかばね》を葬るまえに首を切りとり、塩漬にしておいてくれた。

通夜の晩、屍臭《ししゅう》をただよわす樽の蓋を明ける者の手もとを、遺族たちは息をつめて見守っていた。荒塩をかきわけ、頭髪があらわれてくると、号泣の声が、湧きあがった。紫斑《しはん》の散った首は、半眼を見ひらいているものもある。灰白に濁った眼球は、いまにもこちらを向き、「えらい目えに遭《お》うとうよう、孫やん」と話しかけて来るように思える。紅、白粉が用意され、どの首にも分厚く化粧が塗られてゆく。

十　章

日の落ちたあと、空はすきとおるようにうす青く、いつまでも光明を保っている。城山の杉林は、深海の若布《わかめ》の群立《むらだ》ちのように黒ずみ、柔和な暮れがたの微風を呼吸していた。雲母《うんも》のいろを反射する磯波《いそなみ》は、波打際でおだやかなつぶやきを、間を置きくりかえす。

孫才次《まごさいじ》は、高塚《たかつか》の高処《たかみ》にある芋畑の畑小屋で、ゆきを待っていた。東明寺《とうみようじ》の入相《いりあい》の鐘を合図に、逢《あ》う約束をしていた。海に吸われる鐘音は、さきほど鳴りやんだ。

その日の朝、いよがめっきり皺《しわ》の深くなった顔を寄せてきて、「お前《は》ん、一遍《いつぺ》ゆきやんの顔見てきちゃりよし。あそこも大黒柱に先行《さき》かれて、淋《さぶ》しいえ。今宵《こいさら》あたり、行ちゃりなあ」とすすめ、孫才次は許しを得た気になった。

間近な浜センダンの防風林で、梟《ふくろう》がふくみ声を立てはじめた。孫才次は、畦道《あぜみち》に目をこらす。爪先あがりの道に、ゆきの上半身が見え、孫才次は思わず小屋を小走りに出た。

黒ずんだ仕事着を袷《あわせ》に重ねているゆきは、足音をたてず、竹のようにまっすぐ歩いてくる。あれが俺《おんだ》の、たった一つの宝物じゃ、と孫才次の胸が、火のついたようになる。

ゆきは、遠くから孫才次を見つめていた。彼女の怒ったような眼差《まなざ》しが、孫才次の目とからみあった。ゆきが走りだした。孫才次が、ゆきのしなう体を抱きすくめた。なつかしいかすかな体臭を嗅ぐ。ゆきは、孫才次の息がとまるほどつよく抱きしめてきた。

二人は、息を弾ませ、あえぎながら顔をこすりつける。ゆきの涙で、頬がすべる。孫才次は浅蜊《あさり》貝の肉のような滑らかなゆきの唇をさがし、夢中で吸い、あえぎ、柔媚《にゆうび》な乳房を押しつぶさんばかりに、彼女の背を抱きしめる。

「のう、死ぬとき、いっしょにひてよう」

ゆきが叫ぶようにいう。

「あちゃ（あなた）が帰ってこなんだら、私《あたえ》はこの小屋で、鎌《かま》で喉切って死ぬつもりやったんや」ゆきは、泣き叫ぶ。

「父《とう》まと、あちゃと、沖上《おきあが》りできなんだら、私《あたえ》や、生きてる空《そら》せんもののい」

孫才次は、ゆきをいっそう強く抱きしめた。孫才次も、おなじ思いである。生者はいずれは、すべて死ぬ。死は、彼の眼前で燐光《りんこう》を放っていた。ゆきといっしょにいれば、彼はその恐ろしいものを、笑って見返してやることができる。彼の体に取りついてどうしても放れない、苦しい熱のようなものが、いつの間にか消え失《う》せ、彼の気分は突然の光りがさしこんだように明るくなる。

彼は、いつのまにか体の部分が怒張しているのに気づき、あわててゆきから腰を引く。ゆきは気づかないようである。

昂《たかぶ》りの衝動が過ぎ去ると、二人は小屋の扉を明け放ち、乾燥した去年の麦藁《むぎわら》を敷いた床に寝ころんだ。湿気を含んだ生あたたかい風が、海から吹きあげてきて、防風林を騒《ざわ》めかせ、磯臭いにおいを置いてゆく。手触りのやわらかい布のような紫紺の空に、一番星が光芒《こうぼう》を放っていた。

孫才次の腕を枕に寝ているゆきが、「ええ気持や」とつぶやいた。孫才次は、頭に凝っていた血が下りてゆくような、痺《しび》れる和やかさに浸されている。

「俺《おんだ》やなあ、親潮へさひて乗せらえて、流さえてるとき、清七兄《あん》まは死ぬし、こらもうあかん、どがいにもがいても助からんと、心底《しんてい》から思てのう。そん時、ゆきに何遍もさえなら云《い》うとよ」

「まいしゃませ（やめて）。そんなのこと、聞きたない。死ぬときは、いっしょやに」

「俺《おんだ》や、お婆《ば》まに教《お》せてもろうた様に、魂になってのう、東明寺へ指《さ》ひて帰ってきて、お前《は》んに会えるて、ぼんやり思てた」

ゆきは黙りこんでいた。孫才次の腕に、生温かい液体が流れてきた。孫才次は、ゆきの項《うなじ》に顔を寄せ、においを嗅ぐ。さわやかに甘い皮膚の匂いに、髪につけた椿油《つばきあぶら》の香が、かすかに混る。孫才次は、指先まで詰って、彼の体を不快に脹《ふく》れあがらせていた疲労を忘れた。彼の気分は、岩礁の間を鯑《ひるがえ》り泳ぐ二歳鯛《だい》の動きのように、軽やかになった。

「ゆきやん、俺《おんだ》やのう。お前《は》んの父《とう》まに、命助けらえたんじょ。舟や島へ打ちゃがる前に、玉太夫はんは俺に命綱つけてくれてのう。ちっこべ、ちっこべて、ししってよう（叫んだ）」

太地《たいじ》に戻ってから、泪《なみだ》の根が乾いたかのように、一度も泣けなかった孫才次が、不意に湧きあがった泪にむせて咳《せ》きこみ、小童のように声をあげ嗚咽《おえつ》した。ゆきは、孫才次の震える背を撫でた。

「孫やん、忘れて。ずつなかったこと（苦しかったこと）皆忘れてよう。私《あたえ》は、父《とう》まのこと、まだ聞きたない」

　センダン林の上に月が昇り、戸口から明るい光りがさしこんできた。

「いん、分ったよ。もう云わんとくよ。悪《わ》りかったのう」

　しばらくの間、背を波うたせ泣いた二人に、深い放心がおとずれた。顔を寄せ、小魚の仕草のように唇を吸いあってはすぐ離し、姉《ねね》、兄《あんま》、と小声で呼びあい、暗がりにおぼろな互いの顔を見かわす。

　梟が、また鳴きはじめた。

「暖《ぬく》といやのう、今夜《こいや》。梟《ふるつく》鳴くさか、明日は雨や」

　ゆきは返事をせず、また黙りこんだ。

「泣きびそ。何《なん》ど云《ゆ》え。そがに（そんなに）まぶりよすな（じろじろ見るな）」

　孫才次が、ゆきの頰を指でつく。

「神津島《こうづ》で、あちゃは女子《おなご》に抱かれたんかえ」

　ゆきが、唐突にたずねた。勢いに押された孫才次は、黙ってうなずく。

「優《やさ》して、優して、蒸《う》ぜるほど抱いてくれたんやてのう。一太夫や、その女《ねしょ》や懸思《けんし》（恋人）やてのう」

　ゆきは突然身を起し、激しく孫才次の胴を抱きしめた。

「孫やん、私《あたえ》を裸にひて抱いてよう。のう、抱いてよう。私《あたえ》は、あちゃと一緒になって、もう何事起っても離れやんのや」

ゆきは、孫才次にのしかかりながら、帯を解きかけていた。日頃の怜悧《れいり》な彼女は影をひそめ、獣のように猛々《たけだけ》しい動作になっていた。

「抱いてよ、のう。私《あたえ》や、丸裸《まるつぶろ》になるさか」

押しひろげた胸もとから、なめらかな隆起が月光を弾《はじ》いて光る。ゆきはすばやく着物を脱ぎ捨てた。孫才次が跳ね起き、ゆきを組み敷いた。「脱いで、あちゃも脱いでよう」ゆきが、孫才次の胴着をはがそうとする。よっしゃ、と孫才次も帯を解く。

裸の上半身をゆきの上に重ねると、あわびの身のように柔らかくしなう肌の触感が、孫才次の頭を、火のように熱くさせた。

孫才次は、そのさきの動きがどうしてもできない。身のすくむ羞恥《しゅうち》が、六尺褌《ふんどし》の結びめを解くのを、固く阻んでいる。

「こえだけでええ、じっとひてよら。のう、ごんじゃ繰るな（だだをこねるな）。俺《おんだ》や、ゆきやんとなら、いっしょに死んでもええ」

孫才次は、ゆきを抱きすくめ、耳もとでささやく。夜鳥が、間を置き木を叩《たた》くような啼声《なきごえ》を立てはじめた。

「あちゃは、いつまえでも私《あたえ》の物《もん》でいててよう。死ぬまで、どこへも行かんといてよう」

ゆきが孫才次の耳朶《みみたぶ》に熱い吐息をかけ、孫才次は、ゆきの胸の引きしまった肉を口に含む。

灯明崎の沖から荒吹《あらぶ》いてきて、戸障子を激しく揺り動かし、那智の方角へ抜けてゆく東南風《いなさ》の運んでくる湿気が、じっとりと土間を濡《ぬ》らす三月が来た。

本方屋敷《ほんかた》は、連日騒然とした明け暮れを過ごしていた。

前庭の老梅が、花吹雪を散らす曇り日の昼過ぎ、客間の広椽《ひろえん》に延べられた薄縁《うすべり》を踏んで、高分貸《たかぶが》しや道具屋が、忙《せわ》しく出入りしていた。

広間の長押《なげし》には、奥蔵から運ばれた夥《おびただ》しい画幅《がふく》が懸け連ねられて、風を含んでは象牙軸を互いに打ちあわせ、微《かす》かに乾いた響きを立てた。

「黒右衛門《くろえもん》よ。これが百円とはのう、呉《く》れちゃるよなもんじょのう。出性《でしょう》（出自）は熊野別当の折紙付きやしよ。ど甲斐性《かいしょ》出ひて叩《たた》きくさるのう」

探幽《たんゆう》野猿図の前に立ちはだかった覚吾が、陽気な大声で、骨董《こっとう》屋の黒右衛門に話しかける。

「いやいや、面相《めっそう》もない。長年御恩頂《いた》あいてきた私らやさか、そげな罰当りなことを考えたこともないよし。ただ、まあ染《し》みや多いんで、捌《さば》くときに、ええ値や付かんさか、てっぴき（最上限）で分けて頂《いた》あいても、まあそうならのし」

「道具屋の口車ばかりや、通弁（通訳）付けな、本意や分らなよ。まあよかろ、そこたり（その辺）の物、纏《まと》めて買いよし。三百円も纏めたら、そこの卓《しょく》をば付けて遣《や》らよ」

覚吾は笑顔で、床の間で螺鈿《らでん》を輝かす卓机を指さす。彼は絶えず不安に脇腹を締めつけられているのに、火照《ほて》った顔を冷汗で光らせ、家財を買い叩きに来た相手に虚勢を張る。

覚吾は、本方《ほんかた》、山見の旦那衆と、大納屋《おおなや》、沖合いの宰領役を集め、寄合いを重ねてきた。残存する鯨舟のうち、そのまま使えるものは僅《わず》かである。破損した舟を修繕し、全滅した樽《たる》舟、網舟を新調し、苧網《あさあみ》、銛《もり》など流失した諸道具を揃《そろ》え、捕鯨船団として最低の体裁を整えるために要する雑用《ぞよう》（諸経費）は二万円を越し、それを調達するあては、まったくない。

「肝心《かん》と今時分《いまじゆう》、よう来くさる」と、ぐちをこぼしたことのない太地伴十郎が、覚えず洩《も》らすほど沖の通鯨《つうげい》は多いが、鯨方の男たちは襤褸《ぼろ》をはためかせ、沖の地磯に寝ているゴンドと、春先に湧く鮪《しび》を獲《と》るしかなかった。

鮪はゴンドに比べると値が張るが、二間を越す大物でも、仲買いの手に掛かれば三、四円の浜値で仕切られる。

このまま日を過ごせば、早晩鯨方の施米《はちまん》も行えなくなり、慶長以来の組織は分解するしかない。すでに、古座、新宮の資産家が、太地鯨方の崩壊を見越し、ひそかにその漁業権を買い取る準備をはじめたという噂《うわさ》が、覚吾の耳に届いていた。

「棟梁《とうじょう》よ、弥太夫や着到ひたろ」

太地伴十郎が、表座敷から覚吾を呼びに来た。

弥太夫は、明るく陽《ひ》に映える障子を背に、木綿羽織の旅装のまま坐《すわ》っていた。

「弥太、岡崎はんは返事呉《く》れたか」

「貰《も》うて来たよし。この書面、胸に抱いて来たさか、確かに受け取って頂《いた》あかひて」

弥太夫は懐から新宮警察署長岡崎邦輔の書信を取り出し、覚吾に手渡した。

覚吾は書面をむさぼるように読み進み、分厚い頬の肉を皺よせ、うむ、なるほど、と熱っぽい口調でひとりごち、「妙《みょう》、肚芸《はらげい》じゃ」と一声高く笑ってうなずき、「皆、これ見よ。祝着《しゅうちゃく》、祝着じゃ。岡崎はんは若《わ》こても肚者《はらもん》じょ。陸奥《むっ》はんの筋や具合《ぐあ》悪《わ》りなったと見たら、今度《こんだ》は陸軍の津田《つだ》閣下の肝煎《きもい》りで、東京の金主筋と引き会わひてくれる段取り、つけてくれとよう。やっぱりのう、世間にも神仏《かみほとけ》や居てらよう」

覚悟は伴十郎をはじめ、居あわせた一族の男たちに、震える手で巻紙をつきだして見せ、いきなりどすんと地響きさせて畳に坐りこみ、北方に向って両手をつき、平伏した。

「岡崎様、ありがとうございまいた。ほんまにありがとうございまいた。あなた様のご厚志で、太地の一統は、生き残らひて頂《いた》あけらよし。あなた様は、われわれの命の恩人でござりますよし」

弥太夫は、覚吾が長髪を乱し、脂《あぶら》の浮いた顔を畳にすりつけてよろこぶ様を、興ざめる思いで見ていた。「肝玉《きもだま》失《う》せたひな男《おとこ》（弱い男）めや、うろたえよすな」と、内心で叱咤《しった》する思いであったが、棟梁《とうりょう》の体裁も忘れはて、歓喜に肩を波打たせている覚吾を睨《にら》みつけるうち、不意に喉もとに熱い流れが押しあげてきて、くっ、くっ、と嗚咽を覚えず洩らした。

「よし、坊《ぼ》ん坊《ぼ》んよ、すぐ東京へ指《さ》ひて発《た》ちよし。こえからが正念場じゃ。お前《は》んの才覚の見せ所《どこ》じょ。腕にヨリ掛けて、東京の金持《だんよし》から思いさま金《かね》引き出ひて来ちょおくれ。和田の鯨方は、そこたりの山コ当てた一期半期の成金網元みたえに、炮《ほう》烙《らく》割れて元の土ちゅうよな分散《ぶんさん》（破産）ひて、人に後指さされるよな事はできなよ。こうなったら、お前《は》んも命捨《ふ》てた気いで気張りよし。皆、ジジに狂わな、急場凌《しの》げやんさかのう」

伴十郎が覚吾の前に膝をつき、背を撫でた。

「若はん、どんかえせつろい（狭苦しい）窮命しやれても、息の根や止まらん限り、俺《おんだ》や怯《お》めも恐れもせんろい。命かけて働くさかのし。東京へなと、どこへなと従《つ》いていくさか、若も一番褌締めて掛かって頂《いた》あよ」

弥太夫も、声を励ました。行く所《とこ》まで行て見やな、仕方あるか。覚吾といっしょに東京の金持《だんよし》に、地べたねぶってでも頼みこんで、元手をば借ってきちゃる、と彼は心をたかぶらせた。いまの弥太夫たちには、高分《たかぶ》（高利）をはばかるゆとりはない。渇いた者が水を求めるように、元手が欲しい。

岡崎邦輔は、署長室で東京の津田閣下にあてた紹介状を認《したた》めたあと、丹鶴《たんかく》城の濠《ほり》に咲き初めたいちはつの淡紫の花弁に目をやりながら、弥太夫に聞いた。

「東京で、要るだけの金子が調達できたとひてのう、お前《ま》んらの刺手組《さしてぐみ》の覆《かや》ぶいた屋台骨をば、早速《さそく》に立ち直せるかのう」

年若い邦輔の賢《さか》しげな視線が、率直に問いかけてきた。弥太夫は、返答に詰った。

「時に利非《あら》ず、いうことがあってのう。親代々の家業でも、名聞でも、早う棄《ふ》てた者が生き延びるちゅうこともある。和田一統の鯨方も、時勢にゃ勝てん。背美流《せみ》れから後《あと》は、えらい難所にさしかかった物《もん》じょ。魚市場《さべなや》の網元らの様《よ》にゃ、小回りは利かんし、次第弱りに潰れるまで、大分《だいぶ》に暇かかる。そうやって、どさんと横になったものを起すのは、尋常一様にゃ出来なよ。我輩の考案では、いったん鯨方をば分散さひて、決め（決済）付けといてから、広く天下に資金を集めて会社というものを作り、狭い太地でばっかりこぜ合わんと、どこの漁場へなと出たら、魚《いお》もよう獲れ、決着は吉運《きちうん》向いてくると思うがのう。これからの人間《にんげ》は、大場《だいば》（大舞台）踏まなあかんぞ」

会社という組織があるということは、弥太夫も聞き及んでいたが、鯨方を潰し、他の金主の下で働くことなど、彼には想像することさえできなかった。鯨方は、臍《へそ》の緒切って以来、彼がそのなかで生きてきた唯一の社会であった。彼の父母、祖父母、その先代、大勢の血脈につながる者たちが、命を的に支えてきた鯨方を、潰すことなど、どうしてできようか。

「私らの様《よ》な無学な者にゃ、旦那の様《よ》に頭の進んだお人の仰《おしや》ることは、三分ほどにも呑《の》みこみできまへんが、私らの行末を案じて頂《いた》あいてるご心底《しんてい》は、よう分らひて頂《いた》あいてるよし。私らも、このあとどがな立引《たてひき》ひてみたところで、借銭の利払いに追われる身上《しんじよう》から抜け出られやんのは、納得ひてるよし。しかし、このまま行くとこまで行かな、仕方ないよし。私ら鯨方の者は皆、沖へ出た舟子《ふなこ》の様《よ》な者で、勝手に降りよと思う者いてても、降りられやん、いうたら一蓮托生《いちれんたくしよう》よのし。そやけどのし、旦那、私らは漁師のアホな癖で、もし潮向きや変って、大漁当てたらちゅう夢捨《ふ》てられまへん。借銭一気に返ひて、昔の鯨方の威勢をば取り返《かや》せる日いが、もう来んとは思えまへんのよし」

邦輔はうなずき、歯を見せた。

「そらのう、世の中一寸先や分らん。たしかにお前《ま》んの様《よ》に土性骨の坐った者《もん》が、行く所《とこ》まで行くと性根据えたんなら、僕らの口出す所でないよ。たしかに天運いうものは読めんからのう。今後も棟梁君を扶《たす》けて、精かぎりやってくれ」

弥太夫は、邦輔の理詰めの性格が気にいっていた。船団の長《おさ》を幾度もつとめてきた弥太夫には、男の値打ちとは、急場にのぞんだ時の冷静な判断力であることを、知りつくしていた。覚悟のように感情の起伏が激しく、直感のひらめくままに采配を振る男は、信じるには器量が軽すぎる。

覚悟をうとましく思うことは、棟梁の無力を扶けよという先祖の働きかけであると、弥太夫は考えていた。「お父はん、そやがえ」と、彼は近太夫の俤《おもかげ》に声をかける。

山椿《やまつばき》が甘い香を放ち、咲き盛った短かい日々は、またたく間に過ぎる。太地浦を抱える平見《ひらみ》から城山へかけての斜面に、山桜が白く霞《かすみ》を引き、やがてつつじが松明《まつび》に火を点じるように真紅のいろどりを開く。日中の気温が汗ばむまで昇る日が続くと、酣《たけなわ》な春を知らせて、海面に海月《くらげ》が湧いた。

眺める眼にこころよいまでに透明度を増し、ぎやまんのようにきらびやかな光沢を帯びた海水のなかに、さしわたし五、六寸の純白の水くらげが、何十万か、何百万か、数も知れず太地湾いちめんにひろがり、浅深さまざまに浮漂する。

淡く海水ににじむ夥《おびただ》しい半透明の白いものは、静謐《せいひつ》に揺れ流れ、見る者を夢心地に誘った。

風が音をひそめた、晴れ渡った昧爽《まいそう》、太地浦の沖一里のあたり、山成島と鰹島《かつおじま》の間の海上に、俄《にわ》か仕込みの鮪漁《しび》に出ている小舟《さっぱ》に乗り組む孫才次は、ひそやかな櫓《ろ》音の外は何も聞えない、夜明けの白光のなかに浮きあがってくる海月の群れを、「爺《じい》まらの魂の様《よ》な」と眺めていた。相番衆《あいばん》の一太夫、ヤソ平、ヤソ平の兄のタンタンも、ゆっくりと櫓を漕《こ》ぎながら、黙って海面に目をやっている。

鉛のように重く、不動のものに思える激しい苦悩の時間は、それでも僅かずつ移ろい、昨日のことのように鮮明に記憶から離れない「子持ちの背美」が来た午後は、いつか百日に近い日数の彼方《かなた》に距《へだ》っていた。

日にちや薬じょ、という言葉があった。抗《あらが》うすべのない悲哀に直面した者を慰撫《いぶ》するために、老人たちが口にする云《い》いぐさである。

孫才次たちの内部でも、肉親を失った悲嘆は、苦汁《にがり》のように全身に浸《し》みこんでくる生活の苦痛と、徐々に入れかわってきていた。

三月に入って本方の施米《はちまん》は途絶え、浦人たちは銘々凌《めんめしの》ぎで、生計《たつき》を立てて行かなければならなくなっていた。女たちは朝になると、空の飯櫃《げびつ》を前に途方に暮れ、泪《なみだ》をこぼした。

男は、二番鶏《どり》の啼声を合図に、総出で小舟《さっぱ》を沖に漕ぎ出し、延縄《はえなわ》を張って、日がな沖を漕ぎ、鮪の掛かるのを待っている。漁獲は、舟の数にくらべ、極めて少なかった。首筋を日に焼かれ、空《むな》しく波に揺られている延縄が黒ずんで見えてくるほど目をこらす日が重なると、呑気者《のんき》のヤソ平でさえ、「死んだ者は楽じょのう」と、ぐちをこぼした。

海面を這《は》う細い麻の延縄には、二尺の桐浮子《きりあば》が十間置きに、四、五個ついている。その下に五尋《ひろ》の浮子縄《あばなわ》が下りていて、その先端の鉤《はり》に烏賊《いか》や鯖《さば》などの生餌《いきえ》が刺されていた。

稲妻のように海中を走る鮪は、餌に真横から喰いつくと、それを垂直に引きこむ。径一尺の浮樽《うきだる》でさえ、海底深く引きこむといわれる、非常な牽引力である。

群れからはぐれた鮪が、鰹島の暗礁《はい》の附近で、僅かずつ釣れはじめたのは、十日ばかり前からであった。日に二、三匹ずつ釣れる獲物は、どれも二十貫前後の肥大したクロ鮪の雄であった。

太地浦浜の魚市場《さべなや》に運ばれてくる、新月形の強大な尾ビレを張った濃藍《のうらん》の鮪を、検分に出向いた弥太夫たちは、連日雄ばかりが水揚げされることの意味を測った。

「こら、何《ど》うどひたら（もしかすると）、お通りの（大名行列の）奴《やっこ》と違うかえ」

純白の腹部に白斑《しらふ》のない、成長しきった雄である。

「儂《わし》も同《お》んなし算用《さんにょう》（推測）するのう」

伴十郎も、即座にうなずいた。

クロ鮪は、数えきれない大群で、春先から夏にかけ、棘《とげ》のように鋭利な背びれで波を切って、沖合いを通過した。初夏の産卵期には岸に接近し、鮪の茶利《ちゃり》舞といわれる跳躍を頻繁に見せた。

大洋を回遊《かいゆう》し、磯場《いそば》に滞留することのない鮪が、習性に反《そむ》いて太地沖に「瀬つき」と呼ばれる状態になり、十日か半月の間、海面をどす黒く覆ってとどまることが、稀《まれ》に起った。

太地の磯には暗礁《あんしょう》が多く、下層と上層の海流がよく攪拌《かくはん》され、真鰯《まいわし》や丸鯖《まるさば》の大群団が往来している。海月、烏賊の類《たぐい》も夥しく棲《す》む。

南の方角から長旅を続けてきた鮪は、豊富な好餌《こうじ》に目がくらみ、「瀬つき」になり、浮かれて湾内にまで雪崩《なだれ》のように突入してくることがあった。

十年か二十年に一度、忘れた頃に起る鮪の「瀬つき」の最初の兆候は、斥候《せっこう》の役をするらしい、逞《たくま》しいはぐれ雄の到来であることを、弥太夫たちは知っていた。

もしかすると、雄を先陣に立て、中核は雌雄混在、後詰に雌を揃えた、幾万ともしれない鮪の大群が、太地沖を目ざしているかも知れない。

出稼ぎに来ている伊豆鮪舟の動静も、日に増し忙《せわ》しげになってきていた。大島須《す》江《え》崎沖へ出漁している模様であったが、連日魚を満載しての帰港である。

「立場《たてば》釣《づ》りの用意《まわり》せえ。サッパ、皆出せ」

弥太夫は、納屋親爺《おやじ》に指示した。

使用に耐える鯨舟は数艘《そう》しかなかったが、浜に並んでいる浦人の足代りの小舟《さっぱ》は、百艘を越える。もし鮪が瀬付けば、小舟《さっぱ》でも充分延縄を使って釣ることができる。

その場合、「ただ一個、風回りや怖《おと》ろし」のが、弥太夫たちの気掛かりであった。

春先の風は、灯明崎の台地を越えて、柔和な西南風《にしまぜ》の吹くとき、乾燥した空気は肌にこころよく、風景は絵のように静止し、海水は澄みわたるが、好天気は三日と保《も》たない。

気温が上昇し、土間が水を打ったように濡れてくる荒れ日和《びより》になると、雨粒を急《きゅうさん》霰のように板戸に打ちつけてくる南風《やまぜ》が猛《たけ》り立つ。

南風《やまぜ》が吼《ほ》え猛るうちに、気温が下降してくると、風勢は強まるばかりで、海上は完全に時化《しけ》の状態になる。

南風《やまぜ》が吹きはじめてから時化になるまで、早いときでは四半刻《しはんとき》（三十分）もかからない。「南風《やまぜ》がわしの、西や怖《こわ》い」という、古い警《いまし》めがある。吹きつのる南風《やまぜ》を避け、風下に舳《みよし》を立てようとして船腹を風に打たれ、横転する事故を指すものであった。

太地沖一里のあたりは、灯明崎山見からは眼下に見えるが、底潮の渦巻き流れる外海である。小舟《さつぱ》が転覆すれば、海に投げ出された者は、潮流に押され沖へ向うしかない。僚船に救われないかぎり、助かる道はなかった。

弥太夫は、鮪《しび》を待ちかまえて鰹島沖を漕ぐ小舟《さつぱ》の中心に、五十集《いさば》舟を置いた。天候が急変したとき、小舟《さつぱ》の群れは五十集の傍《そば》に蝟集《いしゆう》し、沖上りすることになる。灯明崎山見には常時風向を計る三色の吹き流しを揚げ、南風《やまぜ》が募る気配が現れたときは、狼火《のろし》を揚げる手筈《てはず》をととのえていた。

海際の断崖《きりぎし》が、朝焼けに染まり、浅緑の若葉が映えると、海の紫紺は反対に暗さを増して見えた。夢とは、このようなものであろうかと思うような、儚《はかな》い白さで、海月の群れが海中に浮いている。

「ダシ吹きゃ日和じょ。今日は遊山《ゆさん》やろう」

タンタンが、機嫌のいい声でいった。ダシとは、陸から沖へ吹く柔和な西風である。海面は、見渡すかぎり平滑で、波の皺《しわ》はどこにも見つからない。

鮪は今日も、一匹か二匹、どこかの小舟で掛けるだけだと、孫才次は考えていた。

夕方、波止に空舟《さっぱ》を付け、待ち構えた女子供や弱《よわ》ん人《ど》（老人）の群れに目も向けず、湿けた襤褸《ぼろ》胴着の裾をからげ、家路につく暗鬱《あんうつ》な気分を、彼は反芻《はんすう》している。

出がけに掻《か》きこんできたうけじゃのビチャ芋が胸焼けを誘い、孫才次は海に唾を吐く。もう、俺《おんだ》にゃ、栄耀《えよう》な目に遭う日は来ん、日いに焼かれて、坊主（不漁）ばっかりで、いずれや海でごねる（死ぬ）ことになろかえ、と彼は自分の運命を他人《ひと》事《ごと》のように想像した。彼は、屍体《ろくじ》になり横たわった自分の上で、ゆきが悲嘆にくれる様を頭に描き、遠い景色を眺める目付きになる。

「何の音よ」と、突然一太夫が叫んだ。ピチピチと、水の跳ねるような音が微《かす》かに聞えていた。「小鯵《こあじ》か、鰯か」皆は背を伸ばし、沖を眺めた。五十集舟の舳にも、人影が立った。

ピチ、ピチ、という音は、海上の広い範囲にひろがって聞えてきた。音は徐々に高まり、油の沸き弾けるような音響に変ってきた。

「あれ見よ」タンタンが指さした海面が、百坪ほどの広さで、針を立て並べたように波立ち沸騰している。

「あっちもじゃ、ほれ、あそこもじゃ」

一太夫、ヤソ平が、忙しく指さす。小魚が海面に雲集して集団をつくり、沖合いから接近してきていた。

「十か、十五か、何《なん》ぼでも来るろ」

沸騰する集団は、大きいものは五百坪ほどにも広がって動いている。「鰯じゃ、鰯じゃ」と、沖の小舟《さっぱ》で叫声が聞えた。

孫才次たちの小舟《さっぱ》の前に、沸き立つ海面が迫ってきて、跳ねる無数の鰯の姿を覗《のぞ》きこんでいるうちに、陸のほうへ通過してゆく。

「また、来たろお」

タンタンが、餌をつけない空鉤《からはり》をつけたてぐすを海に投げこみ、たちまち数匹の跳ねまわる鰯を釣りあげる。

「なんと、多いのう」

前後左右の海が、パチパチとしぶきをあげ、一団が通過すると、間を置かず、新たな群れがあらわれてきた。

小魚の集団が、海面に浮上してくるとき、その下方の海中には、彼らを追う大型の魚群が走っている。

「ハマチか、メジロか」と孫才次が思った瞬間、キーンと高い摩擦音があがり、舷《げん》に掛け渡していた延縄が、飛ぶように走りだした。

ほれっ、とタンタンが縄をつかみ、轆轤《ろくろ》にはめた。五個の桐浮子《きりあば》が、すべて消えている。繰り出す縄は、垂直に海中へ延びていた。胴の間の笊《ざる》に束ねていた、五十尋の延び代《しろ》の縄が、ほとんど出たところで、タンタンは轆轤を停《と》めた。がくん、と激しい衝撃とともに、舷が水際まで一気に傾く。「ちっ、死ねっ」タンタンが手を離し、縄は煙をたてて走る。「鮪じゃ、鮪じゃあ」

タンタンが喚《わめ》いた。縄が延びきると、小舟《さっぱ》が後へ引き戻されるように揺れた。

「大《お》きい姿《はあ》よぞ。クロじゃ、クロじゃ」

顔を汗で濡らしたタンタンに、孫才次が手を貸し、轆轤を回す。石のように固い手応えが、上膊《じょうはく》に伝わる。轆轤が軋《きし》み声をあげ、張った縄を海底から引きもどしてくる。

「ためて、ためて。一気に引くな。いなしもて行け」

鼻から垂らした青洟《あおばな》を、すすりあげもせず全神経を手先に集めているタンタンに、孫才次は調子をあわす。

「縄焼けるう、潮掛けて」

タンタンが慌て、ヤソ平が手桶《ておけ》で海水を汲《く》み、熱気を帯びた轆轤に浴びせる。青ずんだ煙が立った。

目を宙に据え、ほれっ、ほれっ、と巻く手の調子を取るタンタンの濡れた額が、孫才次の鼻先にある。肩から肘にかけて、痺《しび》れたように突張ってくる。

不意に轆轤が動かなくなった。

「力《しこ》ったな、雄《こつて》めや。ここで逃《ばら》すなよ。じわーと、溜《た》めよら」

二人が満身の力で巻いても、垂直に海底に向って延び切った縄は、根掛かりしたかのように動かない。

間を置き、左舷《さげん》に延びている縄が、僅かずつ舳の方へ動き、舳を通り過ごし、右舷で静止した。

「ほれ、今じゃっ、縄巻け」

轆轤が動きだした。えんしょ、えんしょ、とタンタンの調子が弾む。縄は、急速に巻かれてきた。

「出たろう、あそこじゃ」

「ひゃあ、ええ姿《はあ》じゃ」

半丁離れた波上に、するどい背びれを立てた大鮪が、白泡を巻いて浮きあがってきた。

三十艘を越す数の小舟《さっぱ》は、いっせいに浮木《うきぎ》を海中に引きこまれ、火事場のような騒ぎになった。釣りあげてくる鮪《しび》は、いずれも肥え太った雄である。

小舟《さっぱ》は、二匹も鮪を積むと、舷が海面すれすれに沈む。水主《かこ》たちは震える手で、えんや、えんや、と櫓を押したてて浜に戻り、荷を下すと、狂ったように漕いで、沖へ取って返す。

襤褸を垂らした、向う鉢巻の水主たちは、皆度を失い、波止に漕ぎ寄せたときも、駆け寄ってくる弱ん人や女たちに冗談ぐちをきくことを忘れていた。「何《なに》ゃ起ったんよい。滅法界《めっぽかえ》なのう（大層なのう）」と問いかけられても、「ど、雑巾《どうきん》で顔拭け」と興奮して叫び返すだけである。

鰹《かつお》島の沖では、鮪の大群が、ひしめきあう有様であった。小舟《さっぱ》から見えるかぎりの海面の真下を、夥しい黒影が、鉄砲玉の速さで、首尾を接して走り去る。何千、何万とも知れない鮪に覆われた海の色あいが、どす黒く変っていた。

騒然と沸き立つ小舟《さっぱ》の動きを、遠眼鏡で見ていた灯明崎山見の親爺が、法螺《ほら》貝を吹き鳴らし、狼火を揚げたので、浦方の往還は、餌虫の籠《かご》を覆《くつが》えしたような騒ぎになった。

新屋敷の弥太夫の家では、ぶんが日当りのいい椽先《えんさき》に石臼《いしうす》を据え、香ばしい匂いをふりまき、炒大豆《いりだいず》を碾《ひ》いていたが、貝の音を聞いたような気がして、手を止めた。たしかに、強弱をつけた法螺貝の吹鳴が、晴れ渡った大気のなかでうねっている。

隣家で人の立ち走る物音がして、裏庭に、女房が跣《はだし》で駆け下りてきた。「何よう、何よう」と、彼女はひとりごとを連呼した。

「春《はる》かん」とぶんが呼ぶ。女房はふりむき、「ご新造《しんだ》ン。あれ、何の知らせよし」と叫んだ。彼女は目をみひらき、怯《おび》えを顔に見せ、鳴り続ける法螺貝を聞いている。春かんの亭主は大納屋《おおなや》手代で、沖合い衆ではなかったが、彼女の弟と従兄《いとこ》が、背美《せみ》流れで鬼籍に入った。

ぶんも、貝の音に耳朶《じだ》を揺すぶられ、氷のように下腹に差しこんでくる不安を覚えた。また、不吉な事故が起ったのではないか。

「貝やのい」と、厨《くりや》から出てきたいよが、前掛けで手を拭きながら、「すぐ浜へ走りなあ、私《あたえ》も後から行くさか」と、ぶんに云《い》った。「お姑《か》はん、悪《わ》りことでなかろのし」とぶんが聞くと、「分らんさか、早よ行きよし」といかつい声になった。

森浦の砂浜で浅蜊《あさり》を採っていた、ゆきときみは、法螺貝を聞き、水の浦浜に駆け戻った。波止の辺りは、集まってきた浦人たちで雑踏していた。獲物の重量で水際まで舷を沈めた小舟が、幾艘も戻ってくる。

舟が波止に着くと、褌《ふんどし》を締めこんだ裸の水主たちが、飛沫《しぶき》をあげて駆けより、硬直した鮪を担《かつ》ぎあげてくる。舟着きの切石の上に、尾びれを物々しく張った、艶《つや》やかな魚《いお》が、すでに山積みされていた。

「今日は魚市場《さべなや》や夜明かしよぞ。女も子供も、皆出て魚曳《ひ》け」

波止際の番納屋の前に立つ、本方《ほんかた》の番頭役が、くりかえし叫んでいる。和田一統の旦那衆も、浜辺に詰めかけてきていた。

「ひい、やあ、ひい、やあ」と、甲高い矢声を響かせ、一艘の勢子《せこ》舟がさっさい押しで、湾口からまっすぐ水の浦に向ってくる。舳《みよし》に誰かが足を踏ん張って立っている。

「父《とう》まよ」きみが、指さした。飛ぶような舟足の勢子舟が入江に入ると、弥太夫は飛沫に濡れた顔をあげ、ささやき筒を口に、叫んだ。

「納屋番、網出せ。網舟や支度《まわり》せえ。鮪の塊りや、間なしにここまで入ってくるろう。網入れて、突《つき》ん棒《ぼ》じゃ。足の立つ男は、皆舟へ乗って魚《いお》突け。銛担《もりかた》いで、すぐ海へ入れえ」

男たちの群れが、慌《あわただ》しく砂浜を走《は》せ違った。向島の大納屋から網が担ぎ出され、網舟のコロ台が外された。

「おおーい。魚《いお》の塊りやのう、陸《たか》向いて動《いの》いたろう」

向島山見から、声が降ってきた。戻ってくる小舟《さっぱ》の男たちも立ち上り、後ろを指さして見せている。

「ちゃっちゃとせえ。とろくさいことすんな。渚掛《なぎさが》けや、すぐ出よ」

弥太夫が、切り裂くような声で叫んだ。鯨網を山積みした、渚掛けと呼ばれる浅《あさ》場《ば》に使う平底の網舟が二艘、纜《ともづな》を解き、入江に滑り出た。

瀬付きになった鮪の大集団が、豊富な生餌《いきえ》を追い、湾流に乗って太地浦に突入してくる椿事《ちんじ》は十年ばかり以前にも一度起っていた。太地浦から水の浦に至る湾内が、跳ね飛ぶ鮪で、鼎《かなえ》の沸く有様となる。前例から推しても、こういう状況になった場合、天恵というべき空前の大漁になることは、まず間違いない。

こういう非常の事態に応じる漁法は、太地独得の、「突《つき》ん棒《ぼ》」の外にはなかった。湾内に鮪を入れるだけ入れて置き、湾口に鯨網を張り、逃げ惑う鮪を手銛で突きまくって捕獲する。

鮪は甚《はなは》だ小心で、網目を非常に恐れ、楽々と通過できる鯨網の一間を越す網目でも、近寄ろうとはしない。銛で刺されると、逞しい巨体のどこかにかすり傷を受けただけでも、ショックで激しいけいれんを起し、即死する。狭い場所に追いこまれ、運動を拘束されただけでさえ、半死の状態になった。

「来たろ、来たろう」

あそこよ、と叫ぶ女の声につられ、ゆきは背伸びして沖の方を見た。なめらかに日を反射していた向島の鼻のあたりの海面が、黒く波立ち、その部分が、日がかげってくるような速さで、こちらに伸びひろがってきた。鷗《かもめ》の大群がその上を飛び交い、喧《やか》ましく啼《な》きたてている。

瞬《まばた》きするほどの間に、水の浦の入江が真っしろにしぶきを吹きあげ、対岸の大納屋が、ゆきの目から消えた。無数の魚の背が、海面に躍りあがっては沈み、押しあって、入江のなかを稲妻のような速さで旋回する。

幾艘もの小舟《さっぱ》が、鮪に衝突され、見る間に転覆した。

「ほれっ、いまじゃ。網入れよっ」

弥太夫の合図で、二艘の渚掛けが波を嚙《か》んで突き進み、港ぐちに鯨網を張った。

「さあ突けっ。櫓櫂《ろかい》突っぱって舟覆《かや》すな。狙わんと、突きまくれ」

双肌脱《もろはだ》ぎになった弥太夫が、叫びながら鮪の動きについて舟を走らせ、手早く銛を打ちこむ。海面に浮き出た胴に銛を刺した水主が、眼球を光らせ、けいれんしながら跳躍する鮪に引かれ、宙を飛んで海に落ちる。

金糞《かねぐそ》めや（高価な物めら）、逃がすかれ、弥太夫は心で叫びながら銛を使う。小舟《さつぱ》は、押しあう鮪の背に乗り、幾度も覆えりそうになる。弥太夫は、刺す暇《いとま》がないと見ると、櫂《かい》をふりあげ、鮪を殴りつける。腥《なまぐさ》い臭いが、しぶきのなかに濃く立ちこめてきた。


魚との戦いは、小半刻《こはんとき》（三十分）で終った。太地浦の海面を覆った鮪《しび》の大群は、急速に沖へ引いて行った。水の浦に入った鮪は、網を引き破られたが、大半を仕留めた。

入江に沈んだ鮪を、水主《かこ》たちが潮を吹いては潜り、尾びれに綱《かがす》を掛け、引き揚げていた。

向島の山影を映した、暗くなめらかな海面に、頭髪を目鼻へ貼りつけた首が、ぴゅーと激しい呼吸を響かせて浮き、待ち構えた持双舟《もつそう》に、「曳《ひ》いちょう」と叫ぶ。

持双の轆轤が、ゆっくり軋りはじめる。

「よいや巻け、よいこの。よおいこの、巻け、巻け」

櫓頭が弾んだ囃《はや》しをいれ、重たげな鮪の体が、海面にあらわれてくる。

「お姑《か》はん、あれ見て頂《いた》あかひてよし。ええ姿《はあ》の、揚ってきたひてよし」

手車で鮪を運ぶ女たちの行列のなかから、ぶんが甲高い叫びをあげ、波止の捨石に腰かけたいよは、嫁をふりかえりうなずく。

厚司《あつし》の腰を藁縄《わらなわ》で締め、跳で台車を曳くおもたんは、「これ見なあ、天の助けやろい。死んだ者《もん》らがのう、私《あたえ》らを助けてくれてるんええ」と、頬に流れる涙をぬぐいもせず、鮪を顎で示した。

いよの周囲にうずくまる、弱《よわ》ん人《ど》たちの間に、「ありがたいよう、親さまの恩徳じょのう」「干殺《ひごろ》し、免れさひて頂《いた》あかよう」と喜悦のつぶやきが聞える。なまんだぶ、なまんだぶ、と低い潮騒《しおさい》のように、称名の声が地を這っていた。

いよは、眼頭に滲《にじ》む泪《なみだ》を、洗いさらした朱絹《もみ》布で拭い、荷揚げの指図に声を嗄《か》らす弥太夫の背を眺めた。「旦那はん、よかったよし。旱天《かんてん》に夕立やよし」と、いよは近太夫《ちかだゆう》に話しかける。鮪が、いったん瀬付きになると、短かくても十日は引きあげて行かないことを、いよは知っていた。その間は、豊漁が続くと見てよい。

「弥太の肩の荷いも、楽にならよし。私《あたえ》は、あの子が胴揉《どうも》んだあげくに（心痛のあげく）、病み付けへまえかと、気い遣《つこ》てまひたんよし」

すぐ前に、広い背を見せている近太夫の幻に、いよは語り続けた。

「私《あたえ》は、あと生きてる丈《たけ》知れてるさか、何事起《おこ》ろと儘《まま》やけど、あの子ら、も一遍《いっぺ》立てがやり（立ち直り）さひてやりとてのし。それぱっかり、思わよし」

浜辺に詰めかけている、本方《ほんかた》の旦那衆は、空前の大漁を前にして、いいあわせたように、物思わしげな、厳しい顔つきになっていた。

「もう何本《なんぼ》な」覚吾が乾いた声で弥太夫に問い、弥太夫は傍の手代に水揚げをたしかめ、「三百に間《ま》あないよし」と答える。上気して耳朶に血を昇らせた覚吾は、宙を睨んでうなずく。

思いがけん吉運じゃ、と弥太夫も緊張して胃の腑《ふ》がこわばる思いである。魚仲買いに、浜相場で仕切られたとしても、千円の収益であった。

鯨方が外道《げどう》と蔑《さげす》む鮪《しび》であったが、これほどの大漁となれば、鯨一頭を仕留めたほどの利益である。沖へ引き揚げた鮪の大群は、春先に湧く小鰯《こいわし》の群れを追い、しばらくは滞在《なかじょうげ》しているはずであった。

もし、今日のような漁が五日も続けば、五、六千円の金が入る、と弥太夫は算用《さんにょう》し、下腹に熱く痺れが走るのを感じた。彼には、よろこびを覚えるゆとりがなかった。「一寸先や闇じょ、また来るか、来《こ》んか、分るか」と、弥太夫は身内にふくらむ熱い欲望を叱咤《しった》した。

孫才次は、ヤソ平たちと持双舟《もっそう》から波止へ、鮪を運搬する仕事に汗を流していた。彼の濡れた厚司の糸目に刺さった鱗《うろこ》の破片が、腥《なまぐさ》くにおった。十数貫から三十貫に及ぶ、錘《おもり》形の鮪の体は粘液にまみれ、擡《かつ》ぐと全身が軋む重量が肩にかかり、取り落しそうになる。

孫才次は黙ったまま、懸命に働く。冗談の好きなヤソ平も、ほとんどしゃべらない。いくらでも働ける、と孫才次は感じている。体内の血液が、湯のように温まり、汗は潮を浴びたように流れているが、疲労は全く覚えていなかった。

孫才次は、その朝からの、降って湧いた幸運を、よろこぶ気になれなかった。彼の小舟《さっぱ》が鮪を釣りあげたとき、彼は自分でも意外なほど、心が昂《たかぶ》らなかった。

五十集《いさば》舟の見張りが、「魚《いお》は、陸向《たか》いたろう。あれ見よ、全部《まるたゆ》、陸指《たかさ》ひて転《まく》れ込む用意《まわり》ひてるろう。どの舟も、この舟も、魚の先漕《さきこ》いで、すぐに浜へ移動《ゆわたり》せえ」と叫びたて、沖に鮪の背びれが林のように密集して揺れ動くのを見たときも、冷たく凝固したような気分は変らなかった。

何事が起っても、死んだら終《しま》いではないか、と孫才次は考えていた。死ぬまでの僅かな時を、どのように喜び歎《なげ》いてみても詰らない、と彼は思う。そう思うのは、太地の人間には、年に数万両の利益をあげた昔の隆盛に立ち戻れるような幸せは、二度と訪れることはないという確信のようなものが、彼のうちに根を据えていたからであった。俺は、下運続きの生活の果てに、不意に命を落すことになる、と孫才次は自分の前途をくりかえし描く。

「ええこと起っても、夕日の際へ指《さ》ひて取った鯉、、、、(張った虹)の様《よ》に、じきに消える。俺《おんだ》は、何事起っても恐《おと》ろしない。死《ごね》るときまで、誰にも負けんと、皆のために働いちゃる」

前途に光明を想像するのを厭《いと》わしく思うのは、いちど味わった死への怖《おそ》れが、孫才次を鷲《わし》づかみにし、離さないでいたためであった。彼は無口になり、自分を抑えつけている暗い感情を振り切ろうと、力の限り働く。

「孫やん、今晩《こいさら》や、鮪の造りに、ジフ(すき焼)食えるのう」

ヤソ平が、頬についた鱗をはがしながら笑いかけ、孫才次は、僅かに頬をゆるめた。彼の素早い視線は、浜辺に群れる人影のなかから、夙《とっ》くにいよ、ぶん、きみ、さだ、ゆきの姿を撰《え》り分けていた。

今夜《こいや》は皆に、腹半分《はらはんぶ》の冷《ひ》やくいうけじゃ、、、、のかわりに、減《へ》ら減《へ》っとに（いくらでも欲しいだけ）ご馳走宛《つとあ》てごちゃれる、と孫才次は優しい眼差《まなざ》しになった。

夜通しで篝火《かがりび》を焚《た》き、待ち構えていた弥太夫たちの期待は、裏切られなかった。鮪の群れは、そのあと五日の間に、昼夜三度にわたり、太地湾内にひしめきあって押し寄せてきた。最後の「陸寄せ《たかよ》」のときは、浦人が総出で、どれだけ突き、殴って沈めても、続々と湧くように詰めかけてくる鮪が湾を埋め、いたる所で跳躍し、しなやかな胴を刃物のように光らせ、終日立ち去らなかった。近在の浦神、湯川《ゆかわ》辺りから噂を聞き伝え、わらじ掛けでやってきた見物客が、海岸に舟虫のように群れた。

灯明崎の断崖に、金のふちどりをしたようにいつまでも余光を保っている残照が消えると、墨を流したように黒ずむ天地に溶けこみ寝静まるのが常であった太地浦の家並みのここかしこに、灯明《ほあか》りが揺れる。煮炊きの香ばしい煙が流れ、人声が賑《にぎ》やかに湧いた。

水揚げされた鮪の数は、千本を越えていた。本方《ほんかた》に収められた売上金は、三千円余である。

瀬付きの鮪は、大半は立ち去ったが、まだ立場《たてば》釣りの小舟《さっぱ》が、日に三、四十匹を釣りあげているところから、残っているものの数も、かなり多いと推量された。

大漁祝いの祝金《はちまん》が、浦方の各戸に洩《も》れなく配られた日、一両日後に東京へ金策の旅に出向くことになった、覚吾と弥太夫の、壮行の宴《うたげ》が張られた。

和田一類の旦那衆をはじめ、並刃刺《はざし》の末にいたるまで、陸回《たか》り、沖回りの主役が、本方の五十畳敷の広間に居流れた。彼らの逞しい体軀《たいく》から発散する魚臭い体臭と、熟柿《じゅくし》くさい吐息《はいふき》が、濃く流れる煙草《たばこ》の煙に混って、家内《やうち》に熱っぽくただよった。

カンカンと吐月峯を叩きたてる煙管《きせる》の音、酒盃を献酬する掛声、磯波の割れるように、どっと湧く笑声。酌に出た女たちに、男が締りの弛《ゆる》んだ口もとを手で押しぬぐい、冗談をいう。

「沖合いのご新造《しんだ》ンよう、ほんまに幾つになっても、はんなりと、ええ色気やあるのう」

徳利を持つぶんは、まあよう、と相手を打つまねをし、きれいにお鉄染《はぐろ》で染めた歯並みを見せる。

「重太《しげた》ンの冗談云《てんごい》いや、また悪戯云《わるさ》うてからに。もう三十七の姥桜《うばざくら》で、色気ら無いよう」

「いや、なかなかよう。女子《おなご》は、ご新造《しんだ》ンらぐらえや、いっちええんやれえ。弥太夫沖合いにゃ怒らえるか知らんけど、ほんまによう、羨《えし》むのう」

こら重太、酒《さか》め入《い》るな（酒乱をつつしめ）、歌唱《うた》え、舟歌唱おらよ、ほれ。朋輩《ほうばい》の刃刺が重太の肩を抱き、調子外れに唱いだす。


〽親爺梶《おやじかじ》とれ灯明が見える、あれは筆島めどの口

弥太夫は、酒を含みながら、漸《ようや》く賑わいできた一座を見渡していた。誰も彼も、貧苦の重荷を引きずって暮らす、同じ境涯にいるが、朱に染まった彼らの顔は、意外に明るい。板子一枚頼りの日送りに馴《な》れてきた天渡《てんと》乗りたちには、明日のことを思いわずらわず、いまを楽しむ、独特の寛闊《かんかつ》な気風があった。たとえどのような不運に見舞われようと、失うものは命しかないと、思い極めた上での朗かさである。

それにひきかえ、本方の旦那衆は度胸の据え方が悪《わ》りやのう、と弥太夫は考えて

いる。旦那のなかで、分散（破産）の悲運に臨んでも、落着いていられるのは、和田金右衛門と太地伴十郎だけであろうと、弥太夫は観察していた。

旦那衆のなかには、鮪の売上金の分配を受けるとき、「鯨方へ財産《しんしょう》抛《ほう》り出ひて、今じゃ喰いかねてる者に、こえだけほか呉《く》れやんのかえ」と、顔をひきつらせ抗議する者がいた。

「皆寄せても、三千やそこらの金じょ。ほんまはのう、漁の元手に全部預っときたかったやがのう。お前《は》んらの懐をば、ちっとなと償《まよ》わひてもらおと思《も》て、分けるんじょ。まあ、せつろい（こせこせした）口や、つつしんでおくれ」

伴十郎が、おだやかな口調でたしなめていた。

かまきりのように痩《や》せぎすの分家の旦那が、強《したた》かに酩酊《めいてい》して縮緬《ちりめん》の着物の襟をだらしなくひろげ、覚吾の前に坐りこみ、からみつくような声音で尋ねている。

「棟梁《とうじょう》よ、東京へ行たらのう、手筈よう金持《だんよし》や金主になってくれよかえのう」

「云うにゃ及ぶじょ」と覚吾が答える。

「ほいたらのう、儂《わし》らも、こんなとろくさい（鈍な）暮らしせいでも、ようなるんやのう」

「北海道の、モロランの沖にゃ、鯨は群《もら》がって滞在《なかじょうげ》ひてる。太地の勢子方《せこかた》行くのをば、待ってるのう」

「そうかえ、ほいたら、直《じ》っきに南風《まぜ》や吹こかえのう（景気が持ち直すだろうか）」

「吹く、吹く。吹くともよ。お前《は》んの放ひた田畑も、間なしに買い戻ひちゃる」

そうか、お前《は》んに任す、頼むろい、と分家の旦那は、覚吾の盃に酒を満たす。

覚吾は、姿勢をあらため、彼に視線を集めている周囲の者に聞かせるように、唇を曲げた横柄な表情で喋《しゃべ》りはじめた。

「この度の金策の相手はのう、三井組ちゅう金貸じゃ。こいつはのう、金持《だんよし》ちゅうても、小野組や潰れた後は、日本一の金糞《かねぐそ》（金持）じょ。大蔵省をはじめとひて、三府六十県の出納御用を一手に受け、その他諸華士族豪富から預った金は、底知れずやさかのう。料理屋の歌舞は、官員に非《あら》ざれば三井の手代及び俳優の如《ごと》し、凡《およ》そ三井の使用人となれば、鳶人足《とびにんそく》様の者も人力車に打ち乗り、乞食《こじき》に五銭を投ずるは、驚くべし、ちゅうて、新聞に載るくらいやさかのう」

「なんとえらいもんじゃのう。唐天竺《からてんじく》の金持《だんよし》の話聞くよなのう」

旦那衆は首をひねり、感嘆の声をあげた。

「そこでじゃ」と覚吾は得意げに唇を鳴らして盃を明け、周囲を睨《ね》めまわした。

「儂《わし》や津田閣下を通じてのう、三井組の一の番頭に話を通じて貰《も》ろちゃあるんじゃ。

こら金星よ。あとは儂の才覚でのう、きっと画《え》描いて見せよかえ。かならず土産《みやげ》提《さ》げて帰るさか、安心しよし」

「棟梁よ、あんまり気安い目算立ててたら、算用《さんにょう》や狂おかえ。お前《は》んが小野組から借銭取り付けたんは、もう四年も前のことよぞ」

黙りこんでいた金右衛門が、口をひらいた。

「何じゃ、それがどうひたかのう」

覚吾は気色ばむ。

「四年前にゃのう、鯨方にゃまだ恒産ちゅう物《もん》が、残ってた。古川に水絶えずちゅうもんで、抵当の種もあった。それが今じゃ、我《わ》がらは貧乏人の、丸の裸じょのう。お前《は》んかて、知らんことなかろが。鮪《しび》や来てくれたさか、東京下りの路銀や、ようやっと捻《ひね》り出せたんでないか。そんな貧乏人や、おいそらと信用ひてくれる者は、居てよまいのう」

「ほや、お前《は》んは、儂の金策は空《から》あがきじゃというんか」

「そんなの事は、思《おも》てない。岡崎署長を通ひて、お前《は》んが色《いろ》せと（色々と）根回ししひた筋は狂《くる》てない。本筋摑《つか》んじゃあるげよ。そやさか、九仞《きゅうじん》の功を一簣《いっき》に虧《か》く、ちゅうよな成行きにならん様《よ》に、浮わ浮わせんと、土性骨や据えて掛かって欲しさに、云うんじょ」

　その通りよ、と伴十郎も相槌《あいづち》を打つ。

「云うと、云わんと、誰《だえ》の胸ん中も一緒じゃ。若《わか》に借銭ひてきて貰わな、この先我々の暮らしのめどは立とまえよ。一村《ひとむら》挙げて行き倒れじょのう。今度の鮪や舞いこんで来てくれたんは、吉兆じゃ。ひとつ東京から、がいな（大変な）福担《かた》げて帰って、この年寄りをば、喜こばひちょおくれ」

「掛け引きの相手にゃ、内懐見透されんなよ」と、金右衛門が言葉を重ねた。

「痩せても枯れても、井原西鶴の青表紙に載った、日本十大分限の和田鯨方じゃ。三井組ぐらえ相手にひて、怯《お》める事はない。網取り絵巻持って行《い》て、太地伝来の鯨掛けの話ひて、胆《きも》抜いちゃれ」

　そうじゃ、そうじゃ、と気合いのこもった同調の声が、刃刺たちの座からあがった。

「俺《おんだ》らはのう。北海道へなと、何処《どこ》へなと行《い》て、ごんじゃ繰ったるよし（暴れまわります）。刃刺衆は、モサ（暴れ者）ばっかりじゃい。鯨さえ居てりゃ、借銭やどげに（どれだけ）あっても、全部返《みながい》ひちゃるよし」

　東京さひて行たら、威を張ってやな、金持《だんよし》に、太い者《もん》じゃと思われやな、あくまえ(いかん)と、弥太夫は、酔った頭で考えていた。水気や切れて、枯葉《よどら》のなりかけじゃと、感付かれたら終《しま》いじゃ。

「親方、東京へ行たら、若旦那をば、あんばいよう、助《すけ》ひてよう」

乱酔した刃刺が、弥太夫の肩に凭《もた》れかかった。弥太夫の気分は、いつになく明るかった。大漁の興奮が、まだ残っていたせいかも知れない。日頃、がんじがらめに彼に取りついている様々の辛労が、なぜか薄らぎ、骨節《ほねふし》の凝りを和らげていた。

やっちゃる、も一遍《いっぺ》、立て返り《がや》(再起)ひちゃる、と彼はくりかえす。彼の心に、海からの風だけが鳴りはためく、太地浦の夜景がひろがる。山見の灯も消えて久しく、一点の火光もない、広大な海と台地が、荒れすさぶ風音のなか、空とあやめも分たぬぬばだまに塗りつぶされている眺めである。人間は、闇の底の一隅に、息をひそめ、自然の圧力に、押しひしがれている。

弥太夫の目が、ゆっくりと、獣のように光芒《こうぼう》を帯びてくる。俺《おんだ》は、死んでも村の人間《にんげ》を助けちゃる、女子供を哀れな目えにゃ、遭わせともない、と彼はかすかに呻《うめ》いた。

覚悟と弥太夫が、東京へ向けて旅立ちした四月半ばの朝は、高曇りの凪日和《なぎびより》で、海は波音をひそめていた。彼らを乗せた俊足の持双舟《もっそう》が、水脈《みお》に沿って走る後を、岩燕《はいいろ》の群れがいつまでも追った。鰹《かつお》島の沖に出ている、立場《たてば》釣りの小舟《さっぱ》の船団が、「元気《まめなか》に、帰って頂《いた》あかひちょう」「気いつけてのし」と、歓声をあげて持双舟を見送った。

それから二日経った。凪日和は、まだ続いていた。肌に快い乾燥した春風《ならし》が、灯明崎の沖から柔らかく吹き、両瞼《りょうまぶた》を引きあけられるような気がするほど明るい日ざしが、空気のなかに満ち溢《あふ》れていた。

太地伴十郎は、覚悟の留守を預る和田金右衛門の依頼で、明け六つ（午前六時）から、灯明崎山見番所に、山旦那として出張っていた。

伴十郎は、前夜、宵《よい》のうちに孫娘の手を引き、水の浦の浜へ、「十七夜様」を祀《まつ》りに出かけた。十七日の宵月は晴れた中空に冴《さ》えわたり、波間に光芒を砕いていた。爽《さわ》やかに風が吹き通う浜辺では、さまざまの物の飜《ひるが》える気配がしていた。闇のなかに、大勢の浦人たちが、佇《たたず》んだり、しゃがんだりして、低声《こごえ》に経を誦《ず》していた。線香の煙が濃く流れ、海のうえに浮かんでいる数多いつけらきの舟が、一本ずつ乗せている蠟燭《ろうそく》の揺れる火は、波のうねりが来るたびに、いっせいに上下した。

幾人もの浦人が、「お詣りかのし」と伴十郎に声をかけ、伴十郎は、顔を見分けられないまま、挨拶を返した。

孫娘が、米の粉を練ったおしら餅《もち》をつけらきに載せ、帆柱のように立てた蠟燭に火を点じ、そっと寄せ波のうえに浮かべた。

我建超世願《がごんちょうせがん》、必至無上道《ひっしむじょうどう》、斯願不満足《しがんふまんぞく》、誓不成正覚《せいふじょうしょうがく》。

伴十郎は、ゆっくりと重誓偈《じゅうせいげ》を誦《ず》した。甥《おい》の和田佐一郎、近太夫、玉太夫。彼は、もう二度と会えない者の姿を宙に浮かべ、しげしげと眺めた。

伴十郎には、彼らに語りかける必要はなかった。じっと眼を見交すだけで、心が閉された場所から、ゆっくりと広い海原へ泳ぎ出るように静まる。

つけらきの舟が流れ去るのを見送っていた孫娘が、「爺《じい》ま、去《い》の」と袂《たもと》を引くまで、伴十郎は茫然《ぼうぜん》としていた。

向島岬の上で、二度、星が銀光を曳《ひ》いて流れるのを、伴十郎は見ていた。星が飛んだあとは、風が強まり、飛び去った方向から風が吹く、という古い云い伝えを、彼はとっさに思いだしていた。

伴十郎は渚にしゃがんだまま、呼吸をひそめ、風向を計った。鬢《びん》の毛をなぶる風は、南風《まぜ》に違いなかった。南風《まぜ》が下げ潮に吹くと、日和は長く保《も》つ、といういい伝えを記憶から拾いだし、彼は安堵《あんど》した。いまは、干潮《そこり》の最中《さなか》で、波止の根石も出ている。

彼は、連日太地の沖に出漁している、小舟《さっぱ》の船団のことを、気遣っていた。小舟《さっぱ》は元より、外海で使う舟ではなかった。陸地を指呼《しこ》の間《かん》に臨む港ぐちとはいっても、万一突風に吹き立てられれば、一里の距離はたちまち千里にひとしい遠さになり、沖上り（帰港）する可能性はなくなる。

「まあ、よかろ」と伴十郎はひとりごとをいいながら、腰をあげた。孫の手を引いて、寄子路《よろこじ》の迫《せこ》（路地）まで来たとき、本方《ほんかた》の定紋入りの提灯《ちょうちん》が、行手から揺れてくるのに気づいた。

「本方の人かえ、誰《だえ》なえ」

伴十郎が声をかけると、提灯をさげた人影は立ち止り、「北脇《きたわき》のおいやんか」と問い返した。伴十郎は、その声音で、金右衛門であると、すぐ分った。

「本家はんかえ。今時分《いまじゅう》、どこ行きなえ。お月さん拝みに行くんかえ」

「いや、ちょっとお前《は》んに話しゃあってのう。いま家へ行たら、浜へ行たちゅうんで、探しに来たんじゃ」

「そうかえ、談合《だんごう》ありゃ、家で聞こかのう」

和田一門の旦那衆には、路上の立ち話はしない習わしがある。二人は肩をならべ、北脇の家へ戻った。

奥座敷の、床を背に端座した金右衛門に、「何の用事なのし」と、伴十郎はたずねた。

「何《なん》ちゅうことも、ないんやけどのう。さあ、日和や、ちと気いになってのう」

日和、と伴十郎は眼を鋭くした。

「気いにするよな、兆《け》や出たかえ」

「いや、何もない。ないさか、気になってきてのう」

伴十郎は笑いだした。低く揺れる笑声が、いつまでも止《や》まない。

「儂《わし》が、何《なん》ど笑止なこと、云うたかのう」

行灯《あんどん》の明りに、けげんな笑みを浮かべた横顔を照らされて、問いかける金右衛門に、伴十郎は手を振ってみせた。

「いや、ごたがい年取って、倒《こ》ける先の気遣いまでする様《よ》になったのう。儂も先刻、浜で御者《おんしゃ》と同《お》んなしこと思てたんよぞ」

それにしても、鮪が瀬付いてから十日の間に、一度小雨が降っただけで、凪が続いていた。変化しやすい四月の天候としては、めずらしいといえた。灯明崎山見には、親爺《おやじ》役と二人の小者を配置しているが、万一の気象変化に備え、山旦那として、明朝から山見番所へ詰めてほしいという、金右衛門の頼みを、伴十郎は快諾したのであった。

太地の沖合いを、生物《いきもの》のようにうねり流れる濃藍《のうらん》の黒潮は、南西の四国沖を目指す上り潮であった。灯明崎、梶取《かんどり》崎の突起に、行手を阻まれた黒潮の一部が、太地湾に吸いこまれるように逆流し、北東へ弧を描いて走る、湾流となっていた。

鰹島の暗礁《はい》は、灯明崎の鼻から丑寅《うしとら》（北東）へ半里、湾流のほぼ中央のあたりの海底にひろがっている。四十石積みの五十集《いさば》舟を取り巻くように、沖合いを往来する小舟《さっぱ》の数は、五十艘を越えていた。

伴十郎は、山見親爺に指図し、敏速に狼火《のろし》を揚げられるように、三基の窯場《かまば》に充塡《じゅうてん》した柴《どやご》を、乾燥したものと取り替えさせた。

風見の吹き流しは、夜明けから変らず沖を指し、ヒラヒラと飜っている。空はいつのまにか、雲の濃淡が見分けられない、薄墨を流したような高曇りに変っていた。

陸地から沖へ向けて吹くゆるやかな風は、ダシとか、地アラシと呼ばれ、好天気の兆候であった。

「アンチカよ、何《なん》と、ええ和海《わかい》（凪）じょのう。休み潮のとき見たえに、波の皺ひとつないのう」

遠眼鏡を目に当てたまま、伴十郎は山見親爺に話しかけた。

「そうやのし、ダシ吹きゃ日和でよし。安心《ほっとり》ひてらえるのし」

背美《せみ》流れで息子を失ってから、めっきり老《ふ》けこんだ小文次のアンチカが、目脂《めやに》を溜《た》めた小さな目を向け、うたうように、おだやかな口調で答えた。

アンチカが、何を考えているのか、伴十郎には、すぐ分った。暗い鏡のように眼前にひろがる海を見ていて、傷ついた心が疼《うず》きださないでいることはない。

伴十郎は、黙って眼鏡筒を、右から左手へ、ゆっくりと動かしてゆく。

立場《たてば》釣りの船団は、朝から着実に漁獲の成果を挙げているようであった。絶えず、どの舟かに鮪が掛かり、慌《あわただ》しい動きを見せていた。釣りあげた鮪は、五十集《いさば》舟に積んでいる。

伴十郎は、小舟《さっぱ》の舷《げん》に胴着の上半身を見せている水主《かこ》たちの、音の無い動作を、レンズの視野にひとしきり捉えたあと、空を眺めた。

彼は、注意深く四方の空の、雲の変化をたしかめようとしていた。地方《じかた》からのダシが吹いているときでも、その上層に逆風が吹いているときがある。下層の風が吹き止むと、上層の逆風は、漁師たちが、「屛風《びょうぶ》倒《たお》ひた様《よ》に」と形容する通り、瞬《また》く間に空を鳴りどよもして吹き盛《さか》ってくる。

もしや、天の高みに、西南からの恐ろしい南風《やまぜ》が吹いていたら、と伴十郎は緊張して雲のあわいに、視線をすべらせてゆく。

「空や、どま黒《ぐろ》で、動きや分らん」と伴十郎は、ぼやいた。

「気遣いなかろよし。上《かみ》に吹いてたとひて、まあ、北東風《わいた》かのし。南風《やまぜ》なら、もっとかし、雲をば千切って、動かそよし。雨気《あまけ》も、まだまあ、強《き》つなろしのし」

アンチカが、脂目《やにめ》で空を見あげていい、伴十郎の不安が、すこし薄らいだ。

「節季に、でえらい目えに遭わさえたさか、儂や、ちと臆病者《へぼくた》になった様《よ》なのう」

たしかに、空いちめんに曇ってはいるが、空気に湿り気はないようであった。気温は前の日より、かなり下っていた。

伴十郎は、兵児《へこ》帯に挟んだ覚吾の懐中時計を取り出し、時刻を見た。五つ（午前八時）を、いくらか過ぎていた。

「まあ、あと一刻、四つ（十時）まで変りなけら、気遣いや無かろよぞ」

新屋敷の弥太夫の家では、裏庭に向いた奥の居間に、孫才次が床についていた。

数日前から右股《みぎもも》に瘍《よう》ができて、犬子《いぬご》（淋巴腺《りんぱせん》）も赤く脹《は》れ、発熱していた。水の浦の医者は、「いままでの、胴揉《どうも》んだ（辛酸をなめた）疲れの影響《どよみ》じょの」といい、散薬と吸い出し膏薬《こうやく》をくれた。

前の日、宵にヤソ平、一太夫、武助、槇平の、四人の若衆が、孫才次を見舞いに来た。

「孫やん、よう寝てのう、早よ治ひてよう」口の重い一太夫は、ぎこちない手付きで、孫才次の足を、濡手拭いで冷やしてくれた。

「俺《おんだ》と、武助はのう、明日の朝《あさり》に、神戸へさひて行くんよい。ええ所《とこ》、見てくるれえ」

ヤソ平が、剽軽《ひょうきん》に額を平手で叩いてみせ、皆を笑わせた。

「神戸て、摂津《せっつ》のかえ」

「そうよう、鮪《しび》の荷い運ぶ魚市場《さべなや》の、早荷五十集舟の水主方に雇てもろたんよい。一遍運搬《いっぺでがい》ひてきたら、精米二俵呉《く》れるんじょ。一遍《いっぺ》で二俵も貰《も》うたら、じきに税金《おんくち》払わんならんよな、金持《だんよし》にならのう」

早荷五十集といえば、一度荷を積めば、どのような荒天にも出航する、鮮魚の運搬船であった。重量のある魚類を底荷に積んでいるため、荒天でも帆走することがわりあいにたやすい。怒濤《どとう》に打たれ、船腹に損傷を受けても、積荷によって海水の流入を防ぐことができる。舷を越えて流れこむ水は、積荷の上に溜るため、汲み取って船体の沈没を免れるという、命がけの荒業《あらわざ》を日常としている舟である。

この舟に乗り組んだ水主の役割りは、向い風に逆らって進むとき、どのように帆を操作しても前進できなくなると、櫓《ろ》を漕いで遮二無二に、舟を動かすことであった。

その労働は、頑健な壮丁でも、半年も従事すれば、必ず労咳《ろうがい》を病むといわれているほど、言語に絶する苛酷《かこく》なものであるのを、知らない者はいない。

「まあ、体厭《かだらいと》うて、しっかりやっちょう」

孫才次は、心の通いあった友達《つれ》たちと、眼差《まなざ》しを交しあう。彼らの間には、貧窮すればするほど、互いの心をふるいたたせる、思いやりの絆《きずな》が、強まってくる。

孫才次は、前夜の一太夫の引き締った色白の顔を、寝床のうえで思いだしていた。
四、五日前、鵜殿《うどの》村の飛脚が、神津《こうづ》島のけさよという若い寡婦からの贈りものを、一太夫のもとへ運んできて、村じゅうの話題になった。けさよは、一太夫が思い焦《こが》れている懸思《けんし》（恋人）であった。
けさよが縫った紬《つむぎ》の袷《あわせ》を手にした一太夫は、家族をはじめ浦人の誰かれに冷やかされては赤面し、ふだんに増して口数が減ったが、孫才次には、「俺《おんだ》やのう、懸命《むさんこ》に金貯《た》めて、来年か、再来年か、いつかきっと神津島へ行てくらよ」、溢れるよろこびに目を輝やかせて、胸のうちを洩《も》らした。

孫才次は、友達のよろこびを祝いながらも、来年か再来年まで、一太夫がまちがいなく生きていられるだろうかと、軽い不安を感じていた。

彼には、将来の計画をたてる心の余裕はない。簀《す》の子一枚下は地獄の漁師《てんとのり》が、いろいろの算用《さんにょう》を立てるのは、ばからしいだけであると、彼は思っていた。襲ってくる苦難に、獣のように立ち向う暮らしの上に、どのような希望を托《たく》しても、それは幻に過ぎないのではあるまいか。

「ぐあいはどうなえ。ちいと痛みや引いてきたかえ」

いよが、枕辺に坐りにきた。「いいん」と孫才次は答えた。いよは彼の額に手を当て、「まだ、えらい熱いわよう」といい、濡手拭いを顔に置く。

目のうらに冷気が透《とお》り、孫才次はこころよくゆったりとした気分になる。彼は物心ついた頃から、祖母の傍にいるだけで、なごやかな春風に吹かれているような、落着きを覚えたものであった。

「昨夜《よんべ》、鯨や沖で啼《な》いてたろう」

やのう」

「あれ、お婆《ば》まは、あげな大きな声、知らなんだんかえ。よっぽど安気《あんき》に寝てたん
「そやかえ」

いよは、か、か、か、と軽い笑声をたてる。

「祖父《じい》まものう。小っさい時分《じゅう》は、寝太郎《ねたろ》やってのう。私《あたえ》といっしょに順心寺さんの寺小屋へ通うときにゃ、いつでも寄子路《よろこじ》の里の家から、ここの家へ寄って、祖父《じい》まの鼻つまんで、起こひちゃったもんやっとのう」

「祖父《じい》まとは、その時分《じゅう》から許婚《いいなずけ》やったんか」

「いん、ほんの小《ち》んまい頃から、同い年の許婚でのう。許婚のある弥太郎《やたろ》様（近太夫の幼名）ち云《い》うて、朋輩《ほうばい》に転合《てんご》云われてとのい」

不意に目の前が明るく映え、孫才次は顔の手拭いを取った。庭面に強い日ざしが照りつけ、生い茂った馬目樫《うまめがし》の嫩葉《わかば》を、いっときかっと燃えたたせたが、またすぐかげってきた。

十一章

　伴十郎は、暗鬱《あんうつ》に空の色を映して静まりかえった、太地《たいじ》浦の入江を抱く、向島岬の若緑の樹林に、ひとところ、村芝居の立役者に投げかける面明《つらあか》りのような光芒《こうぼう》が、落ちたのをみた。

　一群の葉叢《はむら》を鮮明に浮きたたせた輝やきは、たちまち岬全体にひろがり、海面に眩《まぶ》しく延びてきた。伴十郎は目を細め、空を仰いだ。密雲の切れ目から、強い陽《ひ》が棒のように降っていた。

　日和《ひより》じゃ、と伴十郎は眼鏡筒を持ち、崖縁《ぞれこみ》へ出たが、日はたちまちかげり、海は、もとの沈んだ紫紺にもどった。

「雲は動《いの》いたか」伴十郎の問いに、アンチカは首を振った。伴十郎は、遠眼鏡で雲の移動がないかと、ていねいにあらためたあと、水平線に目を凝らした。

　彼は、西南の海上に、気掛かりな変化を発見した。一色に薄墨を流した空と、黒漆の海との境いに、漆喰《しっくい》をなすったようにほの白い、ひび割れのようなものが、乱れ立っている。伴十郎は胸騒ぎを抑え、そのあたりを入念に探った。彼の懸念していた兆候は、やはりあらわれていた。白いひび割れの下方の水平線が、鋸《のこぎり》の歯を立てたように、微細な凹凸を描いていた。

西南の白いひび割れは、やがてくる嵐を告げる積乱雲であった。水平線の凹凸は、突風《たまかぜ》に吹きたてられ、沸きかえる表層流の大波が、打ちあっている証左であった。嵐は間もなく、一刻《ひととき》（二時間）か、二刻（四時間）のうちには、まちがいなく頭上に迫ってくる。

伴十郎は、忙《せわ》しい仕草で時計を取り出した。五つ（午前八時）を四半刻（三十分）は過ぎていた。陸から沖へ向けて吹いているダシは、急速に衰えてきて、ほとんど無風の状態になっていた。

「アンチカよ、梶取《かんどり》の西手の沖らに、積乱雲《はしら》立ったろ。ダシも落ちたし、天気や覆《かや》り目になってきた。今日の漁は、これまでじょ。早速《さそく》に采《さい》振って、沖の舟呼び戻せ」

伴十郎は、山旦那にふさわしい、決然とした口調で、指図を下した。さきほどまで肌つめたかった気温が、いつのまにか蒸し暑く変ってきていた。天気は変りかけていた。どのように転《ごんがら》かしてくるか分らない、不安定な空模様である。

大兵《だいひょう》のアンチカが、素早い動作で番納屋《ばんなや》から三尺柄の網采《あみさい》（網舟を指揮する采配）を取り出し、男衆の一人とともに望楼へ駆けあがった。

胸いっぱいに息を吸いこんだ男衆が吹き鳴らす法螺《ほら》貝の音は、滑らかな海のひろがりに、余韻を吸いとられ、哀れげな一筋の悲鳴となって走った。

アンチカが、すかさず蓑《みの》張りの短冊形を颯々《さつさつ》と鳴らし、鮮かな手振りで采を振った。伴十郎は、鰹《かつお》島の東南の沖、小舟《さっぱ》の群れの先頭に立ち、東へ移動している五十集《いさば》舟を、眼鏡筒の視野にとらえていた。

舳《みよし》に、幾つかの人影があらわれ、間を置いて、了解を告げる白晒《しろさらし》の合図幡が、その頭上で揺れた。やがて、船団の舟足が停《とま》った。

まあ、よかった、と伴十郎は小舟《さっぱ》の上に目をやる。横列に散開した小舟《さっぱ》は、いま延縄《はえなわ》を捲《ま》きあげる作業にとりかかった。

「ちゃっちゃとせえよ」伴十郎は、ひとりごとをつぶやく。帰路は、湾流をかわし沖を迂回《うかい》して二里と、伴十郎は目測した。逆潮《さかしお》を押し戻ってくるとはいえ、一刻余で沖上《おきあが》りできる。

前の日まで、五十集に乗っていた刃刺《はざし》国太夫は、所用で沖出せず、今日指図役を務めているのは、勢子《せこ》一番櫓頭《ろがしら》の、老練な竹蔵《たけぞう》であった。勘のさえた竹蔵の、素早い指揮の状況を、伴十郎はまばたきも忘れて眺めていた。

伴十郎の下腹に、不安の塊りが押しあげてきていた。新たに危険な兆候を発見したわけではなかったが、目に入る眺望と空気の動きや匂いに、彼の本能が自然に感応していた。

不意に疎《まば》らな大粒の雨が、伴十郎の頬を打った。沖からの風に押される、ななめの雨脚で、いっとき吹りしきると小止《こや》みになった。

伴十郎は、頭上を仰いで、あっと叫んだ。雲が動いている。ひた曇りに、一色の鉛を流していた空の全面に、いつのまにか垂れ下った雲ひだの濃淡があらわれ、生《いき》物《もの》のように脹《ふく》れ、しぼみつつ、南西《ひつじさる》の沖から北東《うしとら》妙法山の方角へと、急速に動いている。南風《やませ》じゃ、鬼や出たと伴十郎の分厚い胸が、早鐘を打ちはじめた。

「アンチカ、急な事になってきたろ。間なしに南風《やませ》や下りて来るろ。狼火《のろし》あげよ。貝吹いて、浜から持双《もっそう》をば、迎えに出させよ」

空の方々で、凧糸《たこいと》の唸《うな》りに似た風音が、鳴りはじめてきた。

「今度《こんだ》雨来たら、風やもっと強《き》つなるろ。早よ柴《どやご》燃やせ」

伴十郎は、男衆をせきたてて、枯柴《かれしば》に鯨油をかけ、付木《つけぎ》の火を点じた。音をたてて炎があがり、白煙が勢いつよく吹きあげ、周囲に立ちこめた。非常を知らせる法螺貝が、鳴りはじめた。

船団は、いっせいに帆を立てて帰路についていた。雲行の急変を覚《さと》った竹蔵が、一刻も早く岸へ近付こうと、懸命に指図しているようであった。伴十郎は叫んだ。

「ダシにだまさえてよ、えらいことひたあ」

烈風が頭上の高みからどっと吹きおとし、岬のタモ林を揺るがせて駆け過ぎた。

雨滴が、また風に乗って、つぶてのように伴十郎の羽織に当った。どどおん、と大砲《おおづつ》を放ったような轟《とどろ》きが空中を走り、林の樹々《きぎ》がいっせいに身をもみ、葉裏をひるがえし、切れた無数の木の葉が、空に舞いあがった。

一瞬の間を置いて、南風《やまぜ》が、空を鳴りどよもして襲ってきた。風を受けては、呼吸することもできない。伴十郎は横なぐりに叩《たた》きつけてくる滝津瀬《たきつせ》の雨のなかを泳ぎ、幟《のぼり》の支え杭《ぐい》をつかまえて、沖を見た。まっしろに煙った視界の遠方に、沸きかえる海面が見えた。岬の真下にある筆島の岩礁の上を、白濁した山のような大波が、せりあがってくる。

「こらえてくれえ、こらえてくれえ」

濡《ぬ》れ鼠《ねずみ》の伴十郎は、沖に向って叫ぶが、その声は、風雨に掻《か》き消され、彼の耳にさえ届かない。儂《わし》には、いずれはこうなることは分ってた。ちっとでも鮪釣《しび》らそと思《も》て、無理ひた罰喰ろたんじゃあ、と伴十郎は悔恨に胸をえぐられる。

新屋敷の、建てこんだ家並みの瓦屋根に、砂利をぶちまけるような音をたてて、雨が降りそそいだ。吹きこむ突風《たまかぜ》に障子が外れ、孫才次《まごさいじ》の顔の上に倒れかかった。

「よいたあ、えらい雨風じょ」

ぶんが雨戸を閉めに、家内を走りまわる。暗くなった厨《くりや》に、いよが行灯《あんどん》の灯を入れた。

「お婆《ば》ま、南風《やまぜ》じゃのう」

足を引きずりながら起きてきた孫才次が、柱につかまり、目を見張って声をかけた。いよは、屋台骨を揺るがして吹き過ぎる風音を計りながら、うなずいた。

孫才次は、よろけながら納戸《なんど》に入り、壁に掛けた半纏《はんてん》を手早く着ると、白木綿の力帯《ちからおび》をしっかりと締め、手拭いで頬かむりをした。

新らしい草鞋《わらじ》をつかみ、土間に下りた孫才次に、ぶんがとりすがった。

「孫、何するんよ。その体で、どこへ行くんよう。のう、お姑《か》はん、止めて頂《いた》あかひてよし」

「沖の舟、迎えに行ちゃらな。死んでも行ちゃらな、あくかえ（いけない）。一太夫《だゆう》も、タンタンも、行てる。どがいにひても、迎えちゃらな」

孫才次は、灼《や》けつく疼《うず》きを忘れ、草鞋を履く。

「病みわずらいひてる者《も》な、この吹き降りに行たて、何《ど》うもできんよ。足手まといになるばっかりやさか、不参《ふさん》（休み）しよし。無理にでて、海へ落ちたら、どうなるんよう」

「いや、行く。どうでも行くんじゃ」

孫才次は、母の手をふりほどき、立ちあがった。

「孫、待ちよし」

いよが、呼びとめた。

「父《とう》まが戻ってくるまで、お前《は》んがここの主人じょ。皆、お前《は》んを頼みに思てるさか、引き留めもしようぞ。しかしのう、お前《は》んが万一、命まやかひても（失っても）覚悟の上で、行くちゅうんなら、留めはせん。男にゃ、生きて顔射す（羞《は》ずかしい）思いするより、死んだ方がええときゃある。後の事あ気に病まんと、行きよし」

孫才次はうなずいた。彼は溺れ死んでも構わないと、思い定めていた。ぶんが、彼の太股《ふともも》にゆとう紙を布切れでくくりつけたあと、切火《きりび》を打った。

風雨に打たれ、鳴り騒ぐ板戸をぶんが引きあけると、肩蓑をつけた孫才次は、雨脚の煙り立つ路上に駆け出た。

破れ笊《ざる》や木屑《きくず》の転げまわる寄子路《よろこじ》の迫《せこ》（路地）を走り抜けると、大勢の男たちが、水の浦浜に蝟集《いしゆう》しているのが見えた。一艘《そう》の仮り持双《もつそう》が、高波に舳《みよし》を揺りあげられながら、港ぐちをめざして、漕ぎ出して行こうとしていた。大納屋浜から、舳の折れたままの持双舟が、波をかぶりながら纜《ともづな》を解いて出てきた。あれに乗るんじゃ、と孫才次は足を引きずり引きずり走った。


覚吾と弥太夫は、鳥羽《とば》、清水《しみず》、下田を経由する数日の舟旅の後、東京築地《つきじ》に到着し、麻布中ノ丁《あざぶなかちよう》の旧知の旅宿に草鞋を解いた。

「どうな、弥太夫。東京はえらい活気じゃのう。五年前に根室《ねむろ》行きのついでに寄った時とな、ころっと変ってきちゃあらよ。道も町家《まちや》も、あっちゃも普請《ふしん》、こっちゃも普請で、大阪にも、こんなの勢いはないろ」

夕餉《ゆうげ》の浅酌《せんしゃく》に口のほぐれた覚悟が、弥太夫に笑いかけた。「ほんまに、恐《おと》ろしよな繁昌《はんじょう》よのし」弥太夫が、あいづちを打つ。

弥太夫は、はじめて関東の人家を目にしたとき、われ知らず大阪、和歌山の町並みと比較し、板屋根、草屋根の貧寒とした建物の数多く目につくごとに、「東京ちゆうても、たいした事はなかろ」と、たかを括《くく》りたい気持が動いた。それは、自分を赤毛布擡《あかゲットかつ》いだ田舎者《いなかもの》、と思いたくない、気の張りであった。

大都会に気圧《けお》されまいとする弥太夫の努力は、築地海運橋《かいうんばし》際に艀《はしけ》を降りたとき、効《かい》なきものになった。

築地の異人洋館、第一国立銀行をはじめ、さまざまの役所、商館の大廈《たいか》高楼が櫛《しっ》比《び》し、往来の群衆は織るようで、人力車、馬車が、掛声も軽やかに駆け過ぎた。洋服を着た男女が多いことに、弥太夫は眼を奪われる。異人が、ステッキをついて歩いている。

黄昏《たそがれ》になると、銀座煉瓦《ぎんざれんが》街の大通りに、ガス燈《とう》に立ちまじって新規に設けられたばかりのアーク燈が、昼かと目をあざむく蒼白《そうはく》の光芒を放ち、満開の桜並木を照らしだした。

弥太夫は、新橋停車場《しんばしすてんしょ》ではじめて陸蒸気《おかじょうき》が、凄《すさ》まじい油煙を吐いて走るのを見た。

華美な服装の男女が、尻上りの関東弁を口早に喋《しゃべ》り、オヤマカチャンリンと戯《ざ》れ唄をはやしながら、雑踏を心得顔にすり抜けてゆく。

弥太夫は、自分が来るべきではない土地へ来ていると、感じていた。このような、気取りやの多い都会に、太地鯨方へ資金を貸してくれる金持《だんよし》が、いるのだろうかと、彼は疑う。

「居てる、居てる。そら気遣いない。いま、東京は不景気で、金の使い道や無《の》て難儀ひてる金主や、なんぼなと居てる。晩げになったら、神田《かんだ》川背にひて、柳原《やなぎわら》の土手にゃ白首《しらくび》（淫売《いんばい》）やぎっしり並ぶち云《い》うちゃるげ。人民は、どこでかて難儀ひてるんよう」

覚悟は、前途に対する怯《おび》えと虚勢がないまざった、緩んだ表情のまま、弥太夫にいう。弥太夫は、「世間にゃ、会社ち云うもんが有ってのう」という、岡崎邦輔の言葉を思いだしていた。東京では、鯨方など芥子粒《けしつぶ》のように見下す大きな組織が、世間を動かしていると、弥太夫は覚《さと》った。「大阪は、まだ舞台は狭い。東京は、ほんまの大場《だいば》じょのし」

翌朝、覚吾たちは岡崎邦輔の添書を携え、津田出《いずる》陸軍少将閣下を陸軍省に訪ねた。絹物ずくめの服装の商人たちの出入りが激しい待合室の一隅で、一刻ほど待たされたあと、彼らは閣下に面会を許された。

紀州藩の生んだ逸材として、ドイツ用兵学に長じ、陸軍部内の枢機《すうき》に参与する津田出は、紀州弁丸出しの、磊落《らいらく》な人物であった。

「熊野の鯨大尽《だいじん》ちゅうてのう。儂《わし》ら子供の時分から、絵双紙でよう見たもんじょ。邦輔の書面でも見たが、今度《こんだ》はまあ、えらい災難に遭《お》うたんやてのう。いや、ほんまに気の毒やよ」

閣下は、油で練り固めたカイゼル髭《ひげ》を撫でる。

「それでのう、借銭の儀やがのう。儂やその方の道には暗いんで、三井の三野村《みのむら》ちゅう大番頭に、しかじかと訳を打ちあけて話してたらのう。東上ひたら知らせ、按《あん》配《ばい》よう引き回ひちゃるち云うことやったさか、先方へ任ひちゃあるんよ。三野村利《り》助《すけ》ちゅうのは、切れ者やがのう。あの男、妙なこと聞いてたろ」

「どがな事でござりますか」と、覚吾がせきこんで尋ねた。

「太地の捕鯨は、火薬火器を使用するかと聞いたんじょ」

「火薬、そがな物は使《つこ》た事はござりまへな。慶長以来、鯨の体に網着せて銛《もり》打って取る遣《や》り方、変えた事はござりまへん」

そうか、と閣下は一瞬くったくげな表情を見せたが、「まあ、よかろ」とうなずき、三井本店への添書を暢達《ちょうたつ》な筆跡で認《したた》め、覚吾に手渡してくれた。

陸軍省を出た覚吾は、朝方とはうって変った上機嫌になっていた。

「津田閣下ちゅうお人は、話の早いお人じょのう。早速に三井の番頭へ話つけてくれちゃあらよ。もうこれで、千石船へ指《さ》ひて乗ったよな物じょ。これから後はのう弥太よ、儂の手のうちの見せ所《どこ》よ。てんない（袖の下）の使い方で、道やどうになと開けてくるんよ。軍資金やたっぷり持って来ちゃあるが、生きて使わな、何にもならなひてよ」

弥太夫にとって、東京は居辛《いづら》い都会であった。語尾のはねあがる関東弁が耳になじまない。したたる新緑を装う樹木のたたずまいでさえ、太地のそれとは違う。太地の、緑青絵具をこってりと盛りあげたような、肥え太った丸やかな形の樹は、東京にはなかった。東京では、どのような大樹にも、一筆で刷《は》いた墨絵を見るような、蕭寥《しょうりょう》とすがれた趣があった。

長梯子《ながばしご》を担《かつ》ぎ、付木《つけぎ》を携えた人夫が、街灯に明りを入れに歩く黄昏、銀座の空には、夥《おびただ》しい鴉《からす》の群れが、嗄《しわが》れた声で啼き交す。

雑踏する通行人の額をかすめんばかりに降りてきて、飛び去るときに糞《ふん》を垂れ、衣服を汚すものもいる。

「なんと多い鴉やのう。食物は、ようけあるんじょのう。どの家も、この家も、皆カラス付けちゃあるのう」

覚吾が、深い紅をたたえた夕焼け空を顎で示す。広大な間口を張った商家の重たげな大屋根の棟に、カラスと呼ばれる火焔《かえん》形の鋳物《いもの》が、天を指して取りつけられていた。鴉の脱糞で、屋根が汚れるのを防ぐ器物である。

弥太夫は、うなずきながら、空気を嗅ぐ。夕方になると、どこからともなく酸《す》いような、物の燻《いぶ》るにおいがただよってくる。石炭を焚《た》くにおいだと知らされたが、弥太夫には、それが地面から湧きのぼるにおいと思えて、ならなかった。

「ここは、異国じょ」と、弥太夫は胸のうちでつぶやいた。東京では、懐から金子が湯水のように流れ出ると、弥太夫は思う。覚吾は、どこへ行くにも体面を張って人力車や馬車に乗りたがった。日に三十銭や四十銭は、運賃に消えた。太地では、一銭といえば大金であった。一厘《りん》を子供に与えれば狂喜するにちがいない。

東京では、西南戦争による諸物価騰貴《とうき》の余波が、まだ納まっていなかった。覚吾が胴巻に詰め込んできた官札が、ここでは額面の八割の価格でしか通用しない。

「ええい、金借るまでの辛抱じょ。どんなのことでも、目算外れる事あ、有らよう」と、覚吾は顔を引きゆがめて強がりをいい、料理屋で祝儀《しゆうぎ》をはずんだ。

落ちつかない数日が過ぎ、ある朝、麻布の宿に三井の手代が訪ねてきた。表に馬車を止めていて、定紋入りの羽織を着た手代は、手代木《たしろぎ》と名乗った。

手代木は、三井の大番頭、三野村利助からの書面を、覚吾に手渡した。覚吾は、はやる手付きで、封を切った。弥太夫は、書面を読み下す覚吾の顔に、たちまち喜色がひろがるのを見た。

覚吾は読み了《お》えると、硯箱《すずりばこ》を引き寄せ、その場で返書を認めた。

「お役目のほど、ご足労を労《わずら》わしまひた。お返事は、これへ書き記しまひたので、三野村様に、しかとお手渡し下さりませ。かれこれご配慮のほど、ありがとうございます」

「さように、申し伝えましょう。それではまた明日《みようにち》お目に掛からせて頂くことにして、私はこれで、ご無礼いたします」

立居に気の利いた振舞いの手代木は、覚吾の返書を受けとると、すぐ座を立とうとした。

「いや、まあ、ちょっとお待ちなひて。せっかくお越し頂いたのに、まあ、ちょっとご一服なひて下はりませ。間なしに昼になりますよって、粗餐《そさん》ではございますが、差しあげとうござります」

「これは、これは」と頭髪をきれいに梳《す》きあげた手代木は、役者のように切れ長の目を細め、白い歯並びをみせ、大柄な背をすくめて、恐縮の態《てい》をあざやかに身振りで示した。

「ご厚意、ありがたく頂戴いたしますが、私はその、何分お勤めの間は忙しい体でございますので、本日のところは、折角ではございますが、これにて失礼させて頂きとうございます。またいずれご面晤《めんご》を頂く折りもございませば、その節に」

手代木は、これだけのことを喋るのに、色白の顔にめまぐるしく作り笑いの表情をうかべ、形のいい顎をつきだし大口あけたかと思うと唇をすぼめ、扇子で額を打ち、恐れいった態を示した。それが一向に嫌味でない。

手代木の馬車を見送りながら、覚吾は弥太夫に感嘆してみせた。

「どうよのう。三井の手代ち云うたら、あげな役者居てるんやのう。あら、なかなかの曲者《くせもの》じょよ。やっぱり東京の水で顔洗ろた人間ち云うのは、生き馬の目えも抜きかねやなよのう」

弥太夫は、「ほんまにのし」と相槌《あいづち》をうち、「書面で、何て云うて来たなのし」とすかさず聞く。心の昂揚《こうよう》をかくさない主人の顔つきから察して、悪い返事ではない。

「おう、いよいよ明日は本舞台やぞ。向うから呼び出し掛けて来とよう。明日の夕《ゆう》景《けい》六時に、何て書いちゃあら、ほに、ここじょ。向島《むこうじま》の八百松《やおまつ》にて一夕歓談つかまつり度《たく》、何卒《なにとぞ》お運びの程、希《こいねが》い奉《たてまつ》り候《そうろう》、というこっちゃ。津田閣下も、わざわざ出て頂けるち云うわよう。こら、まあ雇い金（借金）の話は、聞きいれてくれた様《よ》な物じょのう」

「さあのし」とうなずく弥太夫は、「料理屋の費用《かかり》は、どっちゃ持つんかのし」と聞いた。

「そうやのう」と虚をつかれたように口をつぐんだ覚悟は、「誘《さそ》てくれたさか、あっちゃかのう」と首をひねり、「まあ、ええわ。儂《わし》が払うちゅうて、一旦《いったん》は申し出てみるさか」と、笑顔になった。

三野村という大番頭には、津田閣下を通じて、一夕の招宴を設けたいと、こちらから申し入れていた。その返答が、先方からの招待であったということに、弥太夫は一抹の割り切れないものを感じた。こうした場合、大阪の商人であれば、気易《きやす》く招きに応じてきた。

これが東京風の流儀であるのかも知れない、と彼は考えてみる。紹介者の閣下の顔を立てて、借銭に来た田舎者を、接待してくれるのであろうか。よろこんでいる覚吾の顔を眺めながら、弥太夫は身内にぬぐいきれない不安を感じた。三井側はまさか、俺《おんだ》らを敬して遠ざけるために、わざと慇懃《いんぎん》にもてなす積りでは、なかろがと。

翌日、覚吾たちは昼のうちに髪床《かみどこ》に行き、湯に入って身なりを整えた。覚吾は仙《せん》台平《だいひら》のまち高袴《たかばかま》に黒紋付の上着を着た。弥太夫は紬《つむぎ》の晴着を着た。

「お前《は》んも持つか」と覚吾は市中で買った西洋巻煙草《まきたばこ》と懐中付木《つけぎ》の箱を差しだしたが、弥太夫は断った。覚吾は、大阪で暮らしていた頃、大金を出して買い求めた、金側金鎖の懐中時計を、帯の間に納め、懐紙と手巾《ハンカチーフ》、銀貨で膨らんだ財布を懐に入れた。

向島枕《まくら》橋の畔《ほとり》にある料亭八百松に到着すると、控えの間に通され、茶菓が運ばれて暫《しばら》くの間待たされた。小半刻《こはんとき》もの間、覚吾たちは障子の明け放たれた椽側《えんがわ》から、薄暮の余光をあつめて白く映える隅田《すみだ》川の川面《かわも》と、その対岸に眺められる、浅草《あさくさ》観音の堂塔に目をやっていた。

やがて、森閑とした玄関のあたりに轣轆《れきろく》と轍《わだち》の音が聞え、大勢の人声の騒めく気配がした。

「お出《い》でたろ」覚吾の頬が、引きしまった。間を置かず、仲居が迎えに来た。案内された広間には、洋灯《ランプ》が眩しく立てつらねられ、数人と想像していた客の数は、二十人を越しているように見えた。

「おう、覚吾君、お待たせせした」

聞き覚えのある声がして、うわずった覚吾の視野に、床柱を背に脇息《きようそく》に凭《もた》れた津田閣下の美髯《びぜん》が浮きあがった。

「これは、これは。本夕はご多用のところ、わざわざご来駕《らいが》を頂き、ありがとう存じます」

敷居際に手をつく覚吾を、閣下は「まあ挨拶はよかろうが」と手招き、「こっちゃへ来《き》なあ。今夜《こいや》は、あんたが正客じゃさかいに」と、三野村の隣席に呼ぶ。

三野村は、沈着げな眼光に威のある、引きしまった容貌の男であった。浅黒い顔色に、明治政府の台所を切りまわす三井銀行、物産の宰領としての、精気がみなぎっている。

「やっぱり、この男が一座の主役《どつさり》じょのう」と弥太夫は、すばやく見て取った。

「三野村さん、これが延宝《えんぽう》年間以来、江戸幕府へ鯨肉御用を承ってきた、紀伊鯨方棟梁《とうりよう》の和田覚吾じゃ」

「ご雷名は、かねてより承知しております」

三野村は、丁重に一揖《いちゆう》した。

「本日はのう、かねがね貴君に意を通じておいたように、覚吾君が事業を新規に開拓されるについて、その資金を融通してもらいたいわけやが、早速その話し合いに入ってやってくれるか」

「承知いたしました。殖産は国家の基《もとい》でございます。私方と致しましては、有望な企てであれば、資金はいかほどでもご調達させて頂きましょう。今日、私が同道いたしました者は、いずれも東京、横浜で事業を営み、生糸、米穀、鉱山、汽船、鶏卵を商っておりますが、和田様に事業の目論見《もくろみ》をお聞かせ頂いた次第では、ご助力させて頂く所存がございます」

津田閣下は、よかろうとうなずき、覚吾に計画の説明を促した。下座に就いた覚吾は、嘉永年間、不漁続きに疲弊した太地鯨方の再興を期し、北海道西部沿岸を調査したところ、長大な克鯨《こくくじら》が夥《おびただ》しく群游《ぐんゆう》しているのを発見したという発端から話しはじめた。

北海道出漁の最初の計画が維新の動乱に妨げられ、その後明治七年、小野組より一万五千円を借り受け、実施の寸前に、小野組倒産で挫折した経緯を、仔細《しさい》に語るうち、覚吾は、北海道にいる宝の山を客たちに理解させる前に、痩《や》せ細ってゆく鯨方の実態を、印象づけるのではなかろうかと、しだいに動揺してきた。金主共に、こっちの内懐《うちぶところ》を見すかされてはいけない。痩せても枯れても、日本十大分限の天狗源内《てんぐげんない》こと和田棟梁じゃと大風呂敷を張っちゃれ、という、金右衛門の言葉を、覚吾は突然思いだした。

小野組は、曾《かつ》て三井組の好敵手であった。覚吾が小野組の名を口にしたとき、微妙な動揺が、一座に流れた。こいつら、いま何を感じたのか、と覚吾は目を宙に据え、気を取り直して話を続ける。

「そのあと、同族の者が寄り合《お》うて、また太地で漁をはじめまひた。私が宰領しだひてからは、鯨もよう取れまひてのう。月に十九頭も仕留めたこともありまひた。なにしろ鯨ちゅう物は、皮、肉、骨、油、血、臓物、鬚《ひげ》、と何一つ捨《ふ》てる物はござりまへん。背美《せみ》の大物なら、一頭で二千円から三千円。牛二百頭の肉が取れまっさかいのう」

ほう、と客たちが顔を見交す。弥太夫は、覚吾の語りくちが、微妙に変ってきたのに気づいていた。

覚吾が、金主を引きこむ話術は、最初は正直すぎるほど率直に内状をさらけだし、そのあと、企ての有望性を際立って誇張し、相手を強引に薬籠《やくろう》中のものにすることであった。

若はんは、やっぱり大根《おおね》や豪気なもんじょ。東京の金持相手《だんよし》に、ええ掛け引きすらよ。しっかり気張れ、と弥太夫は心中で声援する。

「十頭取りゃ、二万から三万の利益でございます。そらまあ、云《い》うてみたら大名でございますよ」

「それでは、ご郷里で漁されておられるだけでも、立派な御成業ですが、そのうえ北海道へ拡張されるご思案されたのは、よほど有望と見立てられてのことでしょうか」

「はい、左様でございます。北海道へ参りますれば、水揚げは、いまの倍にも、三層倍にもふえるのは、金打《きんちょう》ひても間違いござりまへん。雑用《ぞよう》を賄《まかな》える資金さえ調達できたら、いま直《す》ぐにでも掛かりとうございます。実は、昨年十二月二十四日の夕方、見たこともないような大っきな背美鯨が、仔《こ》連れで沖から参り、鯨方は総出でこれに掛かって、取ったんでございますが、折り悪う海や荒れて、かわいい子方《こかた》を大勢死なひてしまいまひた。この者らの、残ひた女房子供の立ち行くように面倒見て行くために、北海道の漁を思い立ったのが、打ちあけたところでございます」

客たちは、うなずきあっていたが、一人が尋ねた。

「北海道には、どの辺りに鯨が居りますか」

「室蘭《むろらん》から東北へかけての浜にゃ、どこにでもぎっしり居ってございます」

「いつ頃、見ましたか」

「私が、じかに見まひたのは、七年の秋でございまひた。先月、人を遣《や》って調べさひたところ、私の見たところと大変りないとのことで、ございまひた」

「イギリス、アメリカ、ロシヤの捕鯨船が、仙台金華山《せんだいきんかさん》沖あたりに群れをなしていた鯨を取りつくし、北へ上りつつあることは、ご存知ですか」

覚吾は、胸をつかれた。この客は、いったい何を云いだしたのか。覚吾の幼時、太地沖へ、異国船が現れたことがあった。船首に長さ八尺ばかりの、弁髪を長く垂れ、海面にも及ぶばかりに綾羅《りようら》を曳《ひ》いた美婦人の像を掲げた巨船は、船中に多数の鍛冶工《かじ》がいるらしく、鉄を鍛える音が船外にまで聞えた。串本《くしもと》から出張した藩役人が筆談した結果、それはアメリカ捕鯨船と判った。

覚吾が、異国の捕鯨船を見たのは、ただ一度そのときだけであった。覚吾たちの持船では行くことのできない黒潮の彼方《かなた》を往来する帆前船の動静など、関わり知らないことである。

「新聞などの便りでは、いささか聞き及んでござりますが」

覚悟は、記憶の底をさぐったあと、とっさに嘘《うそ》をついた。

「やはり、ご存知ですか。私は、東京、仙台、函館《はこだて》の間を常に往復して海運を営んでおりますので、しばしば彼らの船と行き会います。その度に、御国の鼻先を荒され、甚《はなは》だ心外だと、憤慨してまいりました。あなたのような方が奮起され、外国人の鼻を明かして頂ければ、溜飲《りゅういん》が下がるというものです」

「漁の腕前は、どこの国の漁師と比べて頂いても、我々は決して引けはとりまへな。この弥太夫が、何百人もの漁師を束ねる役をする者でござりますが、弥太夫なら、いったん網代《あじろ》へ入った獲物なら、銛先《もりさき》外すちゅうことは、万に一つもございまへん」

「網代とは」

「つまり、漁場でございます。太地の漁場は、沖一里から三里の間にあって、そこが鯨の通い路になっておるのでございます」

「それより沖へは出ないのですか」と三野村が尋ねた。

「はい、鯨は昔から寄り鯨と申しまして、岸へ寄って来たがるものでございまひて、それを狙うて取るのが、いちばんたやすうございます。沖には黒潮が、一番潮、二番潮と流れておりまひて、そんな遠方で取りまひても、曳いてくるのに大難儀をいたします。アメリカ国あたりの鯨舟は、形も大きく、そんな心配もないのでござりましょうが、我々の舟では労多くして功すくなし、ということになってしまいます」

三野村と、津田閣下となにごとか話しあった。閣下は美髯をしごいて笑い、覚吾にいった。

「和田君、それではいよいよ並みいる歴々の諸君に、熊野ではどんなにひて鯨を取るか、ちゅう、捕鯨法の神髄を開陳してくれんか」

覚吾は、弥太夫に目くばせをした。弥太夫は、携えてきた風呂敷包みを解き、鯨網掛け、突取り、漕ぎ取り、捌《さば》きの色絵図、網代の見取図、鯨類絵巻、鯨舟絵巻の嵩《かさ》高い束を、覚吾の膝もとに置いた。

「おう、これは綺麗《きれい》な」

「住吉《すみよし》の流れを汲《く》む絵じゃのう」

客たちは、嘆声をあげ、膝を乗りだした。渺漫《びょうまん》と海波を刻む大洋のただなかに、雪白の狂瀾《きょうらん》を巻いて背美鯨が泳いでいる。二頭の仔鯨が、その後を追っている。

鯨の行手に、赤い注進幡《ばた》を艫《とも》に立てた十数艘の勢子《せこ》舟が、裸形の水主《かこ》たちのさっさい押しで、迫っていた。どの舟の舳《みよし》にも、締め込みひとつの赤裸になった刃刺《はざし》が、仁王立ちに立ちはだかり、一丈二尺の早銛を脇にかかえている。

「なんと、このような小舟で」

「ふうむ、聞きしに勝る勇壮なものじゃ」

弥太夫は、不意に熱いものが、喉もとにつきあげてきて、それを懸命におさえた。客たちの感嘆の声が、彼を刺戟《しげき》した。

本方《ほんかた》の、正味八合の施米《はちまん》で一家の露命をつなぎ、潮焼けに荒れた顔に深い皺《しわ》を刻みつけた男たちが、弥太夫は哀れでたまらなくなる。

お前《は》んら、こんな立派《ぎっぱ》な座敷に坐《すわ》って、酒呑《の》んでる金持《だんよし》や知ろまえが。馬車も人力《りき》も、陸蒸気も、何にも知ろまえが。蜂蜜《はちみつ》欲しがる子おの頰べたつねって、厘《りん》に替え、お嬶《かか》は夏にや水買《みるこ》う銭や無《の》て、子に唾《つわ》飲ます。ここの金持《だんよし》らも、お前《は》んらの様な虫けらや、こげなことひてるとは、知ろまえのう——

弥太夫は、胸のうちで、漁師《てんとのり》たちに話しかけ、昂《たかぶ》る思いを押し静める。

「太地の鯨漁と申しますのは、まずはこのような段取りで行うものでござります。漁には、冬漕ぎと夏漕ぎがございまひて、十一月から二月までの冬漕ぎの間にゃ、大物《おおもん》が数多う取れてございます。鯨舟の陣立ては、鯨を銛で突く勢子《せこ》舟が、およそ十五艘、網舟四艘、持双《もっそう》舟四艘、樽《たる》舟五艘、山見舟一艘で、いずれも八挺櫓《ちょうろ》から六挺櫓、十五人から十三人が乗り組みまひて、鯨を見付けまひたら、蒸気船の三層倍も早う走ってございます」

覚吾は、彩色鮮やかな鯨舟絵巻を指し示す。

「そもそも、和田宗家の始祖は、桓武《かんむ》天皇四代従五位下《じゅごいのげ》、上総介高望《かずさのすけたかもち》でございます。その後胤《こういん》、朝比奈《あさひな》三郎《さぶろう》和田義秀《よしひで》に至って、故《ゆえ》あって建暦《けんりやく》年間熊野泰地に蟄居《ちっきょ》致し、慶長十一年（一六〇六年）に和田頼元《よりもと》が、綱銛《つなもり》を使《つこ》うて鯨を捕える刺手《さして》組をば作りまひた。その後七十年ほど経《た》ちまひて、和田頼治《よりはる》という、時の当主がある日軒端《のきば》を眺めておりますると、蜘蛛《くも》の網に蟬《せみ》が掛かって、蜘蛛にくわえられまひた。それを見てるうちに、海中へ大けな網を張り、大鯨を捕えることもできるのでないかと、ほっと思いつき、縦横二十間という、苧縄《おなわ》の網を作らひて、漁に使うてみまひた。ほたところが、大けな鯨で、いままで逃げられてばっかりやったよな物でも、網かぶったら動きは鈍うなって、たやすく押さえられます。それで水揚げは、いっぺんにふえた、ちゅうことで、これが天下に聞えた日本国随一網取り漁の始まりに、なったわけでございます」

覚吾は、調子に乗って喋っていた。ここで一番、この金持連《だんよし》を信用させなあかん、と彼は気張った。一期半期の成り上っては潰れる、炮烙《ほうらく》網元とは違うんじゃ。

網代に就いた船団の陣形、沖合い、刃刺の役割り、灯明崎、梶取崎《かんどり》、向島の三ケ所の山見の機能の説明を詳しく述べたあと、いよいよ発見した鯨の追跡に話が及んだ。

覚吾は、顔をしとどに汗で濡らし、高声をはりあげて、鯨を網に追いこむ様を、目に見えるばかりに喋りたてた。

刃刺が一番銛をつけるくだりでは、弥太夫も、思わず頰を紅潮させる。「旦那衆は、ほんまに聞き上手じゃ」と彼は感じた。なるほどとか、いかさまのう、と手《て》ん手《で》に感嘆の声をあげ、覚吾の饒舌《じようぜつ》を煽《あお》りたてているようである。

網をかぶらせた鯨に、早銛、差添銛《さしぞえ》、下屋銛《げや》を打ち、かずらの浮輪を頼りに深場《ふかば》へ追跡し、重量のある錨《いかり》銛、柱銛、万銛で足取りを止め、刺水主《さしかこ》が手形を切る。瀕死《ひんし》の巨鯨が、血潮の円柱を天に奔騰《ほんとう》させ、往生するまでの委細を、覚吾は一気に述べ終えた。

「見事じゃよ、軍陣の掛け引きと、異るところはないわのう」

津田閣下が手を打って感嘆した。

「そのように勇ましいものとは、今まで存じませんでした。今日はいい学問をさせてもらいました」

「まったく、富士の裾野の巻狩りをでも、見せて頂いたように、大掛かりで、おもしろいお話です」

紳士たちも、閣下に同調してほめそやした。

「さあ、この辺でひとつ愉快にやろうじゃありませんか。芸妓衆《げいぎ》に入ってもらいましょう」

着飾った芸妓が大勢入ってきた。座敷はたちまち盛花を置いたように派手やかになった。「弥太夫さん、何か大漁唄でも聞かせてはくれませんか。潮で鍛えたいい喉だろうから」と、誰かが声を掛けてきた。

「はい、不調法でございますけども、漁師の唄でよけら、唄わひて頂《いた》あくよし。ほんまに、お聞き苦しいやろけどのし」

「おう、これはまた丁寧な。お国では、お言葉のけじめに熨斗《のし》をおつけになるのですか」

弥太夫を取り囲んだにこやかな旦那たちの間に、笑声が湧いた。

覚吾と弥太夫は、泊って行けという三野村たちのすすめを辞して、夜更けて宿に戻った。彼らは深酔いしていたが、宴の興奮が尾を引き、眠れなかった。

芯を細めた洋灯《ランプ》の、ほの暗い明りにおぼめく、天井のあたりに目をやっている弥太夫に、枕を並べた覚吾が話しかけてきた。

「のう、今夜《こいや》は気張ってべりくったさか（喋ったから）くたぶれとよ。ほいでも、ゴンドさらかひて（あやして）港口へ入れる様《よ》に、雑作《ぞうさ》なしに、こっちゃ向いてくれる客やっとのう」

「そうかのし。私にゃ、あんまり手応えや無さ過ぎて、心許されん様《よ》に思える節もあったけどのし。思い過ごしかのし」

「そら、そげな気に病む事《こ》た、ないよ。あったら、津田はんも、あげな上機嫌になる訳やないさかのう。儂《わし》の話聞いて、三井一統の歴々かて、太地鯨方ちゅうのはたいしたものやと、信用ひたんよかえ。手代木ちゅう手代は、去《い》にしな儂に、明日はお待ちひておりますちゅうて、手え握ったさかのう。えっぽどええ客やと思たんよかえ」

覚吾の希望する、三万円の借入れ依頼に対する回答は、翌日午後一時に三井が設立した第一国立銀行で行われることになっていた。

「三万円貸ひて貰《も》うたら、かなり八合《はちごう》な（八分通りの）絵や描けらのし」

北海道でも、どこでも、鯨さえ居てりゃとりまくっちゃる、と弥太夫は、身内に力がみなぎってくるのを感じた。

今夜の金持ら《だんよし》の口ぶりでは、金貸ひてくれるのは、まあ間違いない。やっぱり若《わか》は偉いやのう。俺ら《おんだ》の様《よ》な、針のメドから天覗《のぞ》くよな者《もん》とは、出来が違わえ。やっぱり、東京へ指《さ》ひて、出て来てよかっとよう。

弥太夫は、悦《よろこ》びに浸りながら眠りに落ち、「明日の土産物《みやげもん》、何にすらのう」と覚吾が尋ねても、返事がなかった。

翌日、彼らは定刻に、三階屋上に城郭のような櫓《やぐら》をのせ、築地海運橋際に屹立《きつりつ》する宏大《こうだい》な第一国立銀行の玄関ホールに到着した。ほの暗い、見上げるばかりの天井に、靴音や話し声が、こだまの尾を引く。シャンデリアの下った廊下は油臭く、踏みしめる草履の裏が、こそばゆく鳴った。給仕は彼らを、二階のテラスに面した応接室に案内した。

部屋の中央に置かれた丸テーブルを囲む椅子に、二人は腰をかけた。

「なんと、大層《がい》な家じゃのう。こげな家は、大阪にゃ無いわのう。紀州さんのお天守とな、大《お》きいわのう」

覚吾が、辺りを見回しながら、かすれ声でいう。弥太夫も、この家にはどれだけの人間が使われているのかと、考える。何百人か、いや、千人もいるかも知れない。見上げるように大柄な、赤面《あかつら》の異人とも、廊下で幾度かすれちがった。

三野村は、この銀行の親玉より、まだ偉い人間やと、弥太夫は前夜盃を交した男の姿が、急に遠方へ退いて行くように思った。こら、身分違いの金持《だんよし》じょ。俺《おんだ》らは、行儀知らずの田舎者やと、甘やかされてたのと違うか。

弥太夫は、窓外に目をやる。朝から降りだした雨脚が繁《しげ》くなり、こんもりと暗緑の葉を茂らせた河畔の大木が、間を置き吹き過ぎる突風に身をよじり、滴を振り落している。ほの暗い室内から眺めると、外はこのしろの腹のように、青光りして見える。

気の滅入《めい》るような眺めやと、弥太夫が思ったのは、待たされる時間が長びいていたからであった。

「暫《しばら》くお待ち下さいませ」と給仕が置いていった茶は、既にさめていた。覚吾は咳《せき》払いをし、扇子をつかい、懐中時計をひらいてみる。

「まあ、三野村はんもいろいろと忙しいお人やさか、番狂わせの用事も有ろかえのう」

覚吾は、堅い笑顔をつくってみせた。面会時間を指定しておきながら、ながながと待たせるとは、思ってもいなかった無礼の振舞いである。覚悟は相手の真意を計りかねた。

三野村は、こちらを軽んじてはいないまでも、丁重に扱おうとは思っていない、と彼は判断した。いや、こっちは借り手じゃもの、これくらいにあしらわれるのが当然じゃ、と考え直してみたりもする。しだいに不安がひろがってくる。

一刻《ひととき》（二時間）近く経ち、気のせいか窓外の明るさがかげったように見えてきた頃、ドアが開き、洋服姿の手代木が入ってきた。

「これはどうも、大きに遅参いたしまして、ご無礼申しあげました。まったくお詫《わ》びの申しあげようもございません。本日は、三野村が自身で参る筈《はず》でございましたが、火急の用件が出来まして、今朝静岡県へ向けて出立《しゅったつ》いたしました。つきましては、私が名代《みょうだい》として、お申越しの儀について、ご返答させて頂きたいと存じますので、ひとつ悪《あ》しからずご容赦下さい」

覚悟は、鷹揚《おうよう》に手を振ってみせた。借銭の交渉さえ整えば、少々の無礼は目をつぶってやる。

「それでは、三野村の意見を申しあげます」

弥太夫は、慇懃《いんぎん》な笑みを湛《たた》えた手代木の表情が、冷酷な悪相に変ったように思った。

「昨晩お示しの網取り漁なるものは、数百の人数と、あまたの器械を用い、鯨捕獲の効能は甚だ薄いと思われます」

なに、と覚吾は耳を疑った。何を吐《ぬ》かすか、素人《しろうと》めや。儂は昨日、こいつらに欺《あざむ》かれたのか。覚吾は腹中から急速に力が抜けていくのを覚えた。

「あなた方は、アメリカ国のペルリたちが、幕府に開港条約を迫ったのは、アメリカ、イギリス、ロシヤなどの捕鯨船が、日本の港で薪水《しんすい》の補いを得られるようにしたいが為《ため》であったのを、ご存知ではないらしゅうございます。もっとも、時勢にうといのは、あなた方の咎《とが》ではなく、長らく国を鎖《とざ》していた幕府の罪でございますが」

手代木は、外国捕鯨船の事情を述べはじめた。それはすべて、覚吾たちがはじめて耳にするもので、曾《かつ》ての小野組の番頭たちも知らなかった事実であった。

アメリカ国ナンテカット島を根拠地とする捕鯨船は、大西洋の鯨を取りつくし、赤道を越してブラジル海、西印度諸島、メキシコへ遠征し、北は北極海にまで航海した。そして遂に太平洋に進出した。

通商航海に往来する船舶の全くない太平洋は、捕鯨船の独り舞台であった。文政《ぶんせい》三年（一八二〇年）、ナンテカットの捕鯨船が、金華山沖を埋める無数の抹香鯨を発見した。たちまち、大挙して押し寄せた大捕鯨船隊は、手当りしだいに濫獲《らんかく》を続け、何百頭という鯨群のただなかにボートを漕ぎいれるとき、普通のオールでは鯨に当って漕げないため、特に短いオールを用意したといわれるほどの、密集した世界的な鯨の大群を殆《ほと》ど滅亡させた。

その後も、日本近海で数百隻《せき》に及ぶ米、英、露三国の捕鯨船が操業し、游泳《ゆうえい》の速力が遅く、死後も海中に沈没しない、背美《せみ》、抹香の二種を根絶やしにしようとしている、と手代木は語った。

アメリカ捕鯨船は、三百屯《トン》ほどの帆船に、三、四十人が乗り組み、数年分の食料を用意してやってくる。

鯨を発見すると、二艘のボートで追う。ボートには六、七人が乗り、鯨に接近すると、ボンブランス破裂銛という、爆裂矢を仕込んだ銛を投げる。鯨は火薬の炸裂《さくれつ》による傷で、たちまち死ぬ。親船は、直ちに突進してきて鯨体を舷側《げんそく》につなぎ、解体し、油を搾る。

数百人で巻狩りをする日本の捕鯨とは、全く趣の異る効率のよさで、一日に十頭の大鯨《たいげい》をほふる船も、稀《まれ》ではない。

「そのアメリカ捕鯨法でさえ、昨今は時勢に遅れてまいりました。死んで水に浮く、背美、抹香が取りつくされ、これまでは捕えられぬものとされておりました長須《のそ》、白長須《しろのそ》などを取るために、ノルエイと申す国で発明した捕鯨砲とやらで漁をする方法が、勢いを増して参っておるとのことでございます」

覚吾は、茫然《ぼうぜん》と手代木の話を聞き、示された捕鯨船の写真を、うつろな眼で眺めていた。異人のことは儂らとは関係がない、海外の事情がどうであっても、儂らは網取り漁で成績をあげてやるという強気が、徐々に失《う》せていった。

「祖父《じい》まの代あたりから、寄り鯨の数や減ってきた訳が、ようやっと分っとよう」

と、彼は胸のうちでうなずく。頭が、丸太ででもどやされたように、霞《かす》んで考えがすばやく動かない。手代木の顔と言葉が、遠ざかったり近づいたりし、彼は襦袢《じゅばん》の襟が濡れるほど汗をかいていた。

「このような、時代の形勢から考えまして、いま北海道で鯨の網取り漁をなさるのは、失礼ですが、愚挙であると、三野村が申します。鯨の蝟集《いしゅう》するところには、必ず外国船も参ります。そうすれば勝敗は戦わずして明らかといえましょう。折角の津田閣下よりのご推薦ではありますが、ご融資はお断りさせて頂かねばならないと、店内の会議で決りました。昨晩までは、私も、色よいご返答をさせて頂けると信じておりましたが、思いの外のこととなりまして、ほんとうにお気の毒でございます」


三日後、覚吾たちは麻布の旅籠《はたご》を立ち、鳥羽へ向う便船に乗るために、品川《しながわ》へ向った。海が見えるところまで行くと、覚吾の足どりが鈍った。

「弥太夫よ、この次はいつ出て来やれるか分らん所《とこ》じょ。一遍《いっぺ》横浜まで陸蒸気《おかじょうき》へ乗って行こら」

「乗るち云《い》うても、乗り賃や高かろがのし。やめときまひょら。それより、留守の間《ま》あにも何事起っちゃあるか分らんさか、私や一刻も早よ帰りたいよし」

「まあ、ええや。雇い金や断られて、空手で去《い》ぬんじょ。急ぐことあるか。陸蒸気やめるさか、横浜まで歩いて行こら」

弥太夫は、蒼白《そうはく》に血の気の失せた覚吾の顔を見ると、ことわることができなかった。矜持《きょうじ》を叩きつぶされ、動転した覚吾は衝撃から立ち直れないでいた。

東海道の松並木に張り渡された、テレガラフの電線を見てさえ、弥太夫は新時代に置き去りにされてゆく思いに刺され、胸が痛む。

彼らは砂埃《すなぼこり》を蹴たてて西へ歩いた。宿場の店屋《みせや》で、心天《ところてん》を喰い、茶飯を喰い、酒を飲んだ。弥太夫は無性に喉が渇いた。

借金を断られてから三日の間に、彼らは三野村に直談判《じかだんぱん》しようと三井へ掛けあったが、相手にされなかった。

津田閣下は会ってくれたが、力が至らず、役に立てなかったと率直に詫びただけで、新たな融資先を斡旋《あっせん》してほしいという覚吾の願いは、断った。

「ええい、若はんよ。こんな時こそ、気いしっかり持たな、あかんよし。儂ゃらの見たことないよな沖らで、毛唐ぁどんかえ鯨取ってるか知らんが、まだまあ寄り鯨は多いやよし。寄ってくる奴《やつ》、きちきち取って行たら、太地に居てても、食うぐらいはどうにでもならのし。たまにや、鮪《しび》でも、鰤《ぶり》でもゴンドでも、どし込んできてくれるし、今のえらい瀬えさえなんとか越せたら、食いはぐれやない。誰の世話にならいでも、やって行ける時や、また来《く》らよし。舟も道具も、ちびちび揃《そろ》えたらええんじょよし。元気出ひて頂《いた》あかひてよう。若」

弥太夫は、魂の抜けたような覚吾の背を叩き、励ました。

横浜に到着したときは、すでに日が落ちていた。汽船に乗る直前に、待合所から覚吾の姿が消えた。弥太夫が夜通し探したが、遂に現れなかった。荷物を調べると、妻子へ土産の半襟の包み紙に、「先に帰国ひてくれ、借銭ひて帰る」という書き置きが残されていた。

弥太夫は、振り別《わ》けの重い荷を負い、一人で鳥羽に戻りついた。鳥羽から鵜殿《うどの》に向う便船に乗った。魚臭のただよう船室に這《は》いこみ、壁板に凭《もた》れ、弥太夫は煙管《きせる》を取りだした。

煙草を深く吸いこんでは吐き出し、茫然と煙の行方を追う。太地へ帰って、交渉の結果を皆にどう知らせるか、彼は繰りかえし考え、事実を伏せることに、腹をきめていた。

北海道出漁の計画については、三井側では大乗気で、費用の一切は面倒を見ると確約した。ただしあいにくの不景気で、さすがの大福長者も、手許《てもと》が払底で融通のメドがつかず、覚吾棟梁は借入れが実現するまで、東京に居残ることになったと、浦方一統に知らせる事にする。

彼は真実を、金右衛門、伴十郎の二人にだけ、打ちあけるつもりでいた。皆に実状を知られれば、希望のない前途に絶望した者が、鯨方の組織を打ち毀《こわ》しかねない恐れがあった。弥太夫は、鯨方再建の見通しがつくまで、是が非でも皆の力を纏《まと》めて行かねばならなかった。真暗に塗りつぶされた前途をたしかめたとき、彼の内になぜか気力が湧いてきた。面目を失い、恥辱に耐えかねて逐電《ちくてん》した覚悟に代って、事態を収拾しおおせてやるという意気地が、頭を擡《もた》げてきていた。

相客がぎっしりと詰めこまれると、船は帆を張り、港を出た。鵜殿までは、風向きによっては二刻（四時間）余りで走れる。

「太地の船頭衆ものう、気の毒にのう。一昨日から昨日にかけての山火事で、杉の四十年物ぁ十万本焼けたらしのう」

「ほんまに、悪行《わるい》き続きじょのう。鯆舟や覆《かや》って大勢人死《ひとじ》に出てから、まだ十日にもならんちゅうのにのう。何どの祟《たた》りと違うんかえ。あんまり悪《わ》りこと続き過ぎらのう」

船客の雑談が弥太夫の耳に入った。何気なく聞いた言葉は、いきなり雀蜂《すずめばち》の針よりも鋭く彼の心臓を刺した。彼は思わず煙を深く吸いこみ噎《む》せた。

耳が、があんと鳴り響き、人の言葉が全く聞えなくなった。彼は、軽い眩暈《めまい》から立ち直った。胸が激しく動悸《どうき》を打っている。

「今、あいつらは何ち云うた。鯆舟覆《かや》って人死に出たち云うたな。ほんまか、そんな事が、あってええのか」

弥太夫は、半眼を見開き、床を見つめて驚愕《きょうがく》を静めた。おちつけ、一番刃刺や泣声聞かれて、恥かいたらいかな。

弥太夫は、波うつ胸を押し静めてたずねた。

「そこの人ら、お前《は》んら、いまさっき太地で何どあったち云うてたが、も一遍《いっぺ》確かなこと聞かひてくれるかえ」

二人連れの老爺《ろうや》が、ふりかえった。

「親方は、太地に縁のある人かえ」

「ちと、親類《いとこ》はいてるんよ。いま旅の帰りで、初耳でよう」

「そら、いかな。早よ尋《たん》ねに行ちゃりよし。鮪舟や、不意打ちの突風《たまかぜ》に当てらえて、死人や四十人も出たんやとい。それに加えて、一昨日はまた、太地の旦那の持山で、掛谷《かけたに》たら楠木谷《くすのきたに》たらち云う処《とこ》の、一等杉ばっかり十万本も焼けて、何ち云う間の悪《わ》りことよのう」

弥太夫の顔は、まっさおに血の気が引き、滲《にじ》み出た冷汗の玉が光っていた。

青胡粉《ごふん》を溶いたような、凪《なぎ》の太地浦の海には、一艘の釣舟も出ていなかった。目に見えない硝子《ガラス》の破片が、空中のここかしこにぶら下っているかのように、目を射る眩しさが降りそそぐ砂浜には、雛《ひな》を引き連れた鶏、所在なげに佇《たたず》む小童《こわっぱ》と犬の姿が点在しているだけで、日頃は群れ集い、白砂に腰を下している弱《よわ》ん人《ど》（老人）たちの姿もなかった。

頭上百尺の遥《はる》かな高みで啼《な》き立てる、太地名物のオオヒバリの慌てふためいた疳《かん》声《せい》にまじって、一定の間隔を置き、いつ果てるともしれない悠長さで鳴らし続けている鉦《かね》の音が、遠々に聞えている。

孫才次は、魚市場《さべなや》の波止際に碇《いかり》を下している、勝浦の早荷五十集《いさば》舟に乗るために、浜へ出た。陽炎《かげろう》を負ってゆらめく舟の形が目に入るところまで送ってきたゆきが、彼に網代《あじろ》の割籠《わりご》（弁当）を手渡し、歩みをとめ見送った。

魚市場《さべなや》の、よしずを張った日陰に、旅支度の水主《かこ》が九人、跣《はだし》で立っていた。ヤソ平と武助が手をあげ、孫才次はうなずく。

「お前は誰《だえ》なら」

床几《しょうぎ》に腰かけた、鉄色の単衣《ひとえ》を着た四十がらみの男が声をかけてきた。

「孫才次」

そうか、と怒り肩の瘦せた男は、細い目で孫才次の足もとから頭へ、なめるように見上げた。険しい光りを帯びている目は、尋常の暮らしをしてきた人間ではないと、感じさせた。

男は懐から矢立《やたて》と帳面を取り出し、ちび筆をなめ、まごさいじ、と記したあと、せいてん（晴天）、ろんてん（曇天）、と並記した字の、ろんてんのほうに棒を引いた。

よっしゃ、と立ちあがった男は、まっすぐ背を伸ばし、苦渋を嚙《か》みしめる顔つきで、眉根に深い縦皺《たてじわ》を寄せ、水主たちを見据えた。

「ま一遍《いっぺ》念押ひて云うれえ。この百五十石積みの五十集《いさば》にゃ、一昨日尾鷲《おわせ》で揚った背美の肉をば積む。行先や兵庫じゃ。知っての通り、鯨五十集は極寒だけで、春にや走らん。そやが、今年や別じゃ。今年や春になってからの方が、上物獲《と》れてきた。太地にや気の毒やがのう。何分に、こげな陽気やさか、薄塩は撒いたとて、二日で走らな値や落ちる。今日は朝《あさり》から運《まん》ええ西風や吹いてるさか、帆お立てら、だんだ走りじょ。風落ちたときにゃ、お前らに漕いでもらうんよ。二日で着けな、荷は只《ただ》になる。仕事は楽でない。血いの反吐《へど》はくが、承知やろ。給金は、金《かね》四円か、精米二俵半か、好きな方やる」

孫才次は、魚市場《さべなや》の青石を張った床が、汚れているのが、気に障っていた。乾いた血溜《ちだま》りが、鼻をつく腐敗臭を放っている。鮪の尾や、何の魚のものともしれない臓物があちこちに転がり、蠅《はえ》の群れが低く唸《うな》っている。汚れくさった赤い腰巻きと、つぶれた白張提灯《しらはりぢようちん》が捨てられていた。

鮪舟の遭難事故の後始末に追われて、太地浦の男女は、掃除をする余裕がなかった。塵芥《じんかい》にまみれた迫《せこ》（路地）に下肥《しもごえ》の臭気がただよい、蚤虱《のみしらみ》が増えた。

鮪舟が南風《やまぜ》に吹きたてられた日、助けに出た二艘の持双舟《もつそう》のうち、一艘は港口の暗礁《あんしよう》に乗りあげた。孫才次の乗る舟だけが、死にもの狂いに漕ぎたて沸き返る沖へ出たが、櫓頭《ろがしら》竹蔵の指図する五十集をはじめ、鮪舟の半ばはすでに転覆し、白い舟底を見せていた。

片鬢《かたびん》の毛を岩角で削ぎ落した、一太夫のしらじらと脹《ふく》れた遺骸を抱いたあと、孫才次はまた、あらたな死の恐怖にとらえられた。

彼は、自分では死を恐れているとは、毛頭思っていなかった。むしろ、いつ自分の上にふりかかってくるかも知れない理不尽な死を、軽んじ無視しているつもりでいた。

死を無視するために、彼は生活への執着を捨て、将来の希望をすべて抹殺して、獣のように刹那《せつな》の目的だけを追って生きていなければ、ならなかったのに。

孫才次たちは、素肌に着古しの木綿下着を数枚重ね、その上に紺筒袖の半纏《はんてん》を着込み、すねまでの紺パッチを穿《は》くと、他の荷をゆとう紙に包んで提げ、五十集に乗った。

舷《げん》は黒ずみ、腐った魚の臭いが、息のつまるほど濃くただよっていた。胴の間の帆柱の下に堆《うずたか》く積みあげた藁筵《わらむしろ》に、四人の常乗り船頭が腰を下していた。彼らは揃って体格が逞《たくま》しく、傷跡の目立つ陰惨な顔つきであった。

坊主頭の男が、目立って大柄で、二の腕の太さは孫才次の倍もあるかと見えた。

「こりゃのう、上乗り船頭の唐犬権兵衛《からいぬごんべえ》じゃい。おんしゃらはのう、この船へ乗った上は、船頭の法度《はっと》に背いたら、頭《かばち》割られて海へ抛《ほう》りこまれても、云うて行き所《どころ》無いんやろ。よう腹に入れときくされ」

怒り肩の単衣の男は、船に乗ると言葉つきが、がらりと変った。

坊主頭の唐犬は、濁った目を据え、腕組みをしたまま何も聞えないかのように、表情を変えない。

「さあ、勝浦へ回るろ。おんしゃら、錨《いかり》あげて、帆お立てよ。船頭の手伝《てった》いせえ」

孫才次は、ヤソ平と共に帆柱に歩み寄った。いきなり船頭の一人が立ちあがり、ヤソ平の腰を力まかせに蹴った。ヤソ平はよろけ、舷に背を打ちあてた。「孫やん、「何《なん》すりゃ」孫才次が叫んだ。船頭は、ゆっくりと唇を曲げて睨《にら》んだ。待て。何にも云うな」と、ヤソ平が孫才次の袖を引いた。

「そこのひ若い太夫《たゆう》、文句あるんか。頭殴《かばちは》りまわひちゃろか」

船頭が目を据えて喚《わめ》いた。「いつでも、こんな目に遭《あ》わさえるんか」と孫才次が聞くと、ヤソ平は、「米二俵の辛抱じょ、蹴らえても痛ない」と低声《こごえ》で答えた。

五十集舟が太地浦を出て勝浦の魚市場《さべなや》へ到着する間に、孫才次たちは船艙《せんそう》の仕切り板を立てる作業をさせられた。てのひらにそげを立たせ、重く湿った板を担《かつ》がされている間、彼らは船頭たちの訳もない罵声《ばせい》を浴び続けた。

鯨五十集の船頭たちが、俄《にわか》雇いの水主たちを愚弄したがるのは、世間の標準に並み外れた給金を払ってやるという尊大な気分から起るようであった。また、荒天を物ともしない命を的の航海に堪《た》えぬいてきた彼らにとって、狂暴にふるまうことが、いつのまにか身についた癖になり、そうしなければ気持がふるいたたないというふうでもあった。

孫才次は、地縁、血縁というものを持たない流れ者に、はじめて出逢ったわけであった。鯨方の男たちは、早荷五十集の船頭たちを凌《しの》ぐほどの危険な作業に身を挺《てい》していたが、仲間をかばいあう女も及ばない優しさを失うことはなかった。「ぐずつきさらすな。棒喰らわすろ」と口汚なく喚いている唐犬は、有名な「兵庫の番取り」の熟練者であった。

番取りとは、紀州、土佐、九州などから京阪神へ鯨の生肉を売り捌《さば》きに集まる鯨五十集の、販売の順番を決める競争のことであった。

鯨肉販売の最盛期は、十二月から二月にいたる極寒の候である。鯨肉を満載した諸国の鯨五十集は、荒天を物ともせず、先を争って明石《あかし》の垂水《たるみ》に舟を着ける。到着と同時に、番取りが舟を下り、船主の定紋入りの提灯を提げ、間道から間道へと近道を撰《えら》んで疾走する。

番取りの目指すのは、兵庫宮前《みやまえ》町の諸雑貨問屋、油井《あぶらい》家であった。数艘の五十集が、同時に垂水に到着した場合、それぞれの舟が走らす番取りの、油井家へ駆け込む順番に、鯨肉の販売順が決められることになっていた。先番の舟が、積荷を売り終えないうちは、後番の舟は荷を陸揚げできない。

一艘の積荷は、一日で売れるのが常であったが、万一待つうちに、積荷の鮮度が落ちれば大損害を招いた。そのため、番取りは深夜であれば藁松明《まつび》を掲げ、川に達すると橋まで迂回《うかい》せず泳ぎ渡り、水田があれば泥にまみれてそれを押し渡り、油井家に向って一直線に駆ける。途中で他船の使者に追い抜かれそうになれば、これを殴り倒すことさえ敢《あえ》てせねばならない。

「唐犬ちゅう奴はのう、何遍《なんべ》も人を殺ひたらしやのう」とヤソ平がささやいたが、そうした噂《うわさ》が真実と思えるような、異様な気迫が唐犬の体軀《たいく》から感じとれた。うでた玉子の黒ずんだ黄身のように、淀《よど》んだ目に見据えられると、まともに見返すことが、どうしてもできない気怯《きおく》れが、胸のあたりで揺れる。

勝浦の魚市場の前に、太地のよりも小ぶりな持双舟が三艘碇を下しており、波止の亀甲《きっこう》石の上には、すでに二十貫匁《もんめ》に計って切られた血まみれの鯨肉が、積み重ねられていた。

「さあ積め、こげな陽気じゃ、ちゃっちゃと動かな、足の骨叩き折っちゃるろ」

唐犬たちが、口ぐちに喚いた。孫才次たちは、背負子《しょいこ》を担《かつ》ぎ、しなう踏板を走って波止に下りた。

「孫やん、担がされるとき、息詰めて気張れよ。気張らな、背骨や折れるろ」

ヤソ平が教えた。

「さあ行くろ、足踏ん張れ。ほれっ」

二人の男衆が背負子に下した鯨肉の重量を支えかねた太地の若水主が、よろめいて膝をつき、荷を横ざまに滑らせて転倒した。

「この小僧《まいがみ》は、何しくさる。飯も喰ろてない乞食か」

船頭が、竹の根鞭《ねぶち》で若水主の蓬頭《ほうとう》を打ち据えた。

「俺《おんだ》や、やっちゃる」

孫才次が進み出た。えんやの、こらやん。彼の背負子に、肉塊が弾みをつけて下された。孫才次は、首が後ろへ引かれ、背骨が鳩尾《みぞおち》の後ろのあたりで、軋《きし》み声をあげて二つ折れになるような激痛を、必死でこらえた。

「孫やん、ゆっくり行け。そおっと、足摺《す》って行け」

ヤソ平が耳もとでいう。首を引きおこされた格好のまま、孫才次は下目遣いで進んだ。視野の隅が青黒くかげった。踏板を渡りかけると、上下に弾む全身に、押し潰すような重量がのしかかり、海へ落ちまいと踏んばる孫才次の胃の腑《ふ》から、生臭いものが湧きあがり、彼は思わず吐いた。

苦痛に日ざしも暗くかげってみえる時間が過ぎ、積荷の半ばは船艙に納まっていた。

「昼までや間あない。ちゃっちゃとやれ。ぐずつきくさったら、舟から下すど」

唐犬が、大声で叫んだ。

「おう、下ひてくれ。皆下りよ」

いつの間にか集まっていた人垣の中から、野太い声で応じる者がいた。「誰《だえ》なら」と唐犬が振り向いた。

「儂《わし》ゃよう」と、人を掻《か》き分けて旅装の巨漢が進み出た。檜笠《ひがさ》の下で目を光らせているのは、弥太夫であった。

「鯨五十集の仲間衆よ。儂ゃ太地鯨方で沖合い役務めてる、弥太夫ちゅう者よ。いま東京からの帰りやが、ここへ来会わひたら、うちの不心得者や十人、こがな舟で働いてる。鯨方にゃ定法ちゅうもんがあってのう。沖合いの許しなけら、鯨方の人間や他所《たしょ》で働けやんのよ。儂ゃ許ひた覚えないさか、すぐ下ひてもらわんならんのう」

唐犬の周囲に船頭たちが寄ってきた。

「沖合いちゅうんか、がいな親方らしいがのう。親方なら、もっときちっと子方を束ねひたら、どうならよ。聞いてりゃ、ええ事にひて、水主下せちゅうが、そげな勝手な頬桁《ほおげた》叩いて、そえでも睾丸《こうがん》ぶらくってるんかよう。いま下ひたらどうなら。また人寄せに手間掛かる。生荷《いけに》積んで走るちゅうのに、そげな悠長なことできるか」唐犬が弥太夫に詰め寄った。

「御者《おんしや》らの舟や、賃金《はちまん》高い。水主なら直《す》ぐにでも寄せらえらよ。うちの若い衆はのう、はっきり云《ゆ》や、御者《おんしや》らの舟で使い潰さえて、肩抜かれるよな目に、遭わせともないんじょ。地獄舟なら、性に合《お》うた旅水主《たびがこ》など雇たらよかろよ。それとも何か、儂ゃらの了簡聞かれんち云うんか。何でも連れて行くんなら、太地の沖や通さんろ」

弥太夫は、表情を消した顔で、ゆっくりと言葉に力をこめて喋っていた。

唐犬は、両肩をいからし、侮蔑をあらわにしていた態度を不意にひそめ、船主の痩せ男と、低声《こごえ》で相談したあとで、弥太夫のほうに向き直った。

「太夫はん、お前《は》んもきぶい（厳しい）こと云う人やのう。船停《と》められら、如何《どう》にもならなよ。子方にゃ、去《い》んで貰《もら》わよ」

弥太夫は返答もせず、若者たちが五十集《いさば》舟から下りてくるのを待っていた。彼は、孫才次が眼前に来ると、切りつけるような勢いで叫んだ。

「汝《わ》りゃ、誰の周旋《けいあん》受けて、こがな舟に乗ったんかの。四円や五円の金に目え呉《く》れて、ここまで落ちぶれたことする気いになったんか。鯨方は、まだ仕舞《しも》てないんじゃ。刺水主の面汚《つらよご》しする気いなら、儂ゃが死《ごね》てからにせえ。生きてるうちはのう、勝手にさせんろ」

力任せの平手打ちが、孫才次の両頰に鳴り、さらに足を払われて波止に転倒した彼は、頭の後ろをしたたかに打ち、気が遠くなった。

本方屋敷《ほんかたやしき》の暮れきった広庭に、飛び狂う蜉蝣《かげろう》の柱が、障子を明け放った広間のうちから朧《おぼろ》に見えていた。干潮時の高い磯の香が、夜風に運ばれ、潮味の濃い茶を啜《すす》る弥太夫たちの鼻先にただよった。死者を葬う御詠歌を誦《しょう》する多数の声と、鉦《かね》の音が、今夜も聞えていた。

「三井組の腹は、どがいにひても金貸さんち云うことに、決ってたんかの。もうひと押しひたら、何とかならなんだんかの」

金右衛門が、鳩尾からしぼりだすような声で尋ねた。

「何とも、ならなんだのし」

弥太夫は、手代木という手代の白皙《はくせき》の横顔を、思いうかべていた。「ほんまに、残念やったよし」と、彼は拳をにぎりしめた。残念やった、腸《はらわた》がねじれるほど残念やったと、彼は体内が焦げるような思いを抑えかねていた。

借銭さえできておれば、北海道の海で捕鯨砲を持つ毛唐の船団と競いあっても、負けることはなかったに違いないと考えると、身内が煮えくり返る。網取り漁法でも、鯨さえ居れば、二日に一頭の大鯨を獲るのは容易であり、砲で捕獲したものの肉は血腥《ちなまぐ》さかろうが、こちらは血抜きをした臭みの少ない食肉を採取できると、弥太夫は覚吾とともに必死に説いたが、聞きいれられなかった。

「棟梁《とうじよう》は、ただ逐電《ちくてん》ひただけでなしに、新らし金主をば探す心算《つもり》で、残ったんじょのう」

二十日前とは、人が変ったように老《ふ》けこんだ伴十郎が、弥太夫をうかがうように見た。

横浜の水茶屋の飾り風鈴の下に佇んでいた、気力を失いつくしたような覚吾の、埃にまみれていた足ごしらえを、弥太夫は思い出す。

「そら、何とかしょうと思てらのし。そやが、私らの思案《しわい》では、いくら若旦那でも、不景気の東京で、どうにもなろまえかのし」

金右衛門が、燭台《しよくだい》の火影《ほかげ》を額に受け、石のように考えこんでいた。新たな三十九人の死者の遺族救済に、財布の底をはたいて臨まねばならない。そのうえ、金右衛門の持山の被害は、火の手が納まってみると、予想を遥かに上回るものであった。

「もう、どうにもならんのう。これで鈴木に内懐覚《さと》らえて手え引かれたら、明日《あひた》の日いにでも分散（破産）は必定じょ」

金右衛門が畳を睨んでいう。

「そがな弱気いうのは、まあ待って頂《いた》あかひて。どうせここまで来てるんやさか、持って、持って、持ちこたえて、日延べできるだけひて見まひょら。鯨漁師やどうせ金山《かなやま》掘りと変らんバクチ商売やさか、またどげな運にありつかひてもらうか、分らなよし。私ゃ、才覚の続く限り、浦方をば引っ張って行くさか、旦那らも、その間あに、ええ思案つけてくらよし」

十二章

春も末になると、濃い靄《もや》が海を覆いつくす日が、多くなった。表戸を明ける母《かあ》またちの眼のまえを、ほのじろい煙のようなものがきれぎれにかすめて走る朝は、浜辺には一間さきを朧《おぼろ》にする、乳いろの靄が垂れこめている。朝の靄は、昼には晴れる。

弥太夫《やだゆう》は、靄で舟を出せない朝は、ひそかに表に出て、水の浦の波止のあたりに腰を下し、半纏《はんてん》の背が露で濡《ぬ》れてくるまで、動かずに波音を聞いていた。

彼は、誰にも姿を見られることのない靄のなかで、思い屈した童《わらべ》のような弱々しい顔つきを、あらわにしていた。

「どげこげ云《い》うても、旨《うめ》え物《もん》は甘鯛《あまだい》」という言葉を、頭のなかで飽きることなく繰りかえしたりしている。小児の彼をあぐらのなかに抱いた近《ちか》太夫が、甘鯛の身をむしってくれながら、低い声で唱《うた》うようにいった言葉である。

弥太夫の内部で、誰にも気づかれずに気力が衰えかけてきていた。近太夫が生きていた頃は、老いた父をかばい、鯨方を支えてゆくために、弥太夫はさまざまな困難が行手を阻むたび、勇躍して立ち向い、苦労を厭《いと》う気持はさらになかった。

近太夫が居なくなってから、弥太夫は物事に際して、こらえ性がなくなってきていた。こう来りゃ、ああ行く、ああ来りゃ、こう行くと、難局の解決に変転自在のねばり腰で応じてゆくことができたのは、辛抱すりゃ、いつか先にいいことがくるという、何とはない楽観が、体内で揺がなかったからであった。いまは、前途に明るみを眺めることも、希望をつむぐこともできない。

弥太夫は、もはや近太夫の、「ようした」という賞讃の声を、聞くことはできなかった。父親にほめられ、よろこばれることが、自分にとって無限の慰藉《いしゃ》であり鼓舞であったことを、弥太夫はいまになって覚《さと》っていた。

弥太夫は、物心ついてからの長い年月を、近太夫と艱難《かんなん》をともにしてきた。どのような難事に当っても、悠揚と迫らない態度を保つことのできた近太夫が、つねに彼の心の支え木であった。

孫才次《まごさいじ》は、成長するにつれ、曾《かつ》て弥太夫がそうであったように、父親の挙動のはしばしにまで、自分のそれを似せようと努めているようであった。

人間は、すべて相似た経験をくりかえし、死んでゆく。弥太夫は、ぶんとともにお朝事《あさじ》の読経をつとめていたとき、ふしぎな安堵《あんど》を得られる考えが、ぽっかりと頭に浮かんだことがあった。

「俺《おんだ》は、どげな死に方ひてもええのやった」という考えに、彼は不意にとりつかれた。

あれもひて、これもひとかな死ねやん、と我が身に重荷を背負いこみ、思い煩いで脹《ふく》れあがっている彼は、「そうやったなあ」と、まるで借金取りに責められているときに、置き忘れていた貯《たくわ》えのありかを思いだしでもしたかのように、感激した。俺《おんだ》が、このまま何の後仕舞《あとじまい》もせんと往生ひても、明いた穴《がな》は、きっと孫才次や埋めてくれる。いや、たとえ埋めてくれいでも構《かめ》へな。すべては親様の胸三寸にあることで、俺《おんだ》の思案の及ぶ所でないわ、と弥太夫は思い開くことができた。

漁に出ると、弥太夫は数百の漁夫が畏怖し、仰ぎみる沖合いであった。舟に乗るときは、彼の身の回りの世話をする下男の役を務める水主《かこ》が、二人付く。刃刺《はざし》をさえ頤使《いし》できる権限を持つ沖合いは、配下の男たちを木微塵《こみじこ》木っ端《ぱ》に扱える貫禄《かんろく》がなければならなかった。

鯨方のすべての漁夫が、沖合いとはそうあらねばならないと信じこみ、それは遥《はる》かな昔からのしきたりであった。彼らは強靱《きょうじん》な沖合いの体軀《たいく》と頭脳に、理屈抜きで従いたがっていた。

弥太夫は、家内から一歩あゆみ出ると、顔の相好が鯨方全体の偶像神にふさわしい、傲岸《ごうがん》な精気を放ってくる。

岩燕《はいろ》が目まぐるしく飛び交う浜辺で、魚の腐臭と濃い磯《いそ》の香が混りあう風を嗅ぐと、弥太夫の気分は独り居のときの懊悩《おうのう》から解き放たれ、一日に期待をかける活気を取りもどした。

彼は、日の高い間は灯明崎沖に仕掛けた鰤《ぶり》網の指図に出向いていた。夕刻家に戻ると二刻《ふたとき》（四時間）ほどの仮眠をとり、四つ（午後十時）に起きて夜ゴンドを突きに出かける。

麦藁《むぎわら》ゴンドウと呼ばれるように、麦穂の伸びる五月になると、ゴンドウ鯨の群れが太地《たいじ》の沖に現れる。体長二間前後の小型鯨は群棲《ぐんせい》を好み、つねに数頭から数十頭に及ぶ集団をつくって移動してきた。

日が暮れると、ゴンドウは密集した形を解き、餌漁《えあさ》りをはじめる。ゴンドウの好物は烏賊《いか》であった。太地《たいじ》湾内外の海中には、肥えたモンゴ烏賊が夥《おびただ》しく泳いでいた。夜の海を夢幻のようにいろどる夜光虫《ひき》を呑《の》んだ烏賊は、胴体が燐光《りんこう》を帯び、内臓の形がひときわ明るく透けて見える。

烏賊を追うゴンドウも、手羽と尾羽が銀細工のように海水のなかで輝やいていた。浮きあがるたびに、滑らかな背にも、青白い光りの輪環を飾った。

弥太夫たちは、夜光虫《ひき》の光芒《こうぼう》を追って舟を走らせ、ゴンドウを追う。ふうっ、ふうっ、と溜息《ためいき》のような潮吹きの音が舷《げん》に近づいてくると、弥太夫は立ちあがり、

「やかまし云うな、やかまし云うな」と呪《まじな》いを唱えながら、浮きあがってくる重々しく肥えた背の急所《ぜび》を狙い銛《もり》を打つ。ゴンドウはたちまち血潮の影を暗く湧きひろがらせ、綱《かがす》の尾を引いて逃げる。

「あっちゃにも居てるろ。みよし、もっとかり北西《いぬい》へ振れ。灯明の鼻じゃい」

弥太夫の潮さびた声が指図をする。

「あそこじゃ、五匹は連れてるろう」

後続の舟から喚声があがる。男たちは、鯨方で誰敵《かな》う者もない、手練《てだ》れ巧者《ごうしゃ》の弥太夫の指揮に易々《やすやす》と身を任せ、しだいに漁の勢いが熱を帯び、弾んだ叫声や笑声が、かぐわしい潮風の吹き通う闇に弾《はじ》けた。

漁の収穫がどれほど多くても、その利益は鯨方のうえに重石《おもし》のようにのしかかっている借財の利息払いに消えてゆくものであるのを、皆は承知していた。

東京での金策は不調に終り、覚悟が戻ってこなかったのは、不面目を恥じたためであるという内実は、本方《ほんかた》の誰の口からも洩《も》れたわけではなかったが、いつとはなく浦方の端々にまで伝わっている。

いつ果てるとも知れない暗い貧苦の暮らしを前途に眺めながら、鯨方の男たちの結束は、いっそう強まってきていた。降りかかった災難を堪えるためには、大勢がしっかりと肩を組みあって凌《しの》がねばならない。

誰もが海に出る外に、生計《たつき》の道を知らない男たちであった。心中の不安が募れば、沖に出てやみくもに立ち働き、うっとうしさを払いのけるしかない。沖合い衆のすべてが、弥太夫を中心に身を寄せあい、その団結は、たとえ本方の財政が潰滅しても、解けることはないのではなかろうかと、思えるほどであった。

弥太夫は、自分が扇子の要《かなめ》のように、男たちの信頼を一身に集めていられることが、ふしぎでならなかった。施米《はちまん》も絶えて久しく、欠乏の暮らしが不満をかきたてても当然であったのに、水主たちは以前にもまして柔順に立ち働く。

何とかなろかえ、と弥太夫はゴンドウを追いながら、頭のなかでくりかえし、ふと、こけの考え休むに似たり、と順心寺の和尚《ちょろ》さまに聞いた諺《ことわざ》を思いだし、頰を歪《ゆが》めて自嘲する。事態を好転させる妙案は、何もなかった。誰《だえ》ろ、ええ金主探ひて、丸抱えにひて貰《も》うて、北海道へ漁に行こか、と考えてもみるが、危険性の高い事業に莫大《ばくだい》な資金を投げ入れる金持《だんよし》が、地方にいるはずもなかった。

いまはひたすら息をひそめて貧窮に耐え、運が巡ってくるのを待つよりほかはないと、弥太夫は考えていた。大鯨《たいげい》の漁期である冬がくれば、本方の旦那衆に残りの力を振りしぼってもらい、勢子《せこ》舟の五艘《そう》も新調して、なんとしてでも、鯨漁を再開しなければならない。沖に出ていさえすりゃ、漁師の運は尽きることはないと、昔からいい伝えもある。

陸《たか》にいるときと、沖で舟を走らせているときとで、弥太夫の内部に、おかしいほど弱気と強気が入れ替った。寝部屋で雨戸を揺り動かしてゆく深夜の風音を聞いているとき、いいしれぬ不安が、臍《へそ》のあたりからじわじわと押しあげてくる。

東京から戻ったあと、弥太夫は熟睡したことがなかった。浅い切れぎれの眠りのあいだに、弥太夫は脈絡も立たない夢にうなされては、布団に通るほどの寝汗をかいた。

覚めているとき、彼は絶えまなく前途のことに思いを巡らせている。胸のなかに、二人ぐらいの彼の分身がいて、声高に話しあいを続け、眠くても寝かせてくれない。疲労に押しひしがれて、たまの熟睡《うまい》に陥ったあとの目ざめは、痺《しび》れるようにころよかった。弥太夫は、そういう放心のひととき、孫才次とゆきの祝言《しゅうげん》を、早くさせてやりたいと考えていた。孫才次は十八歳、ゆきは十六になっていた。来年は、いっしょにさせてやりたいと、弥太夫が思いついたのは、日暮れの水の浦浜で、立ち話をしている彼らの姿を目にしていたためであった。目籠《めかご》を提げたゆきは、凭《もた》れかかりたげに反り身になって男の顔を見あげ、孫才次は顎を引き、ゆきと目を見交していた。「邯鄲《かんたん》夢の枕じょ」と、弥太夫はその影絵に向い、思わずつぶやいていた。

孫才次とゆきは、そのとき雑魚《じゃこ》取りに出かけるところであった。向島岬の大納屋浜を海側に出外れたところにある、岸に深く切れこんだ入江の口に、満潮《こみしお》のときに網を張っていた。水深の浅い入江は潮が引くと干潟《ひがた》になる。潮に乗って入江の藻をあさりに入りこんだ魚は、網に掛かって生け捕りになった。網を張る日と、雑魚取りをする者の順番は、浦人たちの間で決められていた。

孫才次はゆきを小舟《さっぱ》に乗せ、なす紺に色を深めた海を横切り、大納屋浜に渡った。白地の単衣《ひとえ》を着て、紅《あか》い博多帯を締めたゆきは、宵闇のなかで成長した女のように艶《なま》めかしい姿であった。

舟を下りるとき、孫才次の腕にすがったゆきの体から、なつかしい体臭がただよった。孫才次は見なれた海岸の景色が、なぜかはじめて見るもののように、新鮮な表情を見せているのに気づいていた。

小さな甲羅に黄昏《たそがれ》の微光を溜《た》めて逃げまどう小蟹《こがに》の姿にも、馬目樫《うまめがし》の根方に揺れるすすきの身ごなしにも、ちゃっぷ、ちゃっぷ、とはしゃいだような舌打ちの音をたてている海面にも、心をいいあらわしようもないほど和ませる優しさがこもっていた。

孫才次はゆきと手をとりあい、茫然《ぼうぜん》と歩いた。頭蓋《ずがい》のうちが痺れたようにこころよく、孫才次の明け放たれた心に、目に入る眺めが吸いこまれ、焼きつけられてゆく。

足もとの澄みわたった海水のなか、内臓の輪郭を、青白く浮きあがらせた大烏賊がゆっくりと泳いでゆく。骨格を、小骨の端にいたるまで、燐光にくっきりと透かし彫りにした鱧《はも》がうねり走るあとを、大提灯《おおぢょうちん》のようにぼんやりと明るみを宿したえいが追う。

崖について回ったところで、ゆきが「あっ」と声をあげ、歩みをとめた。眩《まば》ゆい光耀《こうよう》を失った皆朱《かいしゅ》の、盥《たらい》のような太陽が、水平線に触れようとしていた。盥のなかで、真紅の炎がうごめいている。背後の空には静謐《せいひつ》な黄金色の壁が立ち、その上方は徐々に明るみを失い、紫の夕空がひろがっていた。

「景色や、物いうてるよな」と、ゆきがつぶやいた。俺《おんだ》や、死んでも死なん、と孫才次の頭に、不意にひらめくものがあった。ゆきと二人でいる時間の、強い底潮のように溢《あふ》れ流れる歓喜は、永遠につながっているように思えた。それは日ざしに溶ける垂氷《たるひ》のように消えてゆく人間の運命を越えた、ふしぎな静寂の世界のものであった。

海際の岩場で、孫才次は半纏を脱ぎすて、ゆきは着物の裾をからげて白い脛《すね》を見せ、魚を追った。朧《おぼろ》な弦月が海面を照らし、寄せてくる波の扇形の縁が、いれかわり立ちかわり、夜光虫《ひき》の銀光を輝かせては、すぐ暗い表情に戻った。

彼らは、浅瀬で回り灯籠《どうろう》を見るように燐を光らせ、ゆっくりと逃げ惑う魚に足をすくわれよろめきながら、一言も言葉も交さずにいた。満ち足りている心が、喋《しゃべ》ることを許さなかった。魚を追ってきたゆきを、孫才次はいきなり抱きしめた。

　ヒジキの五目飯でささやかに祝った稲苗植付けの日のあと、十日ばかり続いていた晴天が、雨催《あめもよ》いに変った。風は灯明崎から那智の方へかけ、ゆるやかに吹く北東風《わいた》であったが、昼前から南風《まぜ》に変り、風勢がやや強まった。

　弥太夫は、持双舟《もっそう》に乗り、灯明崎筆島の網代《あじろ》（漁場）にしかけた鰤《ぶり》網の捲《ま》きあげを指図していた。揚がってくる獲物は前日と変らず、ほとんどが鯖《さば》で烏賊や鰯《いわし》が混り、目指す鰤の影もなかった。

「その舟や、もっとかり開け。金具《かなご》もつれる。そっちゃの幼水主《すがり》や、手もとへ滑車《しだ》置け」

　弥太夫が叫ぶたびに、脇で櫓《ろ》を押さえている孫才次の鼻さきを、煙草《たばこ》くさい息のにおいがかすめた。

　えんやえ、こおらえ、えんやえ、こおらえと低くどよもす水主たちの掛声が、南風《まぜ》に吹き散らされ、岩礁にどっと寄せかけて割れる高波のしぶきが、頭上から降りかかる。

　雨を含んだ空は、重たげに黒ずみ、黒雲が団々と北方へ移ってゆく。その下方、立てば頭に触れるかに思えるほど低い空中を、真綿を低く引き伸ばしたような薄雲が、ゆっくりと形を変えながら北を指し、陸続とつらなってくる。

色濃くなった海面と、暗い穹窿《きゆうりゆう》とのあわいで、水平線は晴れているときよりも鮮明に浮き出て見えた。孫才次は高くなってきた波浪の上下に身を任せながら、その辺りに目をこらす。彼はいま大洋を漂流しているかのような錯覚に瞬間とらわれ、胸を刺す恐怖を身内に浸《し》みこませて、はっと我にかえる。

動悸《どうき》が早まり、彼はしばらく茫然としている。また沖を見る。水平線のあたりに、何かいたような気がする。

ふたたび目でなぞってゆく水平線には、何もない。いや、いた。黒い舟のような物影がある。舟にしてはこんもりと高い、山形である。もうひとつ、平たい影が右手にあらわれ、盛りあがった黒点のほうへゆっくりと近づいてゆく。平たい影のあたりで、何かが光った。孫才次は目をこらす。また白く羽毛のような光りが走った。

「父《とう》ま、あそこに」といいかけて孫才次は言葉を呑んだ。弥太夫は揺れる舳《みよし》に立ちはだかり、眼鏡筒を左眼に押しあて、沖を見ていた。伴舟《ともぶね》の水主《かこ》たちも網を繰る手をとめ、弥太夫を見つめている。しばらくして、弥太夫は眼鏡筒を離した。

「沖合い、来たんかえ」隣の持双舟から、直太夫が叫んだ。「おう、抹香《まつこう》は六頭じゃい」と、弥太夫が吐き出すように答え、自分を見守っている水主たちに気づくと、

「何ひてるんなら、沖の客にゃ用事やないじゃっち。ちゃっちゃと仕舞いせえ」と

叱った。

一頭仕留めりゃ、安《やす》ても千円、と孫才次は思わず空算用《からざんにょう》をする。雄であれば、その倍の価値はある。成鯨一頭の発達した頭部から採取する高価な脳油の量は、四、五十石から七、八十石に及ぶ。下顎に四十八本揃《そろ》う歯も、象牙に似た光沢を帯び、細工用として珍重される。

抹香鯨は、通鯨の少ない夏漕《こ》ぎ（夏期の漁）のときに姿を見せる、唯一の大鯨であった。この鯨の習性は、群集を好むことで、一頭の巨大な雄を多数の雌と子《はさみこ》が取り巻き、大洋を游行《ゆうこう》する。

抹香の群れが太地沖に来るのは、附近の海中に豊富な烏賊《いか》を狙うためである。烏賊は抹香がもっとも好む好餌《こうじ》であった。他の鯨のように陸岸に接近するのを嫌うので、網代はかなり沖に張らねばならなかったが、浮上している時間が他の鯨よりも長いので仕留めやすい。全身は脂肪に富んでいるので、死後も海面に浮き漂い、沈むことがなかった。

帰途は雨になった。孫才次は、檜笠《ひがさ》の縁から滴をしたたらせ、黙りこんでいる弥太夫が、何事か考え耽《ふけ》っているのに気づいていた。魚市場《さべなや》の波止に上ったあとも、弥太夫は誰とも口をきかなかった。

弥太夫はその晩、本方屋敷《ほんかた》に金右衛門をたずねた。行灯《あんどん》のおぼめく明るみを受けて向いあうと、明け放った椽先《えんさき》のむしあつい闇で蚊柱が微《かす》かに唸《うな》っているのが聞えた。

「今宵《こいさら》は、蒸すのう。明日は東風雨《こちあめ》や来やるかのう」金右衛門が話しかけ、「そうよのし」と弥太夫が答えた。金右衛門は、放心したような弥太夫の表情に、不安を覚えた。

「なに用なえ」と促すと、弥太夫ははじめて「夏漕ぎさひてほしんよし」と、前置きもなく切りだした。

「また、不意な話よのう。夏漕ぎするたて、舟や無いろ」

「いまある舟や、全部《まるたゆ》で掛かるんよし」

「四ハイの勢子《せこ》と、二ハイの持双《もつそう》でかえ。網持たそにも、網舟や無し」

網取漁法の常道を外れていると、金右衛門はとまどった。

「いかに抹香ち云《い》うて、網掛けな取れまえが」

弥太夫は、自分の内部に向けている目つきのまま、答えた。

「ちいときぶいい（きびしい）目えひたて、ええよし。一頭《ひとかばち》や千円、取っちゃるよし」

「沖から、どやって追うてくら」

「沖で殺《おら》すよし」

そがなこと、金右衛門は言葉に詰った。

たしかに抹香鯨は、深海に潜るときは矢の速さであったが、浅場にいるときは動作が鈍い。腰部《ようぶ》に小高く盛りあがっているゼビという急所に一本打ちこめば、たやすく仮死状態となり、二十本に満たない銛数《もり》で仕留めることができる。そうした幸運に恵まれることもある反面、いったん手負いにして取り逃がす不手際をすると、突然荒れくるい、勢子舟を襲ってくることがあった。

雄の成鯨はいずれも闘争心がつよく、魁偉《かいい》に発達した頭部には、仲間争いのときに受けた歯傷の白く長い条痕《じょうこん》が無数に刻まれ、深海に棲《す》む身長五間に及ぶものもあるといわれる大王烏賊《いか》を捕食するときに、吸盤で皮膚を剝がされた円型の傷痕《きずあと》もちりばめられていた。彼らの頭突《ずつ》きの一撃をくらうと、千石船でさえ船底に大穴を穿《うが》たれ、沈められる。

沖を行く抹香鯨の群れを多数の勢子舟で取りかこみ、カリ棒打ちの音で脅やかしながら海岸近い網代に首尾よく追いこみ、網を掛け逃げ足を鈍らせれば、一度に数頭を仕留めることもできたが、追いこみの長い道程の間に取り逃がすことが多かった。

「大勢や掛かってさえ、道中でおおかた逃げやれるのに。並みの年でも、夏漕ぎはめったにせなのう。まして僅少《きんしょう》な人数で掛かって、また人死にでも出《だ》ひたら、どもなん。見合わしよし」

勢子舟に乗る者は、ひと舟十五人として四艘で六十人。二艘の持双舟乗り組み二十六人を加え、八十六人の命を危険にさらすことになる。

金右衛門の覇気は、両度に及ぶ遭難事故の衝撃で、夙《と》っくに消え失《う》せていた。彼の身内はいつ晴れるともしれない鬱屈《うっくつ》の濃い霧に閉されていた。頭脳の働きも鈍く、弱《よわ》ん人《ど》（老人）のそれのように沈滞して、ただ時の移ろいに身を任しているだけであった。

弥太夫の言葉は、ひたすらわずらわしく聞えた。金右衛門は、ごちゃごちゃうるさげなこと、云いよすな、と怒声を浴びせるかわりに、「こがな危い段取りは、何事につけても筋道立ったお前《は》んの云うことでない」とたしなめるようにつぶやいた。もうこのうえ死なれたて、儂《わし》にゃ後に残った者をば、どうひちゃる力もない。

「旦那はん、じっとひてたら蛇の生殺しでのし。漁師や危い目えひても、漁せな生き腐りになってくらのし」

借金の利息は急速に膨張し、防ぐ術《すべ》もない。鯨方の身代《しんだい》限りは、目前に迫っていた。弥太夫には、金貸しの配下となって働く気はない。蟻《あり》地獄のわなにはまりこんでゆく蟻のような、鯨方の末路を見ずに済ませるには、死ぬしかなかった。進退に窮した暗い思いをふりきるには、荒れ立つ波の上に出て、濃く煙る潮の香にむせながら、鯨と戦わねばならない。

弥太夫の体内では、破滅したい欲望がふくれあがってきていた。暇さえあれば、双肩を押しひしぐ重荷を投げだし、中有《ちゆうう》の闇に身軽く泳ぎ出る自分を想像し、さわやかな解放感の心地よさを探っていた。

鯨方の男たちは、誰でも弥太夫と同じ思いであるのに決っていた。彼らは日頃、女子供に貧窮を堪え忍ばせている負い目に心を押しひしがれ、「ひと思いに死んだ方《ほ》が楽じゃ」と云いあっていた。我が身の安全をかえりみる余裕を失った男たちが、夏漕ぎが危いと避けるはずがない。

「危い目えせんと陸《たか》に居てたて、どっちせ（どのみち）死ぬときゃ死なよし。はやり病いにかから、一遍《いっぺ》よのし。こんなり居てても仕方ない。思いきって、やったりまひょかえ」

数日まえ、新宮町郡役所から太地戸長役場《こちょうやくば》に、内務省衛生局発行の、コレラ病予防法の絵解き図が届いていた。

（着物の湿りけを防ぎ、風邪を封ず。悪《あ》しきにおいするときは、石炭酸を嗅ぐべし。夜通しの仕事、湿潤を避け、夜分戸を締めて裸で寝るはよろし。熱せざるもの、牛肉等はつつしめ。やむを得ずコレラ病の人を見舞うとき、入口より引き返すべし。また、石炭酸水を用意し置き、左右見回し時々嗅ぐべし。短きは一日、長きは二十一日かかるべし。病の人は山郷へ行くべし。）

それぞれの説明に従い、稚拙な漫画が添えられていた。

本方屋敷に絵図を配達してきた役場の使丁《してい》が、「今年や、コレラははやるか分らんてよし」と、かすかにふるえる声で金右衛門に告げた。触れ文《ふぶみ》が回ってくるのは、どこかの地方でコレラが発生したためである。太地へもいずれはやってくると、金右衛門は膝頭から力が抜けてゆくような気になった。

コレラ病がいったん猖獗《しょうけつ》すれば、予防法など何の役にも立たない。コレラにとりつかれた者は、三日の間に全身から水分が脱《ぬ》け、過半の人数がそのまま死ぬ。

金右衛門は、行灯の乏しい明るみのなかにぼんやりと浮かぶ弥太夫の顔を、目をこらして見つめた。弥太夫は、金右衛門の幼な友達であった。思えば、互いに苦労を背負うために成人してきたようなものであった。

どうせ人間《にんげ》は一遍《いっぺ》や死ぬ。鯨方の屋台骨も、冬漕ぎまで保《も》つか分ろまえ。じいとずくなりこんで（しゃがみこんで）身代限りの日いを待つより、事の成敗は分らいでも、ジジに（思いきり）狂《くる》ちゃるのもよかろよ。

金右衛門の心のたがが不意に外れた。鉋《かんな》で贅肉《ぜいにく》を削《そ》ぎおとしたような細面の、不敵な山旦那の表情が戻ってきた。弥太夫らにゃ、ひたい様《よ》にさひちゃる。何事起っても、ピリッともするか。

「やるか」と金右衛門はかすれ声でつぶやく。重ねて「弥太夫、宰領はお前に任ひた。吉日撰《よ》って沖出せえ。何事起っても儂ゃ尻拭《しりのご》いひちゃるさか、安心しよし」と思い決めた口調で云い渡した。

雲のありかも分らない黒一色に塗りつぶされた空は、いまにも雨が降り落ちてきそうに見えた。東南の方角から荒吹《あらぶ》いてくる、生温かい湿気を含んだ東南風《いなさまぜ》が、びいいいいと尾を引く悲鳴をあげ、中空を押し通っていた。

灯明崎沖二里のあたりに、幅広い起伏を刻んで流れる一番潮は、くる日もくる日も、不漁の夏を知らせて西南に向う上り潮であった。

海はうねりの谷を深めて絶えまなく上下し、しのつく雨のような飛沫《しぶき》が漁夫の肩蓑《みの》をしとどに濡らした。見渡すかぎり波濤《はとう》の頂きが白く割れ、兎《うさぎ》のように跳びはねていた。

行き会う舟の片影もない一番潮のさなかを、六艘の鯨舟が風に逆らい、ゆっくりと卯辰《うたつ》（東南東）の沖に向って動いていた。先を行く四艘は、色あせた藍地に赤白の菱形《ひしがた》の地合いの目立つ勢子《せこ》舟で、十丁ほどの間隔を置き後を追うのは、艫《みよし》に茶筅《ちゃーせん》のない黒赤だんだら模様の持双《もっそう》舟であった。

那智駒ケ崎の沖にさしかかっている船団は、背後におぼろに滲《にじ》む灯明崎で、海上の魚影を探っている金右衛門の遠眼鏡の視野を、すでに出外れていた。

抹香鯨は沖を通る。勢子一番舟の艫にうずくまる弥太夫は、何としてでも抹香の群れと行き会おうと、決心したようであった。夏漕ぎをはじめて、すでに八日が経《た》っていたが、まだ一頭の鯨さえ発見していなかった。

風勢が強まり、空のあちこちでカラカラと、乾いた風音が響いた。波の峯《みね》を越えて行くとき、舟底が丸太で打たれるような音を立て、激しく震動する。海雀《しゅうりき》の群れが棒のようにまっすぐ連なり、啼声もたてずに頭上をかすめ去った。

孫才次は勢子二番舟の中櫓を、相番《あいばん》のヤソ平とともに漕いでいた。孫才次の目のまえに、先櫓を漕ぐ四人の背が動き、そのすきまに、舳の立尺《たてじゃく》（波よけ板）に尻をむけ、こちらむきに坐《すわ》っている刃刺《はざし》要太夫の顔が見えた。

煙草の好きな要太夫は、さっきから蓑のかげに飛沫を避け、火打石を叩《たた》いていたが、ようやく火種をつくり、うまそうに煙管《きせる》を吸いつけていた。片頬に、背美《せみ》流れのときに受けた傷あとを残した要太夫は、てのひらに火種を受け、ゆっくりと煙草を詰め直す。

あおむけにひっくりかえりそうになるほど舳が沈み、たちまちまっすぐ空に持ちあがっていっても、要太夫の丸く張った目はきょとんと見開かれ、彼が海に何の恐怖も感じていないことを示していた。

孫才次は、要太夫の物怖《ものお》じしない面構《つらがま》えを眺めて、胸奥にあらがいようもなく溜《たま》ってきている怯《おび》えを、洗い流そうとしていた。沖に出るほど、潮の香が鼻につき胸苦しく、海中の死神が足首を引きにくる目のくらむような妄想が孫才次の心を萎えさせていた。

彼の目には要太夫の姿が、明暗を入れかえるように、逞《たくま》しく頼れるものに見えたり、騒ぎ立つ大海にただよう海虱《うみしらみ》のように、はかなく無力なものに見えたりしていた。

彼は、「私《あたえ》は、止めやせん。目に立つ働きひてきてごらんせ。もし、貴方《あちゃ》が帰らいでも、私《あたえ》は愁嘆《しゅうたん》せん。私もすぐ死んで貴方《あちゃ》に逢《お》うさか」というゆきの言葉を頭によみがえらせ、揺らぐ心を静めようともする。

前の月、弥太夫が突然夏漕ぎに参加する人数を募ったとき、男たちは、「沖合いは、よう云うてくれたんじょのう」「たまにゃ座敷（沖）へ出て、魚《いお》追いたいと、気や詰ってた所やった」と喜びをあらわに見せ、躊躇《ちゅうちょ》する者はいなかった。嬶《かか》たちは、男のようには行かなかった。網を掛けない手負い鯨が、どのように危険なものかを、彼女たちは知っている。

出漁の手筈《てはず》が決った日、弥太夫の家の裏手にある水主《かこ》長屋で、さかりのついた牝《めす》猫の啼声《なきごえ》のように、延々と尾を引く嬶またちの泣きくどきの声が夜更けまで聞えた。

「何とひて、私《あたえ》や子おを置いて危い目えしに行くんよお。古網《あしばら》さえ持たんとジャコウに向《むこ》うて行たて、行て見やませ。殺さえるんは、目に見えたことよがえ。二度も大流れに遭うて、まだこのうえ死にたいんかのう。情無いのう。行くんなら、私《あたえ》や子供《ころも》殺ひてからにひて頂《いた》あようう」

夜更けに孫才次は厠《かわや》へ立ち、押し殺した人声を耳にした。声はぶんだと、すぐ分った。

「お姑《か》はん、私《あたえ》も本方《ほんかた》はんの内懐《うちぶところ》はよう分ってるし、こんた（この人）のじっとひてられやん気いも、よう分ってるよし。そうやさか、夏漕ぎをばこのうえ止めはしまへんよ。ただこの家で、男は二人とも行てしまわれるよな事起ったら、残さえた者は生きてられやん。どうろ、危いことだけはせんよに、こんたに云《ゆ》いつけちゃってよし」

ぶんに代って、いよの声が聞えた。

「弥太よ、こがに（この様に）家中の者はお前を頼ってるんやさか、重々あぶない目えはしよすなよ。何するでもお前と、孫才次の命のことをちんぎ（計り）にかけてて、どもなん（どうにもならない）と思《も》たら、一気に逃げて帰ってくるんよぞ」

じゃーい（はい）と、弥太夫の重くぐもった返事を耳に留め、孫才次は足音を盗んで納戸《なんど》に戻った。

沖出の朝、女房子供に引き留められ不参する者はなく、船団の男たちは浜に出揃った。準備《まわり》を整えた舟をつぎつぎと水に入れる喧噪《けんそう》に活気立っているとき、「兄《あん》ま、ちょっと来てよう」と、きみが息を切らして走ってきた。

きみが伴った風囲いの蔭《かげ》に、白く冴《さ》えた頰のゆきが待っていた。ゆきは孫才次と二人でひそかに結婚を誓った、灯明崎金比羅神社の護符を縫いこんだ胴巻を差しだし、孫才次はそれを、乳下にしっかりと結えつけた。

「飯《ご》食《し》いよし」と要太夫が告げた。孫才次たちは葉蘭《ばれん》に包んだ芋飯と桜干しの昼食《ちゆうじき》を、交代でとった。

午後になっても、一番舟は卯辰《うたつ》（東南東）を指してゆくことをやめなかった。黒潮のうねりがいつのまにか穏やかになり、舟の震動が間遠になっていたが、行手にふたたびもつれあって激しく上下する海流があらわれてきた。ヤソ平が、「ほれ、二番潮じょ」と顎で示した。

荒れ騒ぐ二番潮に漕ぎ入れ、小半刻《とき》（三十分）を経て、一番舟は進路をようやく未申《ひつじさる》（南西）に変えた。陸地からはもはや五里余は距《へだた》っている。帰路を急がなければ、途中で日没《まじみ》になる。

小高い波の山形の重なる遠方に、飛魚や鮪《しび》がしきりに飛躍していた。船影もない周囲のひろがりを、弥太夫は遠眼鏡でくまなく探っていた。

八つ（午後二時）過ぎ、西の沖半里の辺りに、白光を放つ水柱が見るうちに前後して林のように立った。薄穂《すすきほ》がなびく形に、斜めに十間余りを吹きあげる有様は、疑いをいれない抹香鯨の潮吹きである。

「見よ、また上った。斜め潮じゃ。あの数はえ。おとろしろう」

水主たちは、舷《げん》をつかみ叫び交した。

「五十は越すろお。大群《おおもら》がりじゃあ」

勢子一番舟の舳《みよし》に、蓑を脱ぎすてた弥太夫が立ちあがり、刃刺襦袢《じゆばん》の片肌を脱ぎ、手に持つ合図幡を、激しい身振りで幾度も前へ振った。

「ほれっ、さっさい押しでどし込め。尾尻《おじり》（一番舟）に離されんなよ」

要太夫が、カラクリ人形のようにはね起きた。炊夫《かしき》が彼の傍《そば》へ背を丸めて走り、銛《もり》の包みを解きはじめた。

ひい、やあ、ひい、やあ。孫才次たちは矢声をあわせ、体を前後に倒して櫓を漕ぎはじめた。たちまち湯を浴びたように汗をかいてくる。舷を越えてくる潮を頭からかぶった櫓頭が、咳《せ》きこみながら力を振りしぼって、艫櫓《ともろ》を全身で押さえこむ。

「ほれ行けえ、まっと行けえ」

締め込みひとつの赤裸になった要太夫が、甲走る声で喚きたてた。

四艘の勢子《せこ》舟は、雁行《がんこう》して鯨群に近づいていった。波の背を飛ぶ舟は、たちまち獲物との距離を縮めた。中空に虹を張って吹きあげる潮の、海面になだれ落ちる響が、孫才次の肺腑《はいふ》を震わせる。

暗礁《はい》の露頭のように気味わるい黒褐色の背が、連なって波間に浮沈する様が行手に見えてきた。「恐《おと》ろし数や」孫才次の胸もとへ、熱いものが息苦しく押しあがってくる。勢子舟をひと呑《の》みにする幽霊《もよろ》たちの数は、測ることができない。

うねり立つ黒い波濤に乗って、先頭を泳ぐ七十尺を越すと思われる巨大な雄が、鯨虱《くじらしらみ》や海藻をいちめんに寄生させた背中を、ゆっくりと持ちあげてくると轟然《ごうぜん》と潮を吹き、頭から波の下へのめりこんでゆく。

弥太夫は、鯨の数を七十頭と読んでいた。攻める手段は、ひとつしかなかった。鯨群のあとをつけてゆき、後尾の一頭に目標を定め、潜水から浮上したところを狙って敏速に銛を打ちこみ、短時間に仕留める。

抹香鯨は、いったん浮上すれば、七、八十回、ゆっくりと潮を吹かなければ潜水できないし、逃げ足も他の鯨に比べて遅い。櫓音をひそめて追い、狙い定めて背びれ際の急所《ぜび》に一本銛を打ちこむと、たちまち水面に横倒しになり、バタバタと尾羽で水を打つだけで痲痺《まひ》したようになる。

その間に、腋壺《わきつぼ》（肺）の急所に柱銛、万銛などの大形の銛を打ちこめば、鯨は蘇《そ》生《せい》することなく往生した。

弥太夫は、急所《ぜび》を狙うことに定めていた。それは網を用いずに抹香鯨を捕獲する唯一の方法である。彼はいったん接近した鯨群と十丁と距離をあけ、櫓声をひそめて追跡した。抹香は、聴覚、視覚ともに他の鯨よりも発達している。

荒々しい呼吸とともに吹きあげる水柱が白煙のようになだれ落ち、海面を沸きたたせるなか、鯨群は人が小走りするほどの速さで、悠々と泳いでいた。先頭を行く雄鯨のほかは、すべて雌と仔《こ》鯨であった。

雄鯨がいきなり頭を深く沈めると、尾羽が手探りする巨人のてのひらのように海面にあらわれ、そのまま持ちあがってきた。下半身の半ばが海上につき立ったかと思うと、すさまじい勢いで海面を打った。間を置いて大砲《おおづつ》を放ったような腹に応《こた》える轟《とどろ》きが、突風に乗って弥太夫たちの耳に届いた。

雄鯨の動作に刺戟《しげき》されたかのように、群れのなかの雌や仔鯨たちが、海面から姿を消し深く身を沈めると、烈《はげ》しく浮き上ってきて斜め前の空中に全身をあらわして飛び、そのまま横倒しに落ちては、空高く盛りあがってゆく水煙に包まれる。

鯨たちの潜水がはじまった。雄鯨に従い、つぎつぎと空を指して沈んでゆく鯨群の尾羽の動きを、弥太夫は注意をこめて見守っていた。尾羽のあおりぐあいは、鯨がそれまでの進路を海中でも変えないことを示していた。

弥太夫は、西の方向へ舟を進めた。風と飛沫に頭髪をふり乱した彼は疲労の隈《くま》どりを顔に刻みつけ、果てもなくひろがり猛《たけ》る暗い海におびえることも忘れていた。彼は群れの後尾を泳いでいた、七間ほどの肥えた雌鯨を狙うことに決めていた。

六艘の舟では、その上を越す大鯨を、上り潮にさからって引いて戻ることはできない。七間の雌でも、一頭千二、三百円はする。いや、千五百円になるかも知れない。

弥太夫は、二番潮のただなかにこれほどの大群がいるからには、このあとしばらくの間、この辺りで獲物と行き会う機会に事欠かないと、判断していた。

早銛で急所《ぜび》を貫くことは、並みの刃刺にとっては偶然を頼むより他にない至難の業であったが、勢子舟がどれほど揺れ立っているときでも先銛をつけて、めったに仕損じのない弥太夫には、さほどの難事ではないと思えた。

夏漕ぎの季節は、はじまったばかりであった。秋の来るまでに十頭を獲ることができれば、冬漕ぎには、失った勢子舟、網舟を揃え、元通りの同勢で鯨を追うことも夢ではない。

弥太夫の褐色《かちいろ》に日焼けた頰に、酩酊《めいてい》したときのように、赤く血の色がさしてきた。彼は炊夫《かしき》の手を借りず、ゆっくりと銛を包むゆとう紙を解き放ち、顔が映るまでに磨《と》ぎすました早銛の穂先をたしかめたあと、鯨の血を吸い黒ずんだ矢縄の束をほぐした。

ゆきは、早朝から高塚の芋畑で、強風に倒れ伏した茎を起こし、麓《ふもと》の溜池《ためいけ》から担《にな》い桶《おけ》で水を運ぶ作業に熱中していた。気温が高く、肌着が汗で濡れ、背中まで通っていた。

彼女は働くことが好きであった。体を動かしている間じゅう、孫才次のことを考えていることができる。東南風《いなさまぜ》が喉声をたてて吹き通っているので、汗ばむ頰にうるさくつきまとってくる蠅《はえ》や藪蚊《やぶか》が姿をひそめていて、いつもより余計に思いに耽《ふけ》ることができた。孫才次の眼が、いつでも彼女の前で光っている。ゆきは数珠玉《じゅずだま》をつまぐるように、孫才次の仕草や声音をあとからあとからと思いだし、思わず胸をとどろかせたり、頰に血を走らせたりした。

蒸れたつ土のにおいを吹き散らし、センダン林をゆるがせて磯風が吹いてゆく。

雌雄の白蝶《しろちょう》が、ゆきの足もとをもつれあって飛び交い、いつまでも去らない。ひとり笑いをしていたゆきは、楽しさがふと不安にいれかわり、ふりむいて灯明崎の金比羅さんに、「どうぞ孫やんをお守り下さいませ」と祈念する。

ゆきの日常は、気掛かりなことに取り巻かれていた。毎朝二番鶏《どり》の声を合図に、太地の浜を六艘の鯨舟が出てゆく。ゆきはその沖出を欠かさず見送りに行った。

曾《かつ》ての、浜辺を埋める幾百の鯨松明《まつび》のかがよいもなく、弥太夫の掛声にあわせて、「えーいよおよーお、よーお」となめらかな朝凪《なぎ》の海面を遠ざかってゆく舟影に目をこらしながら、「一心同体や。死ぬときはいっしょや」と夢中で心にくりかえしていた。

夏漕ぎがはじまって八日のあいだ、鯨を発見できなかった船団は、日没《まじみ》には時を計ったように女子供が群れて待つ太地浦の浜辺へ戻ってきた。

日が経つにつれ、留守をまもる女たちの間に、わずかに安堵《あんど》の気配が流れてきた。沖合いは、今度《こんだ》はえっぽど用心ひてる、という推量が口にされ、女房たちは、「そら、あがな災難の後やもの、いかな胆《はら》のすわった沖合いかて、身に沁《し》みちゃあらえ」と、うなずきかわした。

日没《まじみ》にきっちりと帰ってきてくれることが、女たちにはどれほどうれしかったか知れなかった。鯨と出合えば、おそらく死にもの狂いの闘いになりはしようが、沖合いが捨て鉢にならず、皆を守ってさえくれれば、事故は起きないだろうと、信じたがっていた。

ゆきもその一人であったが、重々しい法螺《ほら》貝の音が鳴り続けているような不安は、胸のうちから片時も立ち去らないでいた。

そのうえ、母親のさだの視力がふた月ほど前から急激に弱まってきていた。玉太夫の死が伝えられたあと、さだはいっとき寝込んだが、数日で気を取り直し、元気になった。

「お日いさん見たら、仏さんの後光の様なもの、回りにいっぱい付いちゃある」といいだしたのは、それから間なしであった。

いまではほの暗い朝夕や雨の日には、家内を手探りしなければ歩けないまでになっていた。浦神の眼医者へ診察を受けに行くと、「そこひ」という見立てで眼薬を呉《く》れたが、いっこうに恢復《かいふく》しなかった。

午過《ひるす》ぎになって、ゆきは手籠《てかご》を野菜で満たし、さだの待つ家へ戻って行った。三軒家の迫《せこ》（路地）に入ろうとして彼女は足を止めた。新屋敷へ通じる往還の四つ辻《つじ》に、女たちが群れ集い、戸長役場の使丁が、声高に何事か喋っている。

「何ぞ事は起った」と、ゆきは目を見張った。「小母《おば》まら、何事よう」と駆けよりながら声をかけ、ふり返った女房たちの顔に怯《おび》えを読みとり、胸が騒《ざわ》めいた。

「ゆきやんかの。ここの新聞見てみよし。伊勢の松阪《まつざか》の在所に、コレラ起ったんやてよう」

え、と聞き返しながら、ゆきは石のように固くなった胸のあたりが、一気にほぐれてゆくのを覚えた。沖の舟に変事さえなけら、何事起っても恐《おと》ろしない、と彼女は安心する。

手渡された新聞には、松阪の村人たちの間にコレラ除《よ》け踊りと百万遍念仏が流行している有様が、くわしく書かれていた。村々の者が馬を引き出し、紅白粉《べにおしろい》で厚化粧をした口取りが紅白の衣裳《いしょう》を着て、駆け出す様は正気の沙汰とは見えないという。

読み進むうち、ゆきの二の腕に鳥肌が立ってきた。さきほどの安心にかわって、また災難が遠方から近づいてくるという、いらだたしい思いが、彼女の気持を掻《か》き乱していた。

悪意をたたえた猫の瞳孔《どうこう》のようなものが、城山のあたりの垂れこめた空から、ゆきを睨《ね》めすえているような気がした。

コレラがやってくると、村は修羅場になる。さっきまで変りなく立ち働いていた者が、突然厠《かわや》へ駆けこみ、暴瀉《ぼうしや》がはじまるととめどがなく、床に就く暇もなく厠へ坐りこんだままの有様で、翌日には腰が抜ける。二日経つと、干物のように痩《や》せこけ、別人のように相好が変り、発熱と吐瀉《としや》が伴ってくる。暴瀉するときは、コレラ薬を二十滴又は三十滴少許《そこばく》の水に和し、十分或《ある》いは十五分毎《ごと》に用うべしと、内務省衛生局の心得書きが、医師の許《もと》に配布されているが、薬の効能など信じている者は誰もいない。

吐瀉がはじまれば、まず危篤の状態で、十人に六、七人はそのまま息を引きとってゆく。患者が発生する有様は、目に見えない神が村内を駆けめぐって、白羽の矢を立ててゆく光景を村人たちに思いおこさせ、怯えた人びとは昼間から雨戸を締め閉居し、戸口に天照皇大神《あまてらすおおみかみ》の護符を貼った。

ゆきは、顔色がどす黒く変り、乾き切った皮膚のうえに腱《けん》や血管がみみずのように浮き出た患者が、ぼろ布のうえに吐瀉をくりかえしながら吊台《つりだい》で運ばれてゆく数年前に見た光景を、鮮やかに思いだした。

なんで私《あたえ》らは、こがな災難ばっかり背負いこまなならんのやと、ゆきは叫びたい気持になる。彼女は、きみやんの家へ寄って行こうと、不意に思いたった。母《かあ》まには、気掛かりなことは教《お》せられやん。孫やんのお婆《ば》まに会いたいと、ゆきは思った。

いよに会い、ゆったりと大福帳《おおふくちょ》（ゆたか）な笑顔で迎えられると、暗く垂れこめた気分も、晴れやかになるからであった。

突風《たまかぜ》が吹きつのると、波の峯から横なぐりの飛沫《しぶき》が、雨のように降ってくる。遠眼鏡で行手の海面を探っていた弥太夫は、一尺ほどの丸い輪郭が十丁余り先のうねりの斜面にいくつか現れたのをとらえた。

海蛇のうねるのに似たかすかな皺《しわ》ばみは、消えたかと思うとふたたび数を増してあらわれ、径《さしわたし》がだんだんと大きくなってくる。見るまに、勢子《せこ》舟がそのなかに入れるほどに拡《ひろ》がってきた波紋が重なりあっては消え、波紋の内側の海面が、こぶのように盛りあがってきてはしぼんだ。

波紋は、深みを進んでいた鯨群が海面直下に浮きあがってきたことを示すもおじであった。弥太夫は、刃刺襦袢《はざしじゅばん》の片袖を振り、鯨群の浮上が近づいたことを、後続の舟に合図した。

もおじは、もう肉眼ではっきりと見分けられるようになっていた。弥太夫が突然指図幡を忙《せわ》しく幾度か振ったかと思うと投げ棄て、襦袢を脱いで隆々と筋肉の盛りあがった裸の背をあらわした。

「出るろお」二番舟の要太夫が指さす海面が、二丁ほどの幅で白濁していた。ごおうっ、白波が奔騰《ほんとう》し一枚岩のような鯨の頭《すかつぱち》が弾《はじ》きだされるように浮きあがってくると、背をあらわして跳躍し、飛沫に包まれる。

ごおおっ、ごおおおっ。鯨がつぎつぎと海上に跳ねあがってきて、潮の柱が視野を閉した。

弥太夫の舟が、さっさい押しで走りだしたのを見ると、孫才次の目から泪《なみだ》がほとばしった。「ほれっ、行けえ」要太夫が早銛《はやもり》をかかえこみ、怒号する。

ひい、やあ、ひい、やあ。孫才次は泪でぐしょ濡れになった顔をしかめ、狂ったように櫓を漕ぐ。もう恐《おと》ろしものは何にもない。俺《おんだ》や、やっちゃる。父《とう》まがやられたら、俺《おんだ》が鯨に喰らいついちゃる。

一番舟は、鯨群の背後から右手に回りこもうとしていた。目指す雌鯨はそこにいる。烈しく舳《みよし》をかぶらせながら獲物の横をすりぬけるとき、弥太夫が弓のように体を曲げ、まっすぐ空を指して銛を投げた。

わあっ、という喚声が、孫才次の耳を打った。「倒《こ》けたあっ、急所《ぜび》突いたあっ」

櫓頭が躍りあがって喚いた。大きく弧をえがいて戻ってくる一番舟の背後に、黒く横たわっている流木《つまぜ》のようなものが見えた。

「いまじゃい、びり切れえ（突っ走れ）」

要太夫がてのひらに唾をくれ、七百匁《もんめ》の大刃先《だんびら》のついた万銛を持ちかえ、血脹《ちぶく》れした顔で叫んだ。

ひい、やあ、ひい、やあ。孫才次はあっと息を呑んだ。急所《ぜび》を刺され、痳痺したように波上に横たわっていた雌鯨が、急に尾羽で水を打ち、灰白の腹を下に起き直った。

「しゃっ、外道《げどう》めや」

要太夫は歯噛《はが》みして、重い万銛を棄て早銛と持ちかえた。

雌鯨は四囲をゆるがす咆哮《ほうこう》をくりかえし、のたうちまわって体内に埋まった銛を外そうとし、銛首から引いた矢縄を離さない一番舟を、木の葉のように引きずり走った。

要太夫は昂奮《こうふん》しきっていて、手負い鯨に接近する危険を忘れ、二番舟を突進させた。「ひゃあっ」彼の投げた銛は、狂い立つ鯨の頬《ほ》べた（側頭部）に突き刺さった。躍りあがる鯨を尻目に戻ってくる二番舟の舳で、要太夫が髭面《ひげづら》を崩し、腕を振りまわしていた。

三番舟が、矢声もろとも進みかけたとき、ささやき筒を口にした弥太夫の叱咤《しった》が海上を走った。

「逃げよっ、皆綱《かがす》切って逃げよっ」

弥太夫の指さす方角を見て、孫才次は円陣をつくっていた鯨群が、いつのまにか長く伸び、その先端が彎曲《わんきょく》して、こちらに向ってきているのを知った。

陸《たか》が動いているような雄鯨が波を巻いて迫ってくる。櫓頭がすぐさま獲物をつなぎとめている、まっすぐ張った矢縄を、ヨキで叩き切った。波頭を押し分けて迫る雄鯨の頭部を、一番舟はオモカジ、トリカジを目まぐるしく切りかえ、転覆せんばかりに揺れ立って逃げている。

雄鯨は目標を変え、二番舟に肉迫してきた。「それっ」と孫才次たちは立ちあがって右に思いきり舳を振り、右舷《うげん》に盛りあがってくる海面を、折れよとばかり櫓を張って押さえた。

「おもかじっ、もっとじゃ、とりじゃっ、押さえよっ」

櫓頭が声を振りしぼった。どちらへ舳を向けても、傷跡だらけの雄鯨の頭が執拗《しつよう》に追いかけてくる。孫才次は、背に昆布《こんぶ》をひるがえし、波を巻いてくる鯨の体が、尾羽で水を掻《か》き敏捷《びんしょう》に左右に向きを変える様を見て、背筋が氷った。

襲ってきた鯨は、行き過ぎると向き直り、三度にわたって迫ってきた。四艘の勢子舟は小半刻《こはんとき》（三十分）の間逃げ惑い、ようやく死地を脱した。

翌朝は、東南風《いなさ》が土砂降りの雨を伴う南西風《にしまぜ》に変り、船団は出漁を休んだ。

弥太夫の家には、沖出した刃刺《はざし》たちをはじめ、櫓頭、中櫓押しの水主《かこ》までが早朝から集まり、坐る場所もない有様であった。雨を押して本方《ほんかた》から太地伴十郎もたずねてきた。

皆は前日の失敗から推して、今後の攻めかたについて討議を交した。

「弥太はん、昨日《きんの》はどがいに思ても、勿体《もったい》なかったのう。もう一段のとこやったがのう。あの外道は、思いの外にしぶとかったさか」

要太夫が、興奮の覚めない口調で息まいた。

「いや、あら俺《おんだ》や悪《わ》りかったんじょ。背えに風負うてたさか、銛や行き過ぎたらどもなんと思《も》て、ちと加減ひたさか、力や弱かったんやろかえ。身《み》いに、入りかた少なかったんで、あがな風《ふう》の悪《わ》り（格好の悪い）ことになったんじゃろかえ」

「いや、そがなことないよ。沖合いの腕に狂いはないいや。のう、皆よう」

そうじゃ、と皆はどよめく。土壇場で取り逃がしたとはいえ、勢子《せこ》舟だけで鯨群に戦いを挑んだことで、男たちの気勢はあがっていた。

「昨日はああなったが、夏漕ぎやまだ後は長い。気い落しよすな」と伴十郎が励ます。いよが、ほの暗い厨《くりや》の板敷に坐布団を敷き、木像のように動かずに、男たちの話し声に聞きいっていた。

次の漁の段取りについての新規の思案《しわい》は、いくつか述べられた。たとえ六艘の舟でも、やはり目標の鯨を貫抜《かんぬ》き打ちの音響で脅しながら、浅場へ追い込むのが筋道であるという意見や、四艘の勢子舟が同時に突進して銛を打てばいいという説が、鯨鬚《えんば》の茶受けをつまみながら、声高に語られた。

「あんまり目えの覚めるよな思案《しわい》はないやのう。立派《ぎつば》な考案は無けら、やっぱり下《しも》から追うて行く外に、手はなかろか」

伴十郎が吐息をついた。

「旦那にゃ笑われるか知らんが、ひとつ思案《しわい》はあるにはあるが」弥太夫が口ごもりながら云《い》いかけた。

「云うて見よし。何でもええがに、沖合いにがいなこと（たくさん）口出ひてもらわな、決着つかんろ」

「いや、刃刺はこがな思案《しわい》をば抱《おら》いたら、恥ずかしことやがのし」

弥太夫がためらいながら口にしたのは、向島岬の山見番所にある合図鉄砲の百匁筒を使って鯨の急所《ぜび》を射撃し、一挙に致命傷を与えたうえで、捕獲するという意見であった。

「なるほど、あの鉄砲で打つかのう。いや、こら理屈じゃ、妙案じゃのう」

意表をつかれ、皆は横手を打って感心した。異人が鉄砲を仕込んだ破裂銛とかいうものを用い漁をするという話は、弥太夫から聞いてはいたが、我が身辺に縁あることと引き寄せて考えてみた者は、誰もいなかった。

「そやが、あがな煙硝くすべるだけの鉄砲で、鯨打てるかのう」

三番舟刃刺の綾太夫が首を傾《かし》げると、要太夫が、「まあ、波風やなけら、やってやれんこともなかろかえ」と、ゆっくりと考えている口調で答えた。要太夫は、台湾の渾名《しこな》を持つ実戦の経験者で、銃砲の扱いには慣れていた。

「波風あら、当てぬくいし、雨覆いひても火蓋《ひぶた》は濡れたら、発火せな」

「よっしゃ、分った」伴十郎が膝を打った。

「使える物《もん》か、使えん物《もん》か、一遍《いっぺ》試ひてみよらえ。風や乾いて来たさか、八つ（午後二時）時分《じゅう》な、天気や好《よ》なら。雨あがりしだいに、皆で検分ひて決めよ」

合図鉄砲は、本方屋敷の男衆が向島番所から担《かつ》いで戻ってきた。要太夫が「合薬《ごうやく》加減するんが、むつかしてのう」とつぶやきながら、番傘を傾け、本方へ出かけていった。

南西風《にしまぜ》の唸り声が、間遠になってきていた。伴十郎のいった通り、昼食を済ましてしばらくすると、雲が切れ白熱した日ざしが降りそそぎ、濡れた土間に湯気を立ちのぼらせた。

「さあ、行くか。要太夫はんの支度《まわり》もできちゃろかえ」

弥太夫にうながされ、孫才次は厨から出た。「弥太、待ちよし」戸口を出ようとする二人を、いよが呼びとめた。

「弥太、お前や万《ま》に一つの間違いもせん子おやさか、云《ゆ》いたい事はないがのう。お父《と》はんから私や何遍も教《おせ》せられてきた事あるよって、性根《しょね》据えて聞いといて欲しんじょ。沖の鯨漁《しょうぶ》は、昔の通りにやるんがいちばんじゃ。新らし才覚ひた時は、ええ事起らんち云うてのう。お前は、人の命預る身分やさか、鉄砲持っての沖出にゃ、この言葉忘れんと、不慮の災難は起らん様に、充分気いつけちょおくれ」

弥太夫は黙ったまま幾度もうなずいた。

本方屋敷では、前庭の隅にござが延べられ、たすきがけの要太夫が、六角の銃身に金箔《きんぱく》の銀杏《いちょう》葉模様を散らせた、百匁玉抱え筒を手に、床几《しょうぎ》に腰かけていた。

「なんとがいな（大きい）弾丸《たま》じゃのう。ゴンドの糞《くそ》ほどあるろ」

「あがな物《も》な舞いもて当りゃ大きな穴《がな》は明くつろよ」

風が吹き抜けるたびに、雨滴を振りこぼす樟《くす》の大樹の下に水主たちが群れ集い、正面の土手に立てた杉板の標的を眺めながら、声高に話しあっていた。

本方の内玄関から、金右衛門を先頭に旦那衆が出てきた。「さあ、やるか」要太夫は、壬申《じんしん》番号の官印が金色に光る銃身を、立て膝のうえに重たげに持ちあげた。

要太夫は、輪に巻いた火縄を左腕に掛け、火先を左手の指に挟み、標的に正対した。片膝を立てながら火挟みに火縄を挟み、火蓋を切ると、しばらく照準を決め発射した。

落雷のような爆発音に辺りが震撼《しんかん》し、こだまが城山の斜面を、鳴りはためきながら駆け抜けて行った。見物の男たちは大音響に気を呑まれ、言葉を忘れていた。

孫才次は、一丁先の標的が吹き飛んだ一瞬を見届けていた。

「なんと、がいな（大きい）音じゃのう」

皆は歓声《たんせい》をあげながら、着弾した辺りをたしかめに行った。弾丸は標的を粉砕し、土手の黒土に五尺の深さに埋没していた。

鉄砲を携えて沖出した朝、明けはなれてくると、空は前日に変らない曇天であったが、風が落ち鈍く光る海面に、胡麻《ごま》粒を撒いたように小波が立っているだけであった。

沖に出て一番潮に乗ると、海はさらに滑らかになり、後から追ってくる舟影が、練絹の上を皺ばめて動いているように見えた。

「ええ凪《なぎ》やのう、孫やん。こんかえ見通しよけら、鯨見つけやすいやのう」

向う鉢巻のヤソ平が、孫才次にささやく。孫才次は、一番舟の舳《みよし》に立ちあがり、眼鏡筒で行手を探っている弥太夫の後姿を見た。

ほんまに、今日は静かや、と思いながら、彼は尻のあたりから背筋へじわりと這《は》い上ってくるいつもの不快な怯《おび》えに、眉根をしかめた。

沖へ出てくると、舟底から尻に伝わってくる水の感触が重くなってきて、深場へ出てきたことが分った。孫才次は重く粘る潮の動揺に、どう抗《あらが》ってみても脅やかされる。陸地と彼とをつないでいる目に見えない糸が切れてゆくように思え、「とろくさい、てんばするな（ふざけるな）」と自分を罵《ののし》っても、どうにもならない。

早く鯨が出てきてほしい、と彼は考える。鯨漁《しょうぶ》のときは、彼は恐怖を忘れ、奮い立つことができた。ゆったりと銀をたたえた海は、破裂するまえの爆裂弾のように、気味わるい。

ゆっくりと櫓を漕ぎながら、ヤソ平が話しかけてくる。

「鉄砲ちゅう物《もん》は、恐ろし音やのう。あがな音さひて、当らなんだら魚《いお》の固まりや一遍《いっぺ》に散ろかえ」

孫才次は生返事をして、黒い海に目をやる。海面の真下を、三尺もある茶褐色の海月《くらげ》が流れ去り、モンゴ烏賊《いか》が体を細長く伸ばしてそのあとを追ってゆく。孫才次はいつのまにか、近太夫や、玉太夫の顔を、海の深処《ふかみ》のあたりに描いている。

間なしに昼じゃ、と弥太夫が遠近《おちこち》の海をあらためながら腹時計を推量していたとき、鉄砲を抱いて足もとにうずくまる要太夫に、襦袢《じゅばん》の裾を引かれた。

「沖合い、あれ見てよ。灯明に狼火《のろし》じゃ」

弥太夫はふりかえり、せわしく遠眼鏡でたしかめた。

灯明崎山見の窯場《かまば》から、二筋の色濃い白煙が、立ちのぼっていた。曇天を背に、どちらも濃淡のない煙は、まっすぐ沖を指して漕ぎ出せという合図であった。番所には、抹香鯨発見を示す、漆黒の幟《のぼり》が立てられていた。

「おーい、皆付いて来ちょう。行くれえ」

弥太夫が、後続の舟にささやき筒を向け、どなった。

悲鳴のような櫓声《ろ》が湧きおこり、一番舟は波を蹴って走りだした。「はずさき(表櫓)あわせよ」二番舟の舳で、要太夫に替って乗り組んだ綾太夫が長身を反らせ嗄《しわが》れた声で指図した。

鰹《かつお》島の東方一里の辺りにいた船団は、東南辰巳《たつみ》の方角へ向った。一里余を全速で漕いだとき、狼火が変った。南の窯の煙が落ち、北窯だけが燃えている。北へ回れという合図である。

一番舟は舳を左へ振り、櫓声をひそめ速力を落した。六艘の舟は互いの間隔を半丁に縮め、櫓音を盗んで進んだ。

不意に、荒々しい鯨の咆哮《ほうこう》が海上を走り、行手に水柱が上った。弥太夫は、黒影を七個数えた。

「どうすら、沖合い。小《ち》っさい固まりやさか、銛《もり》で行くか」要太夫が、声をひそめて尋ねた。弥太夫は思い惑った。彼も手慣れた銛を使いたかった。不馴《ふな》れな鉄砲で、せっかくの獲物を逃すことになるのではないか。

いや、銛を使《つこ》て見たとて、運賦天賦に任す様《よ》なもんじょ、と弥太夫は考えをひるがえした。このような凪の日に、鉄砲を試みないで外に機会はない。

「やっぱりお前《は》んに任すろ」

弥太夫が短かく告げ「合点じゃい」と要太夫が応じた。

船団は、鯨群の遥か後ろからゆっくりと追跡をはじめた。海上に微風が立ち、艫《とも》に立てた合図幡《ばた》が、間を置いてははたはたと鳴った。

鯨たちは騒がしい潮吹きを終えると、重たげな尾羽を海面に垂直になるまで持ちあげ潜水をはじめた。弥太夫の舟が、五丁に間隔を縮めてその跡を追い、三艘の勢《せ》子《こ》舟が一列に続いた。

海に潜った鯨の深度は浅く、海面には幅広いもおじの皺《しわ》が、消えることなくあらわれていた。鯨群は、灯明崎沖三里の海中を西に向っている。

弥太夫は、まえの失敗をくりかえさないよう、目標を先頭の雄に定めていた。先導の雄を先に捕獲すれば、襲われる気遣いはなくなり、足の遅い雌と子《はさみこ》は、右往左往して進退に迷う。獲物を曳《ひ》いて帰ることができなくとも、注進舟を港へ走らせて加勢を呼ぶまで、一晩でも流されないよう持ちこたえることは、何とかできる。

雲が切れ、青澄む空が見えた。やがて海上に陽が照りわたり、水主たちの裸形に熱い反射を浴びせた。皆の濡れた体から、汗が濃くにおった。

凪といっても外海のうねりは強く、舷《げん》に潮の隆起が押しあがってくるとき、網目になった飛沫《しぶき》が頭上高くあがる。

要太夫は、一番舟の立尺《たてじゃく》（波よけ板）の際へ、百匁《もんめ》筒と火縄を抱いて腹這いに寝ていた。

小半刻《こはんとき》（三十分）経ったと思う頃、もおじが変化してきた。径十間もあるなめらかな円型の隆起が、つぎつぎと盛りあがり、海中の暗いあたりから気泡が幅広い帯のように、沸きあがってくる。

弥太夫が襦袢を脱ぎすて、「ばっとばい（うんと良い）的じゃ。力《しこ》って行け」と要太夫の背を力まかせに打った。

要太夫は目を血走らせ起き直り、水を浴びても火の消えにくいウルシ塗りの輪火縄を左腕に通した。彼の肩が小刻みに震えているのを見て、弥太夫は「落着けっ、何動《いの》いてんのなら」と一喝した。「ええいよう」と要太夫が喚き、百匁筒の銃身を抱きあげた。

「傍《はた》まで行て、停《と》めてくれ。ええか、傍まで行て停めるんやろお」

胴震いのとまらない要太夫が、歯音をたてながら、弥太夫に告げた。

「出るろおっ」と喚声があがり、弥太夫は前方の海上に白波を沸きたぎらせ、布団にもたれこむようにうねりに乗ってあらわれてくる、黒ずんだ丘陵のような背を見た。

ひい、やあ、ひい、やあ。「ほれ行けっ」弥太夫が叫び、一番舟は鏃《やじり》のようにまっすぐ突き進み、雄鯨の真横で速力を落した。

くわっ、と空気がはためき、一番舟の上に硝煙が濃く流れた。「鉄砲撃った」と孫才次たちは懸命に漕ぎたてながら鯨を見た。

あら何じゃ、と孫才次は目を疑った。長持の形をした雄抹香の頭部が、海面から高々と聳《そび》えている。体の過半を、根が生えたかのように、まっすぐ突き立てている。

旋回して戻ってくる一番舟に替って、二番舟が、遮二無二漕ぎ進む。

「ほれっ、ほれっ」

差添銛《さしぞえ》を構え、憑《つ》かれたように叫ぶ綾太夫を乗せた二番舟が、一丁の距離に近づいたとき、立泳ぎをしていた抹香鯨は急に沈みはじめ、姿をかくした途端烈しく浮きあがってきて、魔物のように長大な全身を斜めにくねらせ、空中に跳ねあがった。

天を突く円錐《えんすい》形の飛沫の壁が孫才次たちの視野を閉し、崩れ落ちたあとには、鯨群の姿は一頭残らず消え失せていた。

泡立つ海上に、勢子舟は舷を寄せあった。

「追うか」とはやりたつ綾太夫が、弥太夫に聞いたが、「どがいもならな、大底摺《おおっこす》りじゃ」と弥太夫は首を振った。

抹香鯨が、外敵から逃れるための「大底摺り」に入れば、一刻（二時間）は浮上せず、あとを追尾する方法はなかった。

「鉄砲玉は、どうひたんなら」

「当ったことは、たしかに当ったんやが」

弥太夫は、要太夫と顔を見あわせた。腋壺《わきつぼ》の急所のあたりに、白皮が弾《はじ》けている創口《きずぐち》を、弥太夫は見ていた。

そのあと、いつ止《や》むともしれない長雨が、那智山の方角から吹いてくる北西風《わいた》を伴って、幾日も降り続いた。海は険しく牙を剝《む》く時化《しけ》であった。

弥太夫は、朝のあいだ向島の大納屋で、舟と諸道具の手入れ作業を監督し、午後からは本方屋敷《ほんかた》へ出向き、旦那衆と談合して帰宅が夜更けになることもあった。帰ってくると、「若旦那の居場所は、まだ分らんのやてのう」などと、いよたちに洩《も》らした。

孫才次は、朝食を済ますと、「会所へ行く」といって、破れ傘を傾けて家を出ていった。彼がゆきの家へ行くことを、家族は皆知っていた。きみがときたま、「兄《あん》ま、今日はも会所か」とからかい、孫才次はたちまち頬が上気した。

孫才次は干物などの手みやげを携え、ゆきの家をたずねると、つい腰を落ちつけてしまう。奥庭に向いたゆきの居間で、湿《し》けた木のにおいを嗅ぎながら、庭面に生い茂ったはこべ草に降りそそぐ雨脚を見つめているだけで、彼はゆったりと心が安らいだ。

眼の悪い母親のさだは、雨の日は煎薬《せんやく》を火鉢で煮立てながら、床に引きこもっていた。孫才次とゆきの話の内容は、朋輩《ほうばい》の噂、遭難した友達の思い出などから、幼ない時の記憶に戻ってゆくのが常であった。

幼ない時分にも、地震、暴風、火災、三日ころりと、災禍はしばしば起った。人《ひと》死《じ》にが出る度に、目頭を刺す線香のにおいと、磯辺の寄せ波のように盛りあがっては引いてゆく読経のどよめき、手渡される山菓子《やまかし》（葬式供養）のまんじゅうが、小《こ》童《わっぱ》たちの心に残った。

そのような出来事さえも、いまとくらべると、一様に春の日ざしのように柔和な色あいを帯びていた。青くさい香が蒸れたつ満開のれんげ畑を見ているように、安らかな日々であった。

「俺《おんだ》や、順心寺さんの寺小屋で、報恩講《ほんこ》の日いに小便《しょんべ》ちびったの、覚えちゃあるか」

「知ってる。板間へ落ちる音聞えたもん」

「そうか、知ってたか。あの時分《じゆう》は、恥ずかして、よう云《い》わなんださか、腹張ち切りそなえらい目え、今でもよう忘れやなのう」

ゆきは肩を震わせて笑う。孫才次は、日頃思いだしたこともない遠い記憶が、袋から大豆が転がり出るように、つぎつぎとあらわれてくることに、自分でも驚く。

このままの時間がいつまでも続いてほしいと、孫才次は甲斐《かい》ないことを考える。二人のまわりに、目に見えない屏風《びょうぶ》を立てめぐらせ、わずらわしいことから隔てられていたい。

夏漕ぎは、抹香の群れが頻繁に現れることで、漁夫たちの意気はあがっているように見えたが、僅《わず》か四艘の勢子《せこ》舟で、追い込める網代《あじろ》もない大海を游泳《ゆうえい》する鯨に挑むのは、常に下腹に冷水を走らせる思いを禁じることのできない行為であった。

剛気な刃刺《はざし》でさえ、見なれた鯨の体が途方もなく大きく思えたり、海の怨霊《おんりょう》が乗りうつっているかのように、その動きのひとつびとつが気味わるく見えてきて、怖気《おぞけ》をふるうと洩らすほどである。

ゆきと離れた海のうえで死ぬのは嫌じゃ、と孫才次は、巣穴にもぐりこんでいる蟹《かに》のように、滅入《めい》った気持になる。

「ゆきも、沖へ連れて行ちゃろか」孫才次は内心をかくし、明るい口調でいう。

「行きたい。あちゃ（あなた）と連れもてなら、どこへかて行きたい」

「お前《は》ん、よう泳ごまい。舟から転《まく》れ落ちたら、どがいにするんじゃ」

「いや、落ちやんで、あちゃにいつでもまめくろり（なめくじ）の様《よ》に、引っついてるさか」

ゆきは白い喉を見せて笑い、孫才次の胸に、さわやかな彼女の姿が焼きつけられる。

今度の鯨漁《しょうぶ》では、何としても一頭なりとも仕留めたいと、孫才次は心を励ます。

「男は弱気になって何《なん》すりゃ。金儲《もう》けて、女子《おなご》らよろこばひちゃらな、褌《ふんどし》ひてる値《ね》打《ぶ》ちない」

本方の施米《はちまん》が絶えてから、口に入れるものはうけじゃばかり、衣類を新調する余裕など、どの家にもない。貧窮に追われての娘の身売りは、数を増す一方であった。

男たちは、「死んでも鯨取らな」と追いつめられた気持になっていた。

弥太夫は、重石《おもし》のような憂鬱《ゆううつ》を背に負い、本方《ほんかた》の奥広間に坐っていた。彼は庭の芝生が雨に打たれ、洗われたような緑葉を盛りあげ、椽先《えんさき》の雨樋《あまどい》が、滝のように雨水を吐いているのを、さっきから見つめていた。

朝からの談合がようやく終り、座を立った旦那衆を、金右衛門と伴十郎が玄関へ送りに出た。談合の内容は、盂蘭盆《うらぼん》が期限になっている、借金の金利支払いの調達についてであった。八月までに調えなければならない金利は、八千円を越すが、本方には千円の現金も残っていない。

抵当に入っていない本方の資産を叩き売って、なんとか凌《しの》ぎをつけることに話は決った。一族の旦那衆には、もはや鯨方の屋台骨を支える気力はなく、金策の話を金右衛門が持ち出すと、皆いいあわせたように逃げ腰になった。「いまさら助力ひても、空洞《うろ》のできた木に突っ張りする様《よ》なもんじょ」と露骨な言葉を吐く者もいた。「そがなこと仰《おしや》って、浦方はどうすらええのよし」思わず弥太夫が口を挟むと、旦那衆は蔑むように振りかえり、「浦方はのう、儂《わし》らが手え引いても、蚤《のみ》か虱《しらみ》の様に、じっきに旨《うま》い汁吸える親方、探りあてらよ」と云いはなった。「いかにかたて、命《いのち》的《まと》にひて鯨方に尽ひて来た者らのこと、口をつつしめ」と伴十郎が極《き》めつけたが、意に介しない有様であった。

このまま行たら、鯨方も今年じゅうに身代限りじゃ、いよいよどん詰りまで来たと、弥太夫は、冷水に胸を浸される思いである。

金右衛門たちが戻ってきた。「あがな薄情な奴《やつ》らと、思わなんだ」と、やるかたない憤懣《ふんまん》に顔をゆがめる伴十郎を、金右衛門がなだめた。

「親戚ち云うても、金のことになったら他人様よりゃ汚いて、よう云うたもんじょ。あれでも、まあ今まで何とかついてきてくれただけ、まだしもと思わな仕方ない」

肩を怒らし、弥太夫の傍《そば》に坐った伴十郎は、眼を血走らせていた。

「やっぱり皆の糸引いてたんは、分家の善六《ぜんろく》やったのう。あいつは本方に合力《こうりよく》せまいち云うて喋ったら、皆口合わひたよに靡《なび》くんやさか」

金右衛門は腕を組み、黙って考えこんでいたが、やがて口をひらいた。

「弥太夫、明日《あひた》からの漁で取った魚《いお》は、浦方で分けよし。施米切《はちまん》らひた時から、儂らに宰領の値打ちないんじゃ。お前《は》んら危い思いひて取ってきた物を、みすみすヘーハチ（ゴキブリ）みたいな金貸しに持って行かれよすな。どうせ本方は潰れる。見捨てよし」

「そがいなこと出来やんよし。道具も舟も、網代も、皆本方の物やひてよし。私《わたえ》らは、生きるも死ぬも、旦那らと一緒に行く積りやさか、水臭いこと云わんといて頂《いた》あかひてよし。この雲行きじゃ、明日《あひた》の朝《あさり》はええお天気にならよし。げん直しに大《お》きな鯨の一頭《ひとかばち》なと引いてくるさか、どうろ待ってて頂あかひてよし」

「おおきによ、誰《だ》ら云うてくれら」と金右衛門は慌てて懐紙を取りだし、洟《はな》をかむ振りをしてまなじりに滲《にじ》んだものを拭いた。


四日の間降り続いた雨は、その夜半にあがった。稲光りが闇を走り、雷鳴がひとしきり鳴りはためいたが、しだいに遠のいて行った。

また雷や鳴ってる、と弥太夫は霞《かす》んだ頭で考えていた。海の方で鳴ってる。いや、待てよ。弥太夫は起き直って耳を澄ました。ぶんも目覚めていた。「鯨かのし」と聞かれ、弥太夫はうなずく。かすかに夜気を震わせているのは、まぎれもなく鯨の咆哮《ほうこう》である。

近い、灯明の鼻のあたりか、それとも鰹《かつお》島の磯か。弥太夫は飛び起き、胴着を羽織った。納戸《なんど》から、孫才次が出てきた。「磯へ出よ」と弥太夫は云いすて、表へ出た。

妙に冷えた夜気が頬に当り、靄《もや》だと弥太夫はすぐに覚《さと》った。乳のように濃密な靄が闇のなかに垂れこめている。

弥太夫は幾度かあちこちに体を打ちつけながら、手探りで浜へ出ていった。靄のなかに人声が騒めき、松明《まつび》の光彩が蛍火《ほたるび》のようにうるんで揺れていた。鯨の吼《ほ》え声は続いていた。あいつらは湾の入口のあたりにいると、弥太夫は推測した。

「おーい、誰《だえ》ろ無いか」

弥太夫が大声で叫んだ。

「よう、沖合いかのし」

数人の水主《かこ》が声に応じて近寄って来た。

「お前ら、皆にすぐ触《ふ》れ回せ。沖出の用意《まわり》じゃ。夜お明けたら出るろ。舟番に舟下ろさせよ」

「この靄に、出やれるかのし」

「云うた通りに動《いの》きよし」

水主たちが、松明《まつび》を振りかざし立ち去った。間なしに朝《あさり》になる、と弥太夫は靄の色を読んだ。湾口まで餌《え》を追ってきた鯨は、たやすくは立ち去らない。浅場の鯨漁《しょうぶ》なら、たとえ一頭でも獲らずには置かない。

お父《と》はん、見ててくれ。俺《おんだ》や、今日は久しぶりに一勝負ひちゃる、と弥太夫は近太夫の幻に話しかけながら、靄のなかを手探りで歩いた。

夜が明けはなれた。沖合いの用意《まわり》を整えた相番《あいばん》衆は、弥太夫を取り囲み、靄の動きを計っていた。日の出の刻限は夙《と》うに過ぎていたが、日は照ってこない。鼻先に垂れこめた靄の白さが濃く見えてきただけであった。

十間先の人影は、辛うじて、うす黒く見分けられるが、その先に遠ざかると、吸いこまれるように靄の壁に消える。風が吹くと、ゆらゆらと煙のようなものが、鼻先を漂ってゆく。

靄の下で、波打際のあたりが薄青く見えていた。海上は静まり返り、鳥たちの啼《なき》声《ごえ》も絶えていた。

一刻《ひととき》（二時間）の間待ってみたが、靄の奥がこころもち明るんだだけで、晴れる気配はなかった。

「こら無理やのう。休むか」

要太夫が声をかけてきた。靄の日に舟を出すのは、目かくしをして崖縁《ぞれこみ》を歩くほどの危険に満ちていた。

天候を待つ間、弥太夫も「休みにひた方が賢こかろ」と、自分に云い聞かせていた。鯨漁《しょうぶ》に無理は禁物である。彼は要太夫の言葉に応じる積りで、ふりむいた。

「いや、ここで待ってたて、沖で待ってたて一緒じゃ。もう舟出そら」

弥太夫は、自分でも意外な言葉を口走っていた。彼は自分の言葉に、呼び覚されたようになった。

「舟出ひて、灯明の網代《あじろ》あたりで錨下《いかりおろ》ひてら、そのうちに晴れてくる。晴れら一時《いっとき》じょ」

そうするかえ、と要太夫がうなずいた。

「舟下すろう。シダ（支え木）外せえ」

櫓頭たちの喚き声が、浜辺に湧き起った。

「この天気に、出るんかえよう。危いのによう」

見送りの女房たちの間から、騒めく私語が聞えたが、弥太夫は無視した。蛇のように細長い勢子舟が靄をついてつぎつぎと海中に滑りこんだ。

「竿押《さお》しよう、どこなえ」

「先押しゃ誰《だえ》なら。早よ来んかえ」

水主たちは、水をはねちらし争って舟に乗った。

「皆乗ったか。さあ行くろう。儂《わし》ゃの舟について来い。岩見えたら竿使《つこ》て、当てよすな。用心しもて行けよ」

弥太夫の声が、海面に反響した。

「気いつけてよう」「無理せまいらよう」

見送りの女たちは声を張りあげて叫び、浜辺に走り出て消えてゆく舟影を見送った。靄のなかで聞えていた櫓音《ろ》も、やがて消えた。

弥太夫は一番舟の舳《みよし》に、水竿を持って立っていた。日頃見なれている岩礁や石垣が、靄のなかから現れてくる頃合いを計っているが、思いがけないほど早く飛びだしてきたり、いっこうに見つからず、進路をまちがえているのではないかと、気をもませたりする。

湾内にもやっている鮪《しび》舟の黒影が不意に飛び出てくると、静止している相手が動いてくるように見え、胆《きも》をひやす。

「あら、何じゃ」

前方に、打ちよせる波が白く砕ける岩場が見えてきた。弥太夫は、要太夫と肩を寄せあって眺めた。

「筆島の磯じゃ」そうかと要太夫はうなずく。突兀《とっこつ》と組みあった岩塊の隆起が、靄をまとい、曖昧に形をあらわしてくる。

「筆島にひたら、ちと岩高いろ。いや、やっぱり筆島かのう」

口をつぐんだ要太夫が、あわただしく叫んだ。

「あれ見よ、あの高い岩見よ。あら灯明の鼻じゃ」

なにっ、と弥太夫は胸を轟《とどろ》かせた。灯明の鼻に近寄れば、剃刀《かみそり》のような暗礁《はい》に、舟を割られる。

靄のなかから、奇怪な形の岩壁があらわれてきた。気を呑《の》まれるほどの高さに聳《そび》えてみえる。「灯明じゃっ」といいかけて、弥太夫は心を押し静めた。黒い杭《くい》のようなものは、あれは鳥居じゃ。やっぱり筆島じゃ、と思う眼に岩礁の高まりは、急に縮まって見えてきた。

弥太夫は、筆島の磯が見える浅瀬で船団に錨《いかり》を下させ、天候を待つことにした。どれほどに濃い靄でも、晴れるときは一瞬に吹き払われてゆく。

魚が跳ねているような音が、遠い場所で聞えていた。おおかた、海豚《ほうず》に追われたメジロの群れかもしれない、と弥太夫は耳を澄ましていた。

彼は、鯨の潮吹きを待ちわびていた。朝《あさり》に、あれだけ陸地に接近していた鯨の群れが、この近辺をすぐに離れるはずはない、靄が晴れれば、日暮れまでにきっと発見してみせる、と彼はこみあげる不安を押し静めた。

「まだじゃ、風や出て来な、あかん」

「晩まで、晴れやんのでないか」

水主たちは、いらだちを押えきれないように、ささやきを交す。

焦りは漁に禁物だと、気長に構えていた弥太夫が、一刻のうえも待ったあげく、やっぱり見込みがないと考えはじめた頃、「あっ景色じゃ。陸見《たか》えてきた」と、水主のひとりが口走った。

たしかにひとところ靄が薄れ、松原らしいぼやけた緑の連なる遠景が、浮き出るように見えてきていた。

「切れたっ」と弥太夫が叫んだ。

「錨揚げにかかれ。じきに晴れてくるろ」

景色が、たちまち鮮かにあらわれてきた。肌にこころよく乾燥した南風《まぜ》が、海上を押し渡ってくると、靄はうすらぎながら吹き散らされる。

目に沁《し》む紫紺の海が、いきなり視界にひらけた。数知れないほどの鷗《かもめ》が、波上に浮かんでいる。弥太夫は、眩《まぶ》しい眺望を小手をかざして見渡す。鰹島の磯が見え、向島岬が引き寄せたように真近に見えてきた。

二番舟で、どよめきがあがった。舳に伸びあがった綾太夫の指さす方向を見て、弥太夫は胸苦しくなるほどの衝撃に、顔色が青ざめた。

半里と離れていない鰹島の磯に、鯨の群れが浮いている。ふちどりをしたように際立つ黒さの動かないその姿は、八頭であった。死んでいるのかと瞬間、弥太夫はうろたえた考えを走らせ、眼鏡筒を目に押しあてた。

体長十五間はあると見える山のような雄鯨の背に、無数の海雀《しゅうりき》がとまり、鯨しらみや海藻の上を歩んで、頻《しき》りに餌をついばんでいる姿がレンズに映った。

こないだの鯨じゃ、と弥太夫は咄嗟《とっさ》に感じた。他の七頭は、すべて雌であった。彼らは、頭を内に寄せあい、菊の花弁のような形に円陣を作って、じっとしていた。交互に、一間ほどの高さのかぼそい潮を吹いている。

弥太夫は、眼鏡筒を要太夫に渡した。要太夫は体をこわばらせ、眼鏡を覗《のぞ》いていたが、「寝ん寝じゃ」と呻《うめ》くようにいった。

弥太夫は、銛《もり》づとに手を置き、蛭《えびす》大明神、金比羅大明神をはじめ、在天の諸神に幸運を祈ったあと、立ちあがって指図幡を打ち振った。

勢子《せこ》舟の列は、ひそやかに進んだ。水主たちは、櫓が軋《きし》む音にも身の縮む思いを味わった。舳《みよし》に立つ刃刺《はざし》が手振りで押さえると、静かに櫓を押さえる。しばらく波に揺れていたあと、また進みはじめる。

弥太夫は、朝、灯明崎沖へ出てくる途中、メジロの跳ねるような音を聞いたが、あれは鯨が眠りながら潮を吹いていた音であったと気づき、鯨群のなかへ乗り入れなかった僥倖《ぎょうこう》をよろこんだ。

鯨の艶のない黒皮に、海雀、岩燕《はいろ》、海猫、鷗など様々な鳥たちが足を下し、騒がしく啼きたてている。

もうちょっとじゃ、目え覚すな。頭上から焼きつける陽に炙《あぶ》られ、襦袢《じゅばん》の片肌脱いだ弥太夫は、滝のような汗を流していた。てのひらにも、ぬめるほどの汗である。

乱暴者《やんが》めや、もう二丁じゃ、寝ててくれよお。起きんなよお。

弥太夫は、輪火縄を腕に巻いた要太夫に、腋壺《わきつぼ》（肺）の下方を狙えと、手真似《てまね》で告げた。前の失敗は、狙いがうわずり、鉛弾が分厚い脂肪にはじかれたためであると、弥太夫は考えていた。要太夫は、滑りを防ぐため弾丸の表面に数十回鶏卵の白身を塗り、乾燥させていた。

鯨群から五十間と離れていない場所に、弥太夫は舟を停めた。磯臭いような、なんともいえない異臭がただよっていた。

八頭の鯨は、ときたま手羽や尾羽をけいれんするように動かし、熟睡していた。傷痕に覆われた黒ずんだ体は、転覆して浮いている、外航船の船底のように見えた。

一番舟は、伴舟《ともぶね》を引き離し、ゆっくりと鯨に近寄りはじめた。要太夫が抱えた、黒光りする火筒のうえに、火縄の煙が立ちのぼりゆらぐのを、孫才次たちは見ていた。

弥太夫は舟を、雄鯨の腋壺を狙うため、十間の距離に接近させていったので、後続の舟から見ると、二頭の鯨の間に挟みこまれたように見えた。

弥太夫は、締めこみだけの真裸《まるつぶろ》になった要太夫とともに、耳に綿をつめて一番舟の舳に伏せていた。左手の澄んだ海水のなかに、雌鯨の尾羽がひろがり、芭蕉葉《ばしよう》をつらねたような先端が、波に揺られ上下していた。

要太夫は、しずかに火蓋《ひぶた》を切り、狙いを定めた。雄鯨の頭にとまっていた海雀の群れが慌《あわただ》しく飛び立った。

「いまじゃ、下狙えよ。ほれっ」

があーん、と弥太夫の耳が鳴りひびき、何も聞えなくなった。何かが飛んできて、顔に当った。「回れえっ」弥太夫が起きあがりざま叫んだ。頭上から降りそそぐ潮で、ものがよく見えない。舟が何物かに乗りあげ、転覆しそうに傾いた。鯨が波を叩いている。

　眼の前が明るくなり、弥太夫はようやく逃げ切れたと覚った。待ちかまえる五艘の舟で、水主たちが高波を巻いて泳ぎまわり咆哮する鯨を近付けまいと、必死にカリ棒を打ち、声を嗄《から》して叫んでいる。持双舟《もっそう》が、鯨の尾羽にはねられ、覆《くつが》えった。海に投げ出された水主たちが、抜き手を切って伴舟に泳ぎ寄る。

　弥太夫は、要太夫の顔が血でおおわれているのを見た。自分の手も、胸も真紅に染っている。頬に餅《もち》のように貼りついているのは、鯨の白皮《しらかわ》であった。

　ごおおっ、雄鯨が血の噴水を吹きあげ、沖へ逃げてゆく雌鯨たちの後を追おうと、のたうちまわっている。周囲の波が紅を溶いたように色づいてきた。

「行くろお」弥太夫が早銛を左脇にかかえ、叫んだ。舳を立て直した一番舟は、陽を浴びて直進した。

　ひい、やあ、ひい、やあ。雄鯨は尾羽でくりかえし潮を打ち、陸の方へ泳ぎはじめた。弥太夫は銛を構え、すれ違いざまに投げた。綱《かがす》の尾を引く銛は、光芒《こうぼう》を放ちながら落ち、背びれ際に刺さった。

　弥太夫は、雄鯨の手羽脇から、破れ団扇《うちわ》をあおるような音を立てて、血が溢《あふ》れ出ているのを見た。

「要太夫、あれ見よ。大剣《だんす》切った様《よ》な血いじゃ」弥太夫が喚く。要太夫は鉄砲をかかえ、腰が抜けたように坐りこんでいる。

二番舟が、鰹島の方へ進んでゆく鯨に追いすがり、差添銛を投げた。鯨は血の幔《まん》幕《まく》を空中に張りひろげながら海中に沈むが、たちまち浮きあがってきて、横倒しになり灰色に濡れ光る腹を現してもがいた。三番舟が突進し、国太夫が重量のある三百匁《もんめ》銛を投げあげる。

半刻（一時間）のうちに、鯨は簪《かんざし》のように銛を負い、鰹島西南の海上で、動きを停めた。弥太夫は、矢縄に帆柱を括《くく》りつけた柱銛、錨を括りつけた錨銛を残らず打ちこんだあと、七十尋《ひろ》の矢縄のついた手形銛、万銛の一貫匁近い穂先を、数十本背と頭部に埋めた。

二艘の持双舟が勢子舟に付き添い、七十尋の矢縄を受け取って、鯨の胴を締めつけてゆく。「棒行くろ」「がってん」と持双舟の刃刺が叫びあい、径二尺、長さ三間の持双棒を互いの舷《げん》に掛け渡し、括りつけて舟の間に鯨を挟む用意をした。

鯨は海上に血脂《ちあぶら》の輪をひろがらせ、沈んでは間を置いて浮きあがってくる。弥太夫は血に滑る手を海水で洗い、刃渡四尺六寸、桿《かん》長八尺の大剣《だんす》を取り、下緒を肩に巻きつけた。直太夫たち三人の勢子舟刃刺も、それぞれ大剣《だんす》を手にした。

「魚《いお》は弱ってるさか、一気に行くろ。ええか」

弥太夫を乗せた一番舟は、矢縄を蜘蛛《くも》の巣のようにまといつかせ、浮きあがってくる鯨に舳を向けた。

弥太夫は、冷静を保っている積りで、いつのまにか先を急ぎ、焦り立っていた。これほどの大鯨であれば、売値は三千円を下ることはないと、彼は考えていた。それだけの大金が夢ではなく、まもなく手のうちに転げこんでくる。

弥太夫は、「新らし才覚ひたときは、ええことは起らん」という、母親の戒めを忘れ果てていた。

魚《いお》は左の腋壺に、あれだけの深傷《ふかで》を負っている。いまさら小剣を切ることはない。右の腋壺の血を大剣《だんす》でさらい出せば、血抜きは済むと判断していた。

定法では、まず殺舟《ころしぶね》執当の指揮で五番舟刃刺が小剣を続けさまに打ちこんで出血を促し、続いて六番舟、七番舟の刃刺が中剣を振って創口《きずぐち》をひろげ、最後に四番舟に乗る執当がとどめの大剣を振うことになっていた。

「刺水主《さしかこ》の役は、孫にやらせ。指図按配《あんばい》頼んだろ」

弥太夫は、持双舟刃刺に云《い》い置いて、鯨の右側に近づいていった。

血を流している鯨は、眼をあけていた。こちらを見ていると感じたとき、弥太夫の身内を、そのような時に感じるはずもない怯《おび》えが走った。

「なにくそ」と弥太夫は歯嚙《はが》みして、大剣《だんす》を頭上に構え、腋壺を狙い激しい気合いと共に打ちこんだ。

があああっ。千馬のいななきとたとえられる、鯨の断末魔の叫喚が耳を聾《ろう》し、創口と潮吹き孔《あな》から血液の噴水が吹きあがった。

血達磨《ちだるま》の弥太夫は、大剣を掛声もろとも引き抜くと、再び突き刺した。そのとき、彼の体が、いきなり中空に持ちあげられ、弧をえがいて抛《ほう》り投げられた。あおむけに海中に投げこまれた彼が、浮きあがってくると、視野を覆って黒い影が頭上から落ちかかってきた。

手形庖丁《ほうちょう》を腰に、持双舟の舷に手を置いて父の舟を見守っていた孫才次の目前に、信じられない光景があらわれていた。

瀕死《ひんし》の鯨が、弥太夫をはね飛ばし、無数の矢縄を引きずって狂い立った。銛が音を立てて折れ、一番舟から水主たちが海に飛び込んで逃げる。尾羽が海面を続け打ちにして水の屛風《びょうぶ》を立て、胴体がせりあがってきた。鯨は仰むけに倒れ、一番舟の舷に下顎をかけ、筍《たけのこ》を植えつらねたような歯をあらわして、船体を音高く嚙み砕いた。

「動いてない、動いてない。魚《いお》は死んだ」

茫然《ぼうぜん》と眺めていた持双舟の刃刺が、震える声で叫んだ。

「父《とう》ま」孫才次は、はじかれたように、海に躍りこんだ。

弥太夫は、要太夫に抱かれて水に浮いていた。孫才次は泳ぎ寄りながら頭髪を乱した弥太夫の顔を見て、生きていると思ったが、その目はすでにうつろであった。

「父《とう》まよう、父《とう》まあ」孫才次が声をふりしぼって叫び、弥太夫の体に取りすがった。要太夫が泳ぎながら号泣した。

孫才次は膝頭が震え、舷にひとりで這いあがることができなかった。弥太夫の遺骸は、水主たちがかかえあげた。持双舟の底板《しき》にあおむけに寝かされた弥太夫は、鼻孔と耳から薄く血を流し、ひらいた唇の間に黒血の固まった口腔《こうこう》が見えた。前歯は一本も見えなかった。肩の関節が抜けているため、投げ出した両腕が、付け根からべったりと底板《しき》に着いていた。

「手羽に掛けられたんよの。むごいのう」

綾太夫が頰を引きゆがめた。孫才次の周りから、物音が遠ざかった。彼は、父《とう》まは死んだ、父まは死んだ、と胸にくりかえしながら、弥太夫の顔をくいいるばかりに見つめていた。

煎餅《せんべい》のように乾燥しきった砂浜の隆起の縁を、立ちのぼる熱気がゆらめかせる夏が来ていた。弥太夫の四十九日のとむらいは、三日まえに済んでいた。

泊りがけで、気落したいよたちを扶《たす》けてくれていた親類の女たちも立ち去り、お朝事《あさじ》の鉦《かね》音が、がらんとした家内《やうち》に響いた。

孫才次は、つらい時間を過ごさねばならなかった。夜明けの庭面にも、波止の切石のうえにも、舟の舳《みよし》にも、弥太夫の俤《おもかげ》がゆらりとかかり、彼の心を痛ませようと待っていた。

もう二度と父と会うことができないという思いが、頭をかすめると、彼は狭い穴のなかに閉じこめられているような、圧迫を覚えた。「父ま、なんでそがいに早よ死んだ」と思わず語りかけ、体内に石のようにわだかまる悲しみに、よろめき歩いた。

目に入るものはなんでも、胸に痛みを伝えた。白熱した陽を浴びている向日葵《ひまわり》を見てさえ、辛《つら》い連想が湧いた。

女たちは、ほの暗い家内にいるとき、仮面のように無表情で、ひっそりとふるまった。早朝の漁から戻ったとき、孫才次は仏間でぶんときみが肩を抱きあい、声を忍んで泣いている姿を見た。夜更けに目を覚ましたとき、いよのひとりごとが聞えたこともあった。

「旦那はん、あの子に先行かれたら、私《あたえ》やもう生きてたいことないよし。このうえ居てたて、憂《う》い目えばっかり見やんならんよな気いすらよし。もう、旦那はんの傍《はた》へ行きたいよし」いよは、懊悩《おうのう》を吐きだすような、長い溜息《ためいき》をついていた。鯨方の男たちは、不眠に腫《は》れた瞼《まぶた》で舟に乗る孫才次を、いたわり扶けようとした。漁の役割りを決める「段取り」の相談のときも、孫才次には手軽な役が振りあてられ、もっと働かせてほしいと頼むと、要太夫たちは、「お前《は》んは、一家の柱になったんじゃさか、いままでと違《ちご》うて、身や重たい。無理すんな」と、取りあわなかった。

毎日の漁獲の分配も、孫才次の漁籠《ばんりゅう》が、先んじて満された。男たちは、孫才次の沈鬱《ちんうつ》な表情を読み、弥太夫のことを思い出させるような話題には、触れまいと努めているようであった。

弥太夫が死んだあと、夏漕ぎは中止された。抹香鯨は、解体してせり売りに掛けたが、総収入が三千円を上回る高値で売れた。一時のうるおいではあったが、疲弊した浦方にとっては旱天《かんてん》の慈雨であった。

刃刺たちは本方《ほんかた》屋敷に寄り集い、夏漕ぎを続けるべきか協議を重ねたが、危険度の高い鯨漁《しょうぶ》の采配を振る沖合いの役を、引きうける者は、誰もいなかった。水主たちを浮足立たせず、鯨漁《しょうぶ》の修羅場へ導くことの器量は弥太夫の外になかった。

鯨方は、来年までは保《も》たん、と会所では声高に話しあわれていた。大方の男たちは、「命まで取りに来もせなよ」と、腹をすえているようであった。

和田棟梁《とうりょう》に替り、別の棟梁があらわれれば、それに服従するより仕方がなかった。どのような逆運に見舞われても、姿勢を低め、堪えてゆくほかに、生きてゆく道はない。

連日の日照りで、透明度を増し塩分の濃くなった海に、雑魚が湧いた。まっくろに日焼けた男たちは、日よけ笠《がさ》を目深《まぶか》にかぶり、照り返しに目のくらむ真昼も、漁《すなど》りに励んだ。

女たちは、台地の山畑で熱気に包まれ、汗みどろで立ち働く。一寸先は闇じゃ。何事起ってくるか分らんという不安が、浦人たちを駆りたてていた。

孫才次は、夕方舟を下りると重い漁籠を提げ、家に帰った。女たちは収穫をあらため、ゆきの家へ持ってゆく分を撰《よ》り分けてくれた。

「早よ、行ちゃりよし」

魚鱗《ぎょりん》にまみれた両手で、追うような仕草をするぶんに促され、孫才次は目籠《めかご》を手に表に出る。

戸外はまだ赤みばんだ陽が照っていて、暑い空気が淀《よど》み、夕凪《ゆうなぎ》の空に蚊柱が唸《うな》っていた。汗に汚れたカタビラを素肌に着た小童《こわっぱ》たちが駆けるあとを犬が追い、鶏の群れがけたたましく啼《な》いて逃げ惑う。

腰巻を身につけただけの女房たちが、道傍に七輪を持ち出し破れ団扇で煽《あお》ぎ、合い間に群れ立って熱心に話しあっている。

孫才次は悲哀に浸され、そのような眺めのなかを歩いてゆく。ゆきの家の櫺子格《れんじごう》子《し》が見えると、わずかに心が明るむ。

表戸を明けると、ゆきが野良着《のらぎ》姿のまま、竈《かまど》の前から駆け寄ってきた。彼女は籠を受けとるとき、素早く孫才次に頰ずりし、「風呂沸いてるし、行かませ」という。

夏の渇水《かっすい》がはじまり、方々の井戸が涸れかけていた。ゆきの家の井戸は、夏のあいだ僅かずつでも湧水《ゆうすい》が絶えず、隣人が行列をつくって貰《もら》い水に来た。

風呂を焚《た》くというぜいたくも、あと十日も日照りが続けば、できなくなる。盂蘭《うら》盆《ぼん》の頃には、水は勝浦辺りから買わねばならなくなるのが、例年のことであった。

ゆきは、孫才次の身辺から、片時も注意を離せないようであった。玉太夫の形見の浴衣《ゆかた》を取りだして孫才次に着せ、もらい湯に来た隣家の家族がさだと雑談している間に、二人は夕餉《ゆうげ》を済ませた。

ゆきは、親の顔をうかがう仔犬《こいぬ》のような弾んだ仕草で、絶えず孫才次の表情をうかがい、「何思てるんよ、父まのことか」と顔を寄せてきて、孫才次の目をのぞきこんだ。

澄んだ光芒《こうぼう》をたたえた月が、辰巳《たつみ》（東南）の空に上ってきた。奥庭の樹木が、銀鼠《ぎんねず》の影を帯びて浮きあがった。「ええお月さんや。浜へ出よか」とゆきが誘い、二人は表に出た。

寺山の繁《しげ》みに明滅している蛍が、尾を引いてゆっくりと飛び、二人の前を過《よぎ》った。

浜辺には、さわやかな夜風が吹き通っていた。暑さで寝つかれない大勢の人が、浜に出ていた。孫才次たちは、周囲の人影のない場所をえらび、腰を下した。

月光を砕く海面は、静かな波音を立て、上下していた。水平線のあたりの空に、しきりに稲光りが走っていた。

海を眺めていると、孫才次は、波上を忙《せわ》しく漕ぎ走る勢子《せこ》舟の上で、ささやき筒を口に当て忙しく指図する弥太夫の声が、聞えているような錯覚を感じた。

「ルソン島の話のう。あれに、俺《おんだ》や行ちゃろかなあ」

え、とゆきは聞きとがめた。

「ルソンの、ハキオたら云う所《とこ》の道普請《ぶしん》に、出稼人《でかせぎにん》に行く話よ」

半月ほどまえから、役場の門前に出稼人徴募の貼り紙がコレラ予防の注意書とともに出されていた。弥太夫が生きておれば、そのような触れ文を掲示させることはなかったが、もはや勢威の地に墜《お》ちた鯨方からは、内懐《うちぶところ》を見すかしてくるような、あざとい戸長のやりくちに、抗議する者はいなかった。

「ルソンへ、あちゃ（あなた）が行くのかえ」

ゆきは、しばらく黙っていた。

「本気でいうてるんかや。ええかと思《も》て、私《あたえ》をびっくりさせるつもりやろ。ええわに、行て見やませ」

ゆきは、朧《おぼろ》な男の横顔を見あげ、笑みを含んだ声で続けた。

「あちゃのお父《と》はんも、爺《じい》まも、そがなこと聞いたら、喜べへん。あちゃは沖合いの家の子おやもの、沖合いにならないかん」

「そやがのう、俺《おんだ》や太地の海じゃ、もう働きたないんじょ。海見てるだけで、情ない気いになってくるさかのう。一年か二年、よその土地へ行て、気い取り直ひて帰ってきたい。仕送りも、たっぷりできるらしいし」

ゆきの瞼に、涙が盛りあがり、こぼれた。

「行かんといて。私は、あちゃに行かれたら、もう生きていく元気は無い様《よ》になる。どえだけ貧乏ひても、音《ね》えあげやんと暮らひていく。お日待《ひまち》も休まんと畑肥やひて、あちゃの荷いにならん様《よ》に働くさか、どっこへも行かんといて」

俺《おんだ》や悪《わ》りかった、どっこへも行けへん、と孫才次はあやまる。彼にも、秋には嫁にくるゆきと、女ばかりの家族を置いて、見当もつかない遠隔の地へ、出稼ぎに行く決心がついているわけではなく、心の衰えが云《い》わせるぐちのようなものであった。

やっぱり、鯨方が潰れれば雑魚《じゃこ》取りで口を糊《のり》しながら、時節を待つよりしかたがないと、孫才次は考える。ゆきと一緒に居れさえすれば、貧窮の暮しも耐えることができよう。浜に湧く蟹《かに》のように生きて、死んでいってもかまわない。どれだけ気張ってみても、命は笹《ささ》のうえに置いた露とおなじではないか。

夜が更けてから、彼らは腰をあげた。ござをのべてうたたねをする人影が、遠近《おちこち》に動かない砂浜を横切り、孫才次はゆきを送ってゆく。

寄子路《よろこじ》の往還へ入ったとき、孫才次たちは、前方に数人の話しあう声を聞いた。ゆきが、揺れている提灯《ちょうちん》の紋を目に留めて、水の浦の先生やとささやいた。

「急病か、どこの家や」孫才次は辺りをたしかめ、魚切《いおき》りの常八《つねはち》の住いであると覚《さと》った。暗い道筋の軒下に、声もたてず人が群れつどっている。闇のなかの、さし迫った気配を嗅ぎ取った孫才次は、「あれじゃ」と気づくと同時に、血がだるく足もとに降りてゆくような、不快な怯えにとりつかれた。

「あれじゃろか」と彼はゆきの耳にささやき、ゆきはすぐ覚った。水の浦の医者は、常八の妻らしい影とひそやかに言葉を交し、何かを待っているようであった。

静かな夜気を騒がしくかき乱し、荷車がやってきた。白い長衣をつけ、白布で覆面をした四人の男がつき添っている。石炭酸のにおいが辺りに濃くひろがり、声をしのんだどよめきが、軒下の人たちの間に起った。

布団で覆った吊台《つりだい》が家内から出てきて、荷車に乗せられ、連れ去られた。「よう消毒ひての」という医者の声が聞えた。

見物人たちは、足早に戻って行った。父親が息子に、「息すんな」と戒めている。「私《あたえ》は恐ろし。ひとりでよう寝やん、孫やん、朝まで家《うち》でいててよ」

ゆきが、孫才次にしがみついてきた。

魚切りの常八が、コレラで森浦の山中にある避病舎へ担《かつ》ぎこまれたあと、数日のあいだに、常八の妻と息子が発病し、続いて三人の患者が出た。

八月上旬は、例年そうであるように、朝から無風の油照りで、蟬《せみ》の声が山肌にどよもし、澄んだ潮をたたえた海は、鋼《はがね》を打ちのべたように、白く燃える空の色を映して凪《な》いでいた。

コレラ病は梅雨明けの暑熱を待っていたように、新宮、勝浦、串本と、いたる所で蔓延《まんえん》しはじめていた。太地では、七人の患者のうち、三人が避病舎に担ぎこまれた日に息を引きとった。

発病した者は、厠《かわや》へ頻繁に通いはじめても、家族たちはコレラであると認めたがらなかった。一日四十回ほどの下痢は、腹痛を伴わないため、はじめは軽症と見えないこともない。

米のとぎ汁のような下痢を続ける病人は、よろめきながら厠に通うが、二日めになると、動けなくなった。下痢は前日よりも勢いを増してくる。便の色に徐々に赤味が乗ってきて、赤茶けて見えてくると、発熱嘔吐《おうと》がはじまった。

家族は、その頃になって、病人のただごとでない様子に、慌てはじめる。肥えふとっていた者でも、短時間のうちに眼窩《がんか》が落ちくぼみ、頰が削ったようにこけ、喉ぼとけも、肋骨《ろっこつ》も、くっきりと浮き出てくる。

生きながらの死人の有様になった病人が、ふいごのような息をつき、絶えまない嘔吐と下痢のあい間から、「水やあ、水くれえ」とかすれきった声で訴えてくると、家族たちは悪鬼の乗りうつったような姿に恐れ戦《おのの》き、構えて口にすまいとしていた言葉を、われを忘れて吐き出し、医者を呼びに転びつつ走った。「コレラやひてよう。どうすら、ええのよう」

避病舎では、瀕死の重病人たちにコレラ薬を飲まし、茶瓶で白湯《さゆ》を与える。鼻を刺す酸性のにおいを発するコレラ薬には、下痢を抑える些少《さしょう》の効能しかなかった。

水の浦の医師は、漢方の経験から患者に生薬とともに、大量の酢と水分を与えようと試みたが、凄《すさ》まじい嘔吐と下痢が、その効果を無いものにした。

医師や看護人たちも、病人を極めて恐れ警戒していた。病いの空気伝染を恐れる彼らは、顔に覆面をし、蓋を取った石炭酸の瓶を嗅ぎながらでなくては、患者に近寄らなかった。

戸長役場前の新聞掲示板の前は、朝から黒山の人だかりであった。各地方患者は、発生後日浅きに拘《かかわ》らず、その数七万七千人に達し、死亡は四万二千なり、という記事が浦人たちを震えあがらせた日、太地浦では一挙に九人の患者が出た。

その朝、本方《ほんかた》からの達しで、浦方の漁夫たちは漁を休んだ。三月に新設されたばかりの弱体な役場が、金右衛門に協力を頼んできていた。

金右衛門は、呼び集めた男たちに、太地浦の西、下里《しもさと》と、東方那智勝浦に通じる杣道《そまみち》を、竹矢来を組んで封鎖し、他村から陸路来訪する者のないよう、常時竹槍《たけやり》を携えた水主《かこ》を配置すると告げた。

海上から魚市場に近づく他郷の舟の乗り組みも、上陸を禁止されることになった。

孫才次の家族は、自若としたいよに支えられ、動揺を免れていた。

「お姑《か》はん、どうなってくらのし。もうじき盆やち云うのに」とぶんが声を震わすと、いよは、「いつでも梅干ねずってなあ。梅干ねずって、お念仏唱えてなあ」と答える。

いよは、すべては成行き任せやと考えることにしていた。そう考えないで、どうして生きて行くことができようか。私は、こんどのコレラに罹《かか》って、死ぬかもしれないと、いよは他人事《ひとごと》のように想像してみる。死んで、楠《くすのき》の大樹の涼しい葉蔭《はかげ》にある墓へ入れられる自分の骨は、近太夫や弥太夫のそれと同じように、半紙に包まれ、墓石の狭い穴の中途でちょっとつかえ、家族の誰かの指先でつつかれて、暗い水の溜《たま》った場所へ落ちる。

いよは、足裏の脂《あぶら》で磨かれ鈍い光沢をたたえた、厨《くりや》の板敷に坐り、死んでゆくための心の準備をしていた。近太夫と、死んだ子供たちに逢《あ》えると思うと、榾火《ほたび》の暖《ぬく》もりに背を当てているような、安らぎを感じる。

舅《しゅうと》姑《しゅうとめ》と、口喧《くちやかま》しかった行かず後家の小姑に、また逢うと思うと気が重い。いよは前の晩、姑と小姑に手ひどく叱責されている夢を、久しぶりに見ていた。

「私《あたえ》ら、枯木の様《よ》なもんやさか。万一コレラに罹ったて、じき死なよ。死んだて、大層《たいそ》な葬式ら、ひていらんで。余道具屋《よどうぐや》（葬儀屋）にゃ、銭使う事はいらな」

いよは、もうこのさき、何事が起っても、驚き悲しむまいと決めていた。

「お婆《ば》ま、コレラはまだまあ盛《さか》るんかのう」

きみが不安にかき乱された顔でたずねる。

「秋風立っても止むまいかえ。涼しなり口《ぐち》にゃ、下火になろけどの。それまで、じいっと日にち待たな仕方ない」

いよの穏やかな眼差《まなざ》しに、現世への愛着を切りすてた厳しさが宿っているのを、誰も気づかなかった。

孫才次は、ゆきの顔を見るたびに、梅干を食べるようにすすめた。ゆきの家の裏庭にも、初夏に採ったばかりの梅の実が大瓶に漬けこまれ、熟した芳香を放っていた。

「私《あたえ》は、酸《す》い物食べたら体震う」とゆきは眼をつむってみせながら、いわれるように梅干を番茶で喉へ流しこんだ。

コレラ患者の数は日を追ってふえ、すでに三十人を越えていた。死者が毎日のように出たが、避病舎では遺骸をその場で茶毘《だび》に付した。コレラで死亡した者の葬送は、どこの町村でも受けいれられず、鯨波《とき》の声をあげて追い帰されることが珍らしくなかったからであった。

魚市場《さべなや》で扱う鮮魚の価格は、騰《あが》っていた。胡瓜《きゆうり》、蛸《たこ》、牛肉、沢庵《たくあん》など、彼《あ》れも毒、これも不消化という説が巷間《こうかん》に飛びかい、鮮魚、麩《ふ》、湯葉、梅干、ラッキョ、に人気が集まっていた。

孫才次たちが漁から戻るのを、仲買いの群れが待ちかまえていて、その日の漁獲を争って買いとって行った。

灯明沖の大敷網に、鰤《ぶり》の大漁があった日、孫才次は「運搬《でがい》、手伝《てつと》てよ」と要太夫に頼まれ、新宮に向う五十集《いさば》舟に乗った。

熊野川の河口の波止で積荷を下し終え、河原で休憩しているとき、土堤《どて》のあたりに騒がしい物音が近づいてきた。皆は腰をあげ、土堤にのぼった。

暮れなずむ町筋を、数十の提灯《ちょうちん》が揺れながら近づいてくる。太鼓を乱打し笛を吹き鳴らし、法螺《ほら》貝のくぐもった音が尾を引く。そのほか、見当のつかない甲高い音響が混る。

潮騒《しおさい》のように、高低をくりかえしながら地を這ってくるのは、大勢の人声であった。

「何じゃ」と皆は眼をこらした。表通りを埋める群衆が、地面を震動させながらこちらへ駆けてくる。

先頭に押し立てた横長の白幡が、風を胎《はら》んでひるがえり、「虎列刺送」と大書した文字が見えた。「コレラ送りじゃっ」字の読めないヤソ平が叫んだ。

わっしょい、わっしょい、わっしょい。

豆絞りの鉢巻を締め、女物の長襦袢《ながじゅばん》の裾をまくった若者たちが、注連縄《しめなわ》を張った竹籠《たけかご》を担《かつ》ぎ、土煙を立てて孫才次たちの眼前を走り過ぎた。竹籠の中で、御幣《ごへい》と藁《わら》箒《ぼうき》が躍っている。

石を入れたブリキの油箱を引きずっている者がいた。法螺貝が鳴り響き、見物の子供が怯《おび》えて泣く。列の中央に、死神をかたどった白紙貼りの藁人形が担がれていた。

若者たちのあとから、汗まみれの跣《はだし》の男女が、数珠《じゆず》の輪をつまぐり、「なんまんだぶ、なんまんだぶ、なんまんだぶ」と、かすれ声で高唱しながら走ってきた。双肌《もろはだ》脱ぎで豊かな胸乳を揺すって走る若い女がいた。

行列が過ぎ去ったあと、皆は黙って顔を見あわせていた。孫才次の鳩尾《みぞおち》に、悪寒《おかん》のようなものが蟠《わだかま》っていた。「早よ去《い》のら。家明けてる間あに、何事起っちゃあるか分らん」と要太夫がつぶやいた。

その晩、孫才次は五十集を降りたあと、ゆきをたずねていった。蚊遣《かや》り火のいぶるにおいのただよう迫《せこ》（路地）に入り、寝静まった家の表戸に手をかけると、枢《くるる》が下りていて開かなかった。

戸を叩きかけてためらい、夜更けの弦月を見上げ、家内の静寂に耳を澄ましたあと、孫才次は踵《くびす》を返した。

戸長役場の窓に、明りが揺らめき、人の起きている気配がした。新屋敷の表門も八の字に押し開かれ、門前の大提灯に火が入っていた。

今日もゆきは無事でいた、と孫才次は歩きながら考えていた。家のなかが静まり返っているのは、無事の証拠と思えた。彼は、蚊に喰われながら行水を済ませ、ぶんといよにその日の見聞を話しながら、うけじゃの茶漬を梅干で流しこんだ。太地の病人が四人ふえたと、ぶんが告げた。

翌朝、孫才次が土間で沖出の足ごしらえをしているとき、裏口の戸を誰かが明けたような気配がした。女たちは数日後に盂蘭盆会《うらぼんえ》をひかえ、奥の居間で仏具を磨いていた。

孫才次は首を伸ばし、「誰なあ」と裏口を見て「犬か」とつぶやいた。間を置いて、また戸が軋んだ。杖《つえ》をついたさだが、手さぐりで土間に入ってきた。

「小母《おば》ん、何よ」孫才次は、目を見はって立ちあがった。

さだは、唇を震わせていた。ぶんときみが走り出てきて、さだを支えた。

「おさだはん、なに用事よ。え、何事起ったんよ」ぶんが、さだの手を取って聞くと、さだは膝の力が失せたように、土間にうずくまった。

「あ、あの子は昨日《きんの》の日没《まじみ》から、腹下ってきたあ」

「えっ、何てよう。ほんまかいし。えっ、ゆきやんかえ」

えらいことじゃ。孫才次の頭が炎にあぶられたようになった。

「孫才次っ、これっ、待ちよし。どこへ行くのよう」追いすがってくるぶんの気配を背後に振りすて、戸外へ走り出た。

ゆきの家へ駆けこむと、孫才次は家内の暗さに目が迷い、土間の植木鉢を踏み砕いた。「ゆきっ、ゆきやん。どこじゃ」と喚き、草鞋《わらじ》履きのまま、畳に上った。

ゆきは、櫺子《れんじ》の障子を明け放った納戸《なんど》で、夜着を頭から被《かぶ》って寝ていた。果物の傷《いた》んだような臭気がただよっていた。

孫才次は夜着をめくり、別人のような隈《くま》どりをつけたゆきの顔に、頰をつけた。ゆきが呻《うめ》いた。「来たら、あかん、うつる、うつる」ゆきは、かすれた声でこばみ、顔をそむけようとした。

「かまんよ、俺《おんだ》やゆきといっしょに死ぬさか」孫才次は、ゆきの枯葉《よどら》のように皹《ひび》われた唇に接吻《せっぷん》した。

「さあ、これで俺《おんだ》やコレラじゃ。誰《だ》ら離そち云《い》うても、ゆきと離れるか」

ゆきが、肩を震わせて泣いたが、涙は僅かに瞼《まぶた》を濡らすほどにしか、湧きあがらなかった。「俺《おんだ》の一生は、これで終った」と孫才次は思い決めた。

孫才次はそのときから、ゆきの姿のほかは何も見えない盲《めし》いになった。誰が引き離しに来ても、足を突っ張ったこって牛のような孫才次を見ると、あきらめて帰っていった。

避病舎は患者が押しあって寝ている有様で、ゆきを収容する余力はなかった。さだはいよのもとに引きとられ、孫才次とゆきの閉じこもった家は、石炭酸で消毒されたあと、出入を禁じる縄張りがめぐらされた。

孫才次は、診察に来る医師の指示に従って、ゆきを看護した。コレラ薬を水に薄め、間を置き口うつしに飲ませる。ゆきを干からびさせようと、間断なく襲う暴瀉《ぼうしゃ》は衰えを見せてこず、むしろ勢いを増してきているようであった。

孫才次は空腹を覚えると、差入れの握り飯を頬張り、いっとき引きこまれるような深い睡《ねむ》りに陥《お》ちたあと、すぐ目覚めた。

下《しも》の世話を恥じていたゆきは、やがて孫才次の手を拒む力を失った。手足が鰑《するめ》のように痩せほそり、ときどき正気を失い、譫言《うわごと》を口走った。

三日めの朝、水の浦の医者が様子を見に来た。ゆきの胸や腹が熱いのに、額と手足が冷えきっていると孫才次が訴えると、体温を検《あらた》めたあと、沈んだ声音で告げた。

「湯う沸かひて行水さひちゃれ。ほいて、汗かかすほどいっぱい着せちゃれ。明日《あひた》あたりから、まっと熱出てくる。便《ちょうず》の色は赤《あ》こなったら、嘔気《はきけ》や来る。いまのうちに、好きな物飲み食いさひといちゃりよし」

孫才次は、医者の帰ったあと、盥《たらい》に湯を張り、痩せ細ったゆきの体を抱いて行水を使わせたあと、足に足袋《たび》を履かせ、袷《あわせ》を着せた。

「さあ、ゆきの好きな物食べさひちゃる」

孫才次は、七輪で卵粥《たまごがゆ》を煮立て、いよが届けに来た西瓜《すいか》の果汁を手拭いで絞り、丼《どんぶり》鉢に溜めた。ゆきは、西瓜の汁を口うつしに飲まされる度に、「ああおいしい、ああおいしい」といい、肩で息をついた。

「そうか、おいしいか」と気負い立った孫才次が、粥の鍋を厨から提げてくると、不意にゆきの口から赤い噴水が吹きあがった。ゆきは、飲んだばかりの果汁を幾度ももどし、顔と襟もとをしとどに濡らしたが、もうそのことに気づいていないようであった。

ゆきの顔が、いつのまにか発熱で赤らみ、嘔気がやってきた。ゆきは体を折り曲げ、嘔吐《おうと》の発作をくりかえす。

「えらいか、かわいそにのう。じきに楽にひちゃる。待ってよお」

孫才次は芥子《からし》末《まつ》三握りと、麦粉一握りを酢で練りあわせ、木綿布に塗ってゆきの胃の辺りから下腹へ貼りつけ、乾いてくると貼りかえた。

表で、ぶんともさだとも分らない女の泪声《なみだごえ》が呼んでいたが、孫才次は閉め切った戸を開けなかった。ゆきは間断なく嘔吐と下痢を続け、骸骨のうえに皮膚を貼りつけただけの形相は、生きている者のそれとも思えなくなってきていた。

孫才次は、僅かでも水を飲ませようと、甲斐《かい》ない努力をくりかえした。ゆきの口のなかに舌を押しいれ、口蓋《こうがい》に含んだ水をゆっくりと押しこむ。ゆきはたちまち、顎を濡らして吐き出す。

蠟燭《ろうそく》のゆらめくほの明りのなかで、孫才次はゆきを抱き、口もとの汚れを押し拭う。俺《おんだ》や、もうじき腹下ってくる、ゆきやんもうちょっと待ってくれ、いっしょに行こら、と彼は、苦痛にうねるゆきの体を押さえて、かきくどいた。

疲労が重い冬布団のように、全身に覆いかぶさっていた。饐《す》えた汗のにおいを放つ孫才次の体に、蚊が群らがってきた。彼はよろめきつつ土間に下り、空の丼に水を満たしてきては、ゆきにむりやり水を飲ませようと努めた。

蚊帳《かや》の裾が、こころよく流れこんでくる涼風にゆっくりと脹《ふく》らみ、庭木の影がいつのまにか浮き出て、暁が来た。

ゆきは、嘔気が納まり、絶え入ったように動かなくなった。顔に耳を寄せると、かすかな呼吸の動きが分った。一刻《ひととき》（二時間）ほども、静かな時間が過ぎた。孫才次は睡気にかすんだ耳に、ゆきの声を聞いた。

「なんときれいな景色やよう。ここどこよう。あのきれいな花よう。きれいな家《うち》よう」

孫才次ははね起き、「何見てんな」と聞いた。

「草履《じょうり》、草履《じょうり》」ゆきがふた声云った。

「草履、何すんな」

「土へ下《おろ》ひて。履くんよう」

そのあと、ゆきはもう喋らなかった。昼近い引き潮どき、彼女は睡りから覚めることもなく呼吸を停めた。


孫才次は、ゆきの体を湯で拭き清めたあと、彼らのそばへ誰も近付かないよう、戸を全部締め、釘《くぎ》づけにした。

彼は、渋団扇《しぶうちわ》でゆっくりと蠅《はえ》を追いながらゆきの傍に横たわっていた。男の声が彼を呼び、戸を叩く音がしていた。孫才次は、もう生きている者とは関わりがなくなったと、思っていた。ゆきの体内を駆けめぐった病毒が、彼を亡《ほろ》ぼしにくるのを、待っているだけであった。

「爺《じい》ま、父《とう》ま、玉太夫おいやん、一太夫」

孫才次は、部屋の暗がりのあたりに、死者のおとずれてくるなごやかな気配を感じていた。彼の頭に、横なぐりの雨がしぶき、荒れ立つ海がひろがり、浮島のような鯨が燐光《りんこう》を帯びてあらわれてくる光景が、浮かんでいた。彼は恐れることもなく、死を待っていた。死ぬことは、彼とゆきの魂が海に帰ることであった。

終章

明治三十二年三月七日、近年にない大地震が太地浦一帯を揺がせ、諸処で石垣、壁などが崩壊した。

その午後、時節にめずらしく粉雪の舞う海上を、便船が一人の客を運んできた。上陸したのは、十九年ぶりに米国の出稼ぎ先から帰国した、背古孫才次であった。

明治十二年夏、コレラを患《わずら》い死亡した許婚者《いいなずけ》ゆきの、後を追おうとして果さなかった孫才次は、同年冬ルソン島ハキオへ出稼ぎに赴き、その後ペルー、メキシコを経て、アメリカに移住した。

彼が突然に帰国した理由は、その携えてきた一個の荷物にあった。五人の男をもってようやく動かす重い荷の中身は、五連発クジラ銃であった。

孫才次は、ルソン島でベンゲット山岳道路の敷設工事に参加した。ベンゲットの名を聞くだけで、荒くれ男が震えあがるといわれたほどの難工事が、風土病猖獗《しょうけつ》のさなかで強行された。死を怖《おそ》れることを忘れた孫才次は、多数の人夫が斃死《へいし》するなかで命を全《まっと》うした。

ペルーの農園では、食物もろくに与えられず、牛馬にひとしい労働を強いられる生活に、移民たちのなかには発狂する者が多く出た。

孫才次は辛苦の日々を重ねた末、伝手《つて》を求めて、アメリカ国の捕鯨船に乗り組むことができた。彼はそこで、ボンブランス砲による鯨漁を体験した。

ボンブランス砲とは、破裂砲とも呼ばれ、銛《もり》と銃が連結されたもので、鯨をめがけて投擲《とうてき》し、銛が鯨体に刺さるとその衝撃で銃が発射される仕組みになっていた。弾丸は命中すると体内で破裂するので、重傷を負わすことができるが、命中点が適切でない場合、鯨は逸走して取り逃がすことになる。

孫才次は、命中すればその鯨をかならず捕獲できるよう、綱付きの銛を発射できる装置があれば、大きな収穫をあげうると考えた。

綱銛を発射する大口径の捕鯨砲は、当時ノルウェイ沿岸捕鯨で使用されていたが、孫才次はその事実を知らなかった。

彼は研究に三年を費した。竹筒やキビガラで模型をこしらえては潰す。縦型五連装の銃身がようやく完成すると、つぎの困難が待ちかまえていた。

銃は、引金を引くと五挺《ちょう》が同時に綱銛を発射する。その場合、銃の微細な均衡の狂いとか、火薬の爆発力の僅《わず》かな誤差で、相互の綱がからみあい、狙いが外れる。銛は大鯨をつなぎとめるには、どうしても五本は必要であった。

孫才次は挫折をくりかえしながら、失望しなかった。銃で鯨を射とめることが、ゆきに死に遅れた彼の願いであった。

孫才次は、十九年の労働で得た貯《たくわ》えを消尽して、クジラ銃を完成した。

太地では鯨方が明治十三年に終熄《しゅうそく》を告げたあと、漁業権が転々と売買され、営業主がめまぐるしく交代した。その間には、二人の網元が併立し、一頭の鯨を争奪して、親子兄弟が敵味方に分れ、殺気立った騒動を起したこともあった。

曾《かつ》て名門と格式を誇った鯨方の漁夫たちは、糊口《ここう》をしのぐためになりふり構わず、手をさしのべてくる金主のもとへ走った。

孫才次の帰郷に六ケ月先立って、太地浦に熊野捕鯨株式会社が資本金一万五千円で設立され、操業を続けていたが、いつまで継続するという保証はなかった。金主は採算が取れなくなると、浦人の生活をかえりみることなく、廃業する。

常時失業の不安に悩まされている漁夫たちにとって、孫才次の五連銃は闇に兆《きざ》した曙光《しょこう》であった。彼の妹きみの婿《むこ》となっていたヤソ平をはじめ、愛村同志会を結成していた昔の仲間たちは、太地沖に勢子《せこ》舟を漕《こ》ぎ出し、銃の試射を見た。

孫才次が引金を引くと、炸裂《さくれつ》音とともに五本の銛が綱の尾を引いて並行して飛び、半丁先を逃げてゆくゴンドウ鯨に命中した。

ヤソ平たちは、手を打って讃嘆《さんたん》し、この分では、魚市場《さべなや》に鯨の山を築くことができると、よろこぶ。

孫才次は、太地に帰ってからふしぎに心が浮き立たず、奇妙な弛緩《しかん》した気分に陥っていた。妹のきみは、七人の子持ちになっていたが、いよもぶんも、ゆきの母親さだ、太地伴十郎も亡《な》くなっていた。

四年のあいだ東京に逐電していて舞い戻った覚吾は、色褪《あ》せた紬《つむぎ》を着流した、気難しい老人になっていた。

一日、孫才次は魚寄せ場の桟橋際で、日を浴びてしゃがんでいる弱《よわ》ん人《ど》に呼びとめられた。目脂《めやに》に覆われた皺《しわ》ばんだ瞼《まぶた》を見張った老人は、半身の自由を失った要太夫であった。

孫才次は、やはり今浦島になっていた。彼の帰郷をよろこんでくれる人間の数が減りすぎていた。

本方《ほんかた》屋敷の跡は小学校に変っていたが、家並みの眺めはおおよそ昔のままであった。孫才次はそうした風景に触発され、胸の痛む記憶を揺りおこすが、それを告げたいひとびとの大半は、もはやいない。

独り身の孫才次は、ヤソ平たちに妻帯をすすめられた。彼は同意した。太地に戻ったいまは、また新らしい記憶をつむいで行かねば、生きていけない。

海に出て鯨を追う時間は、孫才次には、死者へ語りかけている時間であった。勢子舟の舳《みよし》で潮の飛沫《しぶき》を浴びているとき、彼は近太夫に頭を撫でられ、弥太夫に目くばせされ、日除《ひよ》けの手拭いをかぶったいよに、剽軽《ひょうきん》な手つきで招かれ、ぶんに笑いかけられた。ゆきは夕顔の花弁のように白く、常に眼前に揺曳《ようえい》していた。

温暖な西風の吹く朝、孫才次が待ちかねていた大鯨が、灯明崎沖に姿をあらわした。

灯明崎山見が、背美《せみ》鯨発見の黒地白抜きの幡を翻《ひるが》えしていた。クジラ銃を舟首に据えた孫才次の乗る勢子舟は、昔と変らない櫓《ろ》声をあげ、捕鯨会社の船団が見守るなかを、鯨に向って直進した。

孫才次は揺れ立つ勢子舟の舳に足を踏ん張って立ち、銃把《じゅうは》を下腹に押さえこんでいた。彼は十九年の時の経過がなかったような気がした。潮の色も、風のにおいも、青く煙った空も、昔のままであった。孫才次の魂は獣のように自由に、日をはねかえす海原を走っていた。

鯨が潮をたぎらせ、漆黒の背を浮きあがらせてきた。孫才次は照準をあわせ、ゆっくりと引金を引いた。

背後で見守っていた捕鯨会社の舟の漁夫たちは、捕鯨銃の周囲に青い火光が大輪の菊花のようにひらき、孫才次が倒れるのを見た。

爆発音で耳をやられたヤソ平たちは、うつ伏せに倒れている孫才次を抱き起した。

孫才次の顔は、血で覆われていた。銃が破裂し、銃身の尾栓《びせん》が、彼の額を微塵《みじん》に砕いていた。

この作品は、同人誌「ＶＩＫＩＮＧ」（２９２〜３２８号）に断続的に掲載されたものに若干の加筆訂正をしました。主な参考文献として『熊野太地浦捕鯨史』（熊野太地浦捕鯨史編纂委員会編、平凡社刊）、『太地町年譜』を用い、表現を変えて引用させて頂いた部分もあります。先達の御好意に深く感謝いたします。

著　者

初出　「ＶＩＫＩＮＧ」一九七五年四月〜一九七八年四月
単行本　一九七八年八月　新潮社刊
この作品は一九八二年十二月、新潮文庫として刊行されました。

S 集英社文庫

深重《じんじゅう》の海《うみ》

2012年11月25日　第1刷　　定価はカバーに表示してあります。
2020年3月11日　第3刷

著　者　津本《つもと》　陽《よう》
発行者　徳永　真
発行所　株式会社　集英社
東京都千代田区一ツ橋2-5-10　〒101-8050
電話　【編集部】03-3230-6095
【読者係】03-3230-6080
【販売部】03-3230-6393(書店専用)

印　刷　大日本印刷株式会社
製　本　大日本印刷株式会社

フォーマットデザイン　アリヤマデザインストア　　マークデザイン　居山浩二

ISBN978-4-08-745006-4 C0193